Le Royaume des Damnés

Kerri Maniscalco

Le Royaume des Damnés

Traduit de l'anglais (États-Unis)
par Axelle Demoulin et Nicolas Ancion

DE SAXUS

Ceci est une œuvre de fiction.
Toute ressemblance avec des personnages, lieux, organisations
ou évènements existant ou ayant existé ne serait que purement fortuite.

AVERTISSEMENT DE CONTENU

ALCOOL, AUTOMUTILATION, CRIMES HAINEUX, HARCÈLEMENT, MANIPULATION MENTALE, MORT D'UN PROCHE, MUTILATION, TORTURE, VIOLENCE, VIOLENCE SEXUELLE, VOMISSEMENT

Le Royaume des Damnés
par Kerri Maniscalco

Kingdom of the Wicked

published in agreement with the author, c/o BAROR INTERNATIONAL, INC., Armonk, New York, U.S.A.

Illustration de couverture :
Megan Cowell

Conception graphique couverture et jaquette françaises :
Volodymyr Feshchuk

Illustration de jaquette (édition reliée) et couverture (édition brochée) :
© Trevillion Images et © Shutterstock.com
Illustration de couverture (édition reliée) : d1sk / Shutterstock.com
Pages de garde : Lumppini / Shutterstock.com

Cartes : © 2020 Virginia Allyn
Illustrations intérieures : Color Brush / Shutterstock.com

Ouvrage publié sous la direction de Sam Souibgui
Suivi éditorial : Cyril Granoulhac

Composition et mise en pages
Nord Compo à Villeneuve-d'Ascq

FSC www.fsc.org MIXTE Papier issu de sources responsables FSC® C014138

Le papier intérieur de cet ouvrage est composé de fibres naturelles, renouvelables, recyclables et fabriquées à partir de bois issu de forêts plantées expressément pour la fabrication de pâte à papier.

ISBN : 978-2-37876-258-2 (broché)
ISBN : 978-2-37876-257-5 (relié)
ISBN : 978-2-37876-261-2 (e-book)

Dépôt légal : février 2023

1re édition
10 9 8 7 6 5 4 3 2 1

Achevé d'imprimer en République tchèque par FINIDR, s.r.o. en janvier 2023

Pour ma grand-mère, Victoria Marie Nucci,
et ma tante, Caroline Nucci.

Et pour mes arrière-grands-parents – qui ont immigré
de Sciacca, en Sicile, aux États-Unis – dont le restaurant
a inspiré une grande partie de cette histoire.

Ce livre est peut-être un roman de fantasy,
mais l'amour familial que l'on trouve dans ces pages est bien réel.

Flectere si nequeo superos,
Acheronta movebo.

Si je ne puis fléchir les Cieux,
je remuerai les Enfers.

Virgile – *Énéide*

Les Sept Cercles
Vents Violents
Maison Luxure
Portes de l'Enfer
Maison Colère
Lac de Feu
Fleuve Noir
LE ROYAUME

Maison Gourmandise
Tempête de Péchés
Maison Paresse
Maison Orgueil
Tombes Enflammées
Maison Envie
Maison Cupidité
Bois Sanglant
DES DAMNÉS

PROLOGUE

À l'extérieur, le vent agitait les carillons en bois, en signe d'avertissement. Au loin, les vagues s'écrasaient sur le rivage. Les murmures frénétiques de l'eau semblaient s'élever de plus en plus fort, comme si la mer était un sorcier invoquant un déluge de violence. À cette date – cela va faire dix ans –, la tempête suivait le même schéma. Bientôt ce serait le tour du tonnerre, qui arriverait plus vite que la marée, accompagné d'éclairs qui strieraient le ciel implacable, le zébrant de décharges. Le diable exigeait une rétribution. Un sacrifice de sang en échange du pouvoir qui lui avait été dérobé.

Ce n'était pas la première fois qu'il avait été maudit par des sorcières, et ce ne serait pas la dernière non plus.

De son rocking-chair près du feu, Nonna Maria surveillait les jumelles occupées à réciter les sorts de protection qu'elle leur avait enseignés. Chacune tenait un *cornicello* serré dans son petit poing. Elle chassa les rafales hurlantes de son esprit pour écouter attentivement les mots que Vittoria et Emilia chuchotaient sur leurs amulettes en forme de corne. La concentration leur faisait à toutes deux courber l'échine.

« Par la Terre, la Lune et la pierre, bénissez ce foyer, bénissez cette maison. »

C'était le début de leur huitième année et Nonna essayait de ne pas trop s'inquiéter de la vitesse avec laquelle elles grandissaient. Elle resserra son châle pour se protéger des courants d'air glacés qui balayaient la petite cuisine. Ils n'avaient rien à voir avec la température extérieure. Même si elle essayait de ne pas y prêter attention, le soufre s'infiltrait par les lézardes, en même temps que la brise familière parfumée de frangipanier et d'orange, soulevant les cheveux grisonnants qu'elle avait écartés de sa nuque. Si elle avait été en vie, sa grand-mère humaine aurait signalé qu'il s'agissait d'un présage et aurait passé la soirée à genoux dans la cathédrale en serrant son chapelet et en priant les saints.

Le diable rôdait. Ou l'un de ses frères malfaisants.

Une pointe d'inquiétude se faufila aussi rapidement et doucement qu'un de ses couteaux et se logea près du cœur de Nonna. Cela faisait une éternité que les *Malvagi* n'étaient pas apparus. Presque plus personne ne parlait des Damnés, si ce n'est les histoires racontées aux enfants pour leur filer la frousse et les pousser à ne pas quitter leur lit la nuit.

Désormais, les adultes riaient des vieux contes, omettant presque les sept princes qui gouvernaient l'enfer. Nonna Maria, elle, ne pourrait jamais les oublier ; leurs légendes étaient gravées dans son esprit, installant une peur profonde en elle. Elle sentit un frémissement entre ses épaules, comme si leurs yeux de minuit étaient posés sur elle et la surveillaient depuis les ombres. Ce n'était qu'une question de temps : ils allaient arriver.

Si ce n'était déjà fait. On ne vole pas impunément le diable.

Elle reporta son attention sur les jumelles. Ce soir, elles étaient aussi agitées que la mer Tyrrhénienne. Cette frénésie annonçait des ennuis invisibles. Les sorts de Vittoria étaient précipités et Emilia trébuchait sur les siens, essayant de suivre le rythme.

Une brindille crépita dans le feu, rapidement suivie d'une autre. Le son ressemblait à celui d'un os à souhait se cassant au-dessus de leurs livres de sorts ; c'était aussi un avertissement. Nonna agrippa les accoudoirs de son fauteuil à bascule si fort que ses articulations prirent la teinte des amandes émondées posées sur le plan de travail.

« *Calmati!* Pas si vite, Vittoria, gronda-t-elle. Tu vas devoir recommencer si tu ne les formules pas correctement. Tu veux ramasser la terre d'une tombe toute seule dans le noir ? »

Au grand désarroi de Nonna, Vittoria ne semblait pas aussi effrayée qu'elle aurait dû l'être. On aurait dit qu'elle trouvait attrayante l'idée d'errer dans un cimetière à la lueur de la pleine lune, alors que l'orage faisait rage. La grand-mère pinça les lèvres avant de secouer légèrement la tête.

C'est Emilia qui répondit, en lançant à sa sœur un regard d'avertissement : « Nous ferons plus attention, Nonna. »

Pour prouver qu'elle disait vrai, Emilia leva la fiole d'eau bénite qu'elles avaient eue au monastère et en versa sur leurs amulettes, laissant une goutte grésiller sur chacune. Argent et or. Une offrande d'équilibre entre la lumière et l'obscurité. Un cadeau pour ce qui avait été volé des années plus tôt.

Ce qui se passe en haut se passe en bas.

Apaisée, Nonna les regarda terminer leurs talismans, soulagée lorsque des étincelles blanches s'élevèrent dans les flammes avant de redevenir orange.

Une nouvelle année, une nouvelle victoire. Leurs artifices avaient trompé le diable une fois de plus. Un jour viendrait où les talismans ne fonctionneraient plus, mais Nonna refusait d'y penser dans l'immédiat. Elle jeta un coup d'œil au rebord de la fenêtre, heureuse de voir les tranches d'orange déshydratées disposées en rangées régulières.

Des brins de lavande séchaient au-dessus de la cheminée, et le petit îlot en pierre était recouvert de farine et d'herbes odorantes qui attendaient d'être nouées en bottes soignées. Verveine, basilic, origan, persil et feuilles de laurier. Les parfums se mêlaient agréablement. Certains bouquets étaient destinés à leur dîner de fête, et d'autres à leurs talismans. Maintenant que le rituel de protection était terminé, elles pouvaient profiter de leur repas.

Nonna consulta l'horloge sur le manteau de cheminée ; sa fille et son beau-fils allaient bientôt arriver du restaurant familial, apportant les rires et la chaleur.

Malgré les tempêtes et les présages, tout irait bien dans la maison des Di Carlo.

Les flammes s'apaisèrent. Emilia se pencha en arrière et se rongea les ongles. Une mauvaise habitude dont Nonna était déterminée à la débarrasser. La petite cracha un bout d'ongle et le jeta sur le sol.

« Emilia ! » La voix de Nonna résonna avec force dans la pièce étroite. La gamine sursauta, lâcha sa main et prit un air penaud. « Dans le feu ! Tu sais bien qu'il ne faut pas laisser de choses à ceux qui pratiquent les *arti oscure*.

— Désolée, Nonna. » Emilia se mordilla la lèvre, et sa grand-mère attendit qu'elle pose la question qui, visiblement, la taraudait. « Tu vas encore nous parler des arts obscurs ?

— Ou des *Malvagi* ? » ajouta Vittoria, toujours intéressée par les histoires de Damnés. Même les nuits où il leur était interdit de prononcer ce genre de noms. « S'il te plaît ?

— On ne devrait pas parler de choses obscures à voix haute. Ça attire les ennuis.

— Ce ne sont que des histoires, Nonna », affirma Emilia avec douceur.

Si seulement c'était vrai. Nonna Maria traça un sort de protection sur son cœur et le termina par un baiser sur le bout des doigts, puis soupira.

Les jumelles échangèrent un sourire triomphant. Impossible de cacher les légendes aux filles, même si ces histoires remplissaient leurs têtes de rêves où figuraient les sept princes de l'enfer. Nonna redoutait qu'elles ne finissent par avoir une vision romantique des démons. Mais elle avait décidé qu'il était préférable de leur faire comprendre pourquoi elles devaient se méfier des belles créatures sans âme.

« Lavez-vous les mains et aidez-moi à rouler la pâte. Je vais vous raconter pendant que vous préparez les *busiate*. »

Leurs sourires identiques réchauffèrent les frissons qui s'accrochaient encore à Nonna, provoqués par la tempête et ses mises en garde. Les petites pâtes en tire-bouchon servies avec du pesto de tomates étaient l'un des plats préférés des filles. Elles seraient heureuses de trouver la *cassata* qui attendait déjà dans la glacière. Même si la génoise à la ricotta était une spécialité de Pâques, les petites adoraient déguster ce gâteau pour leur anniversaire.

Malgré les mille précautions qu'elle prenait, Nonna n'était pas sûre de la quantité de douceur que la vie leur réserverait dans le futur et les gâtait souvent, même si elle n'avait pas besoin d'excuses pour le faire. L'amour d'une grand-mère était une forme de magie très puissante.

Emilia sortit le mortier et le pilon de l'étagère. Le visage crispé par la concentration, elle rassembla l'huile d'olive, l'ail, les amandes, le basilic, le pecorino et les tomates cerises pour le pesto *alla Trapanese*. Vittoria sortit la boule de pâte du chiffon humide et commença à la rouler pour former les *busiate* comme Nonna le lui avait appris. 8 ans et elles se débrouillaient déjà en cuisine ! Rien d'étonnant à cela. Entre leur maison et le restaurant, elles avaient pratiquement grandi aux fourneaux. Elles levèrent toutes les deux les yeux à travers des cils épais, avec la même expression avide.

« Alors ? Tu nous racontes une histoire ? » demanda Vittoria avec impatience.

Nonna soupira. « Il y a sept princes démons, mais seulement quatre que les Di Carlo doivent craindre : Colère, Cupidité, Envie et Orgueil. Un en aura après votre sang. Un s'emparera de votre cœur. Un volera votre âme. Et le dernier prendra votre vie.

— Les Damnés, chuchota Vittoria d'un ton presque révérencieux.

— Les *Malvagi* sont des princes démons qui errent dans la nuit, à la recherche d'âmes à dérober pour leur roi : le diable. Leur faim est terrible et insatiable, seule l'aube les chasse », continua Nonna en se balançant lentement dans son fauteuil. Le bois grinçait, couvrant le bruit de l'orage. Elle indiqua d'un signe de tête leurs tâches, s'assurant qu'elles respectent leur part du marché. Les filles se remirent au travail.

« Les sept princes sont tellement rongés par le péché que quand ils passent dans notre monde, ils ne supportent pas d'être dans la lumière et sont condamnés à ne s'aventurer dehors que lorsqu'il fait nuit noire. C'était une punition infligée par la *Prima Strega*, il y a de nombreuses années. Bien avant que l'homme ne foule la Terre.

— Où est la Première Sorcière maintenant ? demanda Emilia, une pointe de scepticisme dans sa petite voix. Pourquoi est-ce qu'on ne l'a jamais vue ? »

Nonna réfléchit. « Elle a ses raisons. Nous devons les respecter.

— À quoi ressemblent les princes démons ? l'interrogea Vittoria, même si elle devait connaître cette partie par cœur.

— Ils ont l'air humains, mais leurs yeux d'ébène sont teintés de rouge, et leur peau est dure comme de la pierre. Quoi qu'il arrive, vous ne devez jamais parler aux Damnés. Si vous les apercevez, cachez-vous. Une fois que vous avez attiré l'attention d'un prince démon, rien ne l'arrêtera : il voudra mettre la main sur vous. Ce sont des créatures de minuit, nées de l'obscurité et du clair de lune. Ils ne cherchent qu'à détruire. Protégez bien vos cœurs ; si on leur en laisse l'occasion, ils les arracheront de vos poitrines et s'abreuveront de votre sang qui fumera dans la nuit. »

Les *Malvagi* avaient beau être des créatures sans âme appartenant au diable, qui les tueraient dès qu'ils poseraient les yeux sur elles, les jumelles étaient sous le charme de ces sombres et mystérieux princes de l'enfer.

L'une plus que l'autre, comme l'avait décidé le destin.

« Mais *comment* est-ce qu'on peut le reconnaître si on en rencontre un ? voulut savoir Vittoria. Si on ne voit pas ses yeux ? »

Nonna hésita. Elles avaient déjà entendu tellement de choses, et si la prophétie ancienne ne se trompait pas, elle redoutait que le pire soit à venir.

« Vous le reconnaîtrez, c'est tout. »

Imprégnée de la tradition familiale, Nonna Maria leur apprenait des procédés magiques pour se cacher des humains et des créatures de minuit. Chaque année, le jour de leur anniversaire, elles cueillaient des herbes dans le minuscule jardin situé juste derrière leur maison et fabriquaient des talismans de protection.

Elles portaient des amulettes protégées par de l'eau bénite, de la terre d'une tombe fraîchement retournée et des rayons de Lune étincelants. Elles récitaient des sorts de protection et ne parlaient jamais des *Malvagi* quand la Lune était pleine. Plus important encore, elles ne se séparaient jamais de leurs talismans.

Le *cornicello* d'Emilia était en argent, et celui de Vittoria en or. Les filles n'avaient pas le droit de les réunir, sous peine qu'un horrible malheur se produise. D'après Nonna, ce serait comme forcer le Soleil et la Lune à partager le ciel, ce qui plongerait le monde dans un crépuscule éternel. Les princes de l'enfer pourraient alors s'échapper de leur prison de feu pour de bon, ils assassineraient et s'empareraient des âmes innocentes jusqu'à ce que le monde humain se transforme en cendres... comme leur royaume de cauchemar.

Une fois qu'elles eurent dévoré le dîner et le gâteau, la maman et le papa des jumelles les embrassèrent pour leur souhaiter bonne nuit. Le lendemain, elles commenceraient à aider dans la cuisine du restaurant familial, lors de leur premier vrai service. Trop excitées pour dormir, Emilia et Vittoria riaient sur leur matelas commun en balançant leurs amulettes en forme de corne l'une devant l'autre comme de petites épées de fées, faisant semblant de combattre les *Malvagi*.

« Quand je serai grande, je veux être une sorcière verte », annonça Emilia plus tard. Elle était blottie dans les bras de sa sœur. « Je ferai pousser toutes sortes d'herbes. Et j'aurai ma propre trattoria. Mon menu sera composé de magie et de clair de lune. Comme Nonna.

— Le tien sera encore meilleur. » L'étreinte de Vittoria se resserra pour la réconforter. « D'ici là, je serai reine, et je m'arrangerai pour que tu aies tout ce que tu souhaites. »

Une nuit, elles décidèrent de se montrer courageuses. Près d'un mois s'était écoulé depuis leur huitième anniversaire et les terribles mises en garde de Nonna Maria semblaient remonter à une éternité.

Vittoria lança son amulette à sa sœur avec une expression déterminée. « Tiens, ordonna-t-elle, prends-la. »

Emilia n'hésita qu'un instant avant de serrer la corne d'or dans sa paume.

Une lumière chatoyante, noire et lavande, surgit de leurs talismans, surprenant Emilia au point qu'elle lâche le pendentif de sa sœur.

Vittoria le remit rapidement en place, ses yeux marron écarquillés, et la lumière scintillante s'éteignit aussitôt. Les deux petites filles restèrent silencieuses. Elles ne savaient pas si elles étaient paniquées ou fascinées.

Emilia secoua la main pour essayer de faire disparaître la sensation de picotements qui rampait sous sa peau. Vittoria la regarda, le visage caché dans l'ombre.

Non loin de là, un chien de l'enfer se mit à hurler à la Lune, même si, plus tard, elles finiraient par se convaincre que ce n'était que le sifflement du vent s'engouffrant dans les rues étroites de leur quartier. Elles ne parlèrent jamais à personne de ce qu'elles avaient fait et n'évoquèrent jamais l'étrange lumière, à la fois noire et violette.

Pas même entre elles. Et encore moins à Nonna Maria.

Comme elles faisaient semblant d'avoir oublié l'incident, Emilia ne confia pas non plus à sa sœur qu'elle avait été changée irrévocablement. Depuis ce soir-là, lorsqu'elle tenait son *cornicello* et se concentrait, elle voyait ce qu'elle appelait un *luccicare* : un léger scintillement ou une aura entourant une personne.

Les seules exceptions étaient elle-même et sa jumelle.

Si Vittoria possédait aussi ce nouveau talent, elle n'en parla jamais. Ce fut le tout premier de nombreux secrets entre les jumelles. Un secret qui, un jour, s'avérerait mortel pour l'une d'entre elles.

UN

Dix ans plus tard

Nonna Maria s'affairait dans la cuisine, aussi survoltée que si elle avait avalé tous les expressos du restaurant jusqu'à la dernière goutte. Ma jumelle était en retard pour le service du soir, et ma grand-mère considérait que c'était un présage de malheur, d'autant plus que Vittoria était sortie la nuit précédant un jour saint. Que la déesse nous en préserve.

La Lune était non seulement pleine, mais également d'un jaune putride, incitant Nonna à marmonner le genre d'avertissements qui poussaient normalement mon père à verrouiller les portes. Heureusement, il était avec l'oncle Nino dans la salle à manger et sortait une bouteille de *limoncello* glacée pour servir des pousse-cafés aux clients. Personne ne pouvait quitter *Mer & Vigne* sans avoir savouré la liqueur de citron, et ressenti l'entière satisfaction et la félicité qui suivent un délicieux repas.

« Moque-toi de moi tant que tu veux, mais c'est dangereux. Les démons courent les rues, à la recherche d'âmes à voler. » Nonna hachait des gousses d'ail pour les scampis, et son couteau s'abattait avec régularité sur la planche à découper en bois usé. Si elle était déconcentrée, elle risquait d'y laisser un doigt. « Ta sœur est stupide de traîner dehors. » Elle s'interrompit et reporta immédiatement son attention sur la petite amulette en forme de corne suspendue à mon cou. Des rides d'inquiétude creusèrent un sillon profond autour de ses yeux et de sa bouche. « Tu as vu si elle portait son *cornicello*, Emilia ? »

Je ne pris même pas la peine de répondre. Nous n'enlevions jamais nos talismans, même pour prendre un bain. Ma sœur enfreignait toutes les règles... sauf celle-là.

Surtout après ce qui s'était passé quand nous avions 8 ans. Je fermai un instant les paupières pour chasser ce souvenir. Nonna n'était toujours pas au courant pour le *luccicare* que je voyais scintiller autour des humains lorsque je serrais mon amulette, et j'espérais qu'elle ne le saurait jamais.

« Mamma, s'il te plaît. » Ma mère leva les yeux vers le plafond, comme si la déesse du ciel pouvait répondre à ses prières en décochant un éclair. Je ne savais d'ailleurs pas si l'éclair était destiné à Nonna ou à ma mère. « Terminons le service du dîner avant de nous inquiéter des Damnés. Nous avons des problèmes plus urgents pour le moment. » Elle indiqua d'un signe de tête la sauteuse. « L'ail commence à brûler. »

Nonna marmonna une réponse qui ressemblait étrangement à « Leurs âmes connaîtront le même sort en enfer si nous ne les sauvons pas, Nicoletta », et je me mordis la lèvre pour ne pas sourire.

« Quelque chose ne tourne pas rond, je le sens dans mes os. Si Vittoria n'est pas de retour bientôt, j'irai la chercher moi-même. Les *Malvagi* n'oseront pas voler son âme en ma présence. » Nonna abattit son couperet sur un maquereau qui ne se doutait de rien, et sa tête atterrit sur le sol dallé de pierre.

Je soupirai. Nous aurions pu l'utiliser pour préparer un bouillon de poisson. Nonna devait vraiment être dans tous ses états. C'était elle qui nous avait enseigné l'importance d'exploiter toutes les parties d'un animal.

Les os, en revanche, ne pouvaient être utilisés que pour le bouillon, pas pour les sorts. C'était du moins la règle que nous devions appliquer, nous, les Di Carlo. Les *arti oscure* étaient strictement interdits. Je mis la tête de poisson dans un bol pour la donner aux chats de gouttière plus tard, chassant les pensées de magie noire.

Je servis du vin bien frais à Nonna, en y ajoutant des tranches d'orange et de l'écorce sucrée pour l'adoucir. En quelques instants, de la condensation couvrit le verre comme de la rosée matinale. C'était la mi-juillet à Palerme, ce qui signifiait que l'air était étouffant la nuit, même avec les fenêtres grandes ouvertes dans l'espoir de faire entrer un courant d'air.

Il faisait particulièrement chaud dans la cuisine, au point que, même durant les mois les plus froids, je portais toujours mes cheveux longs relevés, à cause des températures élevées créées par les feux des fours.

La cuisine de *Mer & Vigne*, la trattoria de la famille Di Carlo, était réputée dans toute la Sicile. Chaque soir, nos tables étaient bondées de clients affamés, venus pour déguster les recettes de Nonna. Des files d'attente se formaient devant l'établissement dès la fin d'après-midi, par tous les temps. Nonna disait que son secret, c'étaient les ingrédients simples, et une touche de magie.

Ces deux affirmations étaient vraies.

« Tiens, Nonna. » Nous n'étions pas censés nous servir de la magie en dehors de la maison, mais je murmurai un sort rapide, et, en utilisant la condensation à la surface de la pierre, je fis glisser le verre sur le plan de travail devant elle. Elle cessa de s'inquiéter le temps de siroter le doux vin rouge. Ma mère articula un *merci* silencieux pendant que ma grand-mère avait le dos tourné, et je souris.

J'ignorais pour quelle raison Nonna était si nerveuse ce soir. Ces dernières semaines – comme c'était le cas depuis les alentours de notre dix-huitième anniversaire –, ma jumelle avait raté un certain nombre de services du soir, et était sortie bien après le coucher du soleil, les joues bronzées rougies et les yeux sombres brillants.

Quelque chose avait changé en elle. Et je soupçonnais fortement que tout ça avait pour origine un jeune vendeur du marché.

Domenico Nucci Junior.

J'avais jeté un coup d'œil au journal intime de Vittoria et j'avais vu le nom du jeune homme griffonné dans les marges, avant d'être rongée par la culpabilité et de ranger le carnet dans sa cachette sous le plancher. Comme nous partagions la même chambre au premier étage de notre petite maison bondée, elle n'avait pas remarqué mon indiscrétion.

« Vittoria va bien, Nonna. » Je lui tendis du persil frais pour garnir les crevettes. « Je t'ai dit qu'elle flirtait avec le fils Nucci qui vend près du château les *arancini* de sa famille. Je suis sûre qu'il est occupé par les préparatifs de la fête de ce soir. Je parie qu'elle distribue des boules de riz frites à tous ceux qui ont trop bu. Ils en ont bien besoin pour absorber le vin de messe. » Je ponctuai mes paroles d'un clin d'œil, mais cela ne suffit pas à apaiser la crainte de ma grand-mère. Je posai le reste du persil et la serrai dans mes bras. « Aucun démon ne volera son âme ou ne mangera son cœur, je te le promets. Elle sera bientôt là.

— J'espère qu'un jour, tu prendras au sérieux les signes que les déesses nous envoient, *bambina.* »

Un jour, peut-être. Mais on m'avait raconté des histoires au sujet des princes démons aux yeux rouges toute ma vie et je n'en avais encore jamais rencontré. Je ne craignais pas trop que cela arrive tout d'un coup. Les Damnés semblaient s'être retirés pour toujours loin d'ici. Je les craignais autant que je redoutais que les dinosaures aient survécu à leur extinction et s'emparent soudain de Palerme. Je laissai Nonna à ses scampis, et je souris en percevant la douce mélodie que formaient les tintements des couteaux débitant les ingrédients et des cuillères remuant les sauces.

C'était ma symphonie préférée : celle qui me permettait de me concentrer entièrement sur la joie de la création.

J'inhalai la délicieuse odeur d'ail et de beurre. La cuisine était un mélange subtil de magie et de musique. Le craquement des carapaces des fruits de mer, le grésillement de la pancetta dans la poêle chaude, le bruit métallique d'un fouet qui touche les bords d'un bol, même le claquement rythmique d'un couperet sur une planche en bois. J'adorais chaque instant passé en cuisine avec ma famille. Je ne pouvais pas imaginer de soirée plus parfaite.

Mer & Vigne était l'avenir qui m'attendait et il allait être rempli d'amour et de lumière. Surtout si j'économisais assez d'argent pour acheter le bâtiment à côté du nôtre pour développer l'entreprise familiale. J'avais exploré de nouvelles saveurs venues des quatre coins de l'Italie et je rêvais d'élaborer un jour mon propre menu.

Ma mère fredonnait en façonnant de la pâte d'amande pour former des fruits. « Domenico est un gentil garçon. Il serait un bon parti pour Vittoria. Sa mère est toujours gentille. »

Nonna lança une main enfarinée en l'air et l'agita dans tous les sens comme si l'idée de fiançailles avec un Nucci empestait plus encore que les ruelles du marché aux poissons tout proche. « Bah ! Elle est trop jeune pour penser au mariage. Et il n'est pas sicilien. »

Ma mère et moi secouâmes toutes deux la tête. J'avais le sentiment que les racines toscanes de Domenico n'avaient pas grand-chose à voir avec la désapprobation de Nonna. Si ça ne tenait qu'à elle, nous serions condamnées à vivre dans la maison de nos ancêtres, dans ce petit quartier de Palerme, jusqu'à ce que nos os tombent en poussière. Elle était convaincue que personne ne pourrait veiller sur nous aussi bien qu'elle. Surtout pas un simple garçon humain. Domenico n'était pas né sorcier comme mon père, Nonna pensait par conséquent qu'on ne pouvait pas lui confier notre secret. Je me lançai à sa défense.

« Il est né ici. Sa mère est d'ici. À mon avis, ça fait de lui un Sicilien. Arrête de ronchonner, Nonna. Ça ne va pas à quelqu'un d'aussi adorable que toi. »

Elle poussa un grognement, ignorant ma tentative de flatterie un peu trop flagrante. Têtue comme une mule, comme aurait dit mon grand-père. Elle serra sa cuillère en bois sculpté et la pointa dans ma direction. « Des sardines se sont échouées sur le rivage et les mouettes ne les ont pas touchées. Tu sais ce que ça veut dire ? Ça veut dire qu'elles ne sont pas idiotes. Le diable remue les mers, et elles ne veulent pas de ses offrandes.

— Mamma, gémit ma mère en reposant la pâte d'amande. Un bateau qui transportait du kérosène s'est écrasé sur les rochers la nuit dernière. C'est le pétrole qui a tué les poissons, pas le diable. »

Nonna décocha à ma mère un regard qui aurait fait fléchir les âmes les plus faibles. « Tu sais aussi bien que moi que c'est un signe que les *Malvagi* sont arrivés, Nicoletta. Ils sont venus pour récolter leur dû. Tu as entendu parler des corps. La date correspond à ce qui a été prédit. C'est une coïncidence, aussi ?

— Des corps ? » Ma voix venait de monter de plusieurs octaves. « De quoi parles-tu ? »

Nonna serra les lèvres. Ma mère se détourna, oubliant à nouveau la pâte d'amande. Elles échangèrent un regard si profond et lourd de sens que des frissons me parcoururent l'échine.

« Quels corps ? Et c'est quoi, cette prédiction ? »

Nous avions plus de travail que d'habitude, car nous nous préparions pour l'afflux de convives venus pour la fête du lendemain. Je n'avais plus entendu les ragots du marché depuis plusieurs jours, encore moins concernant des cadavres.

Ma mère jeta un coup d'œil à ma grand-mère comme pour lui signifier « Puisque c'est toi qui as lancé le sujet, c'est à toi de terminer » et se remit à sa tâche. Nonna s'installa sur une chaise qui ne quittait jamais la fenêtre, serrant fermement son verre de vin. Une brise se faufila au cœur de la chaleur oppressante. Ma grand-mère ferma brièvement les paupières, comme pour s'en imprégner. Elle semblait épuisée. Cela ne laissait rien présager de bon.

« Nonna ? S'il te plaît. Qu'est-ce qui s'est passé ?

— Deux jeunes filles ont été assassinées la semaine dernière. Une à Sciacca. Et une ici. À Palerme. »

Sciacca était une ville portuaire qui faisait face à la Méditerranée, elle était plus au sud. C'était un véritable joyau au sein d'une île qui ne manquait pourtant pas de trésors pour les yeux. Je ne pouvais pas imaginer un meurtre dans un lieu aussi splendide. Ce qui était ridicule, car la mort ne faisait aucune différence entre le paradis et l'enfer.

« C'est affreux. » Je posai mon couteau, le cœur battant soudain trop vite. Je me tournai vers ma grand-mère. « Est-ce qu'elles étaient… humaines ? »

L'expression triste de Nonna était éloquente. *Streghe*. Je déglutis avec difficulté. Je comprenais mieux pourquoi elle n'arrêtait plus de parler du retour des Damnés. Elle imaginait déjà nos cadavres démembrés dans la rue, nos âmes torturées par des démons en enfer, alors que notre sang s'écoulait dans les interstices entre les pavés et allait abreuver la magie de la Terre. Je frissonnai, malgré la sueur qui perlait sur mon front. Je ne savais pas quoi penser de ces meurtres.

Nonna me reprochait souvent de me montrer trop sceptique, mais je n'étais pas convaincue que les *Malvagi* soient coupables. Les légendes anciennes racontaient que les Damnés étaient envoyés pour négocier des affaires et récupérer des âmes pour le diable, pas pour tuer. Et personne ne les avait vus errer dans notre monde depuis plus d'un siècle.

En revanche, les humains s'entre-tuaient tout le temps, et ils s'en prenaient à celles qu'ils soupçonnaient d'être des sorcières. Des rumeurs faisant état d'une nouvelle bande de chasseurs de *streghe* nous étaient parvenues la semaine dernière, mais nous n'en avions vu aucune preuve jusqu'alors. Si des sorcières étaient assassinées, j'étais plus encline à soupçonner des fanatiques humains que des êtres surnaturels. Ce qui signifiait que nous devions redoubler de prudence si nous ne voulions pas être démasquées. Plus question de lancer de sorts simples là où nous risquions d'être vues. J'avais tendance à me montrer trop prudente, mais ce n'était pas le cas de ma sœur. Sa méthode préférée pour passer inaperçue, c'était de ne pas se cacher du tout.

Peut-être que Nonna avait raison de s'inquiéter.

« Qu'est-ce que tu voulais dire à propos des *Malvagi* qui viennent récolter leur dû ? Et de cette prédiction ? »

Nonna n'avait pas l'air ravie que je la bombarde de questions, mais elle lut la détermination dans mon regard : elle savait que je ne laisserais pas tomber. Elle soupira. « Des histoires prétendent que les Damnés vont revenir en Sicile toutes les deux ou trois semaines à partir de maintenant, pour chercher quelque chose qui a été volé au diable. »

Une nouvelle légende, donc. « Et qu'est-ce qui a été volé ? »

Ma mère se figea avant de se remettre à façonner le massepain. Nonna buvait de petites gorgées de son vin avec des gestes mesurés, en l'examinant comme si elle pouvait déchiffrer l'avenir dans la pulpe qui flottait à la surface. « Une dette de sang. »

Je haussai les sourcils. Ça ne semblait pas si sinistre que ça. Avant que je ne puisse la questionner davantage, quelqu'un frappa à la porte latérale qui servait d'habitude pour les fournisseurs. Par-dessus les conversations en provenance de la petite salle du restaurant, j'entendis mon père demander à oncle Nino de s'occuper des clients. Des pas résonnèrent dans le couloir et le battant s'ouvrit en grinçant.

« *Buonasera, signore* Di Carlo. Emilia est là ? »

Je reconnaissais la voix grave et je savais pourquoi le visiteur venait. Une seule raison pouvait expliquer qu'Antonio Vicenzu Bernardo, le plus jeune membre de la confrérie religieuse, soit ici. Le monastère voisin de notre restaurant dépendait fortement des dons et de la charité, et une ou deux fois par mois, je leur préparais un dîner au nom de notre établissement familial.

Nonna secoua la tête, tandis que j'essuyais mes mains sur une serviette et posais mon tablier sur l'îlot. Je lissai le devant de ma jupe sombre et fis une légère grimace en remarquant la farine qui parsemait mon corsage. J'avais l'air d'une reine des cendres et j'empestais probablement l'ail.

Je ravalai un soupir. 18 ans et j'étais déjà condamnée à ne jamais avoir de relations amoureuses.

« Emilia... s'il te plaît.

— Nonna, il y a déjà plein de gens dans les rues pour la fête de demain. Je te promets que je ne quitterai pas la route principale, je me dépêcherai de préparer le repas et je passerai chercher Vittoria en rentrant. Nous serons toutes les deux de retour avant que tu n'aies le temps de te tracasser.

— Non. » Nonna se leva de sa chaise, me repoussant comme une poule égarée en direction de l'îlot et de ma planche à découper. « Pas question que tu partes d'ici, Emilia. Pas ce soir. » Elle serrait son propre *cornicello* dans sa main et son air était suppliant. « Laisse quelqu'un d'autre distribuer la nourriture à ta place, sinon tu rejoindras les morts dans ce monastère.

— Mamma ! intervint ma mère. Ne dis pas ce genre de choses !

— Ne t'inquiète pas, Nonna. Je n'ai pas l'intention de mourir avant très, très, très longtemps. »

J'embrassai ma grand-mère, puis je chipai un morceau de massepain à moitié modelé dans l'assiette sur laquelle ma mère travaillait et l'enfournai. Tout en mâchant, je remplis un panier de tomates, de basilic frais, de mozzarella maison, d'ail, d'huile d'olive et d'une petite bouteille de vinaigre balsamique épais que l'oncle Nino avait ramenée de son récent passage à Modène. Ce n'était pas notre tradition, mais mes expériences culinaires m'avaient amenée à apprécier la saveur que laissaient quelques gouttes de vinaigre parsemées sur un plat.

J'ajoutai un pot de sel, une miche de pain croustillant qui sortait du four, puis je m'enfuis rapidement de la cuisine avant d'être entraînée dans une nouvelle discussion.

J'adressai un sourire chaleureux à *fratello* Antonio, espérant qu'il n'entende pas Nonna le maudire, lui et tous les occupants du monastère. Il était jeune et beau pour un membre de la confrérie : il n'avait que trois ans de plus que Vittoria et moi. Ses yeux étaient de la couleur du chocolat fondu, et ses lèvres formaient en permanence le plus doux des sourires. Il avait grandi à côté de chez nous, et je rêvais de l'épouser un jour. Dommage qu'il ait formulé le vœu de chasteté ; sans cela, la moitié du royaume d'Italie n'aurait pas hésité à embrasser ses lèvres pulpeuses. Moi y compris.

« *Buonasera, fratello* Antonio. » Je brandis mon panier de fournitures, ignorant le fait que c'était bizarre de l'appeler « frère » alors que mes pensées à son sujet n'avaient rien de fraternelles. « Je me suis lancée dans de nouvelles explorations culinaires : je vais préparer une sorte de mélange de caprese-bruschetta pour la fraternité ce soir. Ça te convient ? »

Je l'espérais pour lui. C'était un plat rapide et facile, et même si le pain était encore meilleur badigeonné d'huile d'olive et légèrement grillé, il n'y avait pas besoin d'un feu pour réaliser ma recette.

« Ça a l'air divin, Emilia. Et, s'il te plaît, Antonio tout court, c'est très bien. Pas besoin de cérémonies entre vieux amis. » Il m'adressa un signe de tête timide. « Tes cheveux sont magnifiques.

— *Grazie.* » Je portai la main à ma tête et effleurai la fleur que j'avais coincée entre mes mèches. Quand nous étions plus jeunes, je m'étais mise à épingler des fleurs d'oranger et de frangipanier dans ma coiffure pour nous différencier, ma jumelle et moi. Je me rappelai qu'Antonio était promis au Seigneur tout-puissant désormais et qu'il n'était pas en train de flirter avec moi. Même si j'aurais parfois aimé que ce fût le cas.

Tandis qu'il feignait de ne pas entendre le bruit métallique d'une casserole frappant le sol en pierre derrière, j'eus envie de disparaître ou de m'enfuir. Qu'est-ce que Nonna allait encore balancer ?

« La plupart des membres de la confrérie ne reviendront pas au monastère avant longtemps, mais je peux te venir en aide, si tu le veux. »

L'hystérie de Nonna gagnait en intensité. Il était assez poli pour prétendre ne pas avoir entendu ses terribles avertissements à propos des démons qui tuaient des jeunes femmes en Sicile et s'emparaient de leurs âmes. Je lui décochai mon plus beau sourire, espérant de tout cœur qu'il ne ressemble pas trop à une grimace. « Ça me ferait très plaisir. »

Son attention se déplaça derrière moi quand les cris de Nonna nous parvinrent, et un petit pli se forma sur son front. Normalement, elle se montrait prudente en présence des clients, mais si elle se mettait soudain à hurler au sujet des arts obscurs et des amulettes de protection alors qu'il pouvait l'entendre, notre restaurant familial animé courrait à la ruine.

S'il y avait une chose que les humains redoutaient autant que les *Malvagi*, c'étaient bien les sorcières.

DEUX

Quand nous entrâmes dans le monastère, je ne pensais plus au diable. Ni aux méchants démons voleurs d'âmes dont Nonna jurait qu'ils s'aventuraient à nouveau sur Terre. Et même si Antonio était indéniablement agréable à regarder, je n'étais pas distraite par la magnifique courbe de ses lèvres. Ou la mèche de cheveux bruns qui retombait sur son front à chaque fois qu'il posait les yeux sur moi, puis se détournait rapidement.

Je pensais surtout à l'huile d'olive.

Bizarrement, le couloir sentait légèrement le thym brûlé, ce qui me fit me demander quel goût aurait de l'huile d'olive infusée au thym en badigeon sur des *crostini*. Je me mis à nouveau à imaginer mon propre restaurant et le menu que je mettrais au point. Les *crostini* feraient un délicieux *antipasto*. Je compléterais le toast avec quelques champignons en tranches sautés avec un peu de beurre, de l'ail, et une goutte de vin blanc. Peut-être même que je saupoudrerais un peu de pecorino et de persil pour compléter les saveurs…

Nous arrivâmes dans la pièce où se trouvaient les ustensiles de cuisine.

Je rangeai ces pensées dans le dossier qui contenait mes recettes mentales et me concentrai sur la tâche qui m'attendait. Je sortis deux planches à découper et un grand bol du placard, et je les disposai sur la petite table.

« Je coupe les tomates en dés, tu coupes la mozzarella en cubes.

— À vos ordres, *signorina*. » Nous plongeâmes tous les deux la main dans mon panier, et les doigts d'Antonio effleurèrent les miens. Je m'empressai de sortir les tomates et je fis semblant de ne pas avoir été traversée par un petit frisson lors de ce contact inattendu.

Cuisiner seule avec Antonio, dans une pièce sombre d'une partie presque abandonnée du bâtiment, n'était pas la pire façon de passer le temps. S'il n'avait pas remis sa vie entre les mains du Seigneur, cela aurait pu être le début d'une relation.

Mais, sans qu'il le sache, nous étions désormais ennemis.

Il appartenait à l'Église et j'étais une sorcière. Et pas juste une *strega* humaine qui utilise la magie populaire contre le mauvais œil et prie les saints catholiques. Ma famille était bien plus que cela, notre vraie nature n'était pas entièrement humaine. Notre pouvoir n'était pas respecté, il était redouté. Aux côtés de douze autres familles de sorcières établies en secret à Palerme, nous étions les véritables Filles de la Lune. Les descendantes d'une vraie déesse. D'autres familles étaient éparpillées sur l'île, mais, pour la sécurité de tous, nous n'avions pas d'interactions.

Notre magie était une chose singulière. Bien qu'elle ne fût transmise que par la ligne matriarcale, elle ne se manifestait pas chez *toutes* les femmes. Ma mère, née sorcière, ne possédait pas la moindre capacité surnaturelle. À moins qu'on ne parle de ses talents de pâtissière… et à mes yeux, on aurait pu. Seule une personne bénie par une déesse pouvait créer des desserts semblables à ceux de ma mère.

Autrefois, il y avait un conseil constitué par le membre le plus âgé de chaque famille de sorcières. Nonna était la cheffe à Palerme, mais le *coven* avait été dissous, peu après notre naissance à Vittoria et moi. La cause exacte de la dissolution était un peu floue, mais, d'après ce que j'avais compris, la vieille Sofia Santorini avait fait appel aux arts obscurs et quelque chose avait horriblement mal tourné, laissant son esprit en miettes. Certains affirmaient qu'elle avait utilisé un crâne humain lors d'une séance de divination. D'autres soutenaient qu'il s'agissait d'un miroir noir. Tous concordaient sur le résultat final : son esprit était maintenant piégé entre les royaumes.

Les humains avaient fini par trouver louche ce qu'ils avaient d'abord considéré comme une folie soudaine. Des rumeurs sur le diable avaient suivi. Bientôt, ce monde était devenu trop dangereux pour que les vraies sorcières puissent s'y réunir, même en secret. Les treize familles de Palerme avaient par conséquent adopté un code de silence strict et restaient chacune de leur côté.

Les hommes avaient la drôle d'habitude d'accuser le diable dès que quelque chose ne leur plaisait pas. C'était étrange qu'on nous qualifie de démoniaques, quand c'étaient les humains, précisément, qui prenaient plaisir à nous regarder brûler.

« Alors, les démons qui envahissent notre ville mis à part, comment vas-tu ? » Antonio n'essaya même pas de dissimuler son sourire. « Heureusement qu'un membre de la sainte confrérie veille sur ta pauvre âme tremblante.

— Tu es horrible.

— C'est vrai. Mais tu ne le penses pas vraiment. » Ses yeux sombres brillèrent lorsque, les joues brûlantes, je lui lançai un dé de tomate qu'il évita sans difficulté. « Ou, du moins… j'espère que tu ne le penses pas.

— Je ne te le dirai jamais. » Je reportai mon attention sur la tomate dodue que je coupais en dés. Un jour, quand nous étions plus jeunes, j'avais utilisé un sort de vérité sur lui pour voir s'il partageait mes sentiments. À ma grande joie, c'était le cas, et j'avais eu l'impression que le monde entier se réjouissait de cette découverte. Quand je l'avais raconté à Nonna, elle m'avait obligée à nettoyer la cuisine de fond en comble pendant un mois.

Ce n'était pas exactement la réaction que j'attendais.

Nonna disait que les sorts de vérité – même s'ils ne faisaient pas explicitement partie des arts obscurs – ne devaient jamais être utilisés sur des humains parce qu'ils faisaient partie d'*Il Proibito*.

Les interdits étaient peu nombreux, mais avaient de lourdes conséquences.

Le libre arbitre était l'une des lois les plus fondamentales de la nature dans cet univers, au-delà des notions de magie noire ou blanche, et on ne devait *jamais* le manipuler. C'était pour cette raison que les sorts de vérité étaient interdits. Nonna se servait de la vieille Sofia Santorini pour nous mettre en garde chaque fois que nous mettions en doute ses règles strictes. Cependant, toutes les sorcières de notre communauté ne partageaient pas son point de vue. Quand le *coven* avait été dissous, certaines familles – comme celle de mon amie Claudia – s'étaient tournées ouvertement vers la magie noire. Elles étaient convaincues que la magie était de la magie, quelle que soit sa nature, et qu'elle pouvait – et devait – être utilisée de la façon dont une sorcière l'entendait. Le sang, les ossements : pour les praticiens des arts obscurs, tous les outils étaient viables. Vittoria avait essayé d'appliquer cette logique sur Nonna quand nous avions 15 ans, et avait fini par récurer les toilettes pendant une bonne semaine.

« Est-ce que tu comptes t'éclipser du restaurant pour faire la fête demain ? » Antonio avait fini de couper la mozzarella en cubes et se mit à hacher consciencieusement le basilic frais.

« Peut-être. Ça dépend du nombre de clients que nous avons et de l'heure qu'il sera quand ce sera possible. Honnêtement, je pourrais me contenter de rentrer à la maison et de tester de nouvelles recettes, ou de lire.

— Ah. Une jeune femme si pieuse, qui lit la Bible.

— Mmh. » Je souris à ma planche à découper. Le roman dans lequel j'étais plongée était un bon livre, mais ce n'était *pas* la Bible. Je m'abstins de lui parler du dernier chapitre que j'avais lu, dans lequel le héros exprimait son amour de façon très explicite et avec des exploits charnels impressionnants. À bien y penser, techniquement, son endurance *pouvait* être considérée comme miraculeuse. En tout cas, je m'étais mise à croire avec ferveur que l'impossible était possible. « Des activités amusantes sont prévues avec les frères ?

— Amusantes, c'est assez subjectif. Nous serons sans doute près du char, occupés par des activités sérieuses et pieuses. »

Je n'en doutais pas. Après la mort soudaine de sa mère l'été précédent, Antonio avait surpris tout le monde en quittant la maison et en se lançant dans la vie religieuse. Suivre des règles strictes l'avait aidé à faire son deuil. Il allait beaucoup mieux à présent, et j'étais contente pour lui, même si cela signifiait que nous ne formerions jamais un couple.

« Tiens. » Je lui tendis le pain. « Coupe-le pendant que j'assaisonne la nourriture. »

Je transférai les tomates en dés, la mozzarella et le basilic dans un saladier, avant d'y ajouter un filet d'huile d'olive, de l'ail haché et une pincée de sel marin. Comme le pain n'était pas grillé et que la confrérie ne mangerait pas tout de suite, j'ajoutai quelques gouttes de mon vinaigre balsamique et je mélangeai le tout. Ce n'était pas exactement la présentation que j'aurais souhaitée, mais le plus important était que la nourriture ait bon goût et que le pain ne soit pas détrempé.

« Comment s'est passé ton voyage ? demandai-je. J'ai entendu dire que tu devais contredire les rumeurs qui parlaient de métamorphes.

— Ah oui, les hérétiques du Frioul venus en Sicile après l'Inquisition racontent des histoires intéressantes. Ils prétendent que de puissants guerriers – dont l'esprit quitte le corps en prenant une forme animale – qui protègent les cultures des forces malveillantes sont de retour. » Il lâcha un petit ricanement. « C'est en tout cas l'histoire qu'on nous a racontée dans le village où j'étais affecté. Ils sont convaincus qu'au cours d'une assemblée des esprits, une déesse leur enseigne comment se protéger du mal. Tu sais, c'est difficile de venir à bout des vieilles croyances. »

Il croisa mon regard et j'y lus de la préoccupation. « Ta *nonna* n'est pas la seule à croire que les démons ont débarqué.

— Je... »

Une voix résonna dans le couloir, trop faiblement pour que nous comprenions ce qu'elle disait. Antonio posa un doigt sur ses lèvres. La personne parla encore, un peu plus fort cette fois. Je ne comprenais toujours pas un mot, mais le ton ne semblait pas amical. Je cherchai à tâtons un couteau. Une silhouette dissimulée sous une capuche sortit de l'ombre pour entrer dans la pièce et tendit lentement ses bras vers nous. « Païens… »

La chair de poule se dressa sur mes bras comme une armée de morts-vivants. Les mises en garde de Nonna au sujet de démons furent évacuées pour laisser toute la place à la véritable peur qui me tiraillait : celle des chasseurs de sorcières. Ils m'avaient trouvée. Et je ne pourrais pas utiliser la magie devant eux ou Antonio sans me trahir.

Je bondis en arrière si rapidement que je trébuchai dans ma jupe et me cognai contre mon panier. Les couverts s'éparpillèrent sur le sol avec un cliquetis de métal. La bouteille de mon vinaigre balsamique spécial se brisa.

Antonio serra un chapelet en bois qu'il avait sorti de sous ses robes, et se plaça entre l'intrus et moi.

« Au nom du Christ, je t'ordonne de partir, démon. »

Tout à coup, la silhouette se retourna et… éclata de rire. Ma terreur fit rapidement place à de la colère. Je me redressai en m'adossant au mur et je la fusillai du regard. « Vittoria ! »

Ma jumelle arrêta de rire et replia sa capuche. « Ne faites pas attention à moi. Je repense à ta tête, et c'est encore plus drôle. »

Antonio s'éloigna lentement, les sourcils froncés devant les dégâts sur le sol. Je pris une profonde inspiration et comptai jusqu'à dix mentalement.

« Ce n'est pas drôle du tout. Et tu m'as fait casser mon vinaigre balsamique. »

Vittoria fit la moue en découvrant les éclats de verre qui jonchaient le sol.

« Oh, Emilia. Je suis vraiment désolée. » Elle vint vers moi et me serra dans ses bras jusqu'à m'étouffer. « Quand on rentrera à la maison, tu pourras casser mon parfum préféré comme punition, celui à la sauge blanche et à la lavande. »

Je relâchai une expiration bruyante. Je savais qu'elle était sincère ; elle me donnerait volontiers son flacon et me regarderait le briser en mille morceaux, mais je ne choisirais jamais la vengeance. « Je me contenterai d'un verre de ton cocktail au *limoncello*.

— Je t'en préparerai tout un pichet. » Elle m'embrassa bruyamment sur les deux joues, avant d'adresser un signe de tête à Antonio. « Tu es très intimidant quand tu donnes des ordres au nom du Seigneur, frère Antonio. Si j'avais été un démon, je suis sûre que j'aurais été renvoyée tout droit en enfer.

— La prochaine fois, je brandirai de l'eau bénite. Je brûlerai le diable qui est en toi.

— Hum. Il en faudrait au moins une cruche pour que ça marche, surtout si je l'invoque ici. »

Il secoua la tête, puis se tourna vers moi. « Je dois y aller ; la confrérie a besoin de mon aide pour préparer la journée de demain. Ne t'inquiète pas pour le vinaigre renversé : je reviendrai plus tard nettoyer tout ça. Merci encore pour le repas, Emilia. Après la fête, je devrai à nouveau partir pour dissiper d'autres superstitions, mais j'espère te voir à mon retour. »

Moins de deux secondes après qu'il eut quitté les lieux, mon idiote de sœur se mit à danser tout autour de la pièce, en faisant semblant d'embrasser passionnément une personne imaginaire censée être Antonio. « Oh, Emilia. J'espère te voir à mon retour. De préférence nue, dans mon lit, en train de hurler le nom du Seigneur.

— Arrête ! » Je lui donnai une tape, mortifiée. « Il peut sûrement encore t'entendre !

— Tant mieux. » Elle remua les hanches de façon suggestive. « Peut-être que ça lui donnera des idées. Il n'est pas trop tard pour qu'il quitte la confrérie. Il n'y a pas de loi ou de décret qui stipule qu'une fois rentré dans les ordres, on doit y rester pour toujours. Il y a *tellement* de façons plus intéressantes pour un homme de trouver la religion. Tu pourrais te baigner nue dans l'eau bénite et le lui faire comprendre.

— Ton attitude est blasphématoire.

— Et toi, tu es rouge comme une tomate. Pourquoi ne pas lui avouer ce que tu ressens ? Ou peut-être que tu devrais l'embrasser, tout simplement. Vu comme il te regarde, ça m'étonnerait que ça le dérange. Et puis dans le pire des cas, il se mettra à parler comme un poète, et tu seras obligée de l'étrangler avec son propre chapelet.

— Ça suffit, Vénus. Tu as assez joué les entremetteuses pour aujourd'hui. »

J'attrapai ma sœur par la main et je la traînai hors de la pièce, soulagée de trouver le couloir vide.

Pas d'Antonio. Ni d'autre membre de la confrérie religieuse. La déesse soit louée ! Nous nous précipitâmes dans les couloirs sombres, et cessâmes de courir quand le monastère ne fut plus qu'une tache dans la nuit.

Une fois que nous fûmes confortablement installées dans la cuisine de notre maison, Vittoria rassembla des oranges sanguines, du *limoncello,* du vin rouge, et une bouteille de prosecco. Je la regardai faire depuis l'îlot alors qu'elle versait méthodiquement les ingrédients dans un pichet.

Une tasse de ceci, une goutte de cela, quelques écorces sucrées... les potions et les parfums étaient les domaines où sa magie brillait le plus, et le résultat se traduisait souvent en boissons. C'était l'un des rares moments où elle était totalement sérieuse, et j'aimais la voir s'abandonner avec bonheur à sa passion.

Je salivai en l'observant couper des oranges. Ce cocktail était ma boisson préférée. Vittoria s'était inspirée de la sangria qui était devenue très populaire en France et en Angleterre ces dernières années. Quelques familles anglaises installées à Palerme avaient apporté leur recette, contribuant ainsi à enrichir notre histoire déjà bien chargée. Nonna affirmait qu'en réalité, les Espagnols avaient été influencés par un vin épicé de l'Antiquité romaine appelé *hypocras*. Peu importe l'origine du breuvage : j'adorais le jus d'orange mélangé au vin et les bulles créées par le prosecco.

Vittoria plongea une cuillère dans la préparation, remua vigoureusement, puis le goûta avant de me servir un verre généreux. Elle attrapa la bouteille de *limoncello* et indiqua les escaliers.

« Dépêche-toi, Emilia, avant que quelqu'un ne se réveille.

— Où étais-tu tout à l'heure ? » Je refermai tranquillement la porte de la chambre derrière nous. « Nonna était à deux doigts d'utiliser toute notre huile d'olive pour s'assurer que des démons n'entreraient pas chez *Mer & Vigne*, et sans doute pour fouiller le reste de l'île si elle avait pu. »

Vittoria s'effondra sur son matelas, la bouteille de liqueur de citron à la main, et sourit. « J'invoquais le diable. Un livre ancien m'a murmuré ses secrets, et j'ai décidé de le prendre pour époux. Je t'inviterais bien au mariage, mais je crois que la cérémonie aura lieu en enfer. »

Je la fixai avec sévérité. Si elle ne voulait pas me confier la vérité, libre à elle. Elle pouvait garder son aventure avec Domenico secrète aussi longtemps qu'elle le voulait. « Tu dois arrêter d'attirer autant l'attention sur toi.

— Sinon quoi ? Les *Malvagi* viendront voler mon âme ? Peut-être que je vais simplement la leur vendre.

— Sinon, ça va mal finir pour notre famille. Deux filles ont été assassinées la semaine passée. Elles étaient toutes les deux des sorcières. Antonio m'a dit que les habitants de la dernière ville dans laquelle il s'est rendu parlaient de métamorphes. Ce n'est pas le moment de plaisanter avec le diable. Tu sais comment sont les humains. D'abord les métamorphes, puis les démons, puis viendra le tour des sorcières.

— Je sais. » Vittoria déglutit et se détourna. Je m'apprêtais à lui demander ce qu'elle était venue faire au monastère, quand elle se retourna, les yeux pétillants de malice. « Alors, raconte-moi. Tu as bu du vin ou des spiritueux spéciaux récemment ? »

Je renonçai à l'interroger. *Vin ou spiritueux spéciaux* était le code qu'elle utilisait pour « expérience surnaturelle de sorcière ». Elle faisait souvent appel à notre code pour discuter des sujets que nous voulions tenir à l'abri des oreilles humaines, ou des grands-mères fouineuses. Je me blottis contre mon oreiller et remontai les genoux. Avant de raconter mon histoire, je murmurai un sort de silence pour couvrir le son de nos voix. « L'autre nuit, j'ai rêvé d'un fantôme…

— Attends ! » Vittoria posa son *limoncello* et attrapa son journal, plume entre les doigts et pot d'encre à portée de main. « Raconte-moi tout. Dans les moindres détails. À quoi ressemblait le fantôme ? Tu as vu une silhouette ou une ombre scintillante, ou est-ce que c'était plutôt un truc que tu as ressenti ? Il t'a parlé ? Quand est-ce que c'est arrivé ? Juste au moment où tu t'es endormie, ou plus tard dans la nuit ?

— C'était plus proche de l'aube. Au début, j'ai cru que j'étais réveillée. »

Je bus une gorgée de mon cocktail et je lui racontai mon rêve étrange : une voix désincarnée chuchotait trop bas pour que j'entende autre chose que ce qui ressemblait au langage sans queue ni tête des rêves. Je croyais que c'était le fruit de mon imagination débordante et rien de plus. Je n'imaginais pas encore qu'il s'agissait des premiers signes du drame horrible qui allait bientôt se produire.

TROIS

Je me dépêchais de découper les carcasses de poisson pour le bouillon, en tentant de ne pas prêter attention au craquement du cartilage. Nous étions déjà plongées dans les préparatifs du service du soir quand je me rendis compte que j'avais oublié mon panier au monastère. Comme la fête religieuse était célébrée en ce jour et qu'il y avait déjà énormément de monde dans les rues, je devrais attendre la fermeture de *Mer & Vigne* pour récupérer mes affaires.

C'était peut-être une bénédiction. Comme les membres de la confrérie seraient en train de fêter la *Santuzza – la petite Sainte* – dans les rues, je n'aurais pas à redouter de croiser Antonio. Je n'avais vraiment pas envie de tomber sur lui après la comédie horriblement gênante que Vittoria nous avait jouée la veille.

Elle se permettait souvent d'être audacieuse et effrontée, et les gens l'adoraient pour ça. Malheureusement, c'était une compétence que je ne maîtrisais pas.

Je regardai ma sœur, qui était restée inhabituellement silencieuse toute la matinée. Quelque chose la tracassait. Après que je lui avais fait part de mon rêve, la nuit précédente, elle avait été sur le point de me confier quelque chose, mais au lieu de me parler, elle avait rangé son journal intime, s'était retournée sur son matelas, et s'était endormie. Je m'étais demandé si elle s'était disputée avec son petit ami secret. Peut-être qu'elle était censée le retrouver au monastère et qu'il n'était pas venu ?

Vittoria m'arracha soudain à mes réflexions. « Je sais que nous aurons beaucoup de travail ce soir, mais je dois partir un peu plus tôt. »

Nonna passa devant ma mère, qui préparait un expresso pour accompagner le dessert, et hissa un panier en osier rempli de petits escargots sur l'îlot central. Elle adressa un signe de tête à ma jumelle. « Voilà. Fais-les bouillir pour les *babbaluci.* » Elle lui donna une tape sur la main. « Pas trop longtemps. Il ne faut pas qu'ils se transforment en caoutchouc. »

Je haussai les sourcils, m'attendant à ce que Nonna interdise à ma sœur de partir. Mais elle n'ajouta rien. Tandis que Vittoria faisait bouillir rapidement les escargots, poignée par poignée, Nonna hacha l'ail et plaça une casserole d'huile d'olive sur le feu. Bientôt, nous fûmes toutes absorbées par notre travail, et je ne pensai plus à ce qui tracassait ma sœur, pour me concentrer sur mon bouillon de poisson. Je l'obligerai à tout me raconter plus tard.

Vittoria sortit les escargots de l'eau, et Nonna les ajouta à l'huile et à l'ail, les fit frire légèrement et apporta la touche finale avec du sel, du poivre et du persil frais. Elle bénit les assiettes à mi-voix, remerciant la nourriture d'être si nutritive et les escargots de s'être sacrifiés. C'était un geste simple, qui n'était pas nécessairement magique, mais j'étais convaincue qu'il rendait les plats encore plus savoureux.

« Nicoletta ? » appela Nonna. Ma mère posa son dernier plateau de dessert et jeta un torchon sur son épaule. « Apporte à ton frère ce bol de *babbaluci,* et dis-lui d'aller dehors et d'en proposer à tous ceux qui ont l'air d'avoir faim. Ça aidera les clients à supporter l'attente dans la queue. »

Et cela attirerait plus de gens dans notre trattoria. Nonna n'utilisait peut-être pas la magie *directement* sur les clients, mais elle savait s'y prendre pour attirer les humains en exploitant leurs sens. L'odeur d'ail frit pousserait des clients affamés vers nos tables.

Une fois ma mère partie, Nonna pointa vers nous sa cuillère en bois sculpté. « Vous avez vu le ciel ce matin ? Il était aussi rouge que le sang du diable. Ce soir, ce n'est pas une nuit pour sortir. Restez à la maison et penchez-vous sur vos grimoires : cousez de l'achillée séchée dans vos jupes. Il y a tant de choses à faire à l'intérieur. Vous portez vos amulettes, j'espère ? » Je sortis la mienne de sous mon corsage. Vittoria soupira et s'exécuta aussi.

« Bien. Vous ne les avez pas enlevées, hein ?

— Non, Nonna. » J'ignorai le regard lourd de sous-entendus de ma sœur. Techniquement, je ne mentais pas. Elle avait retiré son amulette une fois quand nous avions 8 ans… et j'avais gardé la mienne. D'après ce que je savais, aucune de nous deux ne s'en était plus séparée depuis.

Nonna expira en signe de soulagement. Elle semblait rassurée. « Que la déesse soit louée. Vous savez ce qui se passerait sinon.

— Notre monde se transformerait en cauchemars et en cendres. » Vittoria tendit les bras comme si elle était un démon avançant d'un pas lent et se déplaça en titubant. « Le diable sera libéré. Nous baignerons dans le sang des innocents, nos âmes seront condamnées à l'enfer pour l'éternité.

— Tu ne devrais pas irriter les déesses qui ont envoyé des signes, Vittoria. Ces amulettes pourraient libérer les princes démons. À moins que tu ne veuilles prendre la responsabilité d'ouvrir les portes de ce royaume aux *Malvagi* que la *Prima* est parvenue à enfermer. À ta place, je tiendrais compte des avertissements. »

Toute trace d'amusement quitta le visage de ma sœur. Elle se retourna vers les escargots qu'elle devait encore faire bouillir et serra fermement son *cornicello*.

Je déglutis, me rappelant les hurlements du chien de l'enfer que nous avions entendu cette nuit-là, il y a bien longtemps. Nonna devait faire erreur : les avertissements dont elle parlait n'étaient que de la superstition. Le diable et son royaume des démons étaient bel et bien emprisonnés.

Et puis, Nonna avait toujours affirmé que nous ne pouvions pas *réunir* nos amulettes. Je ne les avais pas mises en contact, j'avais juste tenu celle de ma sœur alors que je portais la mienne. Les princes de l'enfer étaient toujours à leur place.

Aucun démon n'errait sur Terre. Tout allait bien.

Pourtant, dès que notre grand-mère nous tourna le dos, Vittoria et moi échangeâmes un long regard chargé de sous-entendus.

QUATRE

Je fixais le monastère plongé dans l'obscurité, incapable de me débarrasser de l'impression que le bâtiment me fixait lui aussi, les crocs ouverts pour former un rictus cruel. C'était la preuve qu'au bout du compte, les superstitions de Nonna étaient parvenues à me déstabiliser. Pourtant, à moins qu'une puissante sorcière n'ait jeté un sort dont je n'avais jamais entendu parler pour que le calcaire et le verre prennent vie, c'était juste un édifice désert.

« *Grazie,* Nonna », murmurai-je ironiquement.

Je me dirigeai vers une porte en bois tapie dans l'ombre. Les épaisses charnières en fer grincèrent en guise de protestation lorsque je me glissai à l'intérieur. Un oiseau s'envola d'une poutre, ses ailes battant au même rythme que mon cœur.

Le monastère des Capucins était à un peu plus d'un kilomètre de notre restaurant et c'était l'un des bâtiments les plus populaires de Palerme. Pas pour son architecture, mais pour les catacombes situées sous ses murs sacrés. J'aimais beaucoup le monastère en plein jour, mais je n'arrivais pas à me débarrasser de l'impression glaçante qui s'accrochait à moi dans l'obscurité. Maintenant que les lieux étaient déserts, un étrange pressentiment me rongeait.

Même l'air semblait tendu… comme s'il retenait son souffle, dans l'attente d'une découverte maléfique.

Les mises en garde de Nonna au sujet des démons continuaient à me hanter, alors que je m'enfonçais plus profondément dans le monastère silencieux, et je luttais contre la peur qui gagnait peu à peu tout mon corps. Je n'avais *vraiment* pas envie d'imaginer des monstres aux yeux rouges voleurs d'âmes envahissant notre ville, surtout au moment où j'étais seule dans un lieu peu rassurant.

Je serrai les bras contre ma poitrine et j'accélérai le pas dans un couloir sombre bordé par des momies alignées le long des murs. Elles avaient été placées en position verticale, arborant les vêtements qu'elles avaient choisis des centaines d'années plus tôt.

J'essayai de ne pas croiser leurs regards vides et sans vie alors que je me hâtais de quitter la pièce. Le chemin que j'empruntais était le plus rapide pour rejoindre l'endroit où j'avais laissé mon panier, et je maudis la confrérie d'avoir disposé cet étalage effrayant.

Les cadavres en revanche n'avaient jamais dérangé ma jumelle. Quand nous étions plus jeunes, Vittoria voulait laver et préparer les corps des défunts. Nonna n'approuvait pas sa fascination pour les morts, et pensait qu'elle pouvait la mener à une obsession pour les *arti oscure*. J'étais divisée sur ce sujet, mais cela n'avait pas d'importance finalement, car la confrérie avait choisi notre amie Claudia pour prendre cette tâche en charge.

Les rares après-midi où nous ne travaillions pas et où nous pouvions marcher sur la plage afin de ramasser des coquillages pour les bénédictions de la Lune, Claudia nous racontait comment les momies étaient apparues. Je tortillais mes orteils dans le sable chaud, en essayant de repousser la chair de poule qui me gagnait, alors que Vittoria, elle, se penchait en avant, une lueur avide dans le regard, à l'affût du moindre détail.

Je m'efforçais de chasser de mon esprit ces histoires morbides en cet instant.

Une fenêtre tout en haut était entrouverte et permettait à une rafale de s'engouffrer dans le couloir. L'air sentait la terre fraîchement retournée et le sel, comme si un orage approchait. *Fantastico*. Il ne manquait plus que ça : devoir rentrer en courant sous la pluie.

Je progressai rapidement dans l'obscurité. Une torche était allumée à chaque extrémité du long couloir, laissant la majeure partie du parcours dans l'ombre. Du coin de l'œil, je perçus un mouvement et me figeai. Même si je m'étais arrêtée, le bruit du tissu qui frottait la pierre continua pendant un bon moment avant de se taire lui aussi. Il y avait quelqu'un d'autre ici. Ou *quelque chose*.

Mon corps tout entier frémit de nervosité. Je secouai la tête. J'étais sans doute déjà paniquée à force de penser aux *Malvagi* et mon esprit me jouait des tours. À moins que ce ne soit Vittoria, une fois de plus. Je rassemblai le peu de courage qui me restait et je me forçai à me retourner pour scruter le couloir et ses momies vigilantes et silencieuses, cherchant ma sœur.

« Vittoria ? » J'examinai les ombres, et je retins un cri quand une silhouette plus épaisse se dessina derrière les cadavres. « Qui est là ? »

Pas de réponse. Je repensai aux rumeurs que m'avait rapportées Antonio la veille, et je ne pus m'empêcher d'imaginer un métamorphe tapi dans l'ombre. Les poils de mes bras se hérissèrent. J'aurais pu jurer que des yeux étaient braqués sur moi. Des alarmes se déclenchèrent dans ma tête. Le danger rôdait tout près. Nonna avait raison : ce n'était pas une nuit à mettre le pied dehors. J'étais en train de calculer combien de temps il me faudrait pour rejoindre l'extérieur, quand des ailes battirent dans les poutres. Je soupirai.

Il n'y avait pas d'apparition, pas de métamorphe mythologique, ou de démon lancé à mes trousses. Juste un petit oiseau perdu. Je l'avais sans doute encore plus effrayé qu'il ne m'avait fait peur.

Je reculai lentement dans le couloir et me dirigeai vers la pièce suivante, ignorant les tremblements qui faisaient vibrer mes os. Je me précipitai vers l'endroit où j'avais oublié mon panier et l'attrapai, puis je rangeai mon matériel dedans, les mains tremblantes.

« Stupide oiseau. »

Plus vite je rassemblerais mes affaires, plus vite je pourrais récupérer Vittoria à la fête et rentrer à la maison. Ensuite nous « emprunterions » une bouteille de vin et nous nous installerions dans nos lits où nous boirions et ririons ensemble à propos des déclarations de Nonna au sujet du diable, bien au chaud et en sécurité dans notre chambre.

Le raclement d'une botte contre la pierre me tétanisa.

Il était impossible de confondre ce son avec les ailes d'un oiseau. Je restai figée, respirant à peine, écoutant un silence oppressant. Je saisis mon *cornicello* pour me réconforter.

Puis, quelque chose commença à m'appeler doucement. L'appel était lent et insistant ; une sorte de bourdonnement silencieux que je ne pouvais pas repousser. La déesse savait que j'essayais, pourtant. Ce n'était pas un son réel, plutôt un sentiment étrange qui me vrillait l'estomac. Chaque fois que j'envisageais de m'enfuir, il se faisait plus insistant.

Je sortis le couteau de mon panier et le serrai dans mon autre main, puis je retournai sur la pointe des pieds dans le couloir, m'arrêtant pour tendre l'oreille devant l'entrée de chaque pièce. Mon cœur battait la chamade à chaque pas. J'étais convaincue qu'il pourrait cesser de battre, si je ne me calmais pas.

Je fis encore un pas, suivi d'un autre. Chacun était plus difficile que le précédent. Je tendis l'oreille par-dessus mon pouls qui tambourinait, mais aucun autre son n'émergea de l'obscurité. C'était comme si ma peur seule avait créé le murmure qui m'appelait précédemment. Mais cette sensation...

Je la suivis plus loin dans le monastère.

Au bout du couloir suivant, je m'arrêtai devant une pièce dont la porte était entrouverte. Ce qui m'avait appelée m'invitait à l'intérieur, je le sentais. Un léger tiraillement dans mes tripes, une invocation que je n'avais aucun espoir de faire taire. Je ne savais pas quelle sorte de magie était en jeu, toutefois sa présence ne faisait aucun doute.

Je laissai retomber mon amulette et je retins mon souffle en me faufilant à l'intérieur sur la pointe des pieds, me méfiant de ce qui m'attirait. Nonna déplorait souvent ma capacité à me déplacer sans bruit, néanmoins, en cet instant, c'était plutôt un avantage.

À l'intérieur de la pièce flottait une vague odeur de thym mélangée à quelque chose de métallique et à de la paraffine brûlée. Mes yeux prirent un moment pour s'habituer à l'obscurité, mais quand je vis enfin plus clair, j'eus le souffle coupé et je me demandai comment cette forme avait pu m'échapper. Peut-être était-ce la faute de son immobilité surnaturelle ?

Maintenant que j'étais consciente de sa présence, je ne pouvais pas détourner le regard. L'obscurité m'empêchait de distinguer clairement ses traits, cependant ses cheveux étaient d'une nuance proche de l'onyx, presque iridescents comme les ailes d'un corbeau captant la lumière du Soleil. Il était grand et puissamment bâti, à la façon d'une statue de guerrier romain, et pourtant ses vêtements étaient ceux d'un gentilhomme.

Quelque chose en lui me poussait à rester tapie dans l'ombre, car je n'avais aucune envie que ma présence soit décelée.

Il était penché au-dessus d'un corps enveloppé d'un linceul. Une dizaine de scénarios se formèrent aussitôt dans ma tête. Peut-être que la femme de sa vie était morte de façon tragique avant qu'ils ne puissent concrétiser leurs rêves, et qu'il en voulait au monde entier ? Peut-être qu'elle s'était éteinte paisiblement dans son sommeil ? Ou peut-être était-ce la sorcière assassinée dont Nonna nous avait parlé hier ?

Celle dont le corps avait été découvert en ville.

Cette pensée me fit l'effet d'un seau d'eau glacée qu'on m'aurait renversé sur la tête. Je mis fin à mes conjectures et me concentrai sur la pièce. Un étrange assortiment de bougies à moitié soufflées était soigneusement disposé en cercle autour de l'autel en pierre sur lequel le cadavre était étendu. Des bouffées odorantes de thym parvenaient jusqu'à mes narines.

C'était plutôt étrange pour un humain d'installer des bougies et de brûler des herbes. Je me souvins soudain de l'odeur de thym que j'avais repérée la veille, et je me demandai si l'inconnu était là pendant qu'Antonio et moi cuisinions à quelques pièces de là.

Je l'examinai, le pouls battant à toute allure, essayant de déterminer s'il était la source de la magie qui avait attiré mon attention. Je ne le pensais pas. Ce n'était pas lui qui m'avait attirée ici, c'était cette pièce. Sans crier gare, la pression de l'air sembla tout à coup bizarre, comme si une distorsion se produisait dans l'espace qui nous entourait. Même les ombres paraissaient s'incliner pour le confirmer.

Mais oui, bien sûr. Mes pensées étaient ridicules. D'abord, cette impression d'être suivie dans les couloirs par des démons fantômes invisibles, et maintenant ça. Il n'y avait rien de menaçant dans le fait qu'un jeune homme fasse ses adieux à la jeune femme dont il était épris. Placer des bougies autour d'un corps n'était pas si étrange non plus. Un tas de gens allumaient des cierges pour prier leur dieu. Encore une fois, mon...

Il se pencha soudainement vers le corps, et ses mains effleurèrent la zone au-dessus de son cœur. J'attendais qu'il écarte le linceul et embrasse sa bien-aimée pour lui murmurer un dernier au revoir. Quand il retira la main de sous le tissu, ses doigts étaient couverts de sang. Lentement, comme s'il était pris dans une transe diabolique, il porta les doigts à sa bouche et les *lécha*. Je restai un moment à le fixer, incapable de réaliser ce dont je venais d'être témoin.

Tout en moi se mit à bourdonner et se pétrifia. La peur et la rage tourbillonnaient en formant une cacophonie assourdissante, tandis que je comprenais enfin pourquoi j'avais senti que quelque chose ne tournait pas rond.

Des alarmes résonnaient en moi, hurlant pour me mettre en garde contre des démons assoiffés de sang, mais j'étais trop furieuse pour entendre raison. Ce n'était pas une créature de minuit, née de l'obscurité et du clair de lune comme celle que Nonna annonçait sans cesse.

Ce monstre trop humain avait pénétré dans les catacombes et avait commis le plus vil des actes : il avait goûté le sang des défunts. Avant que je ne puisse tenir compte des avertissements que ma grand-mère avait martelés dans nos crânes depuis notre plus petite enfance, je sortis de ma cachette, hurlant comme si *j'étais* une créature sauvage de la nuit.

« Stop ! »

Je ne sais pas si c'était mon ton autoritaire ou, plus probablement, ma voix horriblement perçante, mais l'inconnu bondit en arrière sur près d'un mètre, à une vitesse telle que le mouvement me sembla presque indécelable.

Il y avait une autre chose étrange… quelque chose… J'attrapai mon *cornicello* et me concentrai sur son aura ; son *luccicare* n'était pas lavande, mais d'un noir chatoyant et multicolore, ponctué de taches dorées. Il me rappelait le quartz titane de Nonna. Je n'avais jamais rien vu de semblable.

Il jeta un coup d'œil au couteau de cuisine que je tenais et au corps étendu sur la table… il hésitait sans doute sur ce qu'il devait faire. C'est alors que je remarquai qu'il serrait une dague dans sa main. Un serpent doré aux yeux violets qui montrait les crocs s'enroulait autour de sa poignée. C'était un objet magnifique. Malfaisant. Mortel.

Pendant un moment, je crus qu'il allait pointer l'arme droit sur mon cœur.

« Ne vous approchez pas d'elle, prévins-je en faisant un petit pas dans sa direction, sinon je crierai assez fort pour faire accourir tous les *fratelli* de ce bâtiment. »

C'était un mensonge. Ils étaient tous sortis pour accomplir les rites traditionnels de la *Santa Rosalia*. À ma connaissance, l'inconnu et moi étions seuls dans le monastère. Et comme nous nous trouvions dans les profondeurs des catacombes, personne n'entendrait mes cris s'il se jetait sur moi. Mais je n'étais pas sans défense.

Ma main lâcha mon amulette et se dirigea vers la craie bénie par la Lune que Nonna voulait à tout prix que l'on garde dans la poche secrète de nos jupes. J'étais prête à tomber à genoux et à dessiner un cercle de protection. Cela fonctionnerait contre un humain et me protégerait aussi des menaces surnaturelles. Mais j'hésitais quand même, car, si c'était un chasseur de sorcières, l'utilisation de la magie trahirait mon secret.

Il ouvrit la bouche, sur le point de déclarer… le genre de truc qu'on dit après avoir été surpris en train de lécher le sang d'un mort, quand ses yeux s'arrêtèrent près de ma poitrine. La chaleur de son regard faillit embraser ma robe. Il avait goûté du sang et avait le culot de loucher sur moi comme si j'étais un mets délicat mis sur cette terre pour son seul plaisir. À moins que…

« Menteuse. » Sa voix était profonde, rauque et élégante à la fois. On aurait dit les dents d'un couteau enveloppées de soie. Tous les poils de mes bras se hérissèrent.

Avant que je ne déverse sur lui un torrent de malédictions, il fit la dernière chose à laquelle je m'attendais : il tourna les talons et prit la fuite. Dans sa hâte, il lâcha son poignard décoré d'un serpent, qui tomba sur le sol. Soit il ne le remarqua pas, soit il s'en fichait complètement. J'attendis, le couteau de cuisine pointé devant moi, respirant difficilement. Je n'entendis pas de pas s'éloigner, juste un léger crépitement, comme si un feu couvait, mais qui disparut trop vite pour que je sois sûre de ce que j'avais perçu.

S'il m'attaquait depuis les ombres, je me défendrais par tous les moyens nécessaires, même si l'idée me donnait la nausée. Une seconde s'écoula. Puis une autre. Je tendis l'oreille par-dessus le rugissement de mon pouls, essayant de déceler le moindre signe de pas.

Il n'y avait aucun son en dehors des battements frénétiques de mon cœur.

L'inconnu ne revint pas. J'envisageai de me lancer à sa poursuite, mais je me rendis compte que ni mon souffle ni mes jambes tremblantes ne coopéraient. Je baissai les yeux pour essayer de comprendre ce qui l'avait mis si mal à l'aise, et je vis mon *cornicello* briller dans l'obscurité. *Comment…*

L'appel silencieux s'éleva à nouveau en mon for intérieur, m'invitant à écouter attentivement. Je repoussai les murmures dans les recoins les plus profonds de mon esprit. Je n'avais pas besoin de distraction. Il me fallut quelques instants pour apaiser mon pouls et ce fut seulement alors que je réalisai que le corps sur la table ne se trouvait pas à l'endroit où la confrérie amenait les dépouilles des défunts pour les laver et les préparer en vue de la momification.

À première vue, cette pièce semblait plutôt désaffectée. Je la parcourus des yeux et notai qu'elle était couverte d'une épaisse couche de poussière. Hormis l'autel en pierre placé au centre, la salle était petite et taillée dans le calcaire. Il n'y avait pas d'étagères, de caisses ou de rangements. Elle sentait la moisissure et le renfermé, comme si elle était restée close pendant des centaines d'années et n'avait été ouverte que récemment. La moisissure était beaucoup plus prégnante que le léger arôme de thym.

Un picotement inconfortable démarra au sommet de ma colonne vertébrale et descendit jusqu'à mes orteils. Maintenant que l'inconnu était parti, le doute n'était plus possible : c'était le cadavre qui m'appelait. Ce qui, en soi, n'était jamais un signe positif. Je n'avais jamais eu l'honneur de converser avec les morts, mais je ne trouvais pas vraiment l'idée attrayante. J'avais envie de m'enfuir et de ne surtout pas soulever le linceul, mais c'était plus fort que moi.

Je serrai mon couteau et me forçai à marcher vers le corps, obéissant à ce tiraillement silencieux et insistant, tout en maudissant ma conscience. Avant d'examiner le cadavre, je ramassai la dague, qui remplaça mon minable couteau de cuisine. Son poids m'apporta un léger réconfort. Si le buveur de sang revenait, j'aurais une bien meilleure arme pour me défendre.

Aussi rassurée que je pouvais l'être, je me tournai vers le corps recouvert d'un drap, et je cédai finalement à son appel. Je ne permis pas à la peur de se faufiler dans mon cœur lorsque je soulevais le linceul du visage.

Je restai abasourdie en silence pendant plusieurs secondes avant que mon cri ne déchire la tranquillité du monastère.

CINQ

La magie est une entité vivante, qui respire ; elle se nourrit de l'énergie qu'on lui offre. Comme toutes les forces de la nature, elle n'est ni bonne ni mauvaise : elle le devient simplement en fonction de l'intention de l'utilisateur. Si on la nourrit d'amour, elle s'épanouit et grandit. Si on la nourrit de haine, elle rendra la haine au centuple.

Notes du grimoire Di Carlo

Le visage que j'observais sous la toile était un miroir du mien. Des yeux bruns, des cheveux châtain foncé, une peau olive bronzée par le Soleil, héritée de nos ancêtres communs. Je m'approchai et écartai timidement une mèche de cheveux du front de Vittoria. Je retirai ma main en sentant la chaleur sous mes doigts.

« Vittoria ? Peux-tu bouger ? »

Son regard était fixe et vide. J'attendis avec impatience qu'elle cligne des yeux, et qu'elle éclate de rire. Elle ne parvenait jamais à se retenir très longtemps.

Vittoria ne remua pas un cil. Je ne respirais plus. Je restais figée, à examiner son visage, prise entre le déni et la terreur. Je n'arrivais pas à me forcer à comprendre le spectacle que j'avais sous les yeux.

Je tirai nerveusement sur mes cheveux. Je l'avais encore vue en pleine forme, à peine une heure ou deux plus tôt.

Ce devait être une autre de ses plaisanteries stupides.

« Vittoria ? » chuchotai-je, espérant une réponse. Les secondes se transformèrent en minutes. Elle me fixait sans ciller. Elle avait peut-être perdu connaissance. Je tendis la main et la secouai légèrement. « S'il te plaît. Bouge. »

Malgré ses yeux ouverts, elle paraissait paisible, étendue, alors que le linceul était rabattu plus bas que son menton. On aurait pu croire qu'elle était plongée dans une transe profonde et qu'un prince allait bientôt venir l'embrasser pour la tirer de sa torpeur. Mon cœur se serra. Je n'étais pas dans un conte de fées. Personne n'allait arriver pour briser le sort et la ressusciter. Mais *j'aurais dû* être là pour sauver ma sœur.

Si j'avais quitté le restaurant plus tôt, j'aurais pu intervenir pour la sauver. Peut-être que ce monstre assassin m'aurait prise à sa place ? J'aurais certainement dû insister pour qu'elle écoute Nonna et ne sorte pas. J'aurais pu expliquer à notre grand-mère ce qui était arrivé à nos amulettes jadis. Une centaine de possibilités s'étaient présentées à moi et je n'avais rien fait. Et si… Je fermai les paupières lorsque je me sentis envahie par un déluge de ténèbres.

C'était encore pire.

Ce que je voyais ne pouvait être qu'une scène de cauchemar née de mon imagination… ce n'était pas possible autrement. Pourtant, quand je rouvris les yeux, aucun doute n'était permis : Vittoria était morte.

Un *ploc ploc* régulier fit irruption dans mes pensées. Ce bruit si banal me parut soudain étrange. Je concentrai toute mon attention dessus. Il m'aidait à couvrir les bourdonnements et les chuchotements insistants que j'entendais encore.

Peut-être que je commençais à perdre la tête.

Le goutte-à-goutte ralentit. Son absence signifiait quelque chose. Je n'avais pas le temps d'y penser dans l'immédiat. L'étrange murmure finit à son tour par devenir trop faible pour être perceptible. Comme si ce qui le causait s'était enfin éloigné.

Un sanglot vint briser le silence qui s'était établi. Il me fallut un moment pour réaliser qu'il s'était spontanément échappé de ma gorge.

La pièce se mit à tourner au point que je faillis perdre l'équilibre. Ma jumelle. Ma meilleure amie. Disparue. Plus jamais nous ne boirions ni ne ririons ensemble, plus jamais nous ne discuterions de l'avenir. Elle ne se moquerait plus avec moi des superstitions de Nonna et ne surgirait plus des ombres pour me flanquer la frousse. Nous ne nous disputerions plus et nous ne nous réconcilierions plus jamais. Elle ne me pousserait plus à me montrer plus audacieuse, ou à prendre mes rêves à bras-le-corps. Je ne savais pas qui être sans elle. Ni comment continuer à vivre.

« Non. » Je secouai la tête, refusant d'accepter sa mort. De la magie et de l'illusion devaient être à l'œuvre. Vittoria ne pouvait pas être morte. Elle était jeune, débordait d'énergie et de vie. C'était elle qui dansait avec le plus d'enthousiasme lors des fêtes de quartier, qui remerciait la Lune et la déesse de la nuit et des étoiles avec le plus de ferveur. Tout le monde avait l'impression d'être ami avec elle. Je ne savais pas qui était cette personne figée et silencieuse.

À travers mes larmes, je retirai complètement le linceul. La robe qu'elle portait était blanche, comme une offrande. C'était de la soie finement travaillée rehaussée de dentelle. Je ne l'avais jamais vue. Nous n'étions pas pauvres, mais nous ne pouvions certainement pas nous permettre ce genre de luxe. À moins qu'elle n'ait économisé pendant plusieurs étés.

Le corsage délicat était déchiré, son *cornicello* n'était plus là, son…

Je poussai un hurlement. Son cœur avait été arraché de sa poitrine. Le trou était déchiqueté, barbare. C'était un gouffre noir et cramoisi pratiqué dans sa cage thoracique, il paraissait si peu naturel que je devinais que même en vivant un millier d'années de plus, je ne pourrais jamais effacer cette image de ma mémoire. Je fixai l'orifice et compris enfin la source du goutte-à-goutte : le sang s'accumulait sous son corps et éclaboussait l'autel.

Il y en avait tellement ! C'était... Je tombai à genoux, et je rendis tout le contenu de mon estomac. Je vomis encore et encore jusqu'à ce qu'il ne reste plus rien.

Je fermai les yeux et l'image qui apparut derrière mes paupières était encore plus horrible.

J'essayai de respirer à fond, mais cela n'aida pas à soulager mes vertiges. Maintenant que j'avais vu le sang, je ne sentais plus que l'odeur métallique de la mort. Elle était partout, imprégnant toute la pièce. J'étais prise tour à tour de vagues de chaleur et de frissons glacés.

Je glissai en voulant avancer et je m'étalai sur la pierre. J'essayai de me relever en me hissant sur mes bras, et je retombai. J'étais couverte du sang de ma jumelle. Je me recroquevillai en position fœtale, tremblant de la tête aux pieds. C'était un cauchemar. J'allais me réveiller bientôt, il le fallait. Les cauchemars ne duraient pas éternellement. Je devais juste attendre que la nuit prenne fin. Ensuite, tout irait bien.

Je ne sais pas combien de temps je restai là, à trembler et sangloter sur le sol, mais au moins une heure ou deux s'écoulèrent. Peut-être plus. Je devais aller chercher de l'aide.

Même si plus personne ne pouvait sauver Vittoria.

Je finis par me relever sur mes bras chancelants et je fixai ma sœur, incapable de me faire à la vérité qui s'étalait sous mes yeux.

Assassinée.

Le mot résonnait en moi comme des coups de tocsin. La peur se superposa au désespoir. Ma sœur avait été assassinée. J'avais besoin d'aide. J'avais besoin de me sentir en sécurité. J'avais besoin de... Je fis glisser la lame de l'inconnu sur ma paume et je plaçai ma main en sang au-dessus du corps de ma jumelle.

« Vittoria, je jure sur ma vie que je ferai payer le coupable. »

Je la contemplai une dernière fois, puis je m'enfuis en courant aussi vite que si le diable me poursuivait pour s'emparer de mon âme maudite.

SIX

Je me cognai à des fêtards, renversant du vin sur leurs tuniques et leurs robes. Ils rirent de plus belle et tentèrent de m'entraîner dans leurs danses. De me faire partager leur joie. De célébrer la victoire de la vie sur la mort que leur saint béni leur avait apportée des années plus tôt.

Dans un état second, je passai devant notre restaurant plongé dans l'obscurité, fermé pour la nuit, et je marchai dans notre quartier.

L'ourlet de ma jupe était trempé par Déesse sait quoi. Le tissu collait à mes chevilles et me démangeait atrocement. Je continuais à avancer, sans prêter attention à la gêne. Je n'avais pas le droit de ressentir quoi que ce soit, alors que ma sœur ne ressentirait plus jamais rien.

Petite sorcière solitaire.

C'était à peine plus fort qu'un sifflement, mais la voix déclencha un frisson tout le long de ma colonne vertébrale. Je fis volte-face et scrutai la rue déserte. « Qui est là ?

— *Les souvenirs, comme les cœurs, peuvent être volés.* »

La voix était derrière moi, à présent. Je me retournai, le cœur battant à tout rompre. Rien.

« Ce n'est pas réel », chuchotai-je. Mon esprit me narguait en me faisant subir des hallucinations horribles suite à la découverte du corps mutilé de Vittoria. Le démon fantôme invisible qui me hantait s'était trouvé une voix. Cette idée me paraissait si ridicule que je ne pouvais même pas la considérer comme réelle. « Va-t'en.

— Il voudrait se souvenir, mais ne fait qu'oublier. Il va venir ici bientôt.

— Qui ? L'homme qui a fait ça à Vittoria ? »

Je pivotai, et ma jupe s'entortilla autour de moi. Il n'y avait pas âme qui vive dans la rue. En fait, elle semblait étrangement paisible, comme si quelqu'un l'avait privée de toute trace de vie. Aucune lumière ne brillait à l'intérieur des maisons. Pas le moindre bruit ou mouvement. Je n'entendais même plus l'agitation et l'excitation de la fête au loin.

Un épais brouillard artificiel rampait sur le sol et s'enroulait autour de mes pieds, charriant une odeur de soufre et de cendre. Nonna affirmait que ces senteurs étaient un signe que les démons étaient proches. Je me demandai si un meurtrier humain était tapi dans l'ombre, serrant son couteau.

« Qui va venir ? » J'avais de plus en plus l'impression d'être prise au piège d'un cauchemar. Je fermai les paupières et me forçai à revenir à la réalité. Je ne pouvais pas m'effondrer maintenant. « Quand je rouvrirai les yeux, tout sera normal. »

Mon vœu se réalisa. D'un coup, le brouillard sulfureux avait disparu, le brouhaha de familles attablées flottait à travers les fenêtres ouvertes, et les cris joyeux des fêtards gagnés par l'ivresse résonnaient tout autour de moi.

Je me frottai les bras et me précipitai vers chez moi. Des démons fantômes. Des voix désincarnées. Un brouillard diabolique. Je savais exactement ce qui se passait : j'avais sombré dans l'hystérie. Et ce n'était pas le moment. Il fallait ramener le corps de Vittoria à la maison pour les rites funéraires. Je me sentais capable de cacher mon désespoir et mes hallucinations assez longtemps pour accomplir ça pour elle.

Après avoir avancé mécaniquement quelques minutes de plus dans les rues familières, je me retrouvai face à notre façade en pierre et je m'arrêtai sous la treille couverte de frangipaniers, incapable de formuler les mots que je devais prononcer. Je ne savais pas comment annoncer la nouvelle à ma famille.

Dans quelques instants, ils allaient eux aussi avoir l'impression d'être anéantis, d'avoir été battus.

À partir de ce moment, nos vies ne seraient plus jamais les mêmes. J'imaginais le hurlement de ma mère. Les larmes de mon père. L'horreur sur le visage de Nonna quand elle réaliserait que toutes ses précautions pour nous sauver du mal avaient été inutiles.

Vittoria était morte.

Je devais avoir crié ou émis un petit bruit. Un rai de lumière doré fendit l'obscurité avant de s'éteindre aussi rapidement. Nonna était à la fenêtre, elle attendait. Elle était probablement là depuis son retour à la maison. Inquiète, se rongeant les sangs. Ses avertissements à propos du diable qui remuait les mers et du ciel rougeoyant ne me semblaient plus être de vieilles superstitions idiotes, à présent.

La porte s'ouvrit brusquement avant que je n'aie fini de monter les marches de pierre du perron et que je n'atteigne la poignée.

Nonna commença à secouer la tête, les yeux baignés de larmes, et serra son *cornicello*. Je n'eus pas besoin de dire quoi que ce soit. Le sang qui tachait mes mains en disait bien assez. « Non. » Sa lèvre inférieure tremblait. Je n'avais jamais vu un tel désespoir et une telle peur déformer ses traits. « Non. Ce n'est pas possible. »

L'horrible vide que je ressentais s'étendit. Toutes ses leçons, tous nos sorts… pour rien.

« Vittoria est… » J'essayai de ravaler la boule dans ma gorge et faillis m'étouffer. « Elle est… »

Je baissai les yeux sur la dague au serpent que je tenais encore en main, et que je n'avais aucun souvenir d'avoir prise. Je me demandai si c'était cette arme qui avait servi à lui enlever la vie. Je serrai la poignée.

Nonna jeta un coup d'œil à la dague et m'enlaça brutalement. « Qu'est-ce qui s'est passé, *bambina* ? »

J'enfouis mon visage contre son épaule, humant l'odeur familière d'épices et d'herbes. Tenir Nonna dans mes bras rendait toute la scène réelle. Authentifiait cet horrible cauchemar.

« Tes pires craintes. »

Des images de ma jumelle et du trou béant à la place de son cœur apparurent dans ma tête et le peu de force auquel je m'accrochais se brisa, me plongeant dans l'obscurité.

Le lendemain de l'enterrement de ma sœur, j'étais assise seule dans notre chambre, un livre fermé sur les genoux. L'atmosphère était étrangement calme. À l'époque où ma jumelle aventureuse pouvait encore quitter la maison, j'adorais les journées paisibles comme celle-ci, où je pouvais vivre mes propres aventures avec mon personnage préféré. Un bon roman était magique pour moi, une magie à laquelle je pouvais m'adonner en toute sécurité sans crainte de me faire rattraper par ceux qui nous chassaient. J'aimais m'évader de la réalité, surtout dans les moments difficiles. La fiction rendait tout possible.

Mon attention se porta sur la porte comme je l'avais fait toute la matinée, cherchant un signe m'indiquant que Vittoria était sur le point de franchir le seuil, le visage rouge et le sourire aux lèvres. Mais tout restait désespérément calme.

En bas, une cuillère cliqueta contre le chaudron en fonte. Un peu plus tard, des parfums d'herbes s'élevèrent. Nonna n'avait pas arrêté de fabriquer des bougies sortilèges. Elle les allumait pour la *polizia*, pour les guider dans leurs recherches. C'était du moins ce qu'elle prétendait. J'avais vu la bougie aux baies de genévrier et à la belladone qu'elle avait façonnée avec une pincée de sel et de poivre. C'était une recette qu'elle avait inventée et elle ne l'utilisait pas pour la clarté de la flamme.

Je mis mon livre de côté et je descendis, hésitant à l'entrée de la cuisine. Je n'avais pas vraiment faim, mais je me sentais vide, creuse.

Je n'avais pas envie de cuisiner ou de créer des plats, et je ne pouvais pas m'imaginer un jour redevenir légère et libre. Un monde sans ma sœur me semblait sombre et vain.

Nonna leva les yeux. « Viens t'asseoir, Emilia. Je vais te préparer quelque chose à manger.

— C'est bon, Nonna. Je peux me cuisiner quelque chose moi-même. »

J'ouvris la glacière et faillis fondre en larmes quand je vis le pichet de vin au *limoncello* que Vittoria m'avait préparé. Personne n'y avait touché. Je m'empressai de refermer la porte, et je me perchai sur le bord du tabouret le plus proche.

« Tiens. » Nonna plaça un bol de ricotta sucrée devant moi avec une expression bienveillante. « Les desserts, ça passe toujours sans effort. »

Je touillai le fromage crémeux. « Tu crois que quelqu'un a découvert... ce que nous sommes ? Peut-être que Vittoria a plaisanté au sujet du diable ou des démons devant la mauvaise personne.

— Non, *bambina*. Je ne crois pas que ce soit un humain qui l'ait attaquée. Pas après les signes que nous avons reçus. Et la dette de sang. »

J'avais complètement oublié cette mystérieuse dette de sang. J'avais l'impression qu'une vie entière s'était écoulée depuis que Nonna l'avait mentionnée pour la première fois. « Tu crois que la dette de sang est responsable du meurtre de Vittoria ?

— Mmh. Elle faisait partie d'un ancien marché conclu entre la *Prima* et le diable. Certains pensent que la *Prima* a maudit les Damnés, d'autres pensent que le diable a maudit les sorcières. Un avertissement est arrivé un jour : « Quand le sang des sorcières se répandra en Sicile, prenez vos filles et cachez-vous. Les *Malvagi* seront là. » Il y a eu trois meurtres de sorcières.

— Ça ne veut pas dire que les Damnés les ont tuées. Et les chasseurs de sorcières ? Tu ne trouves pas que c'est une explication plus logique que des démons royaux échappés de l'enfer ? Tu sais aussi bien que moi que les humains redoutent les sorcières, et qu'ils sont prêts à commettre les pires péchés dont ils nous accusent. Antonio m'a raconté qu'un village pas loin d'ici est convaincu que les métamorphes ont fricoté avec une déesse. Peut-être que quelqu'un a vu Vittoria murmurer un sort et l'a tuée.

— Le diable a agité la mer et fait saigner le ciel. Qu'est-ce qu'il faut de plus pour te convaincre que le danger qui frappe à notre porte n'a rien à voir avec les mortels ? Et qu'est-ce que des humains feraient avec des cœurs de sorcières ? »

Je pris une profonde inspiration, essayant de calmer la colère qui montait en moi. Ce n'était pas le moment de croire les histoires transmises de génération en génération. Il était temps de considérer les faits et rien qu'eux. Depuis la première victime à Sciacca – plus d'une semaine avant le meurtre de Vittoria –, pas une seule famille de sorcières ne nous avait communiqué d'informations confirmant l'arrivée des Damnés. Jusqu'à ce que de nouvelles preuves ou de nouveaux indices soient découverts au sujet des princes démons, je m'en tiendrais à mon hypothèse la plus probable : un être humain était responsable de ces meurtres.

« Est-ce que nous allons en parler à la police, Nonna ?

— S'ils fouinent un peu trop dans nos affaires pour leur enquête et découvrent notre vraie nature, tu crois que ton sort sera différent de celui de ta sœur ? »

Je secouai la tête. Je ne voulais pas me disputer avec ma grand-mère. Je ne voyais pas non plus de moyen d'expliquer à la police que les chasseurs de sorcières pouvaient être à l'origine de la mort de Vittoria sans attirer les soupçons sur nous.

J'étais tellement frustrée que j'avais envie de hurler. Ma jumelle avait été assassinée. De tous ceux qui la connaissaient, personne ne lui aurait jamais voulu aucun mal. Ce qui signifiait que ça devait *forcément* être un inconnu, ou quelqu'un qui avait compris ce qu'elle était. D'après Nonna, les deux autres victimes étaient aussi des sorcières. Ce n'était pas une simple coïncidence, c'était un lien. Une femme puissante était terrifiante aux yeux de certains.

Je serrai les poings et me concentrai sur la douleur provoquée par les ongles qui s'enfonçaient dans ma peau. Quelqu'un avait tué Vittoria. Et je voulais savoir qui. Et pourquoi.

Qu'est-ce qu'elle avait fait dans les heures précédant l'attaque ? Se rendre au monastère ne faisait pas partie de ses habitudes, pourtant je l'y avais vue deux fois en deux jours. Elle avait peut-être rendez-vous avec l'inconnu aux cheveux noirs ? Dans quel but, je l'ignorais. Elle aurait pu avoir une liaison secrète avec lui. À moins que le meurtrier ne l'ait traînée là contre son gré ? Peut-être qu'elle ne le connaissait pas et qu'il l'avait enlevée alors qu'elle allait ailleurs ?

Je ne me souvenais pas exactement de l'heure à laquelle elle avait quitté *Mer & Vigne*. La journée avait commencé comme toutes les autres : nous nous étions levées, habillées, nous avions partagé le petit-déjeuner, et nous étions allées travailler en famille pour la journée bien chargée à cause de la fête religieuse.

Je ne lui avais même pas demandé où elle allait. Je n'imaginais pas qu'elle ne reviendrait jamais.

Les larmes menacèrent de couler à nouveau, mais je les retins. Si je pouvais remonter le cours du temps, je changerais tellement de choses… J'enfonçai les paumes de mes mains dans mes yeux, et je m'ordonnai de rester forte.

« Ce n'est facile pour personne, Emilia, me dit Nonna. Laisse tomber. Laisse les déesses se venger à leur manière. La Première Sorcière ne permettra pas que les choses continuent comme ça, fais-lui confiance, elle a sûrement un plan pour régler leur compte aux *Malvagi*. Travaille sur tes sorts de protection. Ta famille a besoin de toi.

— Je ne peux pas rester ici les bras croisés pendant que le coupable est en liberté. S'il te plaît, ne me demande pas de faire confiance à une sorcière que je n'ai jamais rencontrée, ou à des déesses dont je ne suis pas sûre qu'elles existent. Vittoria mérite que justice soit faite. »

Nonna prit mon visage entre ses mains. Ses yeux étaient humides. « Pour ta famille, tu dois tourner la page. Aller frapper à des portes qu'il vaut mieux laisser fermées n'apportera rien de bon. Trouve le pardon et l'acceptation dans ton cœur, ou les ténèbres s'infiltreront en toi et te détruiront. »

Je la priai de m'excuser et je retournai à l'étage. J'avais besoin d'être seule avec mes pensées. Je me laissai tomber sur mon lit, hantée par les souvenirs de cette maudite salle où j'avais trouvé Vittoria.

Je m'étais rejoué la scène des tas de fois dans les moindres détails, cherchant à comprendre ce qui avait amené ma sœur là. Un élément crucial m'échappait. Quelque chose qui pourrait m'aider à identifier l'assassin.

Je fermai les paupières et déployai des efforts pour me concentrer, imaginant que j'étais à nouveau dans cette pièce, devant son corps étendu. Je n'arrêtais pas de penser à sa tenue. Je n'avais aucune idée d'où elle s'était procuré cette robe blanche. Elle ne la portait pas la dernière fois que je l'avais vue. Ce qui soulevait une autre question : qu'avait-elle fait cet après-midi-là ? Est-ce qu'elle avait prévu d'épouser Domenico en secret ? Ou autre chose encore ?

Et puis, il y avait le mystère de son *cornicello* disparu. Nonna nous avait dit de ne jamais nous séparer de nos amulettes et, à part ce fameux épisode quand nous avions 8 ans, nous ne les avions jamais enlevées. Ou, du moins, je ne l'avais plus jamais fait. Peut-être que ma sœur, si, mais je ne voyais pas pourquoi. Nous n'avions pas besoin de voir ou même de croire pleinement aux Damnés pour les craindre. Les histoires de Nonna étaient assez terrifiantes. Vittoria plaisantait au sujet des superstitions de notre grand-mère, mais elle récupérait la terre des tombes, chipait des fioles d'eau bénite, et bénissait nos amulettes à la lueur de la pleine lune chaque mois avec moi.

Je roulai sur le côté, en réfléchissant aux questions les plus troublantes de toutes : si elle n'avait pas retiré elle-même son amulette, qui l'avait fait, et où se trouvait le précieux bijou maintenant ?

Si un chasseur de sorcières avait découvert qui elle était, il était possible qu'il l'ait emporté comme un trophée. Peut-être qu'il pensait que c'était un objet doté de pouvoirs magiques, contrairement aux grigris fabriqués par les humains. Mes pensées revinrent à cet inconnu aux cheveux noirs. Vêtu de si beaux vêtements, ce n'était certainement pas un membre de la confrérie religieuse. Et il ne semblait pas du genre à mettre sa vie entre les mains de Dieu. Il paraissait trop provocant pour la religion. Je n'avais jamais rencontré de chasseur de sorcières, je ne pouvais donc pas exclure qu'il en soit un. À moins que ce ne soit un voleur, car il se déplaçait dans les ombres avec aisance.

Je me maudis de ne pas lui avoir couru après quand j'en avais eu l'occasion. En s'enfuyant, il avait emporté toutes les réponses. Heureusement, la situation n'était pas complètement désespérée. Je m'assis, le cœur battant la chamade, et ouvris d'un geste brusque le tiroir de ma table de nuit. Du métal brillait dans la lumière. L'agresseur avait commis une énorme erreur : il avait laissé tomber sa dague. Quelqu'un quelque part reconnaîtrait sûrement une lame aussi particulière.

Mes pensées s'apaisèrent. Je tenais une piste sur laquelle je pouvais me concentrer. C'était mieux que de m'effondrer et de revivre sans fin cette nuit atroce.

Je respirai à fond plusieurs fois, me préparant à la prochaine vague de larmes et je jurai – d'une manière ou d'une autre – de retrouver le mystérieux inconnu et de découvrir exactement qui il était, ce qu'il faisait, et comment il connaissait ma sœur.

Et si c'était lui qui me l'avait volée, je le lui ferais payer au prix fort.

SEPT

J'avais beau essayer d'arrêter le temps, trois semaines s'étaient écoulées depuis les funérailles de ma sœur. Trois semaines que j'avais passées allongée sur son lit dans la chambre que nous avions partagée, à pleurer dans les draps qui perdaient peu à peu son odeur de lavande et de sauge.

Les bons jours, je descendais et je m'asseyais devant l'âtre dans la cuisine. Je fixais les flammes. Je m'imaginais brûler. Pas comme nos ancêtres sur le bûcher. Non, une braise de colère me consumait de l'intérieur, réduisant en cendres la personne que j'étais auparavant.

Parfois, ma rage bouillonnante était la seule preuve que j'étais encore en vie.

Après le service du soir, ce jour-là, Nonna continua à me jeter des coups d'œil méfiants en marmonnant des sorts de bonne santé et de bien-être, tandis qu'elle parcourait notre grimoire familial. Elle ne comprenait pas la haine qui me consumait. Pourquoi j'avais tellement soif de vengeance.

La vengeance faisait désormais partie de moi, elle était aussi réelle et nécessaire que mon cœur ou mes poumons. Pendant la journée, j'étais une fille obéissante, mais la nuit tombée, je parcourais les rues, poussée par un besoin criant de réparer un horrible tort. Je n'avais trouvé personne qui connaissait le mystérieux inconnu ou reconnaissait sa dague mortelle, et je me demandais si les gens ne mentaient pas, par crainte de représailles. Chaque jour qui passait alimentait ma colère.

Cet homme aux cheveux noirs possédait les réponses dont j'avais besoin. Et je perdais le peu de patience qui me restait. Je me mis à prier la déesse de la mort et de la fureur, lui faisant toutes sortes de promesses, si elle m'aidait à le trouver.

Jusqu'à présent, la déesse se fichait pas mal de mes demandes.

« *Buonasera, nonna.* » Je posai ma sacoche de couteaux sur le plan de travail de la cuisine à la maison et je me laissai tomber sur un tabouret. Mes parents insistaient pour que je passe au moins quelques heures au restaurant tous les jours. Nous n'avions pu nous permettre de fermer *Mer & Vigne* que pendant une semaine pour le deuil de Vittoria. Ensuite, bon gré mal gré, la vie avait repris. Ma mère pleurait aussi souvent que moi et mon père ne s'en sortait pas beaucoup mieux. Mais ils faisaient semblant de tenir bon pour moi. S'ils parvenaient à faire un effort, le moins que je puisse faire, c'était de me traîner jusqu'au restaurant et de couper quelques légumes avant de me noyer dans le chagrin à nouveau.

« Emilia, passe-moi la cire d'abeille et les pétales séchés. »

Je trouvai quelques carrés de cire et un petit paquet de fleurs séchées sur le buffet. Nonna fabriquait des bougies sortilèges, et à en juger par les couleurs – blanc, doré et violet pâle –, elle travaillait différents sorts. Certains pour la clairvoyance, d'autres pour la chance, et d'autres destinés à garantir la tranquillité.

Nous n'en avions pas eu beaucoup ce mois-ci. La *polizia* avait fait le lien entre le meurtre de ma sœur et celui des deux autres jeunes femmes. Apparemment, elles avaient aussi eu le cœur arraché, mais les policiers n'avaient pas le moindre suspect ou le début d'une piste à explorer. Ils juraient que ce n'était pas faute d'efforts. Mais après les premiers entretiens, ils cessèrent de venir chez nous et au restaurant. Ils arrêtèrent de poser des questions. Des jeunes femmes étaient mortes. La vie avait repris son cours. Ainsi allait le monde, c'est du moins ce que pensaient les hommes.

Personne ne se souciait que Vittoria ait été massacrée comme un animal. Les rumeurs les plus cruelles insinuaient qu'elle l'avait mérité. Elle l'avait cherché en étant trop téméraire, ou confiante, ou pas assez pieuse. Si elle avait été un peu plus calme, ou plus soumise, elle aurait pu être épargnée. Comme si on pouvait mériter d'être assassiné.

Ma famille sembla presque soulagée quand les ragots se concentrèrent sur de nouveaux scandales. Mes parents voulaient faire leur deuil et retourner dans l'ombre, dans l'espoir d'échapper à la curiosité des voisins et de la police.

Des vendeurs du marché vinrent dans notre restaurant manger à nos tables, espérant recueillir des informations croustillantes, mais ma famille avait l'habitude du secret et ne révéla rien d'intéressant à ces fouineurs.

« Claudia est passée, m'informa Nonna, interrompant mes interminables ruminations. Une fois de plus. »

Je soupirai. Mon amie devait être désespérée pour oser adresser la parole à Nonna. Comme la famille de Claudia pratiquait les arts obscurs et que nous n'étions pas censées nous associer à d'autres sorcières pour des raisons de sécurité, notre amitié de longue date était une source de tension pour les deux familles. C'était un peu odieux, mais je dois avouer que je l'évitais, car je n'étais pas prête à partager nos larmes et notre chagrin.

« J'irai lui rendre visite bientôt.

— Mmh. »

Je fixai le chaudron que Nonna avait suspendu au-dessus du feu dans notre cuisine, et humai le mélange d'herbes. J'adorais quand elle infusait ses propres huiles. Désormais, je ne pouvais plus assister à ce rituel sans penser à ma sœur, et aux fois où elle suppliait Nonna pour pouvoir fabriquer un savon ou une crème spéciale.

Vittoria aimait créer des parfums autant que j'adorais mélanger des ingrédients pour élaborer des sauces. Elle s'asseyait généralement là où j'étais en ce moment, la tête penchée sur des potions secrètes, manipulant les matières premières jusqu'à obtenir l'odeur recherchée. Une note florale, une goutte d'agrumes, auxquelles elle ajoutait toujours une pointe d'épices pour l'équilibre. Elle poussait des cris de joie quand elle obtenait le résultat escompté et nous obligeait à porter sa dernière création jusqu'à ce qu'on n'en puisse plus. Un automne, tous ses parfums étaient à base d'orange sanguine, de cannelle et de grenade, et j'avais juré que je ne pourrais plus jamais *voir* aucun de ces ingrédients. Les souvenirs étaient trop douloureux…

Je m'éloignai de l'îlot central et embrassai ma grand-mère. « Bonne nuit. »

Nonna inspira profondément, comme si elle voulait partager avec moi des paroles sages ou réconfortantes, mais elle m'adressa simplement un sourire triste. « *Buona notte, bambina.* Dors bien. »

Je grimpai les escaliers, redoutant de retrouver ma chambre vide et silencieuse, alors que cette pièce résonnait avant sous les rires et la joie. Pendant une seconde, j'envisageai de me torturer en regardant encore Nonna fabriquer des bougies sortilèges, mais le chagrin alourdissait mes paupières et me tiraillait le cœur.

Je troquai ma robe en mousseline contre une fine chemise de nuit, en essayant de ne pas me rappeler que Vittoria avait la même. Un seul détail différait : mes rubans étaient bleu métallique, et les siens rose pâle. La chaleur de l'été appesantissait l'air, promettant une nouvelle nuit agitée passée à me retourner dans tous les sens.

Je marchai pieds nus jusqu'à la fenêtre pour la remonter.

Je contemplai le ciel par-dessus les toits, me demandant si le meurtrier de Vittoria était dehors en ce moment, prêt à s'en prendre à une autre fille. J'aurais juré entendre un loup hurler non loin de chez nous. Une note singulière et lugubre flottait dans l'air. Un frisson remonta aussitôt ma colonne vertébrale.

Dans ma hâte de me mettre au lit, je renversai un verre d'eau.

Le liquide s'écoula aussitôt sur un emplacement que j'avais oublié : la cachette sous le plancher où Vittoria dissimulait ses affaires personnelles. Des babioles comme des fleurs séchées, des messages du dernier garçon amoureux d'elle, son journal intime, et les parfums qu'elle avait fabriqués.

Je me précipitai aussitôt, me jetai à genoux, et faillis me casser les ongles en soulevant la planche. À l'intérieur se trouvaient tous les objets dont je me souvenais.

Plus un jeton de mise, sur lequel figurait une grenouille couronnée, et deux épaisses feuilles de parchemin noir reliées par une ficelle assortie. Je les épongeai sur ma chemise de nuit, en espérant ne pas avoir endommagé ces précieuses reliques de ma jumelle. Mes mains tremblaient lorsque j'étendis le rouleau. Des racines dorées ornaient les bords, l'encre brillait, contrastant avec l'obscurité de la page immense. Le document contenait des sorts arrachés d'un grimoire que je n'avais jamais consulté. J'examinai les mots, mais je ne parvins pas à identifier à quoi ils pouvaient servir. Il y avait une liste d'herbes et de bougies de couleurs spécifiques et des instructions en latin. Je posai les feuilles de côté et je mis son journal intime sur mes genoux.

J'étais prête à parier que c'était la clé pour découvrir ce qu'elle avait fait dans les jours et les semaines qui avaient précédé sa mort… et à qui elle avait accordé sa confiance à tort.

Je fis courir mes doigts sur le cuir abîmé. Tenir son journal faisait remonter de douloureux souvenirs. La nuit tombée, elle y écrivait constamment, immortalisant en détail mes rêves étranges, les séances de spiritisme de Claudia, rédigeant des notes sur ses parfums, ses sorts et ses sortilèges, et des recettes pour de nouvelles boissons. Je n'avais aucun doute qu'elle racontait aussi à ce carnet tous les secrets qu'elle m'avait cachés.

Il suffisait que je l'ouvre, et je découvrirais tout ce que je voulais savoir.

J'hésitais. Ce carnet contenait ses pensées intimes, et je ne voulais pas commettre un sacrilège supplémentaire alors qu'elle avait déjà tant souffert. Je restai assise un moment à me demander ce qu'elle me conseillerait de faire. J'entendis facilement sa voix dans ma tête, m'enjoignant de cesser de penser à la chute et de sauter. Vittoria prenait des risques. Elle faisait des choix difficiles, surtout s'ils pouvaient aider sa famille.

Pour découvrir qui l'avait tuée, je devais suivre son exemple, même si cela me mettait mal à l'aise. J'inspirai profondément et ouvris le journal.

Ou du moins je l'aurais fait, si les pages n'avaient pas été collées. Je tirai un peu plus fort, ne voulant pas le saccager et redoutant que l'eau l'ait endommagé. Le carnet refusa de s'ouvrir.

Je tirai de toutes mes forces. Il ne plia même pas. Je m'approchai du mur, plaçai les pieds sur le rebord de la couverture arrière et les doigts sur le devant, et je tentai de faire levier… en vain. Un horrible soupçon commença à se forger dans mon esprit.

Je murmurai un sort de dévoilement, et jetai une pincée de sel par-dessus mon épaule dans l'espoir de déchiffrer l'enchantement. Une légère toile d'araignée dans une teinte bleu-violet apparut autour du journal, semblable à l'enchevêtrement de plantes épineuses. Ma sœur avait ensorcelé son journal en utilisant une magie que je n'avais jamais vue.

Ce qui voulait dire qu'elle avait *parfaitement* conscience que ses secrets étaient dangereux.

HUIT

Vittoria ne s'était pas contentée de faire une petite incursion du côté des arts obscurs. Comme je n'avais pas réussi à ouvrir le journal par la force, je tentai de formuler un sort qui puisse défaire celui mis en place par ma sœur, je brûlai des herbes qui renforçaient la lumière, allumai des bougies et priai toutes les déesses auxquelles je pouvais penser, sans le moindre résultat. Ce fichu journal refusa de me livrer ses secrets.

Je jetai le carnet sur le sol avec un juron. Vittoria avait utilisé un sort que je n'avais jamais rencontré. Ce qui me faisait comprendre qu'elle avait sans doute remarqué que j'avais fouiné dans son journal intime quelques semaines plus tôt. Elle ne voulait vraiment pas que je prenne connaissance de ses secrets. Et cette certitude ne faisait que renforcer ma détermination à découvrir pourquoi.

Je faisais encore les cent pas dans notre petite chambre, alors que le Soleil se levait lentement. Il fallait que je trouve une stratégie au plus vite. Sans attendre. Au-delà d'un sort de vérité interdit par-ci par-là, je ne savais pas grand-chose au sujet de la magie noire et de son fonctionnement. Nonna disait souvent que les arts obscurs exigeaient une rétribution, car ils prenaient quelque chose au lieu d'utiliser ce qui était déjà là. J'aurais volontiers sacrifié n'importe quoi pour obtenir ce que je voulais. J'avais un indice précieux sous la main et aucun moyen d'y accéder. Sauf... Je souris quand une idée prit forme dans mon esprit. Je n'étais pas capable de briser le sort, mais je connaissais quelqu'un qui pourrait le faire : Carolina Grimaldi.

Carolina était la tante de Claudia, elle l'avait recueillie lorsque ses parents étaient partis en Amérique l'un après l'autre à un ou deux ans d'écart. Elle était très versée dans les arts obscurs, et transmettait petit à petit son savoir à Claudia. Comme je ne voulais pas impliquer mon amie, je décidai d'aller directement à la source. Carolina tenait une échoppe au marché et, si je me dépêchais, je pourrais l'attraper avant qu'elle n'ouvre sa boutique.

Je saisis une sacoche et j'y glissai les feuilles du grimoire et le journal intime, puis je courus vers la porte. Nonna se mit en travers de mon chemin, les sourcils froncés. « Tu es poursuivie par le diable ? »

J'espérais que non, mais c'était à débattre. « Pas que je sache.

— Bien. Alors tu peux t'asseoir une minute et me dire où tu t'enfuis comme ça à cette heure-ci.

— Je... »

Je faillis tout avouer, mais je pensai à ma sœur. Vittoria gardait jalousement ses secrets et était prête à mourir avec eux. Elle devait avoir une bonne raison pour se comporter comme ça. « Je voulais passer au marché pour acheter quelques épices avant de commencer les préparatifs pour le service du soir. J'ai une idée pour une nouvelle sauce. »

Nonna m'observa avec attention, peu convaincue par mon mensonge. Son expression était un mélange de déception et de suspicion. Je n'avais pas manifesté beaucoup d'intérêt pour la nourriture et la créativité depuis la mort de Vittoria. Au moment où j'étais certaine qu'elle allait me renvoyer à l'étage avec une liste de sorts de protection sur lesquels travailler, elle s'écarta de mon passage. « Ne sois pas en retard. Il y a beaucoup à faire. »

« *Signora* Grimaldi ! » Je relevai mes jupes et fonçai dans la rue. La chance était enfin de mon côté. Je rattrapai Carolina juste avant qu'elle ne traverse la route pour rejoindre la place du marché.

Elle leva une main afin de protéger son visage du soleil levant et se plaça dans l'ombre d'une ruelle voisine quand elle me reconnut. « Emilia. Je suis désolée pour...

— Je n'ai pas beaucoup de temps, *signora*. J'ai besoin de votre aide pour quelque chose de... délicat. » Je sortis le journal et jetai un coup d'œil autour de moi, pour m'assurer que nous étions seules. « Il y a un sort là-dessus que je n'ai jamais vu. J'espérais que vous pourriez me dire ce que c'est et comment le briser. »

Elle fit un petit pas en arrière en fixant le carnet avec horreur, comme si c'était une abomination. « Rien dans ce royaume ne fera ce que tu cherches. Remets-le où tu l'as trouvé, mon enfant, sa simple présence les appelle.

— Les... ?

— Les Damnés. Cette magie empeste leur monde... elle veut être découverte. »

Je la regardai avec stupéfaction, me demandant si Nonna avait deviné mon plan et averti la sorcière noire. « C'est simplement le journal de ma sœur, pas un livre de démons. »

Carolina indiqua ma sacoche d'un signe de tête. « Montre-moi ce que tu as là-dedans. » Je balayai à nouveau discrètement les alentours du regard avant de sortir les feuilles du grimoire. Je les lui tendis. Son visage perdit rapidement ses couleurs. « C'est un sort d'invocation.

— Je... je ne comprends pas. Pourquoi ma sœur aurait-elle eu besoin d'un sort d'invocation ?

— Elle essayait peut-être de contrôler un démon. »

J'examinai les parchemins noirs. « C'est impossible. Tous les démons sont piégés en enfer. Ça fait un siècle que c'est comme ça. »

Carolina ricana. « C'est ce que ta *nonna* te raconte ? Rentre chez toi et essaie d'en invoquer un toi-même, pour voir ce qui se passe. À moins que tu n'aies en ta possession un objet qui appartienne à un prince de l'enfer, ces sorts ne devraient faire venir qu'un démon de niveau inférieur. Ils sont faciles à contrôler et échangent souvent des informations contre des petites faveurs ou des babioles. Et je te jure qu'ils ne sont pas *tous* piégés dans le monde souterrain. Presque toutes les sorcières – qu'elles prient les déesses de la magie blanche ou noire – le savent. »

Je fixai la sorcière noire, le cœur battant à tout rompre. « Êtes-vous en train de suggérer que ma sœur invoquait des démons et leur demandait des faveurs avant sa mort ?

— Il n'y a aucun moyen de savoir avec certitude ce qu'elle faisait, mais je te garantis que ces sorts sont strictement destinés à l'invocation. Je doute qu'un démon l'ait aidée sans conclure un marché. La charité n'est pas leur fort. Ils cherchent toujours à gagner quelque chose. » Elle me regarda, et son expression s'adoucit. « Oublie ce que j'ai dit, mon enfant. Ne t'aventure pas dans le royaume des démons. Quoi que ta sœur ait fait, je t'assure qu'il vaut mieux ne pas y prendre part. »

Elle parlait comme Nonna.

Je la remerciai, lui dis au revoir, puis pris rapidement la direction de *Mer & Vigne*. Au lieu d'obtenir des réponses, je repartais avec plus de questions que jamais. Si Carolina avait raison et que le sort sur le journal de Vittoria n'était pas de ce monde, alors je ne pourrais jamais l'ouvrir. À moins que… Une idée se forma lentement dans mon esprit, une idée qui fit s'accélérer mon pouls. Si ma jumelle *avait* invoqué un démon, peut-être qu'elle lui avait demandé d'utiliser sa magie pour sceller son journal. Je ne pouvais pas imaginer une autre raison pour laquelle ma jumelle aurait invoqué une créature de ce type.

Malgré les histoires que Nonna nous racontait quand nous étions petites, Vittoria savait que je ne croyais pas vraiment aux princes démons. Je n'étais pas aussi sceptique au sujet des démons mineurs, mais je pensais qu'ils étaient piégés dans leur royaume sans aucun moyen de s'échapper. Faire appel à l'un d'eux aurait été un moyen parfait de s'assurer que je ne découvrirais jamais le secret qu'elle tenait tant à garder. Et Vittoria avait presque raison, sauf sur un détail. Elle n'aurait jamais pu prédire la façon dont sa mort m'affecterait. Rien dans ce monde ni dans le suivant ne pourrait m'empêcher de résoudre le mystère de son meurtre. Et *j'allais* le résoudre.

Je réfléchis à différentes théories pendant le service du dîner, me concentrant à peine sur le restaurant. J'essayais de penser comme ma jumelle. Certaines idées étaient complètement farfelues, d'autres plus plausibles. Mais l'une d'entre elles se démarquait. Ce fut celle que je considérai avec le plus de soin à mesure que la journée avançait.

Peut-être parce qu'elle semblait impossible. Ou peut-être parce que Vittoria ne croyait pas à ce mot. Quelle que soit la raison, l'idée resta en moi alors que je coupais les légumes, et nettoyais mes couteaux.

J'y pensai encore sur le chemin du retour.

Puis, pendant que je me changeais pour enfiler ma chemise de nuit, et que je me brossais les cheveux.

Elle me hantait et je la laissai faire.

Plus tard, une fois que je fus dans mon lit, je sortis à nouveau les feuilles du grimoire. Je parcourus l'écriture inconnue et je souris jusqu'aux oreilles. C'était mon premier véritable sourire depuis des semaines, et il était aussi sombre et tordu que les pensées qui m'envahissaient ces derniers temps.

Vittoria avait à tout le moins essayé d'invoquer un démon. Plus je retournais cette idée dans mon esprit, plus je l'acceptais. Demain soir, j'essaierai d'en invoquer un moi-même. Ensuite, si ça marchait, je conclurais un marché. En échange d'une petite faveur, je lui demanderais de briser le sort qui bloquait le journal. Je n'avais rien à perdre : l'invocation pouvait réussir ou échouer. Je ne saurais jamais ce qui était arrivé à ma sœur si je ne mettais pas mes doutes de côté et si je ne tentais pas le coup. Ma décision était prise.

Tout ce qu'il me restait à faire maintenant, c'était trouver des os.

La journée du lendemain au restaurant passa avec une lenteur qui relevait de la torture, mais je parvins à tirer profit du temps que je passai en cuisine. Je rassemblai tous les ingrédients dont le grimoire dressait la liste. Personne ne soupçonnait quoi que ce soit, à part peut-être Nonna. Elle me fixait depuis l'autre côté de l'îlot central en murmurant des incantations, comme si elle lisait dans mes pensées et me jetait un sort pour m'arracher ma prochaine idée avant qu'elle ne prenne racine.

Elle ne se doutait pas que je cultivais mon projet depuis la veille au soir. J'avais pris soin de mon bourgeon de plan et je l'avais dorloté pour qu'il s'épanouisse. Maintenant, il était arrivé à maturité. Je savais ce que je devais faire.

Je devais juste rassembler le matériel et trouver une opportunité.

Nonna nous avait toujours dit de nous cacher des *Malvagi*, de répéter nos sorts et de bénir nos amulettes avec des rayons argentés de Lune et de l'eau bénite, de ne jamais parler des Damnés quand la Lune était pleine, d'accomplir tout ce qu'une bonne sorcière doit faire. Sans quoi ils voleraient nos âmes.

En fin de compte, le monstre que nous craignions n'était pas venu de l'enfer, mais des sphères les plus privilégiées de notre monde.

Cet homme penché sur ma jumelle, avec ses luxueux vêtements et son couteau raffiné, méritait une punition comme n'importe qui. Il ne pouvait pas jouer les prédateurs sans en subir les conséquences. J'étais presque certaine que les gens à qui j'avais montré la dague avaient dû la reconnaître, mais avaient refusé de le dénoncer, de peur des conséquences. Il était peut-être riche et puissant, mais la justice le trouverait.

Je m'en assurerais.

Je ne savais toujours pas s'il avait agi seul, ou s'il faisait partie des mystérieux chasseurs de *streghe*, et ça n'avait pas d'importance. Il était le seul sur place cette nuit-là. J'allais le traquer en retour et trouver plus d'informations ensuite. S'il y avait d'autres gens dans son genre, je leur réglerais leur compte le moment venu.

J'avais aussi pensé à une astuce pour que ma famille soit en sécurité pendant que je partais traquer l'assassin de Vittoria. Au lieu de conclure un seul marché, j'en conclurais deux. D'abord, je demanderais au démon que j'aurais invoqué de briser le sort du journal de Vittoria, puis je lui demanderais de localiser le mystérieux homme aux cheveux noirs. Ce serait réalisable, puisque j'avais toujours le couteau au serpent.

Pour faire apparaître un démon que je puisse contrôler, je devais formuler une prière.

Apparemment, je m'étais trompée sur un point : la déesse de la mort et de la fureur n'était pas sourde à mes supplications. Elle attendait simplement que je transforme mon désespoir en demande qu'elle puisse utiliser. Une branche n'est qu'un morceau d'arbre cassé tant qu'elle n'est pas affûtée pour être transformée en lance. Le chagrin m'avait coupée en deux. Et la rage avait aiguisé les morceaux pour en faire une arme.

À présent, l'heure était venue de s'en servir.

NEUF

La magie des os, si elle est utilisée de manière inappropriée, fait partie des arts interdits.

Utiliser les os d'animaux – mais aussi des griffes, des ongles, des crocs, des coquilles et des plumes – permet à une sorcière de se connecter au monde souterrain. Ces éléments doivent être recueillis de manière éthique, et non pas sacrifiés, comme le pensent les humains. Pour exploiter leur pouvoir, créez un cercle d'os et incluez des herbes et des objets d'intention.

Notes du grimoire Di Carlo

J'étais à l'intérieur de la grotte, j'entendais la mer se fracasser sur les rochers, furieuse et infatigable.

Les embruns salés s'élevaient bien plus haut que la falaise, picotant mes bras et mon cou à nu. Peut-être que l'eau reflétait mon humeur. Ou qu'elle sentait l'obscurité du rouleau de parchemin, caché sous mon bras. Moi, je la sentais, en tout cas.

Les sorcières étaient connectées à la Terre et canalisaient ses pouvoirs dans les leurs. Je n'aurais pas été étonnée que la mer redoute ce qui allait se passer, qu'elle craigne le pouvoir obscur que je m'apprêtais à déchaîner sur notre royaume. Elle était peut-être inquiète, mais pas moi. J'avais dû attendre plusieurs heures que Nonna s'endorme enfin dans son rocking-chair avant de rassembler mes affaires et de me faufiler hors de la maison. La crainte que j'aurais pu ressentir était éclipsée par ma froide détermination à exécuter mon plan.

J'ignorais comment Vittoria avait trouvé ces pages de grimoire – c'était un mystère de plus à ajouter à une liste toujours plus longue –, mais j'allais m'en servir à mon avantage. Une forte rafale me poussa plus profondément dans la grotte. Je ne savais pas exactement où j'allais en quittant la maison, mais je m'étais sentie attirée en ce lieu. Quand nous étions petites, Vittoria trouvait souvent des raisons pour nous entraîner dans cette grotte. J'avais presque l'impression que c'était elle qui me guidait en ce moment.

L'air de la nuit était doux, mais des frissons crépitaient sur ma peau comme le contact de griffes acérées.

Je levai ma lanterne, en essayant de ne pas être effrayée par les ombres qui dansaient autour de la lumière. Invoquer un démon dans une grotte humide où personne n'entendrait mes cris si les choses tournaient mal n'était pas exactement le programme que j'avais en tête trois semaines plus tôt.

À l'époque, j'aurais volontiers passé mes nuits à créer de nouvelles recettes pour *Mer & Vigne*. J'aurais lu une romance torride et rêvé qu'un certain *fratello* renonce à ses vœux pour une nuit et me vénère à la place de son Dieu. Mais c'était avant de tomber nez à nez avec la dépouille profanée de ma sœur.

Mes souhaits actuels avaient deux objectifs majeurs : trouver qui avait assassiné ma jumelle, et comprendre pourquoi.

En réalité, trois objectifs, si on comptait mon rêve d'étriper le salaud qui avait tué Vittoria. C'était plus qu'un souhait, d'ailleurs.

C'était un serment que j'avais prononcé.

Une fois que je fus assurée que rien ne se cachait dans la grotte – ni rats, ni serpents, ni quoi que ce soit d'autre d'aussi désagréable –, je posai ma lanterne sur une pierre plate, et le panier contenant mon matériel sur la terre battue. J'avais étudié le sort d'invocation jusqu'à en loucher, mais je frissonnai tout de même un peu en sortant les objets dont j'avais besoin.

Des bougies noires, des feuilles de fougère fraîches, des os d'animaux, un bocal de sang animal, et un peu d'or. Comme je ne disposais pas d'or, j'avais apporté la dague au serpent. Il me semblait normal d'utiliser la lame du mystérieux inconnu pour le traquer.

Si tout se passait bien, un petit démon apparaîtrait dans le cercle. Je savais qu'il ne serait pas en mesure de quitter la zone que j'aurais délimitée, mais je n'étais pas pour autant enthousiaste à l'idée de me trouver seule dans un endroit aussi sombre en compagnie d'un monstre de l'enfer. Même si je pouvais le contrôler facilement et qu'il était lié à moi par la magie.

Je jetai un nouveau coup d'œil à la feuille couverte de notes rédigées avec soin, et hésitai. Pour que l'invocation réussisse, je devais suivre les règles du rituel *à la lettre*. Toute erreur, même minuscule, pouvait libérer le démon dans ce royaume. Avant tout, je devais former un cercle, en alternant les bougies, les fougères, et les os. Ensuite, je placerais la petite fiole de sang à l'intérieur de la surface circulaire. Puis, je devrais inviter formellement un démon à me rejoindre, en utilisant le latin, leur langue maternelle.

J'hésitais sur ce point. Le latin n'était pas ma matière préférée parmi celles que Nonna essayait de nous enseigner. Il y avait trop de mots similaires à notre langue, mais dont la signification était différente. Un léger changement de sens pouvait provoquer un désastre. J'aurais été plus rassurée si ma connaissance des arts obscurs avait été moins rudimentaire. Ou si le sort d'invocation de Vittoria incluait une formule déjà éprouvée, au lieu d'indiquer simplement que la phrase devait être prononcée en fonction de l'intention de la sorcière.

Mon véritable objectif était de découvrir ce que ma sœur avait fait avant sa mort, puis de traquer le coupable et de le tuer. La violence et la vengeance sanglante n'étaient pas l'angle le plus poli pour entamer une incantation. Et je craignais les éventuelles répercussions. Heureusement, j'avais longuement réfléchi à ce que je voulais obtenir du démon. Je ne voulais surtout pas lui offrir la moindre opportunité d'échapper au cercle, et je ne voulais certainement pas qu'il me fasse du mal. J'optai donc pour *aevitas ligati in aeternus protego*. Ce qui se traduisait à peu près par « lié pour toujours dans une protection éternelle ».

L'éternité semblait être une bonne idée pour s'assurer qu'un démon ne puisse pas quitter le cercle. Et s'il était contraint de me protéger, il ne pourrait pas s'en prendre à moi. Pour la dernière partie du sort, je devais préparer une sortie. Apparemment, les démons étaient des créatures qui suivaient des règles strictes et devaient s'y conformer. Par conséquent, si j'en invitais un à me rejoindre, je devrais le congédier officiellement et le renvoyer dans son royaume. Les bonnes manières étaient conseillées, mais je n'étais pas sûre de parvenir à mener à bien *cette* partie.

Je pris une profonde inspiration. « C'est parti, Emilia. Tu peux le faire. »

Je disposai lentement les objets en cercle. Os. Fougères. Bougies. À cause de leurs longueurs différentes, on aurait dit les rayons d'un soleil occulte. J'allumai les bougies et je fis le tour du périmètre en serrant contre ma poitrine un crâne d'oiseau, le dernier élément dont j'avais besoin pour que tout soit complet. J'hésitais encore.

Si je plaçais ce dernier os avec les autres objets, le cercle serait formé.

J'inspirai, puis expirai lentement. Je ne savais absolument pas quel genre de démon allait répondre à mon appel. D'après Nonna, certains avaient l'air humains et d'autres étaient des cauchemars sur pattes. Elle ne nous avait jamais donné de détails, ce qui ne me rassurait pas vraiment. Mon imagination était débordante quand il s'agissait de visualiser d'abominables créatures griffues avec des crocs immenses, qui marchaient en crabe et à reculons sur plusieurs pattes.

Des nuages passèrent devant la Lune, créant un effet de distorsion sur les murs de la grotte. Des frissons caressèrent à nouveau ma colonne vertébrale. La déesse de la tempête et de la mer n'était pas contente.

J'examinai le crâne que j'avais en main, me demandant si c'était vraiment le chemin que je devais prendre. Peut-être que je *devrais* souffler les bougies et rentrer chez moi, me coucher et oublier les démons, les chasseurs de sorcières et le diable ? Nonna disait que dès que les ténèbres étaient conviées, les problèmes suivaient sans attendre.

Le visage de ma jumelle m'apparut soudain : ses yeux sombres pétillants de malice, ses lèvres retroussées d'un côté. Avant de me décourager pour de bon, je me penchai et mis rapidement le dernier ossement en place. Le silence envahit la grotte, étouffant les cris de la mer. Je m'approchais du bord du cercle, le petit bocal de sang à la main, quand une puissante rafale balaya la caverne.

Des chauves-souris poussèrent des cris et s'envolèrent vers moi. La nuée était constituée de plusieurs centaines de créatures. Je hurlai et levai les mains pour me protéger, tandis qu'elles se déchaînaient autour de moi comme une tempête vivante. Au loin, j'entendis du verre se briser. Je tombai à genoux et me couvris la tête alors que de petites ailes caoutchouteuses et des griffes s'en prenaient à mes cheveux et à mon cou. Les chauves-souris disparurent d'un coup, aussi vite qu'elles étaient apparues, et tout redevint calme.

Je repris mon souffle en tremblant, et j'écartai lentement des mèches de mon visage. Pendant la brève attaque, ma tresse s'était défaite. De longues boucles lâches chatouillaient mon dos comme des araignées, me filant la chair de poule. Des pétales de fleurs jonchaient le sol : on aurait dit des soldats tombés au cours d'une escarmouche qu'ils n'avaient pas vu venir. J'avais oublié qu'il y avait un tunnel bouché au fond de la grotte.

Je serrai les lèvres, furieuse contre moi-même. Si je pouvais invoquer un démon, je pouvais venir à bout d'une bande de chauves-souris.

En théorie, du moins.

Je me redressai sur mes jambes flageolantes, époussetai mes vêtements et portai mon attention sur le cercle d'invocation. Je grimaçai en voyant le verre brisé scintiller sous les rayons du clair de lune. Le sang éclaboussait le sol à l'extérieur du cercle, ce qui n'était pas bon pour moi. Il fallait qu'il reste *dans* le cercle si je voulais attirer le démon.

« Stupides chauves-souris de l'enfer ! » Je n'avais pas d'autre flacon de sang sous la main, et retourner à pied jusqu'au restaurant aurait pris une éternité. Le sort devait être lancé la nuit, et le jour allait se lever dans quelques heures. Je n'aurais jamais le temps de faire l'aller-retour.

Je jetai un coup d'œil dans la grotte, tellement désespérée que j'aurais été prête à tuer n'importe quoi s'il le fallait. Évidemment, maintenant que j'avais besoin d'une chauve-souris, d'un serpent ou de n'importe quelle autre bestiole, la grotte était déserte. Je donnai des coups de pied dans les pierres et marmonnai le genre de jurons qui auraient choqué ma mère et Nonna, puis je finis par consulter le mystérieux grimoire de Vittoria.

Techniquement, il ne spécifiait pas que le sang devait provenir d'un *animal*. Il conseillait seulement d'utiliser ce type de sang.

Je rallumai les bougies et ramassai la dague au serpent, en me répétant que j'en avais de toute façon besoin pour compléter le sort. Le temps des hésitations et des interruptions était révolu. Que je le veuille ou non, si je voulais briser la protection qui scellait le journal de Vittoria, c'était la meilleure solution.

Si je devais offrir un peu de mon sang pour y arriver, ce n'était pas cher payé.

Je fis glisser la lame sur le haut de mon avant-bras en ignorant la douleur : j'avais besoin de mes mains pour cuisiner et je ne pouvais pas me permettre de m'entailler la paume. Le métal brilla comme s'il était ravi de mon offrande. Ne voulant pas trop creuser l'idée qu'une lame puisse se glorifier d'un sacrifice, je tins mon bras au-dessus du cercle d'invocation et je me mis à psalmodier dès que les premières gouttes touchèrent le sol : « Par la Terre, le sang et les os. Je t'invite. Viens, entre dans le royaume des hommes. Rejoins-moi. Lie-toi à ce cercle, jusqu'à ce que je te renvoie chez toi. *Aevitas ligati in aeternus protego.* »

Je restai complètement immobile, dans l'expectative que la Terre se brise, que les portes de l'enfer s'ouvrent avec fracas, que des hordes de chasseurs de sorcières se précipitent sur moi, ou que mon cœur cesse de battre… Rien ne se produisit. J'étais sur le point de recommencer à réciter mon incantation quand quelque chose se mit à changer. De la fumée tourbillonna à la périphérie du cercle comme si elle était piégée dans un bocal, sans s'étendre au reste de la grotte. Elle pulsait d'énergie, caressait presque amoureusement ma main. Je lâchai la dague et retirai vivement mon bras, le serrant contre moi jusqu'à ce que la sensation s'arrête.

Je n'arrivais pas à croire ce qui se passait. Une vague plus forte d'obscurité se déplaça autour du cercle, masquant complètement l'intérieur. Une lumière noire et scintillante émergea du centre. J'avais du mal à respirer. Un son qui ressemblait à un feu qui crépite en hiver précéda l'arrivée du démon. J'avais réussi. J'avais vraiment invoqué une créature de l'enfer ! Si je ne m'évanouissais pas sous le choc, ce serait un véritable succès. Le cœur battant, j'attendis que la fumée se dissipe.

Comme si elle répondait à mon souhait silencieux, une brise fantôme emporta la brume, révélant un grand homme aux cheveux noirs. Son dos musclé était tourné vers moi et il était juste vêtu d'un pantalon noir qui tombait bas sur ses hanches. Il ne ressemblait pas du tout au démon mineur que j'avais imaginé. Sa peau dorée étincelait sous la lueur des bougies. Sa perfection lisse n'était brisée que par des motifs à l'encre scintillante. Sa beauté était un affront à ce à quoi le mal aurait dû ressembler. J'aurais pourtant sans doute dû être soulagée de ne pas lui découvrir une queue de serpent ou des cornes diaboliques.

Le démon pivota sur lui-même comme s'il s'acclimatait à son nouvel environnement. Sa poitrine et son torse étaient ciselés avec soin, comme s'il était familiarisé avec le maniement des armes. Je remarquai un tatouage métallique doré qui démarrait sur le dessus de sa main droite, et s'enroulait autour de son bras et de son épaule. Un redoutable serpent. Je n'eus pas le temps de noter les détails parce qu'il était maintenant entièrement face à moi. J'étouffai un cri lorsque je rencontrai enfin son regard. Des iris d'or foncé mouchetés de noir me fixaient. Magnifiques. Rares. Et mortels.

Même si Nonna prétendait que les yeux des démons étaient teintés de rouge, je sentais dans ma chair que c'en était bien un.

« Impossible », murmurai-je.

Il haussa un sourcil. Son expression était si humaine que j'oubliai, l'espace d'une seconde, comment il était arrivé dans cette grotte. Il n'aurait pas dû exister. Et pourtant, il était devant moi, défiant toutes mes attentes. Grand, ténébreux, et bouillonnant d'une puissance sourde. Je n'arrivais pas à détourner mon attention de lui, redoutant qu'il ne soit que le fruit de mon imagination, ou la preuve de ma folie. J'avais fait appel aux arts obscurs. Peut-être que cette illusion temporaire était le prix à payer.

C'était beaucoup plus facile de penser que c'était un simple mortel, plutôt que d'accepter que j'avais réalisé l'impossible : j'avais lié un des Damnés au royaume des hommes. Ce qui était très, *très* mal.

Il avait l'air humain, mais il était l'incarnation d'un cauchemar.

C'était un buveur de sang, un voleur d'âmes, une créature immortelle de la nuit. Je luttai contre l'envie de m'éloigner du cercle et je soutins son regard. Une tempête faisait rage dans ses yeux. J'avais l'impression de me tenir sur un rivage plongé dans les ténèbres et de regarder les éclairs danser sur la mer. Un frisson d'angoisse me parcourut l'échine tandis qu'il me fixait avec un air de défi. J'étais plus que soulagée de l'avoir aussi contraint à me protéger. Instinctivement, j'attrapai mon *cornicello* pour me réconforter.

Il avait l'air prêt à... *Au nom de la déesse de la fureur*. Son *luccicare* était noir et doré. Je n'avais vu ça qu'une seule fois au cours de ma vie.

Tout à coup, je le reconnus sans le moindre doute. Je laissai immédiatement tomber mon *cornicello* et je ramassai ma dague sur le sol. *Sa* dague.

La poignée était aussi froide que la rage glaciale qui s'écoulait maintenant dans mes veines.

« Je vais te tuer », grognai-je avant de m'élancer vers lui.

DIX

Les os s'éparpillèrent lorsque je m'élançai. La lame s'enfonça dans sa peau, formant une longue et fine entaille dans son torse dur. Elle aurait dû percer son cœur. Et elle l'aurait fait, si le démon n'avait pas reculé aussi rapidement.

Une douleur singulière et fulgurante explosa sous ma peau. Je ne voulais pas réfléchir à ce qu'elle signifiait… Que peut-être le mélange de nos sangs sur l'étrange lame avait créé un nouveau sortilège. Ou que la protection que j'avais mise en place m'empêchait aussi de lui asséner un coup mortel.

Il arracha la dague sans la moindre difficulté et la jeta sur le sol.

Je serrai le poing et visai son sternum. J'eus l'impression de m'attaquer à un mur de pierre.

Le démon ne bougeait pas, me laissant l'attaquer à loisir. Alors que je m'épuisais en coups de pied et de poing, il observait calmement la grotte. Sa nonchalance ne faisait que décupler ma rage. Le démon ne semblait pas trop inquiet, et je me demandai combien de fois il avait été invoqué puis attaqué dans la foulée. Il examina le cercle, puis son attention se porta brusquement sur moi, et il se concentra sur l'entaille à mon bras. Il fronça lentement les sourcils avant de masquer sa surprise.

« Pourquoi est-ce que tu... ne... saignes pas ? Tu es un monstre ! » J'étais déchaînée, je le bourrais de coups de pied et de coups de poing. Ma haine et ma colère étaient si fortes que j'en étais presque ivre.

Je levai les yeux à temps pour le voir fermer les siens, comme s'il se délectait lui aussi de ces sentiments négatifs. Nonna disait que les démons attiraient les émotions, les laissaient se tortiller et se mêler aux leurs. D'après l'expression de son visage, je commençais à penser que c'était la vérité.

Dégoûtée, j'arrêtai de le frapper et je marquai une pause, le temps de reprendre mon souffle et de remettre de l'ordre dans mes idées. Du sang glissa le long de mon bras et dégoulina sur le sol. Ce n'était pas le sien : il provenait de la coupure que j'avais pratiquée pour l'invoquer. Je me serais volontiers saignée à blanc si ça permettait de l'entraîner en enfer avec moi.

« Un petit conseil, sorcière. Crier "Je vais te tuer" coupe complètement l'effet de surprise de l'attaque. » Il grogna lorsque je balançai un coup rapide dans son estomac. Mes coups de poing ralentissaient et il ne semblait pas être plus mal en point qu'avant. « Tu ne réussirais pas à me tuer davantage, mais tu serais plus redoutable en surprenant ton adversaire.

— Je ne peux peut-être pas te tuer, mais je trouverai d'autres moyens de te faire souffrir.

— Crois-moi, ta seule présence y parvient très bien. » Des gouttes de sang sifflèrent en touchant le sol dans le cercle. L'étrange brûlure sous ma peau devenait insupportable, mais j'étais trop en colère pour y prêter attention.

« Quel sort as-tu utilisé, sorcière ? »

Je m'arrêtai, la respiration encombrée. « *Vaffanculo a chi t'è morto*. »

Je n'étais pas sûre qu'il sache ce que signifiait exactement l'insulte, mais il dut deviner que ça avait un rapport avec le fait de forniquer avec les membres défunts de sa famille. Il semblait prêt à *me* ramener en enfer maintenant. Il s'éloigna tout à coup en titubant et en pestant. « Quel sort as-tu utilisé ?

— Vu que tu te retrouves là, en colère et incapable d'attaquer, je dirais un sort d'invocation, démon. » Je croisai les bras. « Et un sort de protection en complément. »

Une lumière dorée jaillit de nulle part sur mon bras, avant de se dissiper dans un halo couleur lavande. Un tatouage dans la même nuance de violet pâle – deux croissants de lune disposés côte à côte dans un cercle d'étoiles – apparut sur l'extérieur de mon avant-bras, brûlant presque aussi violemment que ma colère.

Je restai là, pantelante, jusqu'à ce que la brûlure dans mon bras s'estompe. Je le vis examiner son propre bras, les dents serrées. Apparemment, il ressentait aussi cette douleur insupportable.

Bien fait pour lui.

« Espèce de sorcière au sang de démon. Tu m'as marqué. »

Un tatouage pâle était à présent visible sur son avant-bras gauche, jusque-là immaculé. Deux croissants de lune posés dans un cercle d'étoiles. Pendant un moment, j'eus l'impression qu'il avait du mal à réaliser que c'était moi qui étais parvenue à accomplir un exploit aussi improbable. Honnêtement, je ne savais pas pourquoi lui et moi avions maintenant des tatouages identiques, mais j'aurais préféré mourir plutôt que de lui avouer mon ignorance.

Peut-être était-ce le coût de la magie noire que j'avais utilisée pour l'invoquer ? Je faillis éclater de rire. Quand Carolina m'avait prévenue que les sorts invoqueraient un démon mineur, j'avais eu du mal à la croire. Je me demandai si je n'étais pas en train de rêver, tout simplement : je ne pouvais pas avoir *réellement* invoqué un prince de l'enfer. Il aurait fallu beaucoup plus de magie que je n'en possédais pour contrôler une créature pareille, ne serait-ce que pendant quelques instants ?

« C'est impossible, repris-je.

— Sur ce point, nous sommes d'accord. » Il tendit le bras vers moi. « Dis-moi la formulation exacte de ce sort. Nous devons l'inverser avant qu'il ne soit trop tard. Il ne reste que quelques précieuses minutes.

— Non.

— Tu n'as aucune idée de ce que tu as fait. J'ai besoin de connaître la formulation *exacte*. Maintenant, sorcière. »

J'étais presque sûre de ce que j'avais fait – à part l'agacer royalement –, je m'étais assurée qu'aucun de nous deux ne puisse mourir sous les coups de l'autre. Les tatouages avaient probablement agi comme une sorte de lien magique. Je n'avais pas l'intention de nous délier et de lui offrir l'occasion de m'arracher le cœur comme il l'avait fait à ma jumelle.

« Incroyable ! m'exclamai-je d'un ton moqueur. Tu poses des exigences alors que ce n'est pas toi qui as le pouvoir ici. » Il afficha un air dégoûté. J'espérais que son expression était un miroir de la mienne. « Je veux savoir qui tu es et pourquoi tu as tué ma sœur. Puisque tu ne peux pas retourner dans ta dimension infernale sans mon accord, je te suggère de te plier à mes règles. »

Je n'en étais pas certaine, mais il me sembla que l'atmosphère changeait, et j'eus l'étrange impression que son pouvoir rampait et m'encerclait, avant de s'éloigner un peu. Ses narines se dilatèrent. Il était furieux que je le tienne par une laisse magique. Il se démenait pour se libérer.

Je l'observai avec un petit sourire malveillant. S'il ne me détestait pas encore quelques secondes plus tôt, il me haïssait à présent. Parfait. Nous nous comprenions enfin.

« Un jour, je serai libéré de ce lien. Réfléchis-y bien. »

Je m'approchai de lui et redressai le menton. « Un jour, je trouverai un moyen de te tuer. Réfléchis-y bien toi aussi. Maintenant, dis-moi qui tu es et pourquoi tu as tué Vittoria. »

Il m'offrit le genre de sourire qui devait probablement faire trembler les hommes, mais je refusai de céder à la peur. « Très bien. Puisque tu ne peux me retenir ici que pendant très peu de temps et que tu as déjà gaspillé de précieuses minutes avec ta pitoyable tentative de meurtre, je vais jouer le jeu. Je suis le Prince de la Colère, général de guerre, et l'un des Sept redoutés. »

Avant que je ne puisse cligner des yeux, il fit glisser un doigt le long de ma gorge, s'arrêtant là où une veine palpitait sous ma peau. Je fus saisie de terreur. Je repoussai sa main et je sortis du cercle d'invocation. Je repensai aux os éparpillés et me précipitai pour les remettre en place.

Son sourire se transforma en rictus cruel.

« Félicitations, sorcière. Tu as réussi à éveiller mon attention. J'espère que tu es prête à en subir les conséquences. »

Il exsudait l'arrogance. Il aurait fallu être un idiot pour ne pas être terrifié par le monstre que je sentais tapi sous sa peau. Un pouvoir, effrayant et ancien, semblait irradier de sa silhouette. Je ne doutais pas qu'il puisse mettre fin à ma vie en un clin d'œil.

La commissure de mes lèvres se mit malgré tout à tressauter.

Puis, sans crier gare, je me pliai en deux et me mis à rire. Le son rebondit sur les parois de la grotte, s'amplifiant au point que j'aie envie de me boucher les oreilles. Je me tenais le ventre, pratiquement à bout de souffle, tellement je m'esclaffais. J'étais peut-être en train de perdre la raison. Cette nuit partait en vrille plus vite que je n'aurais pu l'imaginer. Je n'arrivais pas à croire que j'avais vraiment invoqué un prince de l'enfer. Je n'arrivais pas à me convaincre que les démons royaux existaient pour de bon. Tout mon univers était chamboulé et à l'envers.

« Je suis ravi que tu trouves ta mort imminente si amusante, déclara-t-il d'un ton implacable. Je prendrai encore plus de plaisir à te massacrer. Et je promets que ton trépas ne sera pas rapide. Je savourerai chaque instant de ton agonie. »

Je balayai ses propos du revers de la main, comme s'il n'était pas plus effrayant qu'une mouche. Je pouvais pratiquement *sentir* la fureur émaner de lui et se faufiler jusqu'à moi. Et pourtant, j'avais l'impression qu'il se retenait. Énormément. C'était inquiétant.

« Puis-je savoir pourquoi tu ris si fort ? »

Je me redressai et m'essuyai le coin des yeux. « Comment dois-je t'appeler ? Votre Altesse ? Ô Puissant Sept redouté ? Commandant général de l'enfer ? Ou Prince Colère tout simplement ? »

Un muscle de sa mâchoire se crispa alors qu'il soutenait mon regard.

« Un jour, tu m'appelleras Mort. Pour l'instant, Colère fera l'affaire. »

ONZE

Un prince de l'enfer ne révélera jamais son vrai nom à ses ennemis. Ils ne peuvent être invoqués que par l'entremise d'un objet leur appartenant et d'une émotion intense. Leurs pouvoirs sont liés aux péchés qu'ils représentent. Méfiez-vous, car ce sont des êtres égoïstes qui souhaitent vous utiliser à leur profit.

Notes du grimoire Di Carlo

« Colère ? » Je ne pris pas la peine de masquer mon incrédulité. En dehors du « tu m'appelleras Mort » complètement mélodramatique, cette nuit délirante n'était plus drôle du tout. J'étais plutôt en train de me demander quel tour cruel me jouait le destin et de me répéter que ce n'était pas possible. Dans un premier temps, j'avais cru que ce type était un vulgaire chasseur de sorcières et qu'il avait tué Vittoria à cause de sa nature, puis j'avais découvert qu'il était une de ces créatures que nous avions fuies toute notre vie. Maintenant, je comprenais que je tenais bel et bien le démon qui avait assassiné ma sœur, mais que je ne pouvais pas m'en prendre à lui…

Je devais *vraiment* avoir irrité une déesse pour subir un aussi horrible châtiment. Je me fichais pas mal de son nom idiot et de ses titres. En revanche, la fureur qui émanait de lui lorsque j'éclatais de rire me donnait envie de m'en moquer.

« C'est ridicule. Je ne vais pas t'appeler par une émotion. C'est quoi ton vrai nom ? »

Il me transperça d'un regard glacial alors que je ramassais sa dague. « Mon vrai nom ne te regarde pas. Appelle-moi par le titre de ma Maison. À moins que tu ne veuilles m'appeler Votre Altesse Royale de l'indéniable Désir. C'est toujours une possibilité. Si tu veux t'incliner, libre à toi. Un peu d'obséquiosité pourrait t'être bénéfique. Je pourrais t'accorder une faveur et te garantir une mort rapide. »

Ma lèvre se retroussa involontairement. « Tu es sûr que tu es de la Maison Colère ? Si on m'avait demandé mon avis, j'aurais dit que tu étais le général d'un bataillon sans chemise de la Maison Narcissisme. »

Son expression était tout sauf amicale. « Tu me flattes. Si ma compagnie t'incommode tant, pourquoi ne pas me libérer ?

— Jamais.

— C'est un mot dangereux, méfie-toi. À ta place, j'éviterais de parler en termes absolus. Ils ont tendance à ne *jamais* s'appliquer. »

Je me forçai à respirer lentement. Avant de le reconnaître, je cherchais des réponses. À présent, j'avais envie de le découper en mille morceaux sanglants et de les balancer aux requins. « Pourquoi as-tu tué ma sœur ? »

Il se mit à faire lentement les cent pas le long du cercle d'invocation, sans doute pour tester sa résistance. « C'est ce que tu penses ? Que j'ai arraché le cœur de ta sœur ?

— Tu étais penché sur son corps, *tu léchais son sang qui imprégnait tes doigts*, espèce de bête répugnante. » J'inspirai furieusement en l'observant attentivement, même si c'était inutile. Son expression était inhumainement impassible. Aucune émotion ne trahissait ses pensées. Instinctivement, je portai la main à mon *cornicello* et le serrai à nouveau. « *Pourquoi* as-tu tué ma sœur ?

— Je ne l'ai pas tuée.

— Pourquoi devrais-je te croire ?

— Sa mort ne m'arrangeait pas.

— Ne *t'arrangeait* pas ? » J'agrippai la poignée de sa dague, essayant de calculer si je pourrais l'enfoncer dans son cœur avant qu'il ne m'attaque. Même s'il ne l'avait pas fait jusqu'alors. En réalité, il n'avait pas posé la main sur moi, même quand je l'avais frappé. Étrange pour un démon de la guerre. Je secouai la tête. C'était grâce à mon sort de protection bien sûr, pas à sa conscience. « C'est ça, j'imagine que ça a dû être terriblement dérangeant pour toi de trouver ma sœur assassinée. Qu'est-ce que tu faisais au monastère, alors ? »

Une faible lueur dorée et scintillante jaillit de sa silhouette et retomba au sol comme une cascade. Il me fallut une seconde pour réaliser qu'il me répondait uniquement à cause du cercle d'invocation. Et qu'il essayait de résister pour garder le silence. Enhardie, je m'approchai de la rangée d'ossements et répétai ma question : « Pourquoi étais-tu là cette maudite nuit ? »

La haine brûlait dans son regard. « Pour ta sœur.

— Pourquoi voulais-tu la voir ? »

Il sourit à nouveau, mais c'était plus une promesse de vengeance que de l'amusement. « Elle avait conclu un marché avec mon frère. Je suis venu chercher notre dû. »

Je me détournai rapidement, espérant dissimuler ma surprise. Je soupçonnais Vittoria d'avoir établi un pacte avec un démon pour protéger son journal, mais je ne pensais pas qu'elle avait invoqué l'un des Damnés. Mes yeux se portèrent vers le panier que j'avais apporté. Le journal de ma jumelle était caché à quelques mètres de là. Carolina avait affirmé qu'il appelait les *Malvagi*, et je me posais la question de savoir si Colère sentait sa présence en ce moment. Je ne voulais pas qu'il mette ses mains de démon sur le contenu du journal, et je décidai de ne pas lui demander de briser le sort. Je lui fis face. « Quels étaient les termes exacts du marché ?

— Je n'en suis pas certain. »

Je plissai les yeux. Il était évident qu'il mentait, mais je n'avais aucun moyen de lui faire cracher la vérité. À moins d'utiliser l'un des sorts interdits. Et cela me semblait être trop de magie noire pour une seule nuit. Je n'étais pas prête à défier à nouveau le destin. « Qu'as-tu fait de son cœur ?

— Rien. » Il serra les dents. « Elle était morte quand je suis arrivé. »

Je grimaçai. Même s'il n'y avait rien de particulièrement cruel dans ce qu'il venait de dire, la froideur avec laquelle il mentionnait le décès de ma sœur me fit quand même mal. « Pourquoi t'intéresses-tu autant à la formulation exacte du sort ? »

Cette fois, sa réponse fut beaucoup plus lente à venir, comme s'il choisissait ses mots avec le plus grand soin. Il finit par déclarer : « Pour adhérer à ses règles, je dois comprendre parfaitement le sort de protection, comme tu l'as appelé. En connaître la formulation m'aide aussi à m'assurer que les autres y adhèrent. Nous sommes régis par des règles très strictes au sein des Sept Cercles, et les sanctions sont sévères dès qu'elles sont enfreintes.

— Quand tu dis "les autres", tu veux dire moi ? » Il secoua la tête. « Qui, alors ?

— Mes frères. »

Je savais qu'il y avait sept princes démons, mais je ne pensais pas qu'ils étaient liés. Imaginer que les démons aient des familles était perturbant.

« Tous les démons doivent obéir à ces règles, ou seulement les princes de l'enfer ?

— Si tu veux échanger des secrets, ça m'intéresserait de savoir combien de sorcières vivent sur cette île, et le nom de l'aînée du *coven* de chaque ville. Ensuite, tu pourras me révéler où se trouve le grimoire de la Première Sorcière, et je considérerai que nous sommes quittes. » Il sourit de mon air offusqué. « C'est bien ce que je pensais. Mais j'aimerais connaître la partie latine du sort que tu as utilisé ce soir. »

Je pesai les avantages et les inconvénients de lui révéler cette information. Il ne pouvait pas me faire de mal, c'était évident. Et il n'était pas en mesure d'inverser le sort non plus, j'étais la seule à pouvoir le faire.

« *Aevitas ligati in aeternus protego.* »

Pendant une seconde, j'eus l'impression qu'il cessait de respirer. Il me fixait avec une expression proche de l'horreur. Un profond sentiment de satisfaction m'envahit. Ce n'était pas tous les jours qu'une sorcière causait une telle frayeur chez un prince démoniaque, surtout le puissant démon de la guerre. « Pas de remarque sarcastique ? » Je ne me donnai pas la peine de cacher mon ton suffisant. « Ce n'est pas grave. Je sais que c'est un sort impressionnant.

— Ce qui est impressionnant, c'est à quel point tu te trompes. » Il croisa les bras, le visage à nouveau soigneusement impassible. « En dépit de tes médiocres tentatives de magie noire, je te propose un marché. Sa durée est négociable, la façon dont nous le scellons ne l'est pas. »

Mon visage se mit à chauffer. Nonna disait que les marchés des *Malvagi* impliquaient presque toujours un baiser… et qu'une fois la personne embrassée, elle perdait le sens commun. Elle en voulait toujours plus, allant même jusqu'à offrir son âme pour goûter à nouveau au péché malsain dont elle était devenue dépendante. Je ne savais pas si c'était la vérité, mais je n'avais aucune envie de le vérifier personnellement.

« Je préfère mourir que m'abaisser à t'embrasser, démon. »

Il me toisa, sans la moindre trace d'amusement. Il passait lentement et délibérément mon corps en revue, ma position, la façon dont je pointais la dague vers son cœur. S'il s'intéressa aussi aux os blanchis qui nous entouraient, il ne leur accorda qu'un bref coup d'œil. Quand son attention revint à mon visage, son regard était voilé par une obscurité terrible qui semblait avoir été forgée dans les tréfonds de l'enfer.

Des frissons me parcoururent l'échine pour me mettre en garde. Ce type n'était pas le genre de prince dont on parle dans les contes de fées. Son front sombre ne portait pas de couronne en or, ses bras musclés et tatoués n'étaient en rien un gage de sécurité. Au contraire, il incarnait la mort, la rage et le feu : et tous les imprudents qui l'oublieraient seraient consumés au fond de son enfer.

« Un jour, tu me supplieras peut-être de t'embrasser. » Il s'approcha assez pour que je puisse le poignarder. Une chaleur émanait de lui et m'enveloppait. Une goutte de sueur roula entre mes omoplates et glissa le long de ma colonne vertébrale. Je frissonnai. Il sentait la menthe et les chaudes journées d'été… Ce qui contrastait avec l'obscurité de son *luccicare*. « Tu détesteras ça. Ou ça te plaira. Mais la tentation surgira dans tes veines magiques, oblitérant tout sens commun. Tu voudras que je te sauve d'un tourment sans fin en t'offrant tout ce que tu aimes détester. Et quand je le ferai, tu en demanderas plus. »

Une image m'apparut : lui me collant contre la paroi de la grotte, la pierre tranchante comme des griffes me lacérant le dos, ses lèvres douces, mais exigeantes dévorant alors les miennes. Ma bouche devint aussi sèche que les os de mon cercle d'invocation. Je préférerais vendre mon âme plutôt que d'être avec lui.

« Ne t'inquiète pas », chuchota-t-il en effleurant de ses lèvres la peau délicate de mon cou. Je me pétrifiai. Il s'était déplacé si vite que je ne l'avais même pas vu faire un pas. « Il faudrait que tu sois la dernière créature dans tous les royaumes combinés pour que je te désire, sorcière. Et même dans ce cas, je ne suis pas certain que tu me tenterais. Ce que je propose, c'est un échange de sang. »

DOUZE

Ne concluez jamais de marché avec un démon, mais encore moins avec un prince de l'enfer. Les mensonges des Malvagi sont comme du sucre : ils sont alléchants, mais mortels quand on en ingère trop. Attention : très peu d'antidotes peuvent être fabriqués pour ce genre de poison.

Notes du grimoire Di Carlo

Il était si près de moi que mon cœur battait la chamade. Le son était presque aussi fort que le bruit des vagues qui s'écrasaient contre le pied des falaises. Il s'attarda un moment avant de s'éloigner, comme si non seulement il l'entendait aussi, mais qu'il en appréciait le rythme, les battements primitifs. Je me demandai si la cadence lui rappelait les tambours de guerre et s'il avait tout à coup envie de se battre. C'était mon cas. Trop d'émotions tourbillonnaient en moi pour que je sois capable de prendre une décision. L'accord que ma sœur avait peut-être conclu avec son frère… L'échange de sang proposé par Colère… Toute cette nuit, étrange et impossible. J'arrivais à peine à me faire à l'idée que non seulement les Damnés existaient, mais que j'en avais un devant moi, et qu'il me proposait un marché.

« Alors ? insista-t-il. Tu acceptes de ton plein gré mon échange de sang ?

— Tu n'as pas pris la peine d'expliquer *pourquoi* tu le proposes, donc non. »

Il prit une profonde inspiration, comme si le simple fait de s'expliquer à une sorcière était épuisant. « D'après les termes de ton sort de *protection*, je dois assurer ta sécurité. Le sort m'interdit de te faire du mal, mais il me demande aussi de te protéger des autres. Un lien du sang entre nous préviendra les autres démons que tu es membre temporaire de la Maison Colère. Grâce à ça, ils ne devraient pas te tuer ou te mutiler trop gravement. Voilà. Tu acceptes le lien du sang maintenant ? »

Ne pas me mutiler *trop gravement* n'était pas la même chose que de ne pas me mutiler du tout. Je l'observai, les lèvres pincées. Au bout d'une minute, je secouai lentement la tête. « Non, je ne pense pas que je vais accepter. Tu es lié à moi jusqu'à ce que je te libère et je n'ai pas l'intention d'invoquer d'autres démons. Par conséquent, je n'ai pas besoin de ta *protection*.

— D'abord, sache que je ne suis lié à ce cercle que pendant trois jours, et pas jusqu'à ce que tu me libères. Quant à ton… sort de protection, c'est différent. C'est-à-dire, malheureusement, que son effet dure pour l'éternité. » Il fit rouler ses épaules, même si cela ne sembla pas relâcher leur tension. « Ensuite, le sang me permettra de sentir quand tu es en danger. Sans ça, je ne peux pas garantir ta sécurité. Ce qui me met en violation des règles que tu as établies quand tu as créé ce sort.

— Ah oui ? » Mon ton semblait l'accuser d'être le pire menteur de l'univers. « De toute façon, ça n'a aucune importance. Quand le temps sera écoulé, je te relâcherai en enfer, pas dans un quartier commerçant.

— Par le sang d'un démon à moitié mort… C'était ton premier sort d'invocation, pas vrai ? » Il m'examina attentivement. Je le fixai sans tenter de le nier. Il soupira. « Pff, il fallait que je me retrouve lié jusqu'à la fin des temps à une débutante incompétente.

Rends-nous service à tous les deux et n'accepte pas mon offre. Je préférerais ne pas être ton toutou. »

J'inclinai la tête sur le côté. « Tu devras venir chaque fois que je t'appelle ?

— Pas exactement, mais comme je te l'ai dit, je saurais quand tu as besoin de moi.

— Pourquoi est-ce que tu te tracasses pour ce qui peut m'arriver ?

— Je ne m'en soucie pas, mais à cause de ton sort, je suis obligé de veiller sur toi, sinon mes pouvoirs risquent d'être diminués. Je suis contraint à me plier aux conditions. *Certains* acceptent leur devoir de bonne grâce. »

C'est ça. *De bonne grâce*. Pas parce que la magie l'y obligeait. « Comment fonctionne *exactement* la protection ?

— Les démons sentiront le lien et réfléchiront à deux fois avant de te faire du mal. Ça ne les dissuadera pas tous de vouloir te tuer, mais ça les fera hésiter. Ils sauront qu'ils encourent ma colère en interférant dans les affaires de la Maison. »

Même si je ne voulais pas l'admettre, avoir le démon de la guerre comme ange gardien n'était pas la pire des punitions imaginables. Je n'étais pas obligée de lui faire confiance ni même de l'apprécier... Je devais juste faire confiance à mon instinct. Et en ce moment, il me disait que Colère n'était pas responsable du meurtre de ma sœur. J'étais convaincue aussi que le marché qu'il me proposait devait être à son avantage, mais que je finirais par trouver un moyen de le faire pencher en ma faveur. Et même si je n'y parvenais pas, ça n'avait pas d'importance. Il n'avait pas l'air de souhaiter ma mort, et je devais rester en vie pour découvrir ce qui était arrivé à Vittoria.

« Bien. J'accepte ton offre d'échange de sang.

— Volontairement ? » insista-t-il. Je hochai la tête. « Donne-moi ma dague. »

J'hésitai une seconde, me rappelant le sort de protection que j'avais jeté sur lui. Pour la première fois depuis son apparition dans la grotte, il parut ravi tandis que je posais la lame dans sa main. Avant que je ne change d'avis, il se fit une entaille au doigt et fit perler quelques gouttes de sang. La coupure se referma presque immédiatement.

« Je ne devrais pas… le boire, si ? »

Il me jeta un coup d'œil rapide. « Quel genre d'histoires est-ce qu'on t'a raconté à notre sujet ? »

Je marmonnai : « Démons déviants buveurs de sang », et il dut m'entendre, car il ne prit pas la peine de demander des précisions.

« À moins que tu n'aimes boire du sang, mélanger le mien au tien suffira. »

Je le défiai du regard en levant mon bras encore ensanglanté, et il colla son doigt contre ma blessure. Il semblait aussi dégoûté que moi. Je serrai les dents : échanger du sang avec un démon n'était pas non plus mon idée d'une soirée parfaite.

« Répète après moi : je…, suivi de ton nom complet, accepte de mon plein gré cet échange de sang avec la Maison Colère pour une durée de six mois.

— Six mois ? » Je me dégageai et serrai les poings. « C'est absurde ! Et si je ne voulais pas de ta protection pendant aussi longtemps ? »

Il se massa les tempes. « Qu'est-ce que tu cherches exactement, sorcière ? Pour quelle raison m'as-tu invoqué ?

— Pour découvrir qui a assassiné ma sœur.

— Et ? »

J'hésitai. À la base, je voulais invoquer un démon pour rompre le sort sur le journal intime de Vittoria. Mais je ne voulais surtout pas que Colère le sache. Du moins, pas avant de comprendre pour quelle raison Carolina avait déclaré qu'ils allaient venir à sa recherche. « C'est tout.

— Tu mens.

— Oh, parce que toi tu ne m'as dit que la vérité, peut-être ? »

Il secoua la tête. « Être lié à toi m'empêche de mentir. Ce serait… un manque de courtoisie.

— Bien sûr. On ne doit surtout pas oublier ses bonnes manières quand on arrache le cœur de ses ennemis. » Je le toisai quelques instants. Je ne voulais pas prendre ses paroles pour argent comptant, je voulais des preuves. « Si ta magie n'était pas limitée par le sort de protection, tu me ferais du mal ?

— S'il le fallait, oui. »

L'idée n'avait pas trop l'air de lui déplaire. Au moins, j'en déduisis qu'il disait la vérité à propos de son incapacité à mentir. Au lieu de réagir, comme il semblait attendre que je le fasse, je me tus. Nonna disait qu'on pouvait beaucoup apprendre en interprétant les silences. C'était un démon de la guerre, mais je m'y connaissais aussi un peu en matière de stratégie. Il ne fallut pas longtemps pour qu'il comble le silence.

« Crois-le ou non, mais nous sommes d'accord : nous avons tous les deux l'objectif de trouver le meurtrier de ta sœur. »

Lui et moi n'étions d'accord sur rien et ne le serions jamais. Ma fureur grondait dans la grotte, plus vite et plus fort que le vent qui hurlait à l'extérieur. Il posa les yeux sur moi avec un ennui profond qui me fit bouillonner encore plus. « Pourquoi veux-tu que justice soit faite pour ma sœur ?

— Ce n'est pas ce que je *veux*. Ne me confonds pas avec un humain aux nobles intentions.

— Si tu souhaites que je te fasse assez confiance pour accepter un marché de sang, ou je ne sais comment tu appelles ce truc, tu dois me révéler pour quelle raison tu veux résoudre ce meurtre. »

Il mit quelques instants avant de répondre, comme s'il réfléchissait à quelle information partager. « Je veux arrêter le meurtrier avant qu'il ne frappe à nouveau. M'allier avec toi n'est pas idéal, mais ce sont les cartes qu'on m'a données et j'en joue à mon avantage. Non seulement tu es une sorcière, comme toutes les victimes avant ta sœur, mais tu es aussi liée à la dernière victime de l'assassin. À un moment donné, je crois que tu pourrais être utile pour attirer le tueur ; j'aimerais savoir quand tu es en danger afin d'éliminer la menace. »

J'ouvris la bouche, mais il leva une main pour me faire patienter. « Je ne te donnerai pas plus de détails, tant que tu n'auras pas accepté le lien du sang. »

Colère ne pouvait pas mentir, il ne me révélerait rien d'autre à moins que je n'accepte. J'acceptais peut-être son offre *de mon plein gré*, mais c'était surtout parce que je n'avais pas le choix. Je pensai à Vittoria : je savais très bien ce qu'elle aurait fait à ma place. J'inspirai profondément. « Tu me donneras plus de détails sur les liens entre ma sœur et ton frère ?

— Je partagerai toutes les informations nécessaires. »

Un démon rusé. Toute information « nécessaire » ne signifiait pas « toutes les informations ». Je l'étudiai, essayant de comprendre le sentiment de malaise qui grandissait en moi. Il prétendait que le lien du sang faisait partie du sort de protection que j'avais utilisé, mais je n'étais pas sûre que ce soit tout. Je réfléchis à ce que cela impliquerait qu'il soit lié à moi. Il affirmait être prévenu dès que je courais un danger, mais je n'aimais pas l'idée qu'il sache à tout moment où me trouver. Les démons avaient peut-être des règles et une étiquette, mais je ne les connaissais pas.

Peut-être qu'il considérait comme un honneur suprême d'entraîner quelqu'un dans son sillage en enfer afin d'y régner pour l'éternité.

« Réponds à une autre question, lui ordonnai-je. À part le fait de ne pas mentir, qu'est-ce que les démons n'ont pas le droit de faire ? »

Il attendit un moment avant de répondre : « Nous ne pouvons pas non plus entrer dans une maison d'humains sans y être invités. Nous avons le droit d'utiliser nos pouvoirs, mais pas de causer des dommages physiques directs. Et, une fois invoqués, nous sommes obligés de rester dans ce royaume jusqu'à ce que l'invitation soit retirée.

— Si je retire ton invitation maintenant, tu devras partir tout de suite ?

— Oui. Alors cet accord ? » Il semblait détendu, décontracté. Mais son regard était concentré, aiguisé. Il voulait vraiment que j'accepte son offre. Je repensai aux histoires que Nonna nous racontait quand nous étions petites, qui soulignaient qu'on ne devait jamais faire confiance aux Damnés. Colère avait été nommé spécifiquement.

J'aurais tant voulu ressembler à ma jumelle. Mais je ne pouvais m'empêcher d'être moi.

« Désolée, Prince Colère. Je n'accepte pas ton échange de sang. »

TREIZE

Une sorcière ne doit jamais s'engager dans un échange de sang avec un prince de l'enfer. Si elle le faisait, elle permettrait à celui qui est invoqué de disposer d'un lien direct avec elle. On ne sait pas combien de temps ce lien dure, ni s'il peut être rompu. N'oubliez jamais : établir un lien d'amour est aussi dangereux qu'un lien de haine.

Notes du grimoire Di Carlo

Nonna jeta un coup d'œil à la dague attachée à ma hanche, puis frappa le poulet comme elle aurait cogné le crâne de quelqu'un. J'avais à nouveau réquisitionné l'arme avant de quitter la grotte et Colère avait fait la même tête que Nonna en cet instant. Si la lame du prince démon la dérangeait tant, je n'osais pas imaginer comment elle réagirait en apprenant que nous partagions un tatouage magique.

J'avais choisi de porter un chemisier avec de longues manches flottantes pour me cacher l'avant-bras. Avant d'aller me coucher, j'avais inspecté les deux croissants de lune inscrits dans le cercle d'étoiles. L'encre brillait comme le clair de lune. Même s'il me liait à Colère, le tatouage ne me dérangeait pas tant que ça. Il était joli et raffiné.

Bang, bang. Nonna battait le pauvre poulet avec rage et intensité. Pas de doute, le plat du jour serait tendre à souhait sous la dent de nos clients. C'était bien que certaines personnes aient conservé de l'appétit ; j'avais perdu le mien.

J'ignorais le malaise que je ressentais à chaque fois que je repensais aux évènements de la nuit précédente. Si Nonna apprenait que j'avais non seulement invoqué un des *Malvagi*, mais que j'avais failli procéder volontairement à un échange de sang avec lui… Je fermai les paupières et luttai contre l'envie de m'allonger.

Ma grand-mère aurait été capable d'arrêter de taper sur le poulet et de se précipiter du haut de la falaise la plus proche.

Mon attention se porta sur la petite pendule au-dessus de la cuisinière. J'avais envie de terminer le service du soir et de retourner, avant qu'il ne fasse noir, dans la grotte où Colère était coincé. Ce soir, j'exigerai des réponses. Je ne savais rien de lui, sinon qu'il occupait une position royale en enfer. Il pouvait très bien *être* le diable en personne et avoir de redoutables intentions.

En dépit de toutes les inconnues qui l'entouraient, j'étais certaine d'au moins deux choses. La première, c'est qu'il voulait retrouver le meurtrier de ma sœur et probablement le tuer. Et la seconde, c'est qu'il désirait former un lien du sang avec moi. Je n'avais pas l'intention d'accepter ce pacte, mais il me fournirait un excellent moyen de pression quand je l'interrogerais. Son frère semblait être intéressé par les accords avec les sorcières, et je voulais découvrir pour quelle raison.

Si ses frères démons n'étaient pas responsables du meurtre de ma jumelle, il y avait beaucoup de chances pour que les coupables soient des chasseurs de *streghe*. Avoir Colère à mes côtés pour me protéger au moment où un fanatique qui haïssait les sorcières leur arrachait le cœur, ce n'était peut-être pas une mauvaise idée. Je laisserais le prince démoniaque le combattre et je courrais me mettre à l'abri. Et s'ils se détruisaient mutuellement ? Bon débarras.

Je tranchai des champignons pour la sauce, je les ajoutai à la casserole d'ail et d'échalotes qui mijotaient déjà dans le beurre. Aujourd'hui, mes gestes étaient mécaniques : la cuisine avait perdu de sa magie. Cela n'aidait pas que mon attention s'égare sans cesse sur l'horloge. J'étais inquiète d'avoir laissé le démon seul tout l'après-midi. Qu'il soit un prince de l'enfer ou pire encore, il était indéniablement de nature démoniaque.

Avant de quitter la grotte à l'aube, j'avais jeté un sort supplémentaire pour l'empêcher de sortir, ce qu'il n'avait pas très bien pris. Il ne pouvait pas me faire de mal à cause du sort de protection, et j'étais persuadée qu'il ne mentait pas sur le fait d'être piégé pendant trois jours, mais j'avais préféré prendre toutes les précautions.

Surtout quand elles le rendaient fou de rage. Nonna nous avait expliqué que les *Malvagi* ne supportaient pas la lumière du Soleil, c'est pourquoi j'avais prévu de revenir avant la nuit, au cas où mon sort n'aurait pas marché, ou s'il avait réussi à le rompre.

Nonna mit son rouleau à pâtisserie de côté et tendit le plat de poulet aplati à ma mère pour qu'elle l'enrobe de farine. Elle me regarda continuer à débiter mes champignons et déboucha une bouteille de marsala pour en verser dans une casserole chaude. Je fis semblant de ne pas remarquer qu'elle m'observait.

« Être distraite en cuisine provoque des accidents, Emilia. » Elle s'essuya les mains et jeta le torchon sur son épaule. « Tu as besoin de t'asseoir ? »

Je levai les yeux, interrompant mon assaut sur les champignons. « Ça va, Nonna. Je suis juste fatiguée. »

Et angoissée à cause des vingt-quatre heures que je venais de passer. J'avais du mal à accepter que les monstres des histoires de mon enfance existaient vraiment. Ils n'avaient ni les yeux rouges, ni les doigts crochus, ni les cornes dont les contes parlaient. Les créatures de l'enfer étaient élégantes, royales, bien élevées. Ce constat bouleversait mes idées préconçues. Colère était censé avoir des crocs et de la bave aux lèvres, pas un splendide torse nu qu'un artiste aurait rêvé de peindre.

« Nicoletta, as-tu des conseils à donner à ta fille ? »

Nonna se tourna vers ma mère pour réclamer son aide, mais Mamma était perdue dans son chagrin. Elle plaça un morceau de poulet dans un bol de farine assaisonnée de sel et de poivre, le ressortit en le secouant, puis le laissa tomber dans une poêle chaude. Le beurre crépita et crachota, satisfait de l'offrande.

Ma mère prit un autre morceau de volaille et répéta l'opération. Ses gestes reposaient sur la mémoire du corps et n'étaient pilotés par aucune pensée consciente. Je me détournai rapidement.

Nonna m'attrapa le menton, me forçant à croiser son regard inébranlable. « Je ne sais pas quels ennuis tu cherches, mais ce soir, c'est fini, Emilia. La Lune est presque pleine et ce n'est pas le moment de jouer avec des forces que tu n'as aucune chance de contrôler. *Capisce?*

— Je ne cherche pas les ennuis, Nonna. » Je les avais juste fait venir à moi. « Tout va bien. *Je* vais bien, je te le promets. »

Elle lâcha mon visage et s'éloigna en secouant la tête.

« Rien ne va, ma fille. Ça dure depuis un mois et j'imagine que ça continuera longtemps. Vittoria est partie. Rien ne la ramènera jamais. C'est dur, mais c'est la réalité. Tu dois l'accepter et faire ton deuil. Oublie la vengeance, ou elle nous maudira tous. »

« Tu demandes *combien* pour cette chemise ? » Je foudroyai du regard Salvatore, ce voleur patenté qui se faisait passer pour un vendeur. J'agitai le vêtement coupable sous son nez. « Nous parlons bien tous les deux de celle-ci, pas vrai ? Qui est pratiquement déchirée aux coudes.

— C'est un prix juste. » Il leva les mains et se retira lentement derrière la table sur laquelle il exposait ses marchandises. « Carolina vend les siennes beaucoup plus cher. Tu vois ? »

Il désigna d'un signe de tête l'échoppe de l'autre côté de la ruelle. Il avait raison, mais tout le monde ici surnommait Carolina, la tante de Claudia, « la manipulatrice »... et tout le monde l'admirait. Cependant, seuls les gens riches qui aimaient déambuler sur la place du marché bondée payaient ses prix exorbitants. Sans doute parce qu'elle avait jeté un sort à ses articles afin de les rendre irrésistibles aux yeux d'une certaine clientèle. Je luttai contre l'envie de me tourner vers son échoppe, de peur qu'elle ne me hèle pour me demander des nouvelles de mon invocation du démon.

Même ceux qui pratiquaient couramment les arts obscurs craignaient les Damnés.

Je tendis les pièces à Sal et mis la chemise dans mon sac en ronchonnant. J'aurais aimé rester et marchander ce vêtement minable, mais le Soleil disparaîtrait bientôt sous la ligne d'horizon, et je devais m'assurer que le démon était toujours piégé dans son cercle d'ossements.

Je me précipitai dans la foule en ce début de soirée, ignorant les vendeurs qui m'appelaient pour me faire goûter qui du fromage, qui sa cuisine de rue, ou me vendre une jolie paire de boucles d'oreilles. À moins qu'ils ne pussent me vendre un sort de démon pour déverrouiller le journal de ma sœur, je n'étais pas intéressée.

« Emilia ? »

Je m'arrêtai au bout de la rue, là où les pavés laissaient la place à un chemin escarpé et sinueux menant à la grotte abandonnée. Peut-être que j'avais imaginé sa voix. Je fermai les paupières, priant pour que mon imagination me joue des tours. Je n'étais pas prête pour cette rencontre et, même si je l'avais été, le jour disparaissait à vue d'œil. Les créatures démoniaques sortaient dans le noir, et j'en connaissais au moins une qui voulait échapper à sa laisse.

« Emilia ! C'est toi, merci les étoiles. J'espérais te voir ici. »

Je pris une profonde inspiration et je pivotai pour faire face à mon amie. « Salut, Claudia. Comment… »

Elle me serra contre elle, manquant de m'étouffer. Ses larmes soudaines imbibèrent mon col.

« Ça fait un mois et je n'arrive toujours pas à y croire. Même après l'avoir vue reposer en paix. » Claudia recula et secoua ses boucles sombres. Ses cheveux étaient plus courts que la dernière fois que je l'avais vue. Ils lui allaient bien. « J'ai fait des… rêves très étranges ces derniers temps. Ma tante pense qu'il s'agit de messages pressants. »

Nous inspectâmes toutes les deux la rue, mais personne n'était assez près pour nous entendre. Par « rêves », mon amie voulait dire « visions ». La magie de Claudia fonctionnait très bien avec la divination. Parfois ses visions étaient plus que cela. Et d'autres fois, beaucoup moins. Le problème, c'était qu'on ne pouvait jamais déterminer ce qui était un cadeau de la déesse de la vision et des prémonitions et ce qui n'était que le fruit de son imagination.

Je m'en voulais de l'avoir laissée s'inquiéter seule des significations potentielles. Vittoria, elle, prenait des notes et posait des centaines de questions. J'aurais tellement voulu qu'elle soit à mes côtés maintenant.

« Qu'est-ce que tu as vu ? »

Claudia regarda à nouveau autour de nous.

« Je crois que c'était plus un avertissement qu'une vraie vision. »

Il était clair que ce qu'elle avait vu la terrifiait. Elle avait l'air prête à bondir en hurlant. Je lui pris la main et la serrai dans la mienne.

« Qu'est-ce que c'était ?

— Je ne sais pas... J'ai vu des ailes noires et une carafe vide, remplie et vidée. C'était très bizarre. Je crois qu'une ombre menaçante approche. À moins qu'elle ne soit déjà là. »

De la chair de poule se répandit partout sur mon corps. Je ravalai ma honte. J'étais certaine que Claudia m'avait vue invoquer Colère. Faire sortir de son monde souterrain un prince de l'enfer était un véritable exploit : il devait avoir provoqué d'importantes secousses magiques. J'avais perturbé l'ordre naturel de ce monde. J'avais fait apparaître quelque chose qui n'était pas à sa place. C'était la magie la plus obscure qui soit, et je n'étais pas étonnée qu'une sorcière obscure l'ait sentie.

« C'est peut-être ton esprit qui tente d'expliquer ce qui est arrivé à Vittoria...

— Tu as sans doute raison, s'empressa-t-elle d'acquiescer. Domenico est effondré aussi. Il se rend au moins deux fois par semaine au monastère pour prier. »

J'étais contente que la conversation ne porte plus sur le Grand Mal que j'avais invité dans notre monde, même si penser à ma sœur étendue dans le monastère était tout aussi horrible. J'essayai de ne pas trop m'attarder sur le visage baigné de larmes de Claudia. Je n'avais pas envie de pleurer, d'avoir les yeux rougis et les joues empourprées quand j'affronterai Colère. Je voulais paraître intrépide et redoutable, et non en train de me morfondre.

C'était la seule chose qui m'empêchait de m'effondrer. Ça et entendre que l'amant secret de ma sœur priait souvent, lui aussi. J'avais été tellement obnubilée par ma tristesse, puis par mon envie de débloquer le journal de Vittoria, que je l'avais complètement oublié.

« Je ne savais pas que leur… que c'était officiel. »

Je ne savais pas comment qualifier leur relation. Ce n'étaient pas de véritables fiançailles, parce que Domenico n'avait pas parlé à mon père, et Vittoria n'avait rien dit non plus. Si je n'avais pas vu son prénom griffonné dans son journal intime, nous n'aurions même pas été au courant qu'elle l'appréciait. Cette pensée me peina, et je la chassai le plus loin possible pour qu'elle ne puisse plus m'affecter, avec les autres sentiments désagréables que je refoulais ces derniers temps.

« Qu'est-ce qu'il a dit d'autre ?

— Je ne sais pas trop. Il ne m'a parlé de rien. Il s'enferme dans une des cellules vides et allume des cierges pour prier jusqu'à minuit passé. Je crois qu'il y est pour le moment, d'ailleurs. Il a l'air accablé en permanence. »

Je voulais lui parler et je savais que je devais le faire, mais je ne me sentais pas encore prête. Je me persuadais que ça pourrait être cruel d'aller le trouver, alors que je ressemblais comme deux gouttes d'eau à son amoureuse assassinée. En réalité, je n'étais pas encore en état d'affronter les secrets de ma sœur sans que les derniers morceaux de mon cœur se brisent.

Claudia passa son bras sous le mien et m'entraîna à l'écart de la rue principale. « *Fratello* Antonio s'inquiète pour toi. Comme c'est toi qui… » Elle déglutit péniblement. « Maintenant qu'il est rentré de ses voyages pour faire taire les rumeurs concernant les métamorphes, ça pourrait être une bonne idée que tu lui parles. Juste pour trouver un peu de consolation. »

La consolation était un état d'esprit beaucoup trop éloigné de la vengeance : je n'en voulais pas. Les frères me conseilleraient de dire des prières et d'allumer des cierges, comme Domenico. Aucune de ces deux actions ne m'aiderait à venger ma sœur ou à briser le sort jeté sur son journal. Même si je confessais mes désirs les plus sombres, Antonio ne pourrait rien faire pour m'aider. C'était un humain, rien de plus. Je me forçai à sourire : Claudia suggérait ça par amitié. Et elle était déjà assez tracassée par ses visions troublantes. « Je lui parlerai. Bientôt. Je te le promets. »

Claudia étudia mon visage. « Viens me voir aussi, quand tu seras là. Tu me manques. Je ne peux pas imaginer ce que tu traverses, mais tu n'es seule que si tu le décides, Emilia. S'il te plaît, n'oublie pas que tu es encore en vie et que des gens t'aiment. Et si tu me laisses faire, je peux t'aider. »

Je m'imaginai confirmer ses craintes au sujet de son rêve, lui raconter ce que j'avais fait la nuit précédente, lui parler du démon que j'avais fait monter du monde souterrain et caché dans la grotte. Et pas n'importe quel démon. Si je le croyais sur parole, c'était un prince de guerre, si cruel et puissant qu'il était l'incarnation vivante de la colère.

Si mon amie avait su ce que j'avais l'intention de faire, je me demandais si elle aurait encore été prête à m'aider.

En voyant son air déterminé, je décidai que c'était possible.

« Je... » J'inspirai profondément. Je n'avais pas confié ce secret à Colère, et Carolina ne pouvait pas m'aider, mais peut-être que Claudia le pourrait. Je sortis le journal de ma sœur de ma sacoche. « Il y a un sort là-dessus que je n'arrive pas à rompre. Ta tante m'a dit que sa magie n'était pas originaire de ce royaume. Elle pourrait être d'origine démoniaque. »

Claudia écarquilla les yeux en passant les doigts sur la couverture. « C'est... très vieux.

— Tu crois que tu pourrais trouver quel genre de magie a été utilisé ? »

Elle hocha vigoureusement la tête. « Je peux essayer en tout cas.

— C'est dangereux. Tu ne peux le montrer à personne ni dire que tu l'as.

— Promis. »

Je lâchai le journal. Alors que je tournais les talons, une ombre s'éleva derrière mon amie et susurra : « *Il est ici.*

— Quoi ? » Je hurlai presque et titubai en arrière. C'était la voix désincarnée que j'avais entendue la nuit où ma sœur avait été tuée. Je n'oublierais jamais ce son. « Qui ?

— Comment, ça, qui ? » demanda Claudia en regardant autour de nous. Elle tendit la main pour me stabiliser. « Tu es sûre que ça va, Emilia ? On dirait que tu viens de voir le diable.

— Je… Tu as entendu ? » Je passai la main dans mes cheveux et tirai sur les racines. Il n'y avait rien. Pas d'ombre menaçante ou d'avertissements sinistres venus de l'au-delà. Peut-être que j'avais besoin de l'Église en fin de compte. J'aurais bien besoin de toutes les prières possibles. « Ce n'est rien. J'ai cru que tu avais dit quelque chose. »

Claudia ne paraissait pas convaincue mais, après un moment de tension, elle me salua en me promettant d'apprendre tout ce qu'elle pouvait au sujet de ce mystérieux sort.

La voix de Nonna résonnait dans ma tête, tandis que je me dépêchais de quitter la ville en jetant constamment des regards derrière moi pour vérifier que je n'étais pas suivie. Ma grand-mère avait raison : *rien* n'allait.

Et je commençais à penser que rien n'irait plus jamais bien.

QUATORZE

« **Enfile ça.** Personne ne devrait avoir à subir ce spectacle toute la nuit, démon. »

Colère attrapa la chemise en plein vol, une seconde avant qu'elle ne lui touche le visage, puis il grimaça. Honnêtement, je ne pouvais pas lui en vouloir. Elle était de couleur fauve, en velours froissé, avait les coudes élimés, et des cordons s'entrecroisaient au niveau du torse. Il me toisa comme si je lui avais apporté une carcasse en décomposition et ordonné de la dépecer et de la coudre pour s'en faire une veste.

Il afficha une moue déterminée : « Non.

— Non ? » J'inclinai la tête comme si je n'avais pas bien entendu. « On dirait que tu l'as roulée en boule et laissée au fond d'un tiroir pendant des mois, et à l'odeur on pourrait croire que tu t'en es servie pour nettoyer des entrailles. » Il me la relança. « Va me chercher une tenue plus appropriée, ou supporte-moi comme ça.

— Pardon ? » Je marchai jusqu'à la rangée d'ossements et la franchis sans hésiter. Je m'arrêtai à quelques centimètres de lui, furieuse. La lueur sauvage dans mes yeux le mettait au défi de me dire non encore une fois. « Mets. La. Chemise. *Tout. De. Suite.*

— La vue de ma peau nue t'excite, c'est ça ? Tu as eu des pensées impures à mon sujet la nuit dernière ? » Il me décocha un sourire paresseux. « D'habitude, c'est la spécialité de mon frère, mais ne t'en fais pas, nous sommes tous doués dans la chambre à coucher.

— Gros porc.

— Tu veux te rouler dans la boue avec moi ? »

Ma colère enflait. « Tu aimerais bien, hein ?

— Non, pas du tout. » J'aurais juré que la température avait baissé pour correspondre à la froideur de son ton. « Vous *nous* traitez de damnés, mais vous, les sorcières, vous êtes des créatures rancunières sans âme ni conscience. » Il désigna d'un signe de tête sa dague, que j'avais attachée à ma hanche. Elle semblait ridiculement déplacée sur ma jupe sombre et fluide et mon chemisier assorti aux manches flottantes. Mais je m'en fichais. Il n'allait pas la récupérer. « Poignarde-moi s'il le faut, mais je ne porterai pas cette horreur.

— Tu plaisantes. C'est juste une chemise. » Je levai les yeux vers lui et ne parvins pas à déchiffrer son expression. « Dois-je te rappeler que tu n'es pas en position d'exiger ou de refuser quoi que ce soit ? »

Son agacement s'unit au mien dans un mariage impie.

« Voici une petite leçon puisque tu sembles être terriblement ignorante, sorcière. Invoquer ne signifie pas *posséder*. Tu ne peux pas me maîtriser éternellement. »

Il s'approcha assez près pour m'obliger à sentir la chaleur de son corps si je ne bougeais pas, ou à m'éloigner pour soutenir son regard. Il me fallut un moment pour accepter de reculer d'un pas, mais je finis par le faire.

Je n'en revenais pas qu'il s'emballe à propos d'une chemise alors que j'étais toujours abasourdie d'être en présence de mon fantôme personnel, sorti de l'enfer. *S'il* était réel et pas une créature inventée par mon esprit pour me hanter.

« Je peux te refuser ce que je veux et je le ferai quand ça me chante, ajouta-t-il d'un ton menaçant. Ne commets *jamais* l'erreur de penser que tu exerces sur moi un pouvoir autre que le sort qui me retient ici. Et même lui ne durera pas. »

Il prit une profonde inspiration par le nez, comme s'il savourait la colère qui émanait de moi. J'envisageai de le frapper à nouveau, mais je me retins.

« Tu ne peux pas briser le sort sans moi, démon.

— Peut-être pas. Mais les sorts qui m'empêchent de partir – comme ceux d'invocation – ne durent que trois jours. Ensuite, je serai libre de quitter ce cercle et de faire ce que bon me semble. » Il recula enfin, s'appuya contre la paroi de pierre et me regarda digérer l'information. « Tu es venue pour t'adonner à des joutes verbales toute la nuit, ou tu as changé d'avis à propos du lien du sang ?

— Ni l'un ni l'autre. Je suis venue t'interroger au sujet des chasseurs de sorcières. »

Son rire soudain me fit sursauter. Je me ressaisis rapidement et croisai les bras. « Qu'est-ce qu'il y a de drôle ?

— D'où je viens, les informations sont une monnaie d'échange. Personne ne s'attend à obtenir un renseignement gratuitement. Si tu entrais dans une des Maisons royales et que tu exigeais des informations, tu serais écorchée vive. »

J'espérais qu'il n'entendait pas les battements de mon cœur s'emballer lorsque je visualisai la scène.

« Accepter un échange de sang ne compte pas comme un paiement ? » rétorquai-je. Il se redressa et son sourire s'effaça immédiatement. J'avais réussi à capter son attention princière. « Je trouve important de prendre des décisions éclairées. Par conséquent, je demande un échange d'informations de base. Je suis sûre que tu peux accepter ce compromis. »

Il m'inspecta comme si j'étais un chat qui se mettait tout à coup à donner des ordres aux domestiques. « Très bien. Je vais te faire plaisir en répondant à *quelques* questions. Choisis-les avec soin.

— As-tu entendu parler d'humains qui se sont regroupés pour chasser les sorcières ? »

Il secoua la tête. « Pas pour le moment. Mais l'histoire a montré qu'ils étaient actifs par le passé, je suis donc certain qu'ils existent.

— Lequel de tes frères a pactisé avec ma sœur ?

— Orgueil. »

Je refermai la bouche. Dans la religion humaine, le diable était souvent associé à ce péché particulier. La veille, Colère m'avait simplement dit que Vittoria avait établi un pacte avec son frère ; il n'avait pas mentionné le diable en personne. Ce qui voulait dire...

Un souvenir me revint tout à coup à l'esprit. La veille de l'assassinat de ma jumelle, je lui avais demandé ce qu'elle faisait au monastère. « J'invoquais le diable. Un livre ancien m'a murmuré ses secrets, et j'ai décidé de le prendre pour époux. Je t'inviterais bien au mariage, mais je crois que la cérémonie aura lieu en enfer. »

Par le sang et les os. Vittoria ne plaisantait pas. Des questions se bousculaient dans ma tête comme des abeilles furieuses.

« C'est tout ce que tu voulais savoir, sorcière ? » Colère apparut dans mon champ de vision et interrompit le flot de mes pensées. Ma sœur m'avait dit la vérité, et je ne l'avais pas aidée. Je ne lui avais pas posé de questions et je ne l'avais pas prise au sérieux. J'aurais dû le savoir : elle disait souvent des choses bizarres aux gens, et adorait qu'on se dise qu'elle mentait. Je lui aurais accordé plus d'attention si je n'avais pas été aussi agacée qu'elle m'embarrasse devant Antonio. *J'aurais dû* être plus attentive à ses paroles.

Je respirai à fond pour me calmer. À partir de maintenant, je serai vigilante aux moindres détails.

« Pourquoi Orgueil voulait-il l'épouser ? » L'expression de Colère devint à nouveau de marbre. Ma patience était à bout. « Je sais que ma sœur a accepté de l'épouser. Elle me l'a confié elle-même. »

Il ne bougeait pas, mais j'imaginais son esprit fonctionner à toute allure pour formuler un millier de scénarios différents, et calculer les avantages et les inconvénients de partager des informations avec moi. Je ne m'attendais pas à ce qu'il réponde. Il n'avait pas l'air ravi, quand il décida finalement de le faire. « Orgueil devait se marier pour briser une malédiction.

— Pourquoi est-ce que tu l'as aidé ? »

Il afficha un sourire carnassier.

« Je m'ennuyais. Ça avait l'air amusant. »

S'il ne pouvait pas me mentir, cette réponse devait être au moins vraie partiellement. « Alors, quoi... ta mission, c'est de trouver quelqu'un qui accepte d'épouser Orgueil ?

— Oui. Plus précisément, il doit trouver une épouse qui soit une sorcière. Une partie de ma tâche consiste à m'assurer que sa fiancée arrive dans notre royaume en toute sécurité, si elle accepte son offre.

— Pourquoi est-ce qu'il doit épouser une sorcière ?

— Il a besoin d'une épouse dotée de compétences magiques pour rompre la malédiction.

— Et si elle refuse ?

— Elle sera alors informée de l'existence des forces... opposées... qui veulent lui faire du mal. »

Cet euphémisme signifiait que si elle refusait l'offre, elle risquait d'y laisser la vie.

« Les deux autres victimes étaient des sorcières également. Ce qui veut dire qu'on leur a proposé le même marché qu'à Vittoria. » Je dis cette dernière phrase avant tout à ma propre intention : je réfléchissais à haute voix. Colère hocha tout de même poliment la tête. « Ont-elles été tuées avant ou après que tu leur as parlé ?

— Après.

— Tu leur as laissé le temps de réfléchir à la proposition ?

— Bien sûr. On leur accorde une journée entière pour prendre leur décision. »

Cela me surprit. Si j'avais besoin que quelqu'un accepte un marché pour briser une malédiction, je ne voudrais pas lui donner du temps. Trop de choses pourraient mal tourner.

« Comment choisis-tu la sorcière que tu abordes ? » Je devinai à la tête de Colère que le temps des questions touchait à sa fin. « Réponds au moins à ça, démon. Combien d'autres personnes de ton monde savent à qui tu proposes le marché ?

— Personne en dehors d'Orgueil et moi. »

Je réfléchis à cette nouvelle information. En réalité, cela allongeait la liste des suspects. Au lieu de m'inquiéter seulement d'un espion dans le royaume de Colère, cela ouvrait aussi la possibilité que les victimes aient parlé du marché proposé par le diable à des gens de ce monde-ci. Ces personnes avaient pu à leur tour le répéter ou quelqu'un avait pu surprendre une conversation. Une journée entière, c'était un délai qui permettait aux commères de se mettre au travail.

Sauf que… cette théorie présentait un problème majeur. Les *streghe* ne dévoilaient jamais leurs secrets. Je repensai aux chasseurs de sorcières. Colère n'avait pas l'air de les considérer comme une menace, mais je n'avais aucune preuve qui me permette de les éliminer complètement comme suspects. C'était la solution la plus logique pour expliquer ces assassinats. Ils avaient peut-être découvert qui étaient les vraies sorcières sur l'île, et c'était un simple hasard que les trois victimes aient coïncidé avec le marché du diable.

« Tu vas me dire qui est la prochaine sorcière ?

— Non. »

Je réfléchis aux options qui s'offraient à moi. Je pourrais envoyer des messages aux douze autres familles de Palerme, mais il y avait un risque qu'ils soient interceptés. Se présenter à leur domicile ou à leur entreprise était également risqué si nous étions surveillées. Ce n'était donc pas envisageable. En ces temps incertains, je devais agir avec la plus grande prudence. Mes bonnes intentions pouvaient finir par coûter la vie à quelqu'un. J'espérais que les autres aussi prenaient des précautions depuis les meurtres en série.

Colère s'avança vers la périphérie du cercle d'ossements, l'air déterminé. « Alors ? Es-tu prête à devenir membre de la Maison Colère ?

— Non. Tant que tu ne décideras pas de travailler avec moi d'égal à égale, je décline ton offre de *protection*. »

Son sourire était chargé de haine. « Tu n'avais pas l'intention d'accepter l'échange de sang, pas vrai ? » Au lieu de répondre, je ramassai ma sacoche par terre et je me dirigeai vers l'entrée de la grotte. Il me rappela : « Où vas-tu ?

— Au monastère.

— Les temps sont dangereux, tu ne devrais pas y aller seule. Libère-moi et je t'accompagnerai. »

Comme si j'allais le laisser faire. « La prochaine fois.

— *Benediximus.* » *Bonne chance.* « C'est ton enterrement, après tout. »

L'écho de son rire sardonique me suivit tout le long du chemin pour retourner en ville.

QUINZE

À deux rues du monastère, j'eus la certitude qu'on m'observait. Je fis semblant de ne rien avoir remarqué pendant un pâté de maisons, avant de me diriger nonchalamment vers une rue déserte. Si je devais recourir à la magie, je ne voulais pas de témoins qui aillent raconter à l'église ma soi-disant diablerie. Quand nous étions beaucoup plus jeunes, un *fratello* appelé Carmine fouinait pour trouver ceux qui abritaient le mal en leur âme. J'avais entendu dire que l'Église l'avait envoyé dans le nord de l'Italie, mais je pensais encore à lui de temps en temps. Surtout quand j'étais non loin du monastère et que je m'apprêtais à utiliser la magie.

Je saisis mon *cornicello* et je sondai la ruelle près de moi, cherchant des *luccicare* violets indiquant qu'un humain était proche.

Au début, je ne vis rien. Puis…

Une voix grave et suave s'éleva de l'ombre. « Eh bien, n'est-ce pas une surprise ? »

Les poils de ma nuque se hérissèrent quand un homme sortit de l'obscurité. Ses cheveux étaient noirs et soyeux, et ses yeux d'un vert animal. Aucun humain n'avait des iris de cette couleur, et l'étrange *luccicare* scintillant qui l'entourait confirmait ce que je soupçonnais déjà : c'était un *Malvagi*. Sans savoir pourquoi, je lâchai mon amulette et la glissai discrètement dans mon corsage.

« Vous êtes… » Un deuxième prince démoniaque. Que je n'avais pas invoqué dans ce royaume. Ce qui signifiait qu'ils avaient d'autres moyens d'arriver ici. J'aurais dû m'en apercevoir plus tôt, puisque c'était Colère que j'avais vu penché au-dessus de ma sœur le mois précédent. De toute évidence, plus rien n'était impossible.

Je reculai d'un pas et je priai silencieusement la déesse de la bataille et de la victoire. Le nouveau démon sourit comme s'il avait lu dans mes pensées. J'aurais voulu détourner le regard, mais j'en étais incapable. Comme si l'étrange énergie qui se dégageait de lui me retenait captive, même si je voulais hurler.

Au lieu de paniquer, je pris note des détails. Il était presque aussi grand que Colère et était plus fascinant que les canons de beauté, et cette caractéristique le rendait particulièrement attirant. Une barbe bien taillée accentuait les angles durs de son visage.

En le fixant, je ressentis presque un pincement au cœur…

« Envie. » Le démon réussit à prononcer ce mot d'une façon à la fois menaçante et tentante. « Et toi, tu es… intrigante. »

Je ne voulais pas être intrigante. Ni me retrouver seule avec lui. Je souhaitais m'enfuir. Mais je ne réussis à accomplir aucune de ces choses. Je restai là, clouée sur place par une terreur profonde. Cela faisait presque cent ans que les Damnés n'avaient pas été aperçus dans ce royaume. Et je pouvais jurer qu'il y en avait au moins deux.

Je ne comprenais pas pourquoi, mais je sentais que ce prince était différent de Colère. Quelque chose en lui semblait mortellement angélique. Mais s'il avait jamais porté une auréole, elle semblait brisée désormais. J'avais envie de me mettre à genoux pour le supplier et crier grâce.

Envie rôdait à l'entrée de la ruelle. Comme Colère le premier soir où je l'avais rencontré, son frère portait des vêtements élégants. Son costume était noir uni, mais sa chemise et son gilet avaient plusieurs nuances d'un vert tourbillonnant rehaussé de fils d'argent. Il portait aussi une dague à la hanche, mais celle-ci arborait une imposante pierre précieuse verte dans la poignée.

Tous mes sens étaient en alerte. La peur s'était emparée de moi. Cette créature de minuit n'était pas tenue de me protéger, et j'étais parfaitement consciente de ma vulnérabilité.

Comme ma jupe n'avait pas de poche secrète, j'avais laissé ma craie bénie par la Lune à la maison. Je n'avais aucun moyen de dessiner un cercle de protection, je n'avais pas d'herbes à offrir à la Terre, et j'étais convaincue que si je détalais en courant, ma fuite ne ferait que l'amuser. Je faillis défaillir de terreur. J'étais à la merci de ce démon.

Ma panique se transforma brusquement en autre chose. Un sentiment sombre, féroce, écrasant voltigeait autour de moi comme de larges ailes en cuir. C'était froid et ancien, sans début ni fin. Comme toute forme de magie, *c'était* tout simplement.

Et j'avais envie que tout cela soit à *moi*. Jusqu'à la dernière goutte.

Je me sentis tout à coup terriblement jalouse de l'immense pouvoir que ces démons exerçaient. Pourquoi les créatures de l'enfer méritaient-elles de telles capacités ? Pourquoi étais-je moins digne de posséder un peu de pouvoir rien qu'à moi ?

J'étais bénie par une déesse, pas maudite par un démon !

Si je possédais ne serait-ce qu'une *petite part* de cette magie, je pourrais forcer les autres à me révéler ce qui était arrivé à ma jumelle. Je pourrais empêcher d'autres sorcières de perdre la vie à cause d'un marché démoniaque. Et je pourrais mettre le monde souterrain à genoux. Je voulais tellement ce qu'ils possédaient que la haine me consumait. C'était une haine glaciale si puissante que j'étais congelée jusqu'au plus profond de mon être.

C'était trop. Vouloir ce qui ne serait jamais à moi...

Envie se pencha en avant, une lueur avide brillait dans ses yeux étranges. J'avais la bizarre impression qu'il souffrait des mêmes sentiments que moi. Qu'il enviait ses frères d'une manière qui le rendait presque fou. Je n'aurais jamais pu imaginer ressentir la même chose envers ma jumelle. Il devait se sentir tellement seul, tellement isolé...

J'attrapai la dague de Colère, je la pressai contre la peau de ma poitrine, et je gémis presque de plaisir lorsque le sang perla. La lame avait piqué l'épiderme en provoquant une extase sublime. J'étais prête à découper mon propre cœur pour arrêter la douleur qui me dévorait à l'idée que je ne pourrais jamais posséder le pouvoir de ces démons.

Un petit courant électrique jaillit de mon tatouage en projetant des étincelles d'énergie sur ma peau, et le sort se brisa. Je clignai des paupières comme si je sortais d'un rêve éveillé. Je fixai la dague dans ma main tremblante, puis je regardai le démon aux yeux verts, dont l'attention glissa vers mon bras.

Envie devait m'avoir transmis ses émotions, ou avait retourné les miennes contre moi.

« Exceptionnel, commenta le prince démon. Tu as ressenti la même chose que moi ? »

Si ce qu'il ressentait était un abîme sans fin de néant, de haine et de glace, alors oui. « Que m'avez-vous fait ?

— J'ai permis à tes désirs intérieurs de faire surface. Certains les appellent des péchés. »

Je frissonnai. J'avais l'impression que mon intimité venait d'être violée comme jamais auparavant et j'espérais ne plus jamais expérimenter cette horreur. J'avais été à deux doigts d'enfoncer une lame dans mon propre cœur. Si mon tatouage ne m'avait pas arrêtée, je serais morte. Je ne pus m'empêcher de me demander si je me trompais à propos des chasseurs de sorcières ; peut-être que Nonna avait raison depuis le début et que les humains n'avaient rien à voir avec ces meurtres.

J'avais l'impression que ce démon était celui qui avait arraché le cœur des trois cadavres.

Envie était parvenu à m'affecter malgré la protection de mon *cornicello*. Mon petit talisman n'était pas de taille à affronter un prince de l'enfer. Je ne savais même pas s'il avait déversé tout son pouvoir sur moi, ou s'il s'était contenté de faire appel à une infime partie.

S'il avait fait la même chose pendant que j'étais en cuisine avec ma famille...

Je fermai les yeux. Je préférais ne pas penser à ce qu'il aurait pu me forcer à faire. Et j'aurais été incapable de lui résister. Je me demandais si toutes nos précautions, nos sorts ou nos talismans étaient vraiment efficaces, ou s'ils réussissaient juste à nous procurer un sentiment illusoire de sécurité.

Tant que des créatures comme Envie se promenaient en liberté sur Terre, nous ne serions jamais vraiment en sécurité. J'eus une soudaine envie de fondre en larmes. Pas étonnant que Nonna nous ait raconté ces histoires et ait essayé de nous tenir à l'abri.

Ces démons étaient pires que des cauchemars. Et maintenant, ils étaient bel et bien présents dans notre monde.

« Étrange. » Envie posa son regard d'animal sur moi, avec curiosité. Je jetai un coup d'œil à mon tatouage, surprise de voir que des serpents s'enroulaient autour des croissants de lune, formant un plus grand cercle autour d'eux. J'avais été tellement distraite par ma peur que je n'avais pas senti la brûlure sur mon avant-bras. L'attention d'Envie se reporta vers la dague à nouveau suspendue à ma hanche et un sourire lent et rusé effleura ses lèvres. « Comme c'est intéressant, en effet. Des réseaux tellement enchevêtrés. Invoqués par la haine, liés par le sang.

— Qu'est-ce que vous voulez dire ? »

Il enfonça ses mains gantées dans ses poches. « Tu as quelque chose que je veux.

— Si c'est mon cœur qui bat encore, j'ai bien peur de devoir refuser.

— Non, mais j'imagine que tu finiras par l'offrir à mon frère un jour. »

Son ton était monocorde. Je me demandais si Colère savait à quel point son frère était jaloux, mais je ne fis pas de commentaire.

« Nous pouvons peut-être conclure un marché. Si tu acceptes de vendre ton âme à la Maison Envie, je t'aiderai à trouver ce que tu cherches. » Tandis qu'il attendait ma réponse, son expression était inhumaine et glaciale. Les poils de ma nuque se hérissèrent. « Je convoite les choses uniques. Tu ferais un cadeau intéressant pour ma cour. Est-ce que tu chantes ?

— Je ne suis pas unique. » Je n'étais pas non plus une « chose » ou un « cadeau » qu'on se passait comme une curiosité dans une fête.

« Ah non ? » Il sourit. « Ça fait très longtemps que je n'ai pas vu de Sorcière de l'Ombre. J'aimerais beaucoup que tu rejoignes ma Maison. »

Je ne savais pas ce qu'il voulait dire par « Sorcière de l'Ombre », et c'était le cadet de mes soucis. Une image me vint à l'esprit : des humains et des sorcières paralysés pour être exposés sur un damier gigantesque. Envie semblait être le genre de démon qui exhibe fièrement ses trophées, espérant que les autres soient verts de jalousie.

Je ravalai ma panique grandissante, ne sachant pas si c'était une image qu'il m'avait communiquée. Je ne voulais pas savoir si cette peur contenait une part de vérité.

« Alors ? insista-t-il avec une pointe d'agacement. Es-tu prête à rejoindre ma Maison ? Je peux t'offrir la protection de mon royaume et de mes frères. Tu en auras bien besoin, surtout avec les meurtres déplorables qui se sont produits ici ces derniers temps. »

Mon cœur tambourinait. Nonna marmonnait souvent un vieux proverbe qui disait « Mieux vaut le diable que tu connais que celui que tu ne connais pas », et jamais une phrase ne m'avait semblé aussi juste. Si on me laissait choisir entre négocier avec Colère ou Envie, je choisirais Colère.

J'étais convaincue que rien ne plairait plus à Envie que de poser sa lame mortelle sur ma peau et d'en retirer lentement les couches, pour découvrir le secret qui faisait de moi une Sorcière de l'Ombre.

Quel qu'il soit.

Connaissant un peu leurs manières rigides et leur éducation, je ne voulais pas risquer de le mettre en colère en déclinant trop tôt son offre. Après un moment qui me sembla durer un millénaire entier et pendant lequel je fis semblant de réfléchir, je finis par décréter : « Pas pour le moment, merci. »

Il semblait sur le point d'argumenter, mais soudain, il inclina la tête, comme par déférence. Son regard revint sur le tatouage à mon bras.

« Très bien. Même nous, princes de l'enfer, ne savons pas ce que l'avenir nous réserve. Tu peux encore changer d'avis, ou d'opinion. Je t'accepterai toujours si tu choisis ma Maison plutôt que celle de mon frère, quel que soit le moment. » Le démon tourna les talons et se dirigea vers l'autre extrémité de la rue, s'arrêtant au carrefour pour tourner la tête vers moi. « Sois prévenue : les autres se lassent. S'ils n'ont pas déjà commencé à chasser, ils s'en prendront *bientôt* à toi. Que cela te serve d'avertissement, et que tu comprennes que la Maison Envie est une aubaine. Choisis une Maison avec laquelle t'allier, ou la décision sera prise par d'autres pour toi. »

SEIZE

Non loin de là, des flammes se mirent à crépiter. De la fumée suivit peu après, rampant dans l'air comme un serpent en fuite. Quand j'avais vu pour la première fois le Prince de la Colère au monastère, j'avais entendu un son similaire. Peut-être que le feu et la fumée avaient un rapport avec la façon dont les démons voyageaient d'un royaume à l'autre.

Maintenant qu'Envie était parti pour de bon, ma respiration était haletante, presque aussi saccadée que les battements frénétiques de mon cœur. J'avais passé dix-huit ans à me cacher des *Malvagi*, et je venais d'être piégée par un de ces Damnés, qui s'était permis d'utiliser ses pouvoirs sur moi. Et j'avais survécu. Je ne savais pas si je devais en rire ou vomir. Avant de pouvoir faire l'un ou l'autre, je devrais convaincre mes genoux d'arrêter de trembler.

Sainte déesse, c'était l'expérience la plus traumatisante que j'avais jamais vécue. Si ma sœur avait eu affaire à ces Damnés, démêler ses secrets sans risquer ma vie serait bien plus difficile que je ne l'avais imaginé. Je n'étais pas sûre d'être aussi chanceuse la prochaine fois que je croiserais un prince de l'enfer seule. Ils modifiaient l'espace qui les entourait. Et cela ne semblait pas demander beaucoup d'énergie à Envie, voire aucune. J'examinai la rue. Elle était heureusement toujours déserte. Avant qu'Envie ne se manifeste, j'étais en route pour le monastère. Claudia avait mentionné que Domenico s'y trouvait, et je me disais qu'il était peut-être temps de lui demander s'il savait ce qui...

La peur m'étreignit au point de m'empêcher de respirer. Envie m'avait dit que j'avais quelque chose qu'il voulait. En dehors de mon *cornicello,* que j'avais caché sous mon corsage, hors de sa vue, et de la dague de Colère, je n'avais rien sur moi. Mais Claudia détenait le journal de ma sœur, et si les *Malvagi* pouvaient vraiment le sentir, alors Envie pourrait déjà être en train de la traquer en ce moment même.

S'il lui arrivait quelque chose...

Je partis en direction de la maison de Claudia, courant si vite que je faillis perdre mes sandales, alors que mes pieds martelaient les pavés inégaux. J'accélérai encore, voulant absolument arriver avant le démon. Je sautai par-dessus des paniers, des pots de chambre, et des poulets qui couraient en liberté dans les rues moins fréquentées. J'esquivai les cordes à linge et réussis à ne croiser qu'un pêcheur désagréable alors que je m'arrêtais devant la porte de Claudia.

J'attrapai le heurtoir en fer et je le fis cogner jusqu'à ce qu'une bougie s'allume à l'étage. Claudia passa la tête par la fenêtre du premier.

« Emilia ? Par le sang et les os. Tu m'as fait peur ! Attends. »

Je me retournai pour inspecter la rue plongée dans l'obscurité. Rien ne semblait indiquer que j'avais été suivie. Je ne sentais pas non plus de présence ou d'espion en train de m'observer, et j'espérais que cela signifiait qu'Envie était loin désormais.

Quelques instants plus tard, le verrou coulissa bruyamment et la porte s'ouvrit. Claudia me fit signe d'entrer. Je me précipitai à l'intérieur et je claquai le battant derrière moi, haletante.

« Que diable se passe-t-il, Emilia ?

— Ta tante est là ?

— Pas encore. Elle est restée un peu plus tard au marché ce soir. Qu'est-ce qui s'est passé ? » Elle leva sa bougie et scruta mon visage. « Tu as une tête affreuse. »

Je relâchai mon souffle en tremblant. « As-tu trouvé quelque chose à propos du sort qui bloque le journal intime ?

— Pas vraiment. La magie est ancienne, et elle n'est pas de ce monde. Mais ce n'est pas la seule chose étrange. J'ai besoin de plus de temps pour vraiment...

— Non ! » Je lui serrai doucement l'épaule pour adoucir le choc de mes mots. « Je veux que tu oublies le sort et le journal intime. S'il te plaît. C'est trop dangereux. »

Claudia plissa les yeux. « Est-ce que ce qui s'est passé a un rapport avec la vision que j'ai eue ?

— Peut-être. » Je me massai les tempes. Un mal de tête terrible commençait à m'élancer. « Écoute, je... je ne sais pas exactement ce qui s'est passé ce soir, mais les Damnés sont ici. Et je pense que leur arrivée a un rapport avec le journal de Vittoria. Quelle que soit la raison, je ne veux pas attirer l'attention sur le carnet. Ou sur toi.

— As-tu parlé avec l'un d'entre eux ? »

J'acquiesçai. « Le Prince de l'Envie et moi avons eu une charmante conversation. Et j'ai failli m'arracher le cœur dès nos premiers échanges. »

Je m'attendais à un cri étouffé ou à un signe manifestant que mon amie était terrifiée à l'idée que les Damnés se baladent bel et bien en Sicile. Peut-être qu'elle croyait que je m'étais cogné la tête ? Elle alla calmement vers l'armoire et en sortit une bouteille d'alcool aux herbes qu'elle avait fabriqué. Elle nous servit à chacune une rasade et posa un verre devant moi.

« Assieds-toi. » Elle désigna l'une des chaises en bois. « Bois ça. Ça va te calmer. »

J'obéis et portai le verre à mon nez. Ça sentait la menthe et au moins un agrume. Peut-être du citron vert. Je le vidai d'un trait, savourant la saveur forte. « *Grazie*. »

Claudia but le sien et rangea la bouteille.

« Tu n'as pas l'air surprise. Tu savais qu'ils étaient ici ?

— Je m'en doutais. » Elle appuya la hanche contre la table et soupira. « Quand les meurtres ont commencé et que les cœurs ont été volés, j'ai immédiatement pensé à la malédiction.

— Tu veux parler de la dette de sang entre la Première Sorcière et le diable ?

— Non, répondit-elle lentement, je parle de la malédiction. »

Mes sourcils se rapprochèrent. Colère m'avait dit que le diable voulait briser une malédiction. « La malédiction dont tu parles a-t-elle été proférée contre les sorcières ou contre quelqu'un d'autre ?

— C'est justement ça le problème. » Claudia fit le tour de la table et baissa la voix. « Personne ne le sait avec certitude. Les Sorcières de l'Obscurité pensent que c'est le prix que la *Prima* a payé pour le sort de vengeance qu'elle a lancé sur le diable. »

C'était plausible. La magie noire exigeait un paiement. Mais jeter un sort au diable… Je frissonnai malgré la chaleur étouffante de l'été. Je me souvenais vaguement que Nonna l'avait mentionné, mais elle ne semblait pas convaincue que c'était vrai. « Pourquoi a-t-elle maudit le diable ?

— De vieilles histoires prétendent qu'il a volé l'âme de son aîné. Depuis lors, le diable est enfermé en enfer pour l'éternité. Ses frères peuvent voyager entre les royaumes dans la limite du raisonnable, généralement la veille et le lendemain d'une pleine lune, mais lui ne peut jamais mettre un pied en dehors du monde souterrain. Et ce n'est pas tout. Il est censé ne conserver ses pleins pouvoirs que si une sorcière s'assied sur le trône à ses côtés et porte la Corne d'Hadès pour maintenir l'équilibre entre les royaumes.

— La Corne d'Hadès ? C'est une couronne ?

— Il n'existe aucun document écrit sur ce dont il s'agit ou comment ça fonctionne exactement. Ma tante pense qu'une partie de la malédiction consiste à effacer ou bloquer nos souvenirs. Elle croit aussi que c'est ce qui est vraiment arrivé à la vieille Sofia Santorini : sa séance de divination a probablement dévoilé un détail concernant la malédiction que celle-ci voulait qu'on oublie.

— Celle-ci, tu veux dire la malédiction ? Comme si elle était une entité propre ? »

Claudia hocha la tête. « C'est étonnant que personne ne se souvienne de certains détails. Tout le monde connaît un mythe ou une légende avec des variantes infinies, mais personne ne connaît la vérité.

— Nonna ne m'a jamais parlé de tout ça.

— Ce n'est pas étonnant. Ma tante affirme que les Sorcières de la Lumière ne croient pas que la *Prima* aurait jeté un sort aussi dangereux. Cela va à l'encontre de l'image qu'elles ont du rôle d'une déesse bénie. Qui sait ? » Claudia haussa les épaules. « Les histoires changent à chaque fois qu'elles sont racontées. Peut-être que c'est devenu de la fiction aujourd'hui. Le seul moyen de connaître la vérité, c'est de trouver le premier livre de sorts créé par la *Prima*. Et j'ai entendu dire que les Damnés le cherchaient. Il contient peut-être un sortilège qui permettrait au diable de briser la malédiction et de voyager à nouveau entre les royaumes sans avoir besoin d'une reine sorcière. »

Le malaise m'envahit lorsque je pensai à l'étrange grimoire que Vittoria avait caché sous le plancher. Ma sœur n'avait pas pu trouver le livre de sorts disparu de la *Prima*.

Et pourtant… son journal était protégé par une ancienne magie qui n'était pas de ce monde. Est-ce que l'emplacement secret du premier grimoire était révélé dans ses pages ? Cela me semblait impossible, mais j'avais appris que l'impossible était une invention de l'imagination.

Si c'était vrai, comment ma jumelle avait-elle bien pu mettre la main sur un artefact pareil ?

J'écartai ma chaise de la table et je me levai. Tant que je n'aurais pas la réponse à toutes mes questions, je ne voulais pas que quelqu'un d'autre s'approche du journal de Vittoria. S'il contenait un sort convoité par le diable, capable de le libérer de l'enfer, c'était plus dangereux que tout ce que je redoutais.

« Tu peux aller me chercher le journal s'il te plaît ? »

DIX-SEPT

Cette nuit-là, je trouvai le premier indice, sous le plancher de ma chambre. Comme souvent quand un détail paraît sans importance, je ne m'étais pas intéressée au jeton quand je l'avais vu pour la première fois. J'étais trop préoccupée par le journal intime et les étranges feuilles du grimoire pour prêter attention à une babiole que ma sœur avait ramassée. Surtout quelque chose d'aussi petit et insignifiant qu'un jeton.

Je le retournai soigneusement et lus l'inscription en latin gravée au dos : *AVARITIA*. *Cupidité*. Je posai le jeton et examinai la grenouille couronnée estampillée sur le devant. Il y a un mois à peine, je n'aurais pas accordé la moindre importance à la couronne ou au latin. Maintenant que j'avais eu la malchance de rencontrer deux des sept princes de l'enfer, je ne pouvais pas m'empêcher de penser que le propriétaire de ce jeton était une créature terrifiante de plus que j'aurais voulu éviter.

Si c'était quelqu'un qui ressemblait à Envie, je ne voulais pas me lancer à sa recherche. Je n'osais pas imaginer quel genre d'horreur il pourrait tenter de m'infliger. Mais... Vittoria avait dû le rencontrer, si elle avait gardé ce jeton. Quel que soit le lien entre eux, il était important, si elle avait laissé un objet lui appartenant, dans l'espoir que quelqu'un mette la main dessus.

Jusqu'à présent, même si je n'avais pas totalement écarté la possibilité que des chasseurs de sorcières soient responsables des meurtres, je n'avais pas non plus de preuves solides les désignant.

Pour l'instant, je devais me concentrer sur cet indice et mettre mes autres soupçons de côté.

Je regardai par la fenêtre les étoiles briller dans l'obscurité. Elles disparaissaient de temps en temps derrière un nuage. J'aurais voulu que ma jumelle me confie ses secrets. Mais les regrets ne nous mèneraient nulle part : il fallait agir. Je sortis un morceau de parchemin de notre table de nuit commune et je m'assis avec une plume et un pot d'encre.

Écrire les pistes à approfondir pourrait m'aider à en trouver de nouvelles. Les Damnés étaient une piste prometteuse, mais je n'arrivais pas à me défaire de l'impression que quelque chose m'échappait.

Il devait y avoir un lien entre tous les éléments.

Journal ensorcelé : quelle magie Vittoria a-t-elle utilisée pour le sceller ? Comment l'a-t-elle trouvée ?

Pacte avec le diable : pourquoi a-t-elle accepté de devenir son épouse ? Y a-t-il un rapport avec la malédiction dont Claudia a parlé ? Ou est-ce qu'elle espérait la briser et rester dans ce monde ?

Premier livre de sortilèges : s'il appartient à la Prima, comment les Damnés peuvent-ils le sentir ?

Corne d'Hadès : qu'est-ce que c'est ? Une couronne ? Quelle est sa puissance ?

Chasseurs de sorcières : sont-ils impliqués ? Si oui, est-ce qu'ils surveillent les Damnés, ou y a-t-il un lien entre eux et le marché du diable ?

Je parcourus mes notes. Rien ne me sautait aux yeux. Sauf... Je repensai au moment où Vittoria avait commencé à manifester un comportement bizarre. C'était à peu près trois semaines avant sa mort. Autour de notre dix-huitième anniversaire. J'avais cru que ça avait un rapport avec sa liaison secrète avec Domenico, mais il me semblait plus probable maintenant que c'était à cette période qu'elle avait commencé à invoquer les démons.

Une semaine plus tard, le premier meurtre avait eu lieu à Sciacca. Et la première sorcière de Palerme était morte quelques jours après. Le deuxième meurtre avait eu lieu depuis moins d'une semaine, lorsque ma jumelle avait été tuée à son tour. Je ne savais pas si Colère allait partager avec moi des informations détaillées au sujet des pactes, mais il me semblait fort probable que la première invocation de ma sœur ait déclenché le désir soudain du diable de briser la malédiction.

En recourant à la magie démoniaque, elle avait peut-être réveillé quelque chose dans le monde souterrain qui était endormi depuis longtemps. En effet, si elle était parvenue à invoquer un prince de l'enfer, tout me semblait possible. Mais peut-être que je me trompais complètement. Peut-être qu'elle n'avait pas invoqué de démon ni trouvé le premier livre de sorts, en revanche, elle avait très bien pu trouver la Corne d'Hadès et tout déclencher à cause de cette découverte.

Je mis ces pensées de côté et je me concentrai sur ma première hypothèse. Les chasseurs de sorcières. Ils étaient humains, mais les humains utilisaient la magie populaire, dans le cadre de leur religion dans tout le royaume d'Italie. Peut-être que ce genre de magie obscure leur permettait d'être alertés ?

Je soupirai. La théorie des chasseurs de sorcières ne collait toujours pas, même quand j'essayais de creuser la question. En revanche, il me paraissait de plus en plus probable qu'il y ait un lien entre les invocations de démons, le pacte avec le diable et les meurtres. J'étais parvenue sans le vouloir à faire apparaître un prince de l'enfer, il était probable que Vittoria ait, elle aussi, accompli l'impossible. Ce qui soulevait toujours la question de savoir comment elle s'était procuré les sorts. Je griffonnai une nouvelle note.

Feuilles du grimoire : Vittoria invoquait-elle un démon pour le contrôler ou est-ce l'un d'entre eux qui lui a donné ces sorts ? Si oui, lequel et pourquoi ?

Je reposai la plume et me concentrai sur le dernier point. Et si Vittoria n'avait pas invoqué de démon ? Peut-être qu'il y en avait déjà un ici, comme Colère quand je l'avais aperçu la première fois. Si ce prince démon avait fourni les feuilles du grimoire à ma sœur, cela signifiait-il qu'il l'avait convaincue de l'aider à accomplir un plan maléfique ? Qu'est-ce qu'un prince démon pourrait gagner en mettant en colère le diable, et en tuant ses épouses ? Était-ce une tentative de s'emparer du trône des ténèbres ? Quels que soient les secrets de ma jumelle, je n'avais pas le moindre doute : elle n'aurait jamais aidé qui que ce soit à assassiner des sorcières.

Je repris le jeton et me demandai si Vittoria l'avait pris, ou si on le lui avait offert. Peut-être que c'était un gage de bonne foi, ou… Il fallait que j'arrête d'échafauder des hypothèses et que je me mette en chasse. J'avais un nouveau plan en tête pour ce matin, et la perspective me nouait l'estomac.

« Tu as déjà vu ça ? » dis-je en montrant le jeton à Salvatore.

C'était peut-être un mauvais vendeur de vêtements, mais c'était une source extraordinaire de renseignements. Je m'étais levée à l'aube et dépêchée de partir avant que Nonna ne m'interroge à nouveau au sujet du diable. Il ne me poursuivait peut-être pas encore personnellement, mais je tentais assurément de les localiser, lui et ses frères malfaisants.

Une goutte de sueur perlait sur ma nuque, parce que j'avais couru vers le marché. J'avais sans doute l'air un peu surexcitée avec mes boucles humides qui retombaient sur mes épaules. J'espérais que Sal ne m'observerait pas de trop près alors qu'il y avait un objet bien plus intéressant sur lequel porter son attention. De tous les habitants de la ville, Salvatore était la pire commère. Et la personne la plus susceptible de partager avec n'importe qui les histoires dont il avait connaissance.

« Est-ce que c'est… » Il se pencha par-dessus une des piles de chemises pliées en plissant les yeux. « Oui, c'est ça ! C'est le club dont tout le monde parle en ce moment. C'est très mystérieux. Pas de nom, juste une grenouille couronnée estampillée sur la porte. J'ai entendu dire que l'établissement changeait d'endroit et qu'il fallait un jeton comme celui-là pour y entrer. » Il farfouilla dans une pile de vêtements, et me montra une jolie robe pourpre. C'était l'une des plus belles tenues de son étal. Je me tins aussitôt sur mes gardes. « Tu me l'échanges ? Je te l'offre contre le jeton. C'est une affaire.

— *Grazie*. Mais je n'ai pas l'intention de m'en séparer. » Je glissai le jeton dans mon corsage. « Tu sais quel est le dernier emplacement connu de la maison de jeu ?

— Pas loin de la cathédrale, m'a-t-on dit, mais c'était il y a plusieurs jours. Elle a probablement disparu depuis lors. Si tu ne la trouves pas là-bas, demande au vieux Giovanni, qui vend des granités près de l'entrée principale. Il adore les jeux d'argent. »

Je décidai de tenter ma chance aux abords de la cathédrale. Je passai une bonne trentaine de minutes à arpenter les ruelles et rues latérales. Je tombai sur un homme qui urinait près d'un palmier, mais ne parvins pas à trouver la mystérieuse salle de jeu. Je cherchai pendant quelques minutes encore avant de rendre visite au vieux Giovanni. Un panneau sur son stand de granités indiquait : FERMÉ.

Évidemment. Le commerçant était sans doute à la salle de jeu.

J'étais sur le point d'abandonner et de tenter ma chance ailleurs, quand je sentis l'envie soudaine de serrer mon amulette. Peut-être que la déesse de la mort et de la fureur guidait mon chemin, ou peut-être qu'enfouie dans des tréfonds que je n'aurais pas voulu examiner de trop près, la magie démoniaque m'attirait.

J'avais l'impression étrange qu'un léger bourdonnement m'indiquait la route à suivre. Je ne savais pas si je me laissais entraîner par des fantômes, ou si c'était une compétence latente de mon *cornicello* qui émergeait à chaque fois que je le serrais en me concentrant. Peu importe : je devais me fier à mon instinct.

Après quelques minutes à errer dans des ruelles qui s'éloignaient de la cathédrale en formant une gigantesque toile d'araignée, je m'arrêtai devant une porte sur laquelle une grenouille couronnée était gravée. J'avais trouvé !

Et soudain, je me sentis nauséeuse. Je lâchai mon amulette, et réfléchis à ce que je devais faire. Je pouvais faire demi-tour, aller chez *Mer & Vigne* et oublier ce cauchemar. Laisser quelqu'un de plus aguerri s'occuper des princes de l'enfer. Ou tenter de ressembler un peu plus à Vittoria.

Je sortis le jeton de mon corsage et l'appuyai contre le battant, en priant pour ne pas être en train de marcher de *trop près* sur les traces de ma sœur.

DIX-HUIT

Pour les sorts de courage, oindre une bougie rouge avec les éléments suivants au cours d'une lune croissante et la brûler jusqu'à ce que la flamme s'éteigne : une pincée de poivre de Cayenne, une pincée de clou de girofle, de l'huile bénite deux fois et une cuillère à soupe bien remplie de charbon de bois pilé.

Notes du grimoire Di Carlo

La porte s'ouvrit, et je descendis un escalier aux marches grinçantes avant d'entrer dans une salle souterraine. L'accès à la rue au fond d'un cul-de-sac crasseux m'avait préparée à ce que l'antre du péché de Cupidité soit sombre et délabré. Ce n'était qu'en partie le cas. La salle bondée était effectivement plongée dans la pénombre, mais les murs étaient en briques, un bar en ébène étincelant s'étendait sur toute la longueur de la pièce, et plusieurs tables au revêtement en velours d'un bordeaux profond étaient réparties sur le sol carrelé.

Chacune proposait des jeux de cartes différents. C'était une partie animée de *scopa* qui semblait recueillir les faveurs des clients. Des hommes et des femmes étaient rassemblés, les yeux rivés sur ce qu'ils espéraient être leur main gagnante. J'avais l'intuition que le gagnant ne pouvait être que le prince démon qui animait ce lieu.

Tout dans la salle de jeu contribuait à donner l'impression que la fortune était à portée de main. Le désir de richesse et de pouvoir était si puissant et manifeste qu'il était presque palpable. Je l'imaginais me prenant à la gorge, serrant jusqu'à ce que je ne puisse plus respirer que par petites goulées avides. Mon attention passait d'un péché à l'autre.

La cupidité était visible sous toutes ses formes : la soif de pouvoir, de richesse, d'attention... L'excès était le poison par excellence en ce lieu, et les clients semblaient insatiables. Je me demandai s'ils avaient la moindre idée de l'heure qu'il était, s'ils savaient que le Soleil venait de se lever et les invitait à sortir, à reprendre le cours de leur vie. Certains étaient hagards et semblaient épuisés, comme s'ils étaient debout depuis plusieurs jours, intoxiqués par la dépendance à une forme ou l'autre de cupidité. L'air était aussi chargé d'une sourde menace de violence, comme si une simple envie ou un bête désir pouvait à tout moment se transformer en une altercation mortelle. Je n'avais aucun mal à imaginer quelqu'un poignarder ses concurrents et s'emparer par la force de l'objet de sa convoitise.

Des regards lourds de sous-entendus s'échangeaient dans la pièce et je les suivis. Un homme était installé dans un coin, entouré de dizaines de bouteilles d'alcool hors de prix. Il distribuait des boissons à ceux qui se délectaient de sa présence.

À l'autre extrémité de la salle, des hommes et des femmes retiraient lascivement leurs vêtements, couche par couche, balançant leurs corps presque nus dans l'espoir de capter les regards avides des spectateurs. L'attention était leur vice, et, même si je m'en voulais de prendre part à une activité qui augmentait sûrement l'emprise de la cupidité, je ne pouvais m'empêcher de suivre leur spectacle sulfureux.

Je secouai la tête pour sortir de la transe qui me gagnait, et je cherchai le démon que je soupçonnais de rôder dans les parages.

Des gardes à la mine patibulaire en tenue élégante flanquaient une porte le long du mur du fond. J'étais prête à parier que c'est là que je trouverais Cupidité. *Si* je parvenais à traverser la salle bondée. Il y avait tant de clients que je devais avancer prudemment. J'essayai de contourner la masse de spectateurs debout derrière les joueurs de cartes, mais j'avais toutes les difficultés du monde à me faufiler entre les corps immobiles. Les serveurs, qui portaient des plateaux d'argent chargés de nourriture et de boissons, me compliquaient encore plus la tâche. Je réussis à passer entre une rangée de personnes qui se resservaient de prosecco avant qu'une bagarre n'éclate derrière moi.

Des acclamations et des huées montèrent de la table la plus proche. Je me hissai sur la pointe des pieds pour tenter de comprendre ce qui venait de se passer par-dessus l'attroupement qui s'était aussitôt formé. La porte était encore incroyablement loin.

J'envisageais de sauter sur les tables et de courir de l'une à l'autre quand j'entendis le prénom de ma sœur. Cette interpellation me fit l'effet d'une lame plongée en plein cœur.

« Vittoria ! »

Je me retournai lentement, cherchant celui qui avait hélé ma jumelle. J'aperçus un homme de l'âge de mon père, à moitié assis sur sa chaise et à moitié sur le sol. Des jetons de jeu et des verres vides étaient entassés autour de lui. Il leva les yeux, et je ne pus masquer ma surprise. Domenico Nucci Senior.

« *Signore* Nucci. Est-ce que vous...

— Vittoria, sois gentille et va chercher mon verre, veux-tu ? »

Son attention se concentra sur la carte que quelqu'un venait de poser près de lui. « Tu pourrais me prendre quelques *calamari* frits avec de la sauce *arrabbiata* en supplément pour les y tremper ? La partie va encore être longue. Ces tricheurs me mettent en appétit. »

Il sourit comme si nous partagions un grand secret.

« Je ne suis pas... Je suis Emilia, ma sœur est... » *Signore* Nucci était manifestement très soûl et se croyait sans doute au *Mer & Vigne*, en train de commander à dîner. La sauce tomate épicée et les calamars frits étaient un de nos plats à partager les plus populaires.

Cela expliquait aussi pourquoi il me confondait avec Vittoria : elle aidait parfois notre père et notre oncle en salle. « Je vais m'assurer que quelqu'un vous apporte votre commande bientôt. »

Je me retournai et heurtai un torse qui ne bougea pas d'un centimètre. L'un des hommes élégamment habillés qui gardaient la porte me regardait fixement. « Le patron aimerait vous dire un mot. Venez par ici. »

La peine que je venais de ressentir en étant prise pour ma sœur fut immédiatement remplacée par de la terreur. Je suivis l'homme musclé tandis qu'il se frayait un chemin jusqu'à la porte. Je sentais que quelque chose de puissant se trouvait derrière et j'en déduisais qu'il s'agissait très probablement d'un prince de l'enfer en personne. Je tentai de calmer mon angoisse.

L'homme ne me laissa pas de temps pour me préparer et ouvrit le battant. Il entra en trombe dans la pièce sans me jeter un regard, et, n'ayant pas vraiment le choix, je le suivis.

« Elle est là, *signore*. »

Je ne sais pas ce que je m'attendais à trouver : peut-être un dragon qui crachait du feu et veillait sur une montagne d'or et de bijoux, ou une gigantesque grenouille venimeuse qui aurait lancé vers moi une longue langue couverte de picots... En tout cas pas à un somptueux bureau décoré de tapis persans, d'une longue table, de fauteuils en cuir et d'un magnifique lustre en cristal. Le décor était élégant et chaleureux. Et formait un contraste terrible avec les frissons qui me parcouraient l'échine.

Le Prince de la Cupidité était assis derrière l'imposant bureau, les doigts croisés sous le menton, son visage finement sculpté affichant un ennui profond. Si j'avais dû le décrire en un mot, j'aurais choisi *bronze*. De ses cheveux auburn foncé à ses yeux roussâtres, il me faisait penser aux pièces de monnaie en cuivre moulées en forme humanoïde. S'il portait une dague comme Envie et Colère, elle était bien cachée. Je lui faisais encore moins confiance, par réflexe.

« Je n'avais pas prévu cette rencontre, néanmoins j'en suis ravi. » Il sourit. Son sourire avait quelque chose d'étrange. De pas tout à fait naturel. « Je vous en prie, asseyez-vous. »

Il indiqua un des fauteuils en face de lui, mais je restai debout près de la porte. Soit ses pouvoirs étaient grandement diminués malgré la cupidité qui coulait à flots de son tripot, soit il les avait étouffés pour cette réunion. Une manœuvre de démon : feindre la faiblesse pour attirer sa proie, même si, dans cette pièce, il ne semblait pas vraiment cacher qui il était ni quelle était son origine.

Deux gardes démons se tenaient derrière lui, les bras croisés, émettant des grognements gutturaux. L'un avait une peau de reptile vert pâle et des yeux de la même couleur. Et l'autre était couvert d'une fourrure à poil ras, semblable à celle d'un cerf, et ses yeux ressemblaient à de l'ébène liquide. Deux bois s'enroulaient sur le dessus de la tête du démon au pelage lisse. C'était déconcertant de voir une silhouette presque humaine avec une peau et des yeux d'animal. J'essayai de me forcer à avancer dans le bureau, mais mon corps refusait de faire un pas de plus en direction de ces monstres. « Je... »

L'attention de Cupidité se déplaça lentement de moi vers ce qui avait attiré mon regard. Il claqua des doigts et la pièce se vida. Quand il me fixa à nouveau, son regard était affamé... avide. Il ne voulait pas me séduire, il voulait me *posséder*. À ses yeux, je n'étais pas un trophée comme Envie en rêvait ; j'étais un outil de pouvoir.

« Emilia, je vous en prie. » Il désigna d'un signe de tête le fauteuil inoccupé. « Personne ne vous fera de mal pendant que vous êtes ici. Vous avez ma parole. »

Dit le loup à la petite poule. Son utilisation de mon prénom me troubla, mais je fis de mon mieux pour avoir l'air confiante et j'acceptai de m'asseoir.

« C'est ma sœur qui vous a dit comment je m'appelais ?

— Non. C'est vous. Pardonnez mon impolitesse, mais j'ai des informateurs postés dans tout le club. Ils ont entendu votre conversation avec l'un de mes clients réguliers. » Cette fois, son sourire était presque convaincant. Je me demandai s'il sentait ma peur et ajustait son comportement en conséquence. Cette idée provoqua une panique dont je me serais bien passée. Être seule face à Cupidité était une décision imprudente, mais je ne voyais pas de meilleur moyen d'obtenir des informations de sa part. « Vittoria n'a jamais parlé de vous, en fait. C'est une jolie surprise. »

Il servit deux verres d'eau d'un pichet que je n'avais pas remarqué et en glissa un vers moi. Des grenouilles couronnées étaient gravées sur les verres. J'acceptai l'eau, mais ne bus pas. « Pourquoi une grenouille ?

— Ce sont des créatures avides. Elles ne se contentent ni de la terre ni de l'eau. Elles désirent les deux. »

Ça semblait logique. Si on réfléchissait comme un démon, du moins. « Est-ce que c'est Vittoria qui vous a invoqué ?

— Vous ne manquez pas de questions. » Il m'examina de près. « C'est... étrange... comme vous vous ressemblez. »

Son ton ne laissait rien deviner de ses émotions. Il soulignait un fait, rien de plus. La mort de ma sœur semblait le laisser complètement indifférent.

« Je sais qu'elle est venue ici avant d'être assassinée. Je veux savoir pourquoi. Que voulait-elle de vous ?

— Mmh. Vous allez droit à la jugulaire. C'est audacieux, petite souris. »

Il se pencha en arrière, et m'observa d'un air calculateur. Je fis de mon mieux pour masquer mon malaise pendant qu'il m'examinait minutieusement. « Apparemment, je détiens de précieuses informations que vous aimeriez avoir. Et vous, *signorina* Di Carlo, possédez aussi quelque chose qui a une grande valeur pour moi. Je répondrai à vos questions du mieux que je peux, mais seulement en échange de votre amulette. »

Ma main se porta machinalement à mon *cornicello*. « Pourquoi la voulez-vous ?

— Savez-vous ce que c'est ?

— Un talisman populaire pour éloigner le mauvais œil. » Contrairement aux porte-bonheur contre le *malocchio* que les humains portaient, ce bijou ferait aussi basculer le monde dans un crépuscule éternel si je l'approchais de l'amulette de ma sœur, d'après ce que nous serinait Nonna depuis des années. Je décidai de garder cette information pour moi, pour ne pas que le démon se mette à baver sur son costume impeccablement taillé.

« Mmh. » Cupidité sortit une pochette en velours du tiroir du bureau et fit tomber un collier dans sa paume : une chaîne en or avec un rubis de la taille d'un œuf de caille qui scintillait dans la lumière. Il s'en dégageait une étrange essence, une sorte de cri aigu dans le lointain, qui me fit grincer des dents.

Je voulais qu'il remette le bijou là où il l'avait pris. Immédiatement.

« Qu'est-ce que c'est ?

— On l'appelle l'œil des Ténèbres, et il confère à celui qui le porte une véritable protection contre les créatures malveillantes. Donnez-moi votre amulette, et il est à vous. »

Ce genre de cadeau avait un prix, évidemment. Je n'étais pas dupe. « Que voulez-vous d'autre ?

— Que vous vous associiez à la Maison Cupidité. »

Je le dévisageai et j'aurais juré que ma peau essayait de se détacher de mon corps en signe de protestation tandis qu'il me fixait à son tour. Il était d'une beauté classique, mais avait quelque chose de bizarre. Ses yeux ne manifestaient pas la moindre émotion humaine. Il semblait appartenir à un autre monde et quelque chose clochait chez lui. Je ne pouvais pas imaginer ma sœur tomber amoureuse de ce personnage ni même ressentir du désir pour lui. Ce qui signifiait que la raison pour laquelle elle était venue ici n'était pas le résultat d'une séduction. Il possédait des informations qu'elle voulait. Et je devais savoir de quoi il s'agissait.

« Pourquoi désirez-vous que je m'allie à vous ?

— Parce que je suis convaincu que vous me serez très utile à l'avenir. Si vous devenez reine, vous me devrez une faveur. Et elle sera conséquente si ce talisman finit par vous sauver la vie. »

Cupidité ne semblait pas du genre à aimer les paris, ce qui me poussa à ne pas accepter ce petit cadeau. Je n'avais pas l'intention de devenir la reine des Damnés, et j'aurais préféré être maudite plutôt que de lui offrir le moindre prétexte pour m'aider à monter sur ce sombre trône.

« Avez-vous offert l'œil des Ténèbres à ma sœur ?

— Acceptez mon offre et vous le saurez.

— Si vous ne répondez pas à des questions simples, j'ai bien peur que cet entretien ne soit déjà terminé. »

Je me levai, prête à m'éloigner le plus possible de ce prince et de cet endroit, quand son fauteuil racla le sol.

« Attendez. » Il se rassit et remit le pendentif en rubis dans sa pochette. Une partie du malaise qui coinçait mes épaules disparut. « Pour vous prouver ma bonne foi, je vais répondre à une de vos questions.

— En échange de...

— Rien. Vous avez ma parole. Rappelez-vous, je vous offre une question. Si vous désirez autre chose, en revanche, cela vous coûtera cher. »

Je repris mon siège, en réfléchissant à ce que j'allais demander. J'avais une foule de questions, mais aucune ne méritait que je lui cède mon *cornicello*. Je passai mentalement en revue la liste que j'avais rédigée la nuit précédente, et je me concentrai sur le détail qui me dérangeait le plus. Il devait avoir une signification. Je voulais savoir quoi. Je choisis mes mots avec précision.

« Parlez-moi de la Corne d'Hadès. »

Si mon choix le surprit, il n'en laissa rien paraître. « C'est une clé qui verrouille les portes de l'enfer.

— J'ai entendu dire qu'elle faisait partie d'une malédiction. Que si une sorcière la portait, elle aurait l'ascendant sur le diable.

— Les légendes de sorcières sont fascinantes tellement elles sont fausses. La Corne d'Hadès était un cadeau. Votre sœur connaissait sa véritable histoire. »

Je mourais d'envie de lui demander de me la raconter, mais il y avait une chose plus importante que je devais savoir. « Comment peut-on rompre un sort démoniaque qui a été jeté sur un objet ? »

Le sourire que Cupidité me décocha en guise de réponse était toxique. « Je vous avais prévenue : je vous ai parlé de la Corne d'Hadès. Le reste vous coûtera cher. Je ne crois pas qu'il faille donner quoi que ce soit sans rien obtenir en échange. »

Je lui adressai un sourire carnassier. « Si l'on applique vos règles à la lettre, cela était formellement ma première question. »

Il roula les épaules en arrière, et ses narines se dilatèrent légèrement. Je m'attendais presque à ce qu'il bondisse par-dessus le bureau et me saute à la gorge. Un long moment s'écoula avant qu'il ne parle.

« Vous êtes une fille intelligente. » Il attrapa son verre et but une longue rasade. Ses jointures devinrent blanches alors qu'il réfléchissait sans doute à ma formulation.

« Sacrifiez un peu de vous-même.

— Ce n'est pas une réponse honnête.

— Oh, si. »

Cupidité prit une nouvelle gorgée d'eau. « Voulez-vous poser une autre question ? »

J'aurais aimé en poser une douzaine, mais soutirer des informations utiles à un prince de l'enfer était plus difficile que je ne le pensais. Je serrai les lèvres.

Il posa ses bottes sur le bureau, et croisa à nouveau les doigts. « Permettez-moi d'être franc, *signorina* Di Carlo. Votre sœur m'a confié son amulette en étant bien consciente de son importance. J'ai besoin de la sienne et de la vôtre pour lancer un sort. Donnez-moi votre amulette, et je jure de protéger votre monde. »

Bien sûr. Juste après l'avoir pillé et détruit. Il me mentait, j'en étais certaine. Ma sœur ne lui aurait jamais cédé volontairement son *cornicello*. S'il l'avait bel et bien, alors il le lui avait pris. Je savais que Vittoria le portait le jour de sa mort. Je déglutis. Il me semblait de plus en plus plausible que je sois assise en face du meurtrier de ma jumelle. Je rayai mentalement les chasseurs de sorcières de ma liste de suspects. Depuis le début, tous mes indices pointaient vers les démons.

Je me demandai si Cupidité avait raconté le même genre de salades à ma sœur et si elle avait refusé de lui céder son talisman. J'avais très peur de ce qu'il pourrait faire si j'essayais de m'enfuir à mon tour. Comme il pouvait probablement deviner la peur qui me rongeait, je la refoulai le plus loin possible, et je bluffai. « Si Vittoria vous a donné son amulette, montrez-la-moi.

— Ah. » Il laissa échapper un long soupir. « Ce n'est pas possible.

— Pas possible, ou vous refusez ?

— Les deux. Un *Viperidae* a été invoqué dans ce royaume. Son nid se trouve sous la cathédrale, et disons qu'ils sont très protecteurs de leur espace. L'amulette restera là jusqu'à ce que la créature décide de l'abandonner. »

Je ne pris pas la peine de demander ce qu'était un *Viperidae* ni qui l'avait invoqué. Je doutais qu'il me révèle quoi que ce soit d'autre après ce que j'avais déjà réussi à lui soutirer.

« Et vous avez mis le talisman là... » Je n'attendais pas de réponse et il ne m'en donna pas. Il était peu probable qu'il mette un objet qu'il convoitait tant dans un lieu auquel il ne pouvait pas accéder. Mais j'avais le sentiment que ma sœur en aurait été capable. Je savais, sans l'ombre d'un doute, que Vittoria n'aurait jamais cédé volontairement son amulette à quelqu'un, et encore moins à l'un des *Malvagi*.

L'histoire de Cupidité ne tenait pas debout. J'aurais aimé qu'il soit à moitié sincère, mais je ne pouvais pas courir le risque de croire à ses sornettes. Il m'avait donné un autre objectif à court terme sur lequel me concentrer : récupérer le *cornicello* de ma sœur, et demander à Nonna pourquoi un démon s'intéressait à nos talismans.

« Alors ? Avons-nous un accord, *signorina* Di Carlo ?

— *Grazie*, répondis-je en me levant, mais ma réponse est toujours non. »

DIX-NEUF

Un prince de l'enfer est le plus dangereux des démons. Il paraît angélique, mais vous arrachera le cœur. Pour combattre son pouvoir, portez ou dessinez un talisman cimaruta : une branche de rue dont les cinq tiges poussent en formant des dessins correspondant à vos besoins. Choisissez cinq images à même de bannir un prince démon et de le renvoyer dans son royaume. Exemple : une clé, une dague, une chouette, un serpent et une lune l'enverront directement en enfer.

Notes du grimoire Di Carlo

Le sang était l'élément clé qui permettait de débloquer la magie des démons.

J'avais réfléchi tout l'après-midi à la réponse apparemment anodine de Cupidité. Les pièces du puzzle s'étaient lentement mises en place. J'avais répertorié plusieurs exemples concrets où le sang faisait partie intégrante de la magie des démons. Pour invoquer un démon, j'avais dû offrir du sang en sacrifice.

Puis il y avait eu Colère et sa proposition d'échange de sang. Et enfin la supposée dette de sang, dont Nonna avait parlé.

Je ne parvenais pas à cacher ma répulsion. Les démons ne pouvaient-ils pas accepter un peu de vin à la place ? Je soupirai et piquai mon doigt avec une épingle, laissant une goutte s'écouler sur le journal de Vittoria. Je retins mon souffle et le fixai intensément, attendant un signe qui me fasse comprendre si le sort tenait ou se désintégrait.

Il n'y eut ni évènement cataclysmique ni éclair. Alors que depuis plusieurs jours j'étais incapable de l'ouvrir, d'un coup je pus soulever la couverture sans effort. J'hésitai, les pages à moitié écartées. J'essayais d'avoir accès à ce journal intime depuis si longtemps que je redoutais ce que j'allais y trouver. Le nom de l'assassin de ma sœur était peut-être écrit en toutes lettres sur ces pages. Plus j'en apprenais, plus je doutais de la culpabilité des chasseurs de sorcières. Les princes démons caracolaient désormais en tête de ma liste de suspects. Mais si le diable avait besoin d'une sorcière, ça n'avait aucun sens qu'un démon tente de contrecarrer ses efforts. Ce qui m'amenait à penser qu'une personne de notre propre cercle puisse être responsable. Je frissonnai. C'était facile de croire que ma sœur avait été éliminée par un démon, en revanche, l'idée que ce soit quelqu'un qu'elle connaissait…

Je pris une profonde inspiration et je me mis à lire les pensées les plus intimes de Vittoria.

Les premières pages étaient consacrées aux parfums qu'elle avait fabriqués, à quelques sorts et talismans mentionnés au hasard en vue d'obtenir la bénédiction de la Lune et de la chance. J'aperçus aussi une esquisse ou deux d'une *cimaruta* et quelques autres symboles que je ne reconnaissais pas. Je m'arrêtai sur une page où elle avait décrit dans les moindres détails une session de divination de Claudia. J'étais sur le point de parcourir la page qui lui faisait face quand quelque chose attira mon attention. Une petite note presque insignifiante qu'elle avait griffonnée pour ne pas oublier ce détail.

Est-ce que j'entends des objets magiques, ou les âmes qui se sont cramponnées à eux au fil du temps ? Parfois, les chuchotements sont plus forts, presque distincts. D'autres fois, ils sont frénétiques et difficiles à comprendre. Est-ce similaire au pouvoir de divination de Claudia ou différent ?

Entendre des objets magiques ? Je fixai la ligne, sans sourciller. Je devais mal comprendre. Vittoria n'avait jamais mentionné cette capacité. Nous nous disions pourtant tout. J'étais sa jumelle, sa moitié… mais en y réfléchissant bien, je ne lui avais jamais parlé du *luccicare* non plus.

Je repensai aux évènements de la nuit où nous avions approché nos amulettes. Il était fort probable qu'elle ait développé une capacité latente, elle aussi. Je l'avais fait, en tout cas. Même si j'avais cru que ce pouvoir m'avait été attribué parce que c'était moi qui tenais nos deux amulettes. Je ne m'étais pas confiée à ma sœur, car je ne voulais pas qu'elle s'inquiète des répercussions, ou qu'elle se sente coupable. Après tout, c'était son idée.

Je tournai rapidement la page, mais il n'y avait rien d'extraordinaire dans les lignes suivantes. Aucun indice sur sa magie. Je continuai à feuilleter le journal. J'atteignis la moitié du volume avant de trouver un nouveau passage évoquant sa magie étrange et secrète.

J'étais au bord de la mer en train de ramasser des coquillages et du sel quand je l'ai entendu. Ça a commencé comme un murmure, frénétique, trop faible pour que je le perçoive clairement. J'ai posé mon panier et serré mon cornicello, ce qui a semblé m'aider à me concentrer sur la voix. Sur les voix. Elles étaient nombreuses. Et parlaient toutes en même temps. Elles me suppliaient de leur venir en aide. Elles m'ont dit que le moment était venu. J'ai suivi les chuchotements jusqu'à ce qu'ils se transforment en conversations incompréhensibles et entremêlées, comme si les voix s'exprimaient dans des langues inconnues. Cela m'a rappelé la vieille Sofia Santorini, dont l'esprit s'est retrouvé piégé entre les royaumes. Je voulais partir, m'enfuir en courant pour aller chercher Emilia, mais quelque chose m'a prévenue de ne pas le faire. J'ai suivi le bourdonnement des voix jusqu'à une grotte, au-dessus de la mer. Je ne sais pas pourquoi, mais je me suis mise à genoux et j'ai commencé à creuser. Je l'y ai trouvé, enterré profondément. Je suis juste parvenue à déchiffrer une ligne, puis le chaos s'est déchaîné.

Malheureusement, ma jumelle n'avait pas transcrit la phrase qu'elle avait déchiffrée. Je soupirai bruyamment et feuilletai le reste du journal, les mains tremblantes. Il n'y avait pas d'autre passage concernant sa mystérieuse découverte sous le sol de la grotte. Je passai en revue les gribouillis de fleurs et de cœurs, des rêves de Claudia, et de nombreuses questions pour lesquelles Vittoria avait noté les réponses.

Je ne pus me résoudre à lire la partie sur ce qui avait finalement été notre dernière nuit ensemble. Jusqu'à présent, je n'avais pas trouvé le moindre nom suspect, la moindre personne dont elle se méfiait, ni de démons avec lesquels elle avait formé un pacte. Rien pour m'aider à comprendre comment elle avait fini par accepter de se marier… Tout à coup, mon attention se fixa sur un passage et mes mains devinrent moites.

Je n'avais pas l'intention de l'écouter à nouveau. J'avais décidé de le cacher, très loin, là où personne ne pourrait le trouver. Puis il a chuchoté quelque chose qui semblait d'abord n'avoir aucun sens, mais qui m'a filé la chair de poule. La Corne d'Hadès est une clé qui sert à verrouiller les portes de l'enfer, mais, d'après lui, en réalité, ce n'est pas un seul artefact, mais deux. Ce sont les cornes du diable, coupées de sa propre main. J'ai serré mon cornicello, sentant que les fredonnements et les chuchotements me révélaient la vérité. La racine de mon pouvoir. Emilia et moi, pour des raisons que je ne comprends pas encore, avons porté les cornes du diable toute notre vie.

Si c'est vrai, comment sont-elles arrivées jusqu'à nous ?

Je refermai lentement le journal et expirai le souffle que je retenais. Nom d'une déesse ! Les cornes du diable. C'était impensable et pourtant… j'avais la certitude que c'était vrai.

Nous avions porté la Corne d'Hadès toute notre vie ! Pas étonnant que Cupidité s'intéresse autant à nos amulettes. Je n'osais même pas imaginer les dégâts qu'il pourrait causer s'il réussissait à mettre la main sur les deux. Je chassai cette image de destruction de mon esprit et je relus la dernière ligne que ma sœur avait écrite. C'était une excellente question. Une question à laquelle j'avais l'intention de répondre immédiatement.

« Il est temps que tu cesses tes recherches obscures, *bambina*. Ta mère et ton père sont malades d'inquiétude. » Nonna m'observait depuis le rocking-chair qu'elle avait traîné en face du chaudron qui mijotait. Des bougies magiques destinées à provoquer la tranquillité et un sommeil réparateur brûlaient tout autour d'elle. « Ils ont passé toute la journée à se morfondre, persuadés que tu gisais quelque part seule avec le cœur arraché. Comme ta sœur. Est-ce que tu as une idée de ce que tu nous as fait subir ? »

Je le devinais. Et je m'en voulais, mais je n'étais pas la seule Di Carlo à devoir s'expliquer. J'entrai dans la cuisine et je posai le couteau de Colère, puis mon *cornicello* sur l'îlot. « Est-ce l'une des cornes du diable ? » Nonna pâlit. « Est-ce que nous avons porté la Corne d'Hadès sans le savoir ?

— Ne dis pas de bêtises. Qui t'a bourré le crâne avec ces histoires ? » Nonna se leva et s'approcha du chaudron. Elle ajouta une pincée d'herbes et mélangea le tout. Son brouet dégageait un parfum d'épicéa et de menthe. Je me demandai où elle avait trouvé le conifère, mais ne lui posai pas la question. « Nous ne croyons pas à ce genre de balivernes, *bambina*.

— Un *Viperidae* a été invoqué et garde l'amulette de Vittoria. »

Elle cessa de remuer et se figea. « C'est donc vrai, alors. Les *Malvagi* sont de retour. »

Je m'attendais à ce qu'elle se mette à marmonner des sorts de protection, ou qu'elle se précipite à travers la maison pour vérifier que toutes les fenêtres et les portes étaient protégées par les herbes et les guirlandes d'ail qu'elle avait suspendues pour éloigner les démons. Elle ne me demanda pas d'attraper de l'huile d'olive et un bol d'eau pour s'assurer que le mal n'était pas déjà présent dans notre maison en cet instant précis. Cette version calme et posée de ma grand-mère m'était complètement étrangère. Aussi loin que remontaient mes souvenirs, elle redoutait le diable et ses démons voleurs d'âmes.

Les enfants humains avaient le droit d'écouter des comptines, alors que nous devions apprendre les noms des sept princes démons et des quatre, en particulier, que les Di Carlo devaient craindre le plus. Je n'avais pas oublié que Colère en faisait partie. Mais je ne savais pas si c'était celui qui avait soif de mon sang, qui capturerait mon cœur, volerait mon âme, ou prendrait ma vie. Honnêtement, je pouvais l'imaginer en train d'accomplir n'importe lequel de ces forfaits.

Ma grand-mère se remit à agiter la cuillère en bois dans le mélange bouillonnant, son attention obstinément fixée sur le manche sculpté, sans rien dire. Évidemment, maintenant que toutes les histoires cauchemardesques prenaient vie, elle gardait le silence.

« Nonna, il faut que tu me parles de la Corne d'Hadès. Vittoria savait de quoi il s'agissait et elle a été tuée. *S'il te plaît*. Si tu ne veux pas que je subisse le même sort qu'elle, tu dois me dire ce que c'est et pourquoi nous la portons. J'ai le droit de savoir. »

Elle fixa encore le contenu du chaudron, puis soupira.

« Les jours sombres sont arrivés. Il est temps d'être une guerrière de la lumière. » Nonna délaissa ses essences et sortit un pichet de vin du buffet. Elle se servit un verre de chianti, puis s'assit dans son fauteuil à bascule. « Je n'ai jamais voulu qu'on en arrive là, mon enfant. Mais les mains du Destin obéissent à leur propre magie. Nous ne sommes que des marionnettes suspendues à des fils cosmiques. »

Aussi cryptique que d'habitude. Je décidai de commencer par les petits détails, avant de me frayer un chemin jusqu'aux questions plus épineuses. « Est-ce vraiment une clé pour verrouiller les portes de l'enfer ?

— Oui et non. La Corne peut ouvrir et fermer les portes, mais elle ne fait pas que ça.

— Et ce sont les cornes du diable ?

— Oui.

— Et tu le sais depuis le début ? »

Nonna hocha la tête. Je l'observai, essayant d'assimiler le fait que ma grand-mère – qui nous avait obligées à bénir nos talismans pour nous protéger des princes démons toute notre vie – avait placé des artefacts aussi puissants autour de nos cous. « La *Prima* a jeté un sort qui les a transformées en deux amulettes plus petites, espérant les tenir à l'abri de tous ceux qui les cherchaient.

— Parce qu'elles appartiennent au diable ?

— Parce que si elles sont réunies, elles ont non seulement la capacité de verrouiller les portes, mais aussi d'invoquer le diable en personne. Elles accordent à celui ou celle qui l'appelle un certain pouvoir sur lui. »

J'examinai le *cornicello* que j'avais porté aussi loin que remontaient mes souvenirs en me demandant pourquoi ma sœur n'était pas venue voir Nonna quand elle avait découvert de quoi il s'agissait. J'avais encore tellement de questions à éclaircir concernant son pacte. Si nous avions un moyen de contrôler le diable, pourquoi ne m'avait-elle pas simplement demandé mon *cornicello* ?

Je comprenais maintenant en tout cas pourquoi Cupidité le convoitait ; son péché était étroitement lié au pouvoir. Mais si tous les princes de l'enfer avaient soif de pouvoir, pourquoi Colère n'avait-il pas tenté de m'arracher mon amulette ?

Quelque chose qu'Envie avait dit refit surface au milieu de mes interrogations. « C'est quoi une Sorcière de l'Ombre ? » demandai-je.

Nonna émit un bruit dégoûté. « C'est comme ça que les démons nous appellent. Nous sommes connues sous le nom de *Stelle Streghe*. »

Les Sorcières des Étoiles. « *Nous* sommes connues ? Depuis quand sommes-nous connues comme Sorcières des Étoiles ? »

Nonna m'adressa un sourire sardonique. « Depuis l'aube de notre lignée. Nous sommes issues d'un ancien lignage de sorcières qui avaient des rapports avec les Damnés avant la malédiction. Nous étions en quelque sorte des gardiennes, nous nous assurions que les créatures du monde souterrain y restent, sans jamais interférer avec le monde des humains. Pendant un temps, nous avons travaillé aux côtés des *Malvagi*. C'était avant... »

Le verre de vin de Nonna traversa la pièce et se brisa contre le mur. Le chianti s'écoula le long de la paroi comme du sang. Je criai, mais pas à cause du verre. Un couteau flottait contre la gorge de ma grand-mère. Mon démon fantôme était de retour, et il ne semblait plus être le fruit de mon imagination. Il s'était fait discret ces derniers jours, et je l'avais oublié. Mais il était difficile d'ignorer la dague de Colère ornée d'un serpent qui brillait dans la lumière.

« Petite sorcière rusée. »

La lame du démon s'enfonça dans la peau de Nonna. Je secouai la tête et fis un pas en avant. « S'il vous plaît. Si c'est à propos de ce que j'ai fait à Cupidité, elle n'a rien à voir avec ça. Laissez-la tranquille, elle est innocente.

— Innocente ? » Le fantôme accentua le « c » jusqu'à ce qu'il ressemble à un sifflement. « Elle ne l'est pas du tout. »

Avant que je n'aie le temps de traverser la cuisine et d'écarter Nonna, sa tête fut projetée en arrière et la main invisible fit glisser la dague de Colère perpendiculairement à sa gorge. Du sang jaillit aussitôt de la blessure. Ma grand-mère se mit à gargouiller… un des plus horribles sons que j'eusse jamais entendus. L'arme retomba au sol. La scène se déroula sous mes yeux écarquillés comme si elle se produisait au ralenti.

Une fenêtre s'ouvrit d'un coup et je supposai que le démon invisible s'enfuyait par cette issue.

Puis, je repris mes esprits et me précipitai pour aider Nonna. Une fraction de seconde plus tard, j'étais à ses côtés.

« Non ! » J'attrapai un tissu sur le plan de travail et je l'appuyai sur son cou pour arrêter l'hémorragie. Je hurlai jusqu'à ce que ma voix se brise, tirant toute la maison du sommeil ensorcelé dans lequel Nonna les avait plongés. Il existait des sorts pour aider à ralentir l'écoulement du sang, mais j'étais trop paniquée pour m'en souvenir. J'avais l'impression que mon cerveau s'était éteint et que j'étais juste capable de me concentrer sur un besoin fondamental : contenir la blessure.

Ma mère déboula la première en courant dans la cuisine et posa immédiatement les yeux sur Nonna. Puis sur la mare de sang qui ne cessait de s'étendre. Les larmes roulaient sur mes joues et me brouillaient la vue.

Je ne laisserais pas ma grand-mère mourir. Pas comme ça.

Mon père apparut quelques instants plus tard, et ses yeux s'écarquillèrent en voyant la scène. « Je vais chercher des bandages. »

Je ne fis plus attention à rien d'autre qu'à maintenir le tissu fermement pressé contre la blessure de ma grand-mère. Le temps s'écoulait. Le sang satura le coton, tandis que ma mère priait sur une pâte épaisse à base de plantes qu'elle avait fabriquée. Je ne relâchais pas la pression. J'aurais voulu être le genre de personne qui ne panique pas et qui est capable d'agir avec calme. Mais la logique ne parvenait pas à atténuer ma terreur. Mamma essaya d'enlever mes mains, mais je refusais de bouger. Je devais continuer à faire pression. Nonna avait besoin de moi.

« C'est bon, ma chérie. Laisse-moi lui appliquer cette pommade. Elle va refermer la blessure.

— Je ne peux pas.

— Si, tu peux. Tout va bien. »

Il fallut encore m'amadouer, mais je finis par lâcher prise. Nonna glissa sur le sol, la respiration laborieuse. J'avais déjà vu des animaux blessés dans le même état, je savais que ce n'était pas un bon signe.

Ma mère étala la pâte épaisse sur la blessure, puis l'enroula dans un bandage propre. Mon père en avait apporté avant d'aller vérifier qu'il n'y avait pas d'autres intrus, puis de sécuriser notre fenêtre. Ma mère termina d'attacher le pansement en priant la déesse de la santé et du bien-être de guérir rapidement Nonna. Je formulai aussi une prière de mon côté, espérant qu'elle nous écouterait toutes les deux.

« Aide-moi à la mettre au lit, Emilia. »

J'essuyai mes larmes et fis ce que ma mère demandait. Une fois Nonna posée sur le matelas, ma mère tira une chaise pour veiller sur elle. Je m'assis contre le mur et je restai là jusqu'à ce que le Soleil se couche, baignant la pièce dans des tons bleus, violets et noirs qui rappelaient des ecchymoses. La respiration de Nonna se stabilisa enfin, et elle tomba dans un sommeil profond et réparateur. Elle s'en était tirée, et ce n'était pas grâce à moi. Je pouvais louer la déesse.

« Tu devrais aller te reposer, ma chérie. Ta grand-mère se remettra. Le pire est passé. »

Je hochai la tête, mais je ne pouvais pas dormir dans cet état. Je n'étais pas sûre de pouvoir jamais fermer l'œil sans revoir la scène sanglante se rejouer dans mon esprit. Et le pire était que Nonna avait failli être tuée par ma faute. Quand elle avait eu le plus besoin de moi, je n'avais pas été à la hauteur. J'avais oublié tous mes sorts et les talismans de guérison. Je m'étais refermée sur moi-même et j'avais laissé la peur prendre le dessus. Pire encore, si je n'avais pas commencé à enquêter sur le meurtre de ma sœur et invoqué Colère, rien de tout cela ne serait arrivé.

Je me faufilai dans la cuisine pour nettoyer le sang avant que mes parents ne le voient à nouveau. Je frottai jusqu'à ce que le sol brille et que mes doigts soient douloureux. Puis, je recommençai. Verser de l'eau, frotter.

Je voulais nettoyer les taches sur tous les joints qui séparaient les pavés. Cela me prit presque toute la nuit, mais je réussis finalement à effacer toute trace de l'attaque. Pourtant le souvenir, lui, ne me quitterait jamais.

Je rinçai le chiffon et m'appuyai contre l'îlot pour boire un verre d'eau. Il me fallut du temps pour m'en rendre compte au début, mais je finis par comprendre que le démon invisible était venu ici avec une mission.

Je me levai en repensant à la blessure de Nonna, et je voulus saisir mon amulette.

Ma main retomba, vide. J'avais oublié que je l'avais enlevée. J'allai la chercher sur le plan de travail et me figeai.

Mon *cornicello* avait disparu.

VINGT

« **Tu as une sale tête**, sorcière. On dirait que tu sors de l'enfer. »

Je lançai un regard furieux au démon de la guerre en guise de salut. Dans quelques heures à peine, il serait libre, et je n'étais pas sûre qu'il répondrait aux questions une fois le sort d'enfermement dissipé. Après l'agression de Nonna, j'avais quitté la maison et erré dans Palerme pour réfléchir à ce que je devais faire. J'avais commis une terrible erreur et elle avait failli coûter la vie à ma grand-mère. Je n'aurais jamais dû rentrer chez moi après avoir affronté Cupidité. Il était évident qu'il avait lancé des espions à ma poursuite pour me voler mon amulette. C'était idiot de penser qu'un prince de l'enfer puisse simplement me laisser repartir indemne alors que j'avais eu le dessus sur lui.

Maintenant que je savais que ma sœur et moi avions porté les cornes du diable, et que leur puissance était redoutable, je devais à tout prix les récupérer. Je ne savais peut-être pas où était la mienne en ce moment, mais grâce à Cupidité, je savais exactement où se trouvait celle de Vittoria. J'avais juste besoin que Colère me parle des *Viperidae* d'abord, je me mettrais en route ensuite pour reprendre l'amulette.

« Tu es bien placé pour savoir ce que c'est. » J'accompagnai cette phrase d'un sourire charmeur. « J'ai rencontré deux de tes frères, au fait. Ce sont de vrais bijoux. »

Colère ne semblait ni surpris ni intéressé par la nouvelle. Il était assis dos au mur, les jambes tendues. Il fixait le cercle d'os qui l'entourait. Évidemment, il ne portait pas la chemise que je lui avais achetée : elle était roulée en boule sur le sol.

« J'ai six frères. Tu vas devoir être plus précise.

— Tu ne sais pas qui est ici ? »

Son attention se porta subtilement sur ma hanche avant que son regard ne remonte. « Tu es revenue en rampant pour me supplier de t'aider ? Je ne me sens pas d'humeur très charitable aujourd'hui. La captivité ne me convient pas. »

Des démons envahissant ma ville, attaquant ma grand-mère, volant mon *cornicello,* et assassinant ma sœur ne me convenaient pas non plus.

Au lieu d'argumenter, je sortis un *cannoli* du sac en papier brun que j'avais glissé dans ma sacoche. Nonna disait qu'on attrapait plus facilement les mouches avec du miel qu'avec du vinaigre. Je m'étais dit qu'un *cannoli* m'aiderait à convaincre un prince de l'enfer.

Il eut l'air surpris quand je lui tendis la pâtisserie. « Qu'est-ce que c'est ?

— De la nourriture. À moins que tu n'aies chassé la vermine qu'on trouve dans cette grotte, je doute que tu aies mangé.

— Je n'ai pas besoin de nourriture humaine, et je ne veux pas souiller mon corps avec cette saleté. »

Je le fixai, dégoûtée. Après toutes les horreurs qui s'étaient produites, c'était la goutte qui faisait déborder le vase. « Tu es vraiment un monstre, hein ?

— Ça n'a même pas l'air comestible. » Il saisit le *cannoli* entre deux doigts et le rapprocha pour l'inspecter. « Que veux-tu que je fasse avec ça ?

— Ose affronter ta peur. »

Il toucha la farce à la ricotta. « C'est empoisonné ? »

Je soupirai. « Mange-le, ô puissant guerrier. C'est pour le plaisir, pas pour la douleur. Je les ai faits moi-même. Je te jure qu'ils ne sont pas empoisonnés. Cette fois-ci, du moins. »

Il avait encore l'air sceptique, mais accepta de prendre une bouchée. Il me regarda pendant qu'il mâchait. Je ne pus m'empêcher de sourire quand il en prit une plus grosse, puis sortit une seconde pâtisserie du sac. Il en était à la moitié quand il remarqua que je l'observais et se renfrogna.

« Quoi ?

— Je ne veux pas souiller mon corps avec cette saleté de nourriture humaine, me moquai-je en l'imitant. Mais on dirait que les desserts sont acceptables. »

Il ne daigna pas répondre, préférant à nouveau farfouiller dans le sac. Il fronça les sourcils en constatant qu'il était vide. Il le mit de côté et posa à nouveau les yeux sur moi. « J'imagine que ces délices faisaient partie d'une stratégie plus large pour ébranler mes défenses. Tu sens le sang qui n'est pas le tien, tes cheveux sont emmêlés comme si une créature sauvage y avait construit un nid et invité ses semblables. Ma lame a disparu de ta hanche. Et tu as l'air prête à maudire le monde. Qu'est-ce que tu veux savoir, sorcière ? Qu'est-ce qui t'a effrayée ? »

Ma main se porta à l'endroit où j'avais attaché sa dague.

Depuis la blessure qu'elle avait infligée à ma grand-mère, je ne pouvais plus supporter l'idée de la tenir. En cet instant pourtant, je ressentais son absence presque autant que celle de mon *cornicello*. « Comment peut-on invoquer un *Viperidae* ?

— Personne qui tient à sa vie ne ferait une bêtise pareille.

— Peut-être que quelqu'un d'immortel et d'arrogant l'a déjà fait.

— J'en doute. » Colère ne semblait pas amusé par le jugement que j'avais porté au passage sur la famille royale des démons. « Les *Viperidae* sont des créatures uniques. S'ils choisissent de garder un objet, ou de l'emporter dans leur nid, aucun habitant du monde souterrain ne peut interférer. Ils doivent d'ailleurs y renoncer d'eux-mêmes. »

Je notai mentalement de veiller à lui apporter un dessert chaque fois que je souhaitais obtenir des informations. Il se montrait vraiment agréable et bavard.

« À quoi est-ce qu'ils ressemblent ?

— À leur homonyme. Comme une vipère, ils ont de longs crocs articulés. Ils sont aussi plus grands que moi et deux fois plus mortels. Très peu d'antidotes existent en cas de morsure. Et ceux qui existent ne sont pas à prendre à la légère. Les utiliser a un coût, comme pour toute magie. Fais comme tu le sens, mais sache que tu pourrais ne pas survivre, si tu en déranges un. »

Je me frottai le bras, non pas parce que sa mise en garde m'effrayait, mais parce qu'une sensation embêtante s'élevait sous ma peau. Comme si quelqu'un irritait la même section de mon avant-bras avec la pointe d'une épingle. Colère suivit mon mouvement, puis jeta un coup d'œil à son propre membre.

Il semblait que nos tatouages se transformaient une fois de plus. Des fleurs sauvages s'enroulaient maintenant autour des serpents… qui étaient désormais également visibles autour des croissants de lune jumeaux de Colère.

Sous mes yeux, mes serpents se retrouvèrent dotés d'écailles brillantes et régulières. Je n'avais aucune envie de penser que c'était beau, mais ça l'était. Indéniablement. Colère serra le poing. Je ne savais pas si c'était à cause de la douleur ou du dessin étrange et changeant que nous partagions.

Je décidai de ne pas insister ; j'avais encore une question pour le démon avant de me lancer dans la mission que j'avais prévue.

« Si quelqu'un devait attaquer un *Viperidae*, quel type de sort devrait-on utiliser ? »

Il leva les yeux de l'encre magique sur son bras.

Son expression était résignée. « Personne ne devrait attaquer un *Viperidae*. Mais si c'était une sorcière stupide qui cherche à mourir jeune, je lui conseillerais d'essayer de lancer un sort de sommeil. C'est peut-être le seul moyen de l'approcher sans se faire voir.

— Je… » Je me ravisai : je ne voulais pas le remercier. Sans lui et ses frères cruels, ma famille ne serait pas dans le pétrin dans lequel elle se trouvait.

J'inspirai profondément, en réfléchissant au sort de sommeil. Ce n'était pas très compliqué. J'appréciais les plans simples. Il y avait moins de choses qui risquaient de mal tourner.

« Un dernier avertissement. » Colère se souleva du sol et se dirigea vers l'endroit où je me tenais, à la périphérie du cercle d'ossements. J'essayai de ne pas prêter attention à son torse musclé et doré.

« Je serai bientôt libre. Si tu es assez stupide pour attaquer une créature pareille, je ne viendrai pas à ta rescousse. »

Je levai les yeux vers lui. « Compris. »

Le mois précédent, si quelqu'un m'avait dit que je *déciderais* d'errer seule dans des tunnels oubliés sous la cathédrale, à la recherche d'un ancien démon serpent protégeant la moitié d'une clé sacrée qui non seulement fermait les portes de l'enfer, mais était aussi une corne du diable, j'aurais pensé que j'avais affaire à un cinglé.

Emilia Maria Di Carlo ne prenait pas de risques. L'aventurière, c'était ma sœur. Je me contentais de loisirs sûrs et sans danger. Une romance torride avec un amant interdit qui n'avait aucune chance de se concrétiser. C'était *ça* le genre d'aventure dans laquelle je me lançais.

Il y a un peu plus d'un mois, j'aurais rigolé avec ma jumelle à l'idée qu'un serpent géant des enfers existe, persuadée que c'était une superstition de Nonna, comme tout le reste. Malgré la magie qui coulait dans mes veines, je n'avais jamais vraiment cru aux histoires qu'elle nous racontait, elles étaient trop fantaisistes. Les créatures immortelles buveuses de sang comme les Damnés ne pouvaient pas être réelles.

À présent, j'avais compris la leçon. Chaque histoire à dormir debout contenait une part de vérité.

Je pistais une étrange et fétide odeur d'œuf, ainsi que des bouts de mue de serpent, regrettant de ne pas avoir surmonté mon aversion pour la dague de Colère et de ne pas l'avoir emportée. La lumière qui provenait des grilles en surface éclairait le sol de temps en temps, mais j'avançais principalement dans l'obscurité.

Je prêtais attention au moindre changement d'atmosphère, laissant mes sens me guider. J'avais l'impression que le démon ne voulait pas qu'on remarque la moindre trace de sa présence ou de son précieux trésor.

Cependant, j'avais une idée assez précise de l'endroit où se trouvait son nid : Cupidité m'avait appris qu'il était sous la cathédrale, et j'approchais rapidement de la bifurcation qui y menait. Je m'arrêtai à un croisement et je me préparai à ce qui m'attendait.

J'avais passé mon plan en revue dans ma tête, et maintenant que j'étais presque face à mon ennemi, il me semblait qu'il était trop simple pour vraiment fonctionner. Peut-être que Colère avait décidé de m'envoyer au casse-pipe en me leurrant avec une stratégie suicidaire. Ce démon diabolique en était capable.

Je pris une grande inspiration. Je pouvais y arriver. Mais je devais agir rapidement. Plus je restais là à débattre, plus la peur me rongeait. J'imaginai ce que ma jumelle aurait fait à ma place.

Elle aurait donné l'assaut pour sauver la situation, comme elle avait essayé de le faire quand elle avait accepté le marché du diable. Bien sûr, ça ne s'était pas avéré la décision la plus sage qui soit, mais au moins elle avait été assez courageuse pour *essayer*. Comparé à ce qu'elle avait fait, lancer un simple sort de sommeil et récupérer un pendentif était un jeu d'enfant.

Je relâchai lentement ma respiration et jetai un coup d'œil derrière le coin. Une lumière ambrée se répandait dans le tunnel depuis le plafond, illuminant le démon en forme de serpent. Colère n'avait pas exagéré : le *Viperidae* était beaucoup plus grand que lui. Des écailles sombres et visqueuses recouvraient une masse enroulée au centre du tunnel. Même recroquevillé, le monstre occupait presque tout l'espace ; sa forme étendue devait me dépasser au moins d'une tête ou plus. Quand il était en alerte et debout... je préférais ne pas m'imaginer face à un monstre pareil.

Je sortis de ma jupe une poignée de feuilles de camomille séchées, je les offris à la déesse de la nuit et du sommeil, et chuchotai : « *Somnum.* »

Une respiration régulière m'indiqua que la bête était maintenant plongée dans un profond sommeil, un cadeau de la déesse. Je soupirai. Il ne me restait plus qu'à trouver l'amulette et à repartir discrètement par le chemin que j'avais emprunté. Le *Viperidae* me tournait le dos, et sa tête faisait facilement deux fois la taille du plus grand four du restaurant. Je n'avais pas besoin de voir ses crocs pour savoir qu'ils m'embrocheraient d'une seule morsure.

Je balayai le nid des yeux et faillis pousser un cri de victoire lorsque je repérai un objet familier en forme de corne. L'amulette de ma sœur scintillait à côté du serpent. Par un heureux hasard, le *cornicello* était de mon côté du tunnel. Il me semblait que ce serait assez facile de me faufiler, de l'attraper, et de repartir sans réveiller le démon.

J'observai les lieux pour dresser une liste de toutes les issues que je distinguais dans la faible lumière. Deux autres tunnels formaient des ramifications en forme de Y. Facile.

Et ça l'aurait été, si le sol n'avait pas été jonché de cailloux et de débris. Un faux pas et, malgré le sort de sommeil, le *Viperidae* se jetterait sur moi en un instant. J'adressai une dernière prière à une déesse qui, je l'espérais, m'écoutait, et fis un premier pas dans le tunnel.

Je respirais à peine, n'osant pas produire le moindre son. Un silence anormal recouvrait les lieux comme de la neige fraîchement tombée. Une fois, quand nous étions petites, Nonna nous avait emmenées dans une cabane en Italie du Nord où nous avions rencontré une de ses amies. J'étais trop jeune pour me souvenir des circonstances exactes, mais je n'avais jamais oublié comment la neige étouffait les bruits.

J'avais parcouru plus de la moitié du chemin vers l'amulette quand je remarquai que la bête avait cessé de respirer de façon régulière. Je me figeai, le pied en l'air, et attendis que la mort vienne. Les sorts de sommeil avaient un défaut majeur : rien n'empêchait la cible de se réveiller soudain, le plus normalement du monde.

Lorsque je constatai que le *Viperidae* ne bougeait pas, je décidai de terminer ce que j'avais commencé. S'il flottait à mi-chemin entre le sommeil et l'éveil, il n'y resterait pas éternellement. Mon attention se partageait entre lui et le sol ; je veillais à ne pas faire de bruit. Je ne permis pas à un seul caillou de glisser sous mes pas.

Enfin, après ce qui me sembla être un millier d'années terribles, j'atteignis l'amulette et lentement, péniblement, je me penchai pour la récupérer. Je ne quittais pas le démon des yeux, ce qui s'avéra être une erreur redoutable. À l'instant où mes doigts saisirent le *cornicello*, la chaîne glissa sur le sol.

Et le *Viperidae* m'attaqua.

Il balança violemment sa queue, qui me fit tomber d'un seul coup. J'agrippai l'amulette de Vittoria d'une main, et une poignée de terre et de cailloux de l'autre. J'attendis que le démon soit presque sur moi avant de jeter les débris dans ses yeux. Le *Viperidae* poussa un cri sur plusieurs octaves, qui me fila des frissons.

Sainte déesse du ciel… Je l'avais vraiment mis en rogne. Le démon en forme de serpent s'enroula sur lui-même en hurlant et en se débattant.

Des morceaux de pierre se détachèrent des murs dans une avalanche de chaos. Des nuages de poussière chargèrent l'air, qui devint irrespirable. Un des tunnels était complètement obstrué. Je devais sortir de là immédiatement, mais je ne pouvais pas.

Je me blottis le plus loin possible du démon, en essayant de me coller contre la paroi. Mon adversaire se déplaçait trop rapidement, et je ne pouvais pas risquer de me faire frapper par sa queue une deuxième fois.

Il n'allait pas tarder à retrouver la pleine possession de ses moyens. Le corps puissant du *Viperidae* s'enfonça dans le tunnel de droite, et j'entrevis une chance sérieuse de m'échapper. Je le dépassai en courant, le cœur battant, priant pour qu'il ne fasse pas demi-tour et ne m'atteigne pas. Je venais de poser le pied dans le tunnel que j'avais emprunté pour arriver ici quand ma course s'interrompit.

Un croc de la taille d'une épée transperça la partie charnue du bas de mon dos. La morsure fut rapide comme l'éclair, elle avait pris fin avant que je ne puisse crier. J'arrêtai de bouger. Tout mon corps se hérissa et devint glacé. J'en savais assez sur la médecine par les plantes pour reconnaître les signes d'un choc. Les traumatismes majeurs prennent parfois quelques secondes pour parvenir aux terminaisons nerveuses du cerveau. Exactement comme je l'avais deviné, la douleur m'atteignit presque aussitôt. Chaude, brûlante, dévorante.

Je m'écroulai au sol et me retournai juste à temps pour voir le *Viperidae* foncer sur sa proie pour l'achever. Je roulai une seconde avant qu'il ne me dévore la gorge. Le mouvement soudain élargit ma blessure, qui se mit à palpiter plus fort. Le sang gicla autour de moi, et je tentai de ne pas penser au fait que le démon m'avait peut-être déjà porté un coup fatal.

Il s'approcha à nouveau et, cette fois, je le laissai venir assez près pour voir mon reflet dans ses yeux en amande. J'ignorai la douleur hurlante, le cœur battant la chamade. J'attendis… attendis… Il baissa la tête, prêt à planter ses crocs…

Je le frappai fort et vite, enfonçant l'amulette de Vittoria dans l'un de ses yeux. Un liquide chaud gicla sur mes mains, tandis que le *Viperidae* lâchait un tout dernier cri. Je poussai le *cornicello* plus fort encore, jusqu'à ce que je sois presque certaine de lui avoir transpercé le cerveau.

Je n'attendis pas de voir s'il était mort ou grièvement blessé, je tournai les talons et m'enfuis.

Je commençai à le faire, en tout cas. Car le venin n'avait pas l'intention de me laisser faire.

VINGT ET UN

Tout tournait horriblement, comme les quelques fois où j'avais commis l'erreur de boire trop de vin avec Claudia et Vittoria. Je titubai dans le tunnel et m'effondrai sous la grille par laquelle je m'étais faufilée. J'étais si près du but, et pourtant si loin. Il fallait que je rassemble mes forces et que je me hisse dans la rue. Je me promis de le faire… dès que ma tête aurait cessé de tourner et que la nausée serait passée.

Un léger bruit sourd retentit près de moi, suivi d'une série de jurons délicieusement maléfiques. Si je n'avais pas été convaincue qu'ouvrir ma bouche provoquerait le vomissement que j'avais du mal à réprimer, j'aurais ri en entendant ce chapelet d'insanités. Je ne me souvenais pas de son nom sur le moment, mais je me rappelais qu'il n'était pas d'habitude enclin à de tels débordements. Pour une raison quelconque, la situation me paraissait drôle alors qu'elle ne l'était pas du tout.

J'eus soudainement mal à la tête, la douleur était vive et intense. J'avais l'impression qu'un millier d'aiguilles m'attaquaient le cerveau en même temps. Je gémis, ce qui ne fit qu'empirer les choses.

« Où as-tu mal ? » Sa voix était trop forte. Je le repoussai, mais c'était un démon terriblement têtu. « Concentre-toi ! Est-ce qu'il t'a mordue, sorcière ?

— Arrête. »

Ses doigts sondèrent mon crâne, ma gorge, puis hésitèrent près de mon décolleté. Sans que je sache comment, j'avais réussi à enfiler le *cornicello* autour de mon cou. Il me fit rouler sur le côté, et je perdis presque connaissance à cause de la douleur terrible. Il ne se souciait clairement pas de ma souffrance.

Peut-être qu'il aimait ça. Je me rappelai vaguement que je le détestais. Maintenant, je savais pourquoi.

Il marqua une pause de moins d'une seconde, puis j'entendis du tissu se déchirer et je sentis un souffle glacé dans mon dos. L'air vint frapper ma chair à vif, la douleur qui suivit fut fulgurante. J'ai sans doute hurlé.

« *Merde !* »

Deux bras solides me soulevèrent et me collèrent contre un corps qui semblait constitué d'acier, plutôt que de muscles et d'os. Il se mit à bouger rapidement, ses pas étaient fluides et gracieux. Ce qui était une bonne chose, car s'il avait rebondi en courant, j'aurais vomi sur lui et ça ne lui aurait certainement pas plu.

Le vent fouettait mes cheveux : nous nous déplacions à une vitesse impossible dans les rues de la ville. Je fis l'erreur de regarder les bâtiments qui défilaient, et je le regrettai aussitôt. Je me blottis contre son torse chaud et fermai les paupières. Je ne ressentais que la douleur.

« On y est presque. »

Mes dents claquaient de façon incontrôlable. Je n'avais aucune idée de l'endroit où nous allions, mais j'espérais y trouver des couvertures et un feu. Le froid se répandait en moi, dévorant et terrible. J'avais l'horrible sentiment que je ne connaîtrais plus jamais le confort de la chaleur. Ce qui était étrange, car la journée avait été particulièrement chaude. Un engourdissement glacé se répandait lentement le long de mes jambes. Une porte s'ouvrit brutalement, puis se referma. J'eus l'impression que nous montions des escaliers en courant, puis je me retrouvai étendue sur un matelas moelleux.

Des cris retentirent autour de moi. Les voix étouffées étaient difficiles à distinguer. J'entendis des éclaboussures d'eau dans une bassine, puis je sentis l'odeur inimitable de la fumée. Je me débattis. Quelque part, tout au fond de ma mémoire, je savais ce que la fumée signifiait. Le danger.

« Ne vous inquiétez pas. » Une autre voix. Masculine. Que je n'identifiais pas. « Il sait ce qu'il faut faire et il sera bientôt de retour. » Les couvertures me serraient si fort que je pouvais à peine respirer. Je dus haleter ; des mains chaudes étaient posées sur mon front. « Chhh. Ne vous débattez pas. Le venin se répandra plus vite. »

Le temps se déforma. Je n'avais plus conscience que quelques secondes par-ci par-là et d'une souffrance interminable. Les battements de mon cœur étaient si puissants qu'ils résonnaient dans ma tête. Les instants passaient, la douleur persistait. Puis un feu crépita, je sentis à nouveau l'odeur de fumée, et il était de retour, m'ouvrant de force les paupières.

« Je vais arranger ça. Mais tu dois me donner la permission. Tu es d'accord ? »

J'essayai de hocher la tête, mais j'étais à peine capable de bouger. Il s'accroupit à côté de moi, plaça ses mains de part et d'autre de ma tête et répéta la question.

Il dut sentir le mouvement presque imperceptible cette fois : avant que la prochaine vague de douleur ne me frappe, il s'affairait déjà.

« Surveillez les alentours et ne nous interrompez pas, quoi qu'il arrive », aboya-t-il à quelqu'un que je ne voyais pas. La panique me saisit. Les alentours ? Étais-je dans un lieu dangereux ? En enfer ? Il me souleva, une porte se ferma derrière nous, et sa voix se fit sensiblement plus douce. « Je dois nous immerger tous les deux dans l'eau, d'accord ? »

J'essayai de prononcer un *oui*, mais l'engourdissement avait atteint ma gorge. Il parvint à lire la réponse sur mon visage. Il me sembla qu'il chuchota : « Vis assez longtemps pour me détester pour tout ceci. »

La sensation suivante fut une intense chaleur : comme si je flottais sur un nuage près du Soleil. Des mots dans une langue que je ne comprenais pas étaient prononcés à mon oreille. Des lèvres effleurèrent ma peau, l'une des dernières sensations agréables que je ressentis avant que l'obscurité ne m'envahisse.

« Bois. »

J'en avais envie plus que tout, mais je ne pouvais pas. Il bascula ma tête en arrière, entrouvrit mes lèvres et versa du nectar dans ma gorge. Le liquide était étouffant, si sirupeux et épais que je faillis m'étouffer. Je voulais lutter, mais j'avais perdu depuis longtemps la capacité de bouger par ma propre volonté.

Une larme glissa sur ma joue et des doigts puissants l'essuyèrent. De l'eau gicla. Une autre sorte de chaleur m'enveloppa. Des lèvres douces rencontrèrent délicatement les miennes. C'était un murmure, une promesse, un vœu incassable. Cela interrompit la douleur et j'eus soudain l'impression d'être à ma place. J'en désirais plus, mais on me le refusa. Colère se mit à psalmodier à voix basse des mots que je ne comprenais pas.

Une lumière brillante jaillit et mon véritable enfer commença.

Un son discret me tira du pire rêve que j'avais jamais fait. J'ouvris un œil et respirai à fond, avec régularité. J'étais dans une baignoire. Pendant une seconde, je n'eus pas la moindre idée de comment j'étais arrivée là.

Puis des bribes me revinrent. Mais j'étais incapable de discerner si c'étaient des rêves ou des souvenirs.

Un bras tatoué d'un serpent métallique s'enroulait autour de mon corps, non pas en signe de possession, mais de solidarité. Comme si Colère m'avait suivie dans mon cauchemar, avait combattu la mort, et m'en avait tirée.

À un moment, il m'avait semblé que sa langue avait effleuré ma jugulaire, traçant un S invisible sur ma peau. Je me souvenais de la sensation de chaque terminaison nerveuse, de chaque molécule qui palpitait à l'endroit où je souhaitais que ces lèvres se posent ensuite. Je sentais encore la chaleur qui persistait depuis ce bref contact. J'étais surprise de ne pas détester cette sensation.

Je fermai les paupières alors que d'autres images refaisaient surface. Un serpent géant. Un combat mortel. Des crocs. Du sang. La gorge de ma grand-mère, entaillée. J'avais bu quelque chose de plus épais que du miel et tellement sucré que j'avais dû réprimer un haut-le-cœur. Des mots étranges prononcés avec ferveur. Un baiser suivi d'une étincelle aveuglante.

Puis les cauchemars avaient commencé.

Des démons hurlants, des griffes qui grattaient, une femme que je ne connaissais pas, avec des yeux sombres et une âme en proie aux flammes, qui me maudissait. Une ville de feu et de glace. Une salle du trône en obsidienne. Une couronne forgée de flammes et de fumée. D'immenses portes faites d'os et d'ailes de cuir, qui s'ouvraient en grand. Une trahison.

Je chassai le rêve de mon esprit et me concentrai sur l'endroit où je me trouvais, mais je le regrettai immédiatement. Je me souvenais vaguement de la sensation d'une peau chaude et humide contre la mienne. De jambes musclées. D'un sentiment de sécurité totale. Je ne savais pas si c'était réel ou imaginé.

Je refermai les yeux et comptai en silence jusqu'à ce que mon pouls ralentisse. Cela prit une seconde, mais je réalisai que ma blessure était complètement guérie.

Colère avait lancé un sort extrêmement puissant. Je me sentais rechargée, bourdonnante presque sous l'excès d'énergie. J'avais l'impression d'être un récipient vide qu'on venait de recharger au-delà de ses capacités. J'avais envie de sauter et de danser, de me battre, ou de faire l'amour. Peut-être tout à la fois.

Pour éviter de penser à des baisers interdits, alors que j'étais entièrement nue, je me concentrai sur la pièce. Je me trouvais dans une salle de bains décorée avec soin, mais en piteux état.

La baignoire en marbre ébréché était magnifique, blanche avec des veines d'or. Des carreaux de mosaïque couvraient les murs, représentant des créatures ailées et des champs de fleurs.

Un léger bruissement provenant d'un recoin sur ma gauche attira mon attention. Colère me tournait le dos, comme pour m'offrir un peu d'intimité. Des gouttes ruisselaient du haut de son corps bronzé. Son torse parfaitement ciselé était dénudé. Déesse du ciel, il fallait qu'il mette une chemise ! Immédiatement.

En attendant, je jetai un coup d'œil aux dessins à l'encre que j'avais aperçus dans la grotte, la première nuit où je l'avais invoqué. Des tatouages chatoyants doré et noir sillonnaient sa peau d'une épaule à l'autre. On aurait dit des phrases en latin, mais j'étais trop loin pour en être sûre. Je déglutis et détournai mon attention. Il semblait être sorti de la baignoire quelques instants avant que je ne me réveille. Les bribes brumeuses de la nuit précédente étaient bel et bien des souvenirs, et pas des rêves. Mon visage s'échauffa. Le démon avait probablement déjà compris que j'étais réveillée et attendait que je dise quelque chose. C'était… affreusement gênant.

Ne voulant pas retarder l'inévitable, je me raclai la gorge. Il se tourna jusqu'à ce que nous nous retrouvions face à face. Ses cheveux humides et ébouriffés lui donnaient l'air presque humain, mais l'énergie qui irradiait autour de lui détruisait cette illusion. Comme se prélasser dans une baignoire remplie d'eau chaude alors que la foudre tombe dangereusement près. Il était bien réveillé et semblait l'être depuis un certain temps. C'était étrange de le voir en dehors du cercle d'invocation. Encore plus étrange qu'il m'ait sauvée. Je n'étais pas sûre de ce que tout ça signifiait, ni même qu'il y eût quelque chose à comprendre. Je m'appuyai contre le bord de la baignoire et pris une profonde inspiration.

Il avait beau m'avoir assuré qu'il ne viendrait pas à ma rescousse, il ne m'avait pas laissée mourir.

Je ne savais pas quels pouvoirs il avait invoqués pour me ramener du seuil de la mort, mais il avait tout donné. Et je ne pensais pas qu'il m'avait aidée seulement à cause de mon charme de protection.

J'avais ressenti quelque chose la nuit précédente, une sensation plus intime que si nous avions partagé un lit. Pendant une seconde étrangement longue, j'avais eu l'impression que nous étions dans l'esprit l'un de l'autre. Ce que j'avais vu, là où il ne pouvait pas le cacher, n'était pas une simple haine envers moi. C'était un entrelacs de sentiments beaucoup plus complexes.

La lumière filtrait à travers une fenêtre arquée sans rideaux, accentuant les angles ciselés de son visage. Si je n'avais pas eu une connaissance exacte de ce qu'il était, j'aurais pu le prendre pour un ange. Et d'une certaine façon, il en était un. Je me demandais ce qu'il avait fait de si grave pour être chassé du paradis. Je ne lui posai pas la question. Je ne croyais pas qu'il était du genre à confesser ses péchés.

Il scruta mes traits avec une expression indéchiffrable. Je me retins de frissonner.

« J'ai fait des rêves… à moins que ce ne soient des souvenirs. Peut-être les deux. Tu as utilisé une magie puissante hier soir. » Je l'observai attentivement. Il ne bougea pas d'un cil, mais ne rompit pas le contact visuel. Pendant une horrible seconde, je me demandai s'il était dans un état catatonique. Puis il pencha la tête, attendant que je poursuive. « Avant que je ne m'approche du *Viperidae*, tu m'avais prévenue que le coût de l'antidote était élevé. »

Je baissai les yeux vers l'eau du bain. Je me rappelai la façon dont nous étions assis, ses jambes, ses bras, son corps contre le mien… J'avais vu des illustrations. Seuls quelques rituels anciens nécessitaient un contact avec la peau nue. Ils provoquaient une sorte de renaissance. Comme s'il m'avait transféré une partie de son pouvoir, en utilisant l'eau comme conducteur entre nos chairs. Aucun de ces rituels n'était à prendre à la légère. Je ne savais pas si sa magie était la même que celle d'une sorcière, mais elle devait être proche.

Je reportai mon attention sur lui. « Quel prix as-tu payé pour me sauver ? »

J'eus l'impression que la température chutait. Il ne me quitta pas des yeux alors qu'il traversait lentement la pièce. Son regard doré était chargé de colère. « Tu devrais plutôt te soucier du prix que tu as dû payer. J'espère que ça en valait la peine. »

Il tourna les talons. Avant qu'il ne parte, je bondis hors de l'eau et me plaçai en travers de sa route. « Tu ne peux pas dire ça et t'en aller comme ça. Quel était le prix ?

— Tu veux vraiment avoir cette conversation dans la salle de bains ?

— Pourquoi pas ? Tu joues les timides, tout à coup ? »

Il exsudait tout sauf la timidité. Honnêtement, avec un corps comme le sien et une telle puissance, son assurance n'avait rien d'étonnant.

Il croisa les bras sur son torse musclé. De près, le serpent d'or tatoué sur son bras était d'un réalisme à couper le souffle. « Tu veux parler, sorcière. Je commence. Tu as fait un choix hier soir, qui a eu des conséquences catastrophiques. Si je n'avais pas été là, tu serais morte. »

C'était malheureusement vrai. « Récupérer l'amulette de ma sœur n'avait pas de prix. Et si je devais recommencer, je le ferais sans hésiter.

— Ce qui prouve que tu es soit imprudente, soit idiote, soit les deux.

— Si je suis idiote et imprudente, pourquoi m'as-tu sauvée ? » Je levai une main. « Épargne-moi l'excuse du sort de protection. Nous savons tous les deux que ce n'est qu'une partie de la vérité. » Il ouvrit la bouche, et je lui coupai à nouveau la parole. « Je ne sais pas quel sort tu as utilisé exactement, mais je connais suffisamment certains rituels et leurs exigences pour avoir une assez bonne idée de comment ça fonctionne. Dis-moi pourquoi tu m'as sauvée. Immédiatement. »

Il arqua un sourcil. « Avez-vous d'autres demandes, Votre Altesse ? Ou puis-je disposer ?

— En fait, j'en ai encore une. As-tu utilisé un sort de renaissance sur moi ? »

Il secoua la tête.

« Alors pourquoi ne portions-nous pas de vêtements ? »

Un sourire étira lentement les commissures de ses lèvres. Son expression était celle d'un homme immensément heureux, mais suffisant.

« Parce que tu m'as arraché les miens comme une bête en chaleur. » Je lui lançai un regard furibond. Il émit un bruit qui ressemblait presque à un rire. Puisqu'il ne pouvait pas me mentir, ça devait être la vérité. Je levai les yeux au ciel. J'avais clairement perdu la tête et je le lui signifiai. « Et aussi, comme le venin des *Viperidae* agit comme de la glace, il fallait inverser son effet rapidement. La chaleur corporelle et l'eau chaude étaient les moyens les plus efficaces pour empêcher l'hypothermie de te tuer. »

C'était vrai. Mais je l'avais aussi entendu chuchoter dans cette langue étrange. Colère ne mentait pas, mais il me cachait encore des choses. « Tu m'as embrassée. »

Il détourna brusquement le regard. « Quand on a de la fièvre, les rêves ont des effets secondaires particuliers. »

Je souris. Je ne connaissais peut-être pas le sort exact, mais je savais que le baiser chaste faisait partie intégrante de la magie qu'il avait invoquée. Il n'en avait probablement pas eu envie et n'avait pas eu le choix.

Mais j'étais heureuse qu'il se soit montré stoïque et m'ait embrassée, sinon je serais morte à l'heure qu'il est.

Quand je m'étais retrouvée dans sa tête la nuit précédente, ce que j'avais perçu n'était pas de l'amour, mais de la peur. Il redoutait que, malgré tous ses efforts, je sois une écharde qui s'enfonce lentement sous sa peau immortelle, et qu'un jour, je finisse par la transpercer assez profondément pour atteindre son cœur de pierre. Il n'avait pas tort.

Peu importe qu'il ait sacrifié une petite partie de son pouvoir pour me sauver : je n'oublierais jamais qui il était vraiment. Un démon égocentrique avec pour mission de protéger son propre monde par tous les moyens nécessaires. Il ne se souciait pas de ce royaume, ni des sorcières qui avaient été assassinées. Il se concentrait sur ce que tous ces évènements signifiaient pour *lui*. La peur que j'avais vue dans son cœur n'avait rien à voir avec moi, personnellement, mais avec ce que représentaient les liens émotionnels en général. Et avec la mort.

Plus précisément la mort de tout ce qu'il était et choisissait d'être.

Les princes de l'enfer n'étaient loyaux qu'envers eux-mêmes. Colère accueillerait sans hésiter une ennemie dans son lit si cela lui permettait d'obtenir des informations ou du pouvoir. Et à mon avis, il ne détesterait pas ça.

Je m'approchai jusqu'à ce que nous nous touchions presque. Il ne recula pas, mais ne se rapprocha pas non plus. Son comportement n'avait rien à voir avec la bonté ou une amitié naissante, ni même avec la luxure, il était comme toujours guidé par le seul gain qu'il pouvait en tirer. Je ne comprenais pas encore comment ou pour quelle raison il avait besoin que je reste en vie.

Mais je remuerais ciel et terre pour découvrir quels étaient ses véritables objectifs.

Il baissa les yeux vers ma bouche. Il n'y avait rien de gentil ni de doux dans son regard. En fait, il n'y avait rien de doux dans son attitude non plus. Parfois, quand il me regardait, j'avais l'impression d'entrevoir un animal tapi sous le masque de peau qu'il portait. Une bête agitée, sauvage. J'avais le sentiment qu'il tenait ce monstre enfermé, mais qu'il n'était jamais loin. Je réprimai un frisson. Je ne voudrais pas être là quand il déciderait de laisser l'animal sortir de sa cage.

Un sourire moqueur courba ses lèvres. « C'est la partie où tu me remercies avec un baiser ?

— Non. Je ne suis pas comme toi, démon. Je n'embrasse pas les gens que je déteste. Et je ne le ferai jamais.

— Jamais ? Es-tu certaine de vouloir être aussi catégorique ? »

Je n'étais certaine de rien en ce moment. J'étais perdue et je bourdonnais d'une magie qui n'était pas entièrement la mienne. Je venais de vivre vingt-quatre heures infernales : Nonna s'était fait attaquer, j'avais frôlé la mort et j'avais été sauvée par mon ennemi. Son pouvoir vibrait en moi, me remplissait. Pendant une seconde, j'eus envie qu'il s'avance et fasse glisser ses mains le long de mon corps. Ce qui n'avait aucun sens.

Je n'arrivais pas à avoir les idées claires tant qu'il était si près de moi. J'avais désespérément besoin d'un moment seule pour remettre de l'ordre dans mes pensées et décider comment procéder. Et je ne pouvais rien accomplir de tout cela avec ce démon à moitié nu qui envahissait mon espace. De l'électricité crépitait dans mes veines.

Avant que Colère ne m'éblouisse avec un nouveau déluge de charme, je murmurai un sort d'enfermement qui dut être alimenté par sa magie démoniaque, car rien ne se passa comme prévu. Le démon se volatilisa brusquement. Même s'il avait disparu en un éclair, j'avais réussi à capter l'expression de son visage avant qu'il ne s'évapore. Il avait eu l'air de se sentir… trahi.

Un mélange d'émotions me gagna pendant plusieurs minutes. C'était mon ennemi. Même s'il m'avait sauvée. Son acte de bonté n'effaçait pas ma certitude à son sujet. Et pourtant je ne parvenais pas à savoir si j'espérais l'avoir renvoyé dans son monde souterrain ou dans le cercle de la grotte. L'endroit où il se trouvait n'aurait pas dû avoir d'importance.

Même si je me sentais un peu coupable d'avoir utilisé sa propre magie contre lui, je refusais que cela influence mon jugement. Il avait une mission et j'avais la mienne. C'était tout. J'examinai le sol, mais je ne trouvai pas mes vêtements. Maudit démon. Je m'attendais à ce qu'il se venge, mais je n'avais pas prévu qu'il m'oblige à marcher nue dans les rues de la ville.

Je relevai la tête, prête à lui jeter un nouveau sort pour l'expédier en enfer, quand je remarquai une nouvelle robe pliée avec soin et rangée dans le coin où il se trouvait à mon réveil. Je la soulevai, surprise par sa beauté. Les jupes sombres étaient parsemées de paillettes d'or disposées avec goût, elles n'étaient d'ailleurs pas sans rappeler le *luccicare* chatoyant de Colère. Des manches noires transparentes tombaient gracieusement d'un corsage aux épaules dégagées. Et un corset doré avec des épines et des ailes collées dans le dos parachevait le tout. J'avais oublié que mes vêtements avaient été déchirés au cours de l'attaque du *Viperidae*. Un sentiment sur lequel je préférais ne pas m'attarder prit forme alors que je tenais la robe. Je le chassai.

La magie du prince démon crépitait sous ma peau, infectait mon âme. Je ne voulais surtout pas apprécier cette impression qui me faisait me sentir plus vivante que jamais.

Je m'empressai de m'habiller, j'avais besoin de me concentrer sur une tâche ordinaire pendant que mes sentiments passaient d'un extrême à l'autre. Même si Colère n'était plus là, ce n'était pas beaucoup plus facile pour moi de réfléchir. Principalement parce que mes pensées revenaient sans cesse à lui, à son expression. Je lui avais fait de la peine. Et ça… me dérangeait. Les évènements avaient pris une tournure ridicule. Sa famille avait envoyé des démons fantômes invisibles pour s'en prendre à ma grand-mère et voler mon *cornicello*, et je m'en voulais d'avoir potentiellement banni un démon en enfer. Où il vivait et régnait. Et était probablement heureux. Dans le summum du luxe démoniaque. Dans un déluge de feu et de soufre, sur fond du chœur formé par les âmes hurlantes des Damnés.

Pourtant, cette décision était peut-être irréfléchie. Même s'il m'était antipathique, Colère pouvait être utile à ma quête de justice. J'étais presque sûre qu'il avait des arrière-pensées en cherchant à s'allier à moi, mais quand j'avais vraiment eu besoin de lui, il avait répondu présent. Cet acte, plus que tout le reste, m'en apprenait assez à son sujet.

Mon âme était en sécurité avec lui.

Ce qui signifiait que nous pouvions mettre nos différences de côté et collaborer pour résoudre le meurtre de Vittoria. L'idée ne lui plaisait pas plus qu'à moi, mais au moins je pouvais être sûre qu'il ne me tuerait pas. J'étais à présent convaincue que les preuves accusaient un prince de l'enfer, pas des chasseurs de sorcières. Après ce qui s'était passé avec Cupidité et l'attaque contre Nonna, j'avais besoin de Colère à mes côtés.

Je soupirai, espérant que c'était une bonne décision.

Que la déesse me maudisse ! Maintenant je devais déterminer où j'avais envoyé le Prince de la Colère.

J'attrapai sa chemise, et je m'élançai dans la ville pour retrouver mon prince de l'enfer disparu.

VINGT-DEUX

« **Si tu veux** que je te parle, demande-le-moi gentiment. »

Je n'appellerais pas ça du soulagement, mais un nœud dans ma poitrine se desserra quand je trouvai Colère à nouveau coincé dans mon cercle d'invocation. Il n'était pas furieux comme je m'y attendais, mais juste un peu déconcerté. Je suppose qu'il ne s'attendait pas à se voir banni juste après m'avoir sauvé la vie. Ce qui était légitime. Honnêtement, je ne m'attendais pas non plus à le remercier de cette façon. « Est-ce que tous les démons sont fous, ou est-ce que tu es un cas à part ? »

Il souffla un peu. « Tu n'es pas la vipère la plus agréable du lot non plus. Si ? Remercier quelqu'un qui t'a sauvé la vie en l'emprisonnant : ce n'est pas comme ça qu'on fait dans mon royaume. Tes bonnes manières laissent à désirer. »

Je ne songeais plus à former une alliance. Un démon qui me faisait la leçon sur les bonnes manières était la chose la plus ridicule que j'avais jamais entendue. Quel culot ! Je répliquai en lançant une douzaine de suggestions différentes – qui incluaient des animaux de la ferme – pour ce qu'il pourrait faire avec le temps qu'il lui restait sur Terre.

« Charmant. Je me demande d'où vient ta créativité, d'une expérience personnelle, peut-être ? »

Les chamailleries ne nous mèneraient nulle part, et j'avais des choses plus importantes à faire. Apparemment, Colère était du même avis. Il plissa les yeux et m'examina. « Pourquoi est-ce que tu montes sur tes grands chevaux, sorcière ?

— Pour rien.

— Si c'est à propos du sort que j'ai utilisé, ou de la robe...

— Non. » Je ne savais pas pourquoi, maintenant que j'étais à nouveau près de lui, je n'étais plus tout à fait prête à lui demander de m'aider à résoudre le meurtre de ma sœur.

J'avais besoin d'une autre garantie que c'était le meilleur plan d'action. Et il y avait une question à laquelle il pourrait répondre qui m'aiderait à prendre ma décision. S'il n'était pas mort de rire avant. Je fermai les paupières et comptai jusqu'à dix. « Un démon invisible a attaqué ma grand-mère hier. Et avant ça, je crois... je crois qu'il m'avait suivie. »

Je m'attendais à ce que Colère se moque de moi ou me demande si je n'avais pas consommé trop d'alcool avant de venir. Au lieu de ça, il m'étudia très attentivement. « Est-ce qu'il t'a parlé ? »

Je hochai la tête. « Il a dit : "Il arrive." »

Colère se mit à faire les cent pas dans le cercle d'os. « Ça ressemble à un démon *Umbra*. Mais pour qu'il soit ici et te parle... Est-ce qu'il a dit autre chose ?

— Je... Je ne m'en souviens pas précisément. La première fois, il a dit un truc à propos de souvenirs et de cœurs volés.

— La première fois ? » Il se retourna pour me fixer. Colère n'était pas doté d'un large éventail d'émotions, probablement parce que c'était un immortel né en enfer et non un humain, mais il était clairement décontenancé par cette information. « Combien de fois l'as-tu rencontré exactement ?

— Peut-être trois ? J'ai eu l'impression d'être suivie au monastère... cette nuit-là... puis j'ai découvert le corps de ma sœur et je n'y ai plus repensé. » Je me mis à marcher autour du cercle. « Qu'est-ce que c'est, un démon *Umbra* ?

— Ce sont des espions mercenaires, principalement. Ils offrent leurs services contre rétribution à toute Maison royale qui en a l'utilité. Quelques-uns ne sont loyaux qu'à Orgueil. Ce sont pour la plupart des êtres incorporels et ils sont très difficiles à tuer. La magie ne fonctionne pas toujours sur eux comme on l'imagine. »

« Très difficiles » ne signifiait pas « impossibles à tuer ». J'essayais de voir le bon côté des choses, s'il y en avait un. « S'ils sont censés espionner, alors pourquoi révéler leur présence ?

— C'est là toute la question, sorcière. Généralement, ils ne parlent pas.

— Tu penses que c'est Cupidité qui l'a engagé ?

— Pourquoi est-ce que je penserais ça ? »

Je l'observai pour tenter de déceler s'il me mentait. Il savait sûrement que son frère était ici. « Parce que j'ai parlé avec lui dans sa salle de jeu, juste avant que ma grand-mère ne soit attaquée. Et j'ai peut-être réussi à le duper pour qu'il me donne plus d'informations qu'il n'avait l'intention de m'en révéler. Ce n'est pas son péché, mais je suis sûre que son orgueil princier a été blessé.

— C'est amusant. » Colère me toisa avec froideur. « Il est pratiquement impossible de berner un prince de l'enfer.

— Eh bien, à moins qu'il n'ait menti sur son identité, ça ne m'a pas paru si difficile. » Je ne savais pas si Colère me croyait, et ça m'était égal. « Tu as dit que certains démons *Umbra* étaient loyaux envers Orgueil… tu crois que c'est lui qui les a envoyés ? »

Étant donné que l'*Umbra* avait volé une de ses cornes, cela semblait plausible.

Mais Colère ignorait que c'était ce bijou que je cherchais quand je m'étais glissée dans le nid du *Viperidae*. Sa réponse m'intéressait.

« C'est possible, mais peu probable. Pas quand je suis là. Un démon *Umbra* ne peut pas *transvenio* dans le monde souterrain. Ils ne peuvent se glisser entre les royaumes que si un prince les envoie, ou s'ils sont invoqués. Et, même dans ce cas, ce genre de pouvoir ne peut être utilisé qu'à certaines périodes bien précises.

— Comment ça marche, le voyage entre les royaumes ?

— Un peu comme arracher les fils du temps et les tisser à des endroits différents. »

C'était une explication plutôt vague. « Si quelqu'un essayait d'invoquer le diable... est-ce que tu le saurais ? »

Colère m'adressa un coup d'œil sévère. « On ne peut pas l'invoquer.

— Et si quelqu'un possédait la Corne d'Hadès ? Est-ce qu'Orgueil pourrait être invoqué dans ce cas ? »

Le prince démon s'immobilisa. Sa surprise ne dura qu'une seconde avant qu'un lent sourire ne se dessine sur son visage. « Tu t'es renseignée, je vois. »

Effectivement et j'avais assez bien réussi jusqu'à présent à retracer le parcours de ma sœur, mais maintenant j'avais besoin d'aide. Colère était peut-être mon ennemi, mais il m'avait sauvé la vie. J'espérais que cela signifiait que je pouvais lui faire confiance.

Je réfléchis posément à ce que je voulais faire ensuite. Ses réponses au sujet du démon *Umbra* me rappelaient ma jumelle et la façon dont elle prenait des notes dans son journal, et cela me mit à l'aise. C'était comme si Vittoria donnait sa bénédiction pour cette union contre nature. Je me rappelai que Colère aurait pu facilement prendre mon âme ou négocier ma vie quand j'étais en train d'agoniser. Et il n'en avait rien fait. Au lieu de cela, il avait sacrifié son propre pouvoir sans attendre de paiement en retour.

« Peux-tu m'aider à comprendre si... ça s'est passé ?

— Si quelqu'un a invoqué Orgueil ? » Je hochai la tête. Il avait l'air assez sceptique. « Il faudrait savoir où l'invocation a été tentée. Et rien n'est garanti. Est-ce que la Corne d'Hadès a été assemblée, ou est-ce qu'une seule corne a été utilisée ?

— Une seule. » J'inspirai profondément. « Et je sais par où commencer. Alors, tu veux bien m'aider ?

— Tu dois être plus précise si tu souhaites briser le sort d'enfermement. Et n'oublie pas d'utiliser mon titre. C'*est* de la politesse. »

Je jetai un coup d'œil à sa dague que j'avais récupérée chez moi, puis je reportai mon attention sur lui. Il sourit à nouveau, l'air vraiment amusé cette fois. « Ce n'est pas moi qui ai formulé les règles.

— Acceptes-tu de quitter le cercle d'os et de m'aider à découvrir si quelqu'un a invoqué Orgueil, Prince Colère ? »

C'était la première fois que je brisais un sort d'enfermement, et c'était une impression étrange. Je n'avais pas à murmurer d'incantation, il suffisait de lui demander formellement de quitter le cercle d'invocation.

L'atmosphère de la grotte se chargea d'une énergie électrique qui s'étendit lentement jusqu'à repousser les limites du cercle d'ossements. Il y eut un léger grésillement, puis tout redevint comme avant.

Colère se trouvait tout à coup près de moi. « Si tu tiens à notre nouvelle alliance, n'utilise plus jamais ce sort d'enfermement sur moi, sorcière. La confiance fonctionne dans les deux sens. Ma patience est à bout.

— Bien. Si tu veux ma confiance aussi, arrête d'aider Orgueil à trouver une femme.

— Je ne peux pas.

— Alors, ne t'étonne pas si je me défends en utilisant tous les moyens nécessaires. »

Il arpenta la grotte en se passant une main dans les cheveux. Je le regardai d'un air impassible quand il revint vers moi. Ses yeux dorés brillaient de détermination. « Donne-moi ma dague. » Je lui lançai un regard incrédule. « Je n'en ai besoin que pour un moment. Et non, je ne te poignarderai pas avec. »

Même s'il en avait probablement envie. Et pas qu'un peu.

Je détachai la dague au serpent de l'étui à ma hanche et la lui tendis.

Il se mit à genoux devant moi.

« Emilia Maria Di Carlo, tu as ma parole que je ne ferai aucun mal physiquement à une sorcière et que je n'en forcerai aucune à se marier avec Orgueil. »

Il fit glisser la lame sur sa paume et appuya sa main en sang contre son cœur. « Sur l'honneur de ma couronne et de mon sang, j'affirme que ma mission actuelle est de sauver des âmes, pas de les prendre. »

Il se leva et me rendit sa dague en me la présentant par le manche. Une nouvelle preuve que je pouvais lui faire confiance. Je replaçai l'arme et remarquai que sa blessure était déjà refermée. « Tu ne vas pas me demander d'accepter l'échange de sang que tu m'as proposé ?

— Je préférerais que tu l'acceptes, mais je ne t'y forcerai pas. Es-tu satisfaite de mon serment ?

— Pour le moment.

— C'est suffisant pour moi. »

Il me dépassa en me frôlant et s'arrêta près de l'entrée de la grotte. Résistant à l'envie de le pousser dans la mer, je le suivis en silence et admirai les vagues aux reflets argentés qui ondulaient comme un mammouth d'ébène sous la pleine lune tandis que Colère s'étirait. *Par le sang et les os*. La pleine lune signifiait plus de problèmes. Et j'avais déjà bien trop de choses à gérer.

« Tiens. » Je plaquai contre son torse la chemise que je lui avais achetée. « Je me fiche que tu la détestes, qu'elle pue, ou que tu sois de sang trop royal pour des vêtements de paysan, mais tu vas porter ça pendant qu'on se promène en ville. Il ne faut surtout pas encore plus attirer l'attention sur toi. »

Colère et moi nous appuyâmes contre le bâtiment adjacent au monastère, regardant les lumières s'éteindre une à une. Les religieux seraient bientôt tous endormis dans leurs cellules. « Qu'est-ce qui t'as pris de me jurer un vœu de sang ?

— Je voulais t'offrir une brindille de confiance.

— Tu veux dire un rameau d'olivier.

— Le concept est le même, sorcière. » Il inclina le visage vers la Lune. « Et puis, c'est possible que j'aie eu encore envie de ces… choses que tu as apportées. Si tu étais morte, j'aurais dû chercher partout pour en trouver d'autres. Ça n'aurait pas été pratique.

— Les *cannoli* ? demandai-je en feignant l'incrédulité face à sa tentative d'humour. Tu m'as sauvée en partie pour de la ricotta sucrée ? »

Que la déesse soit louée, il ne semblait pas se rendre compte que les pâtisseries étaient extrêmement populaires et qu'on en trouvait partout en ville. « Tu crois que le démon *Umbra* nous observe ? »

Comme il était blotti dans l'ombre, il n'y avait pas assez de lumière pour que je distingue ses traits clairement, mais je devinai tout de même son air résigné.

« Tu as peur ? »

Une non-réponse parfaite à ma question. Je savais qu'il faisait référence au démon *Umbra* mais, en réalité, Colère me terrifiait aussi. Il aurait fallu être idiote pour ne pas avoir un peu peur d'entrer dans une pièce avec le dernier démon aperçu en compagnie de ma sœur assassinée.

Quelques rues plus loin, des voix grondèrent comme un tonnerre lointain. Elles furent suivies de rires, téméraires et bruyants. Palerme était une ville qui adorait la nuit autant qu'elle se prélassait dans la beauté du jour. Festivals, fêtes… il semblait y avoir en permanence un prétexte à célébrer, surtout avec de la nourriture et des boissons. J'espérais arrêter le monstre déterminé à détruire tout ça avant qu'il ne frappe à nouveau.

Plusieurs minutes de calme plus tard, la dernière lumière s'éteignit à l'intérieur du bâtiment.

« Très bien. C'est le moment d'y aller, annonça Colère en se redressant. Si tu préfères rester ici, alors reste. Je ne suis pas du genre surprotecteur. »

Je me faufilai dans l'obscurité sans répondre, le laissant monologuer. Il semblait apprécier le son de sa propre voix. C'eût été impoli de l'interrompre.

« Je ne vais pas te réconforter. Ni panser tes blessures. Émotionnelles ou autres. Je méprise… »

Quand la porte de l'autre côté de la ruelle s'ouvrit en grinçant, sa bouche se referma. Je le foudroyai du regard en la poussant pour l'inviter à entrer. Il resta immobile un instant, renfrogné. J'aurais été prête à parier qu'il ne m'avait pas entendue bouger. Je me demandai combien de personnes avaient déjà réussi à le prendre au dépourvu. Probablement pas beaucoup, vu la façon dont il semblait agacé à l'idée d'être battu par une sorcière.

« Tu viens, ou pas, démon ? »

VINGT-TROIS

Heureusement, aucun murmure surnaturel ne m'attendait dans la salle où Vittoria était morte. Pas de tiraillements insistants ou de demande magique de l'au-delà. Juste le silence et le léger frottement des bottes de Colère qui se déplaçait dans l'obscurité. À sa demande silencieuse, mais bourrue, je lui tendis ma sacoche, qui contenait du matériel, appréciant les quelques instants pour reprendre mes esprits qu'il m'offrirait involontairement en cherchant les bougies.

D'après lui, nous n'aurions que quelques minutes pour qu'il puisse tenter de déceler des traces de magie d'invocation. Il m'avait prévenue qu'il pourrait ne rien détecter du tout, étant donné que plus d'un mois s'était écoulé. Je n'étais pas revenue dans cette pièce depuis que j'y avais découvert le corps mutilé de ma sœur. Si j'avais eu le choix, je n'aurais d'ailleurs plus remis les pieds dans ce monastère maudit. Je savais que Vittoria n'était pas ici, mais le fantôme que j'avais senti cette nuit-là me hantait encore. Je fermai les paupières pour chasser le souvenir de la chair déchirée. De la raideur cadavérique. Et du sang.

Je me frottai les bras, bien que l'air fût agréablement chaud. C'est étrange comme la vie peut être inattendue. Un mois auparavant, je n'aurais jamais imaginé revenir avec la même créature que j'avais surprise en train de lécher le sang de ma sœur, et pourtant nous étions ici. Et nous collaborions.

Tout à coup, je réalisai que je ne me morfondais plus dans le chagrin. Et avec tout ce qui s'était passé, j'avais oublié le détail morbide du sang léché. Je me retournai, contente de sentir le poids de la dague du démon contre ma hanche. « Juste pour être claire, je t'ai permis de quitter le cercle d'enfermement ce soir parce que ça m'arrangeait. Ça ne veut pas dire que je t'apprécie.

— Moi qui pensais qu'être liés pour l'éternité signifiait que nous étions bons amis !

— Tu ne m'as pas encore expliqué pour quelle raison tu léchais le sang de ma jumelle. »

Il finit de fouiller dans mon sac et craqua une allumette. De la lumière jaillit, dorant les bords de son visage. Des ombres obscurcissaient son regard, mais ne cachaient pas l'or qui scintillait dans ses iris. Son attention glissa sur la dague et s'y attarda. Il y avait jeté tellement de coups d'œil au cours du trajet jusqu'ici que je ne pouvais m'empêcher de penser qu'il cherchait un moyen subtil de la récupérer.

Je réprimai un frisson lorsque le sentiment familier de danger surgit à nouveau. Parfois, surtout depuis qu'il avait accepté de m'aider, il était trop facile d'oublier qu'il était l'un des Damnés. « Tu ne me l'as pas demandé.

— Bien sûr que si.

— Non, tu as dit : "Tu étais penché sur son corps, *tu léchais son sang qui imprégnait tes doigts*, espèce de bête répugnante." »

De toute évidence, ma phrase lui avait laissé une impression durable. Il alluma les bougies et m'en tendit une. J'évitai ses doigts et il fit de même. « Ne touche à rien, sorcière. Il ne faut pas déranger les odeurs persistantes.

— Est-ce que j'ai envie de savoir ce que tu entends par "*odeurs persistantes*" ou est-ce un détail au sujet des créatures de l'enfer qu'il vaut mieux laisser à l'imagination ?

— Aussi tentant que ça puisse être, il est préférable de ne rien imaginer du tout à mon sujet. »

Je levai les yeux au ciel. S'il ne voulait pas entrer dans les détails, cela me convenait parfaitement. Je me fichais pas mal de ses précieux sens de démon, en revanche, je me *souciais* de Vittoria.

« Bon. Pourquoi léchais-tu son sang, alors ? »

Il leva sa bougie et pivota sur place, balayant la pièce du regard. « Je le testais. »

Je pris une profonde inspiration et priai la déesse de la force et du raisonnement de m'empêcher de le massacrer ici et maintenant.

« Écoute, cette petite alliance fonctionnerait beaucoup mieux si tu t'expliquais sans que je doive constamment te demander de le faire. Fais comme si je ne savais rien de tes méthodes de démon. Tester son sang dans quel but ?

— Pardonnez-moi, Votre Altesse. » Un léger sourire traversa son visage. « Je le testais pour trouver des traces éventuelles d'une Maison de démon avec laquelle elle aurait pu s'allier.

— Comme l'échange de sang que tu m'as proposé ? »

Il hocha la tête.

« Qu'as-tu découvert quand tu as testé le sang de Vittoria ?

— Elle ne s'était encore alliée à personne. Mais ça ne veut pas dire qu'elle n'avait pas eu d'interaction avec un prince de l'enfer.

— Donc même si c'est moi qui t'ai invoqué, comme il n'y a pas eu d'échange de sang, personne ne saura que toi et moi... nous collaborons... c'est bien ça ?

— Exact. »

Par le sang et les os. Cela voulait dire que Vittoria avait pu invoquer Cupidité ou même Envie, et, si elle n'avait pas accepté de faire un échange de sang, il n'y avait aucun moyen de le savoir.

« Tu crois que Cupidité ou Envie chercherait à empêcher Orgueil de se marier ? »

Il réfléchit à la question. « Cupidité aime diriger sa Maison, donc, dans son cas, c'est non. Et Envie ne tenterait rien qui risquerait d'entraîner la guerre dans sa Maison. Il est plus susceptible de ruminer au sujet des choses qu'il n'a pas et qu'il désire, mais il n'a pas l'ambition nécessaire pour s'en emparer. »

La conversation terminée, Colère se retourna avec sa bougie, et quelque chose attira mon attention. Je me penchai pour gratter un peu de cire du bout de l'ongle. Elle était rose pâle. Je me souvins soudain des bougies qui étaient ici au cours de cette nuit de cauchemar. Je déplaçai ma lumière en lui faisant décrire un cercle lent pour examiner le sol. Une autre tache de cire plus petite était grise. Je pivotai sur moi-même et repérai la même alternance de cire rose et grise.

C'était sans aucun doute l'endroit où Vittoria avait créé un cercle d'invocation. « Envie a dit que les autres allaient s'en prendre à moi, il voulait parler de tes frères ?

— J'imagine que oui.

— Est-ce qu'il aurait pu vouloir dire les démons *Umbra* aussi ?

— Peut-être. »

Je fusillai le prince démon du regard. Même s'il avait fait tout son possible pour me sauver la vie, ses réponses laconiques me donnaient envie de hurler. Je repensai à son incapacité à me mentir et je plissai les yeux. « Que voulait-il dire par "nous ne savons pas ce que l'avenir nous réserve" ?

— Je n'étais pas là. Je ne suis pas sûr de ce à quoi il faisait référence. » Colère évitait mon regard. « Il a pu simplement l'utiliser comme une tactique afin de te déstabiliser en t'effrayant.

— C'est quoi une Sorcière de l'Ombre ? »

Il me lança un regard qui signifiait que si je l'ignorais, ce n'était pas lui qui allait me l'apprendre. Je ripostai avec un coup d'œil qui promettait une mort lente et violente s'il ne vidait pas son sac rapidement. Il céda. « Tu as un peu plus de sang de démon en toi que les autres sorcières.

— Ça n'est pas possible. Tu... » Je refermai la bouche. Il ne pouvait pas mentir, mais cela ne pouvait pas être vrai. Notre famille était bénie par les déesses, pas par les filles des ténèbres. « Comment est-ce que ça pourrait être possible ? »

Il haussa un sourcil. « Tu sais comment les enfants sont fabriqués, je suppose ?

— Évidemment.

— Bien. Ça m'évite d'avoir à t'expliquer que l'un de tes ancêtres a fait des galipettes avec un démon et a produit un héritier. Probablement pas si lointain, si Envie l'a deviné en… te regardant.

— Ma grand-mère m'a dit que nous étions des gardiennes entre les royaumes. Et que "Sorcière de l'Ombre" était le vilain nom que les Damnés nous donnaient. »

Il m'observait attentivement à présent, et je n'avais soudain aucune envie qu'il apprenne quoi que ce soit concernant l'histoire secrète de ma famille.

J'indiquai d'un signe de tête la cire de bougie pour changer de sujet. « Je me souviens d'avoir remarqué que l'air sentait le thym. Et la paraffine. Est-ce la preuve qu'elle a essayé d'invoquer Orgueil ?

— Non. Les bougies rose pâle et grises sont utilisées par la Maison Cupidité. » Il fit le tour de la pièce. « Le thym et le cuivre sont aussi nécessaires pour invoquer un démon qui appartient à cette cour.

— Les démons ne peuvent être invoqués qu'en utilisant la bonne couleur de bougies ?

— Entre autres choses, oui. Les cours des Damnés sont divisées en sept Maisons royales. Chacune a ses propres rituels et exigences. Les couleurs des bougies, les plantes, le moment de la journée, les objets d'intention et les métaux : tout varie. »

Je désignai les objets qui nous entouraient. « Aucun de ces objets ne peut être utilisé pour invoquer Orgueil ? Ou est-ce que le fait de posséder la Corne d'Hadès annule cette partie du sort d'invocation ?

— Même si ta sœur avait été en possession des deux cornes, ça ne fonctionnerait pas sans les bougies, les métaux et les plantes appropriés. »

Il leva sa bougie. « Quoi qu'il se soit passé ici au cours de cette nuit-là, je sais que ta jumelle n'a pas invoqué Orgueil. Et il ne me semble pas qu'elle essayait de le faire, non plus.

— Elle m'a dit qu'elle essayait. »

Colère m'observa attentivement. « Il est impossible de connaître ses intentions. Elle a très bien pu vouloir l'invoquer, mais ensuite changer d'avis en cours de route. Ou, si elle a essayé de l'invoquer, elle ne l'a pas fait ici. »

Je refoulai ma frustration croissante. Si elle n'avait pas invoqué Orgueil, cela signifiait que c'était Cupidité le coupable. C'était forcément lui. Je repensai à l'attaque de Nonna, et au désir du démon de s'emparer de la Corne d'Hadès. Il était logique que Cupidité ne se contente pas d'être un prince de l'enfer, s'il pouvait devenir le roi des démons. Une partie de son péché était de ne jamais être satisfait, d'en vouloir toujours plus. Sans se soucier de qui ou de ce qui était détruit dans la poursuite de ses objectifs.

Une fureur inattendue s'empara de moi, et occupa bientôt toute la pièce. Elle était si puissante que mes genoux flanchèrent presque sous moi.

« Je jure sur mon sang que je détruirai le démon qui a fait ça à Vittoria, et que je prendrai plaisir à le faire. » Colère me regarda et, à en juger par sa surprise, j'en déduisis que mon expression s'était renfrognée. Mes émotions devenaient plus fortes, plus sombres.

Je blâmai la proximité avec le prince guerrier. Si Envie avait fait naître en moi des sentiments de jalousie, il était logique que Colère – intentionnellement ou non – alimente ma fureur. « Tu vas m'aider à interroger Cupidité à nouveau. Et si je ne peux pas le tuer, tu le feras. »

L'amulette de ma sœur brillait d'un violet surnaturel. Les yeux de Colère se posèrent sur elle avant de revenir vers mon visage. Je la portais depuis que je l'avais volée au *Viperidae*. Jusqu'à présent, les portes de l'enfer ne s'étaient pas ouvertes, et Colère n'avait pas essayé de me l'arracher.

« Aussi impressionnants que soient ton discours et ton tempérament, je ne vais déclarer la guerre à personne. Et toi non plus. Du moins pas sans une preuve irréfutable. La probabilité que Cupidité soit coupable est très faible.

— Alors comment est-il arrivé ici ? Quelqu'un l'a invoqué. » J'agitai le bras pour embrasser la pièce. « D'après ce que je vois, il a été invoqué ici.

— Pas nécessairement. À part Orgueil, tous les princes de l'enfer peuvent voyager ici par leurs propres moyens. De plus, il n'y a aucune trace du pouvoir de Cupidité dans cette pièce. À moins que ta sœur n'ait possédé un objet personnel lui appartenant, il est bien plus probable qu'elle, ou n'importe qui ayant mis en place ce cercle, ait invoqué un de ses sujets. Et ils sont des *milliers*.

— Mais il n'y a qu'*un* prince démon de cette Maison et il est actuellement à Palerme. Je ne vois pas des milliers d'autres démons courir les rues, et toi ?

— C'est une question rhétorique ou tu attends une réponse ? »

J'ouvris la bouche et la refermai aussitôt. J'avais des tas d'autres questions concernant le royaume des démons, mais je sentais que Colère mourait d'envie que je les pose. Je décidai que ce n'était pas son jour de chance.

« De quel genre d'objet aurait-elle eu besoin pour invoquer Cupidité ? Une dague, comme la tienne ? » Je ne me rappelais pas avoir vu de lame sur lui quand je lui avais rendu visite dans son tripot. Une preuve de plus qu'il avait été invoqué. « Peut-être que l'arme est toujours dans notre chambre.

— J'ai bien peur que non. » Il secoua la tête. « La dague devait être là la nuit où elle a été assassinée. Celui qui l'a tuée a dû l'emporter en partant. Malheureusement, il n'y a pas d'odeur ici qui me permette de suivre une trace. Si c'est un démon, je vais devoir le pister d'une autre façon.

— À moins que tu n'aies eu raison tout à l'heure et que Vittoria n'ait pas invoqué de démon. » Je réfléchissais à haute voix. « Peut-être qu'elle est tombée sur quelqu'un qui invoquait Cupidité et que c'est cette personne qui l'a tuée. Ou peut-être que quelqu'un invoquait un démon de moindre importance et que c'est ce dernier qui a attaqué ma sœur. »

Parce que seule une horrible créature pouvait arracher son cœur de cette façon. Je ne voulais pas perdre de vue que le seul démon qui était ici avec ma jumelle assassinée, juste après sa mort, était en face de moi.

« C'est possible, mais je ne crois pas que ce soit un démon. » Il fixa l'autel sur lequel le corps de ma jumelle avait été jeté. « Un démon de moindre importance s'attaquerait à la gorge, aux viscères… il ne ciblerait pas un organe pour partir aussitôt. Surtout quelque chose d'assez grand et d'assez féroce pour causer ce genre de dégâts à un corps. »

Pas Orgueil. Pas Cupidité. Pas d'indices. Cette enquête ne se passait pas comme prévu.

Je repensai aux feuilles de grimoire que j'avais trouvées. Colère disait que certaines couleurs de bougies et d'objets étaient nécessaires pour invoquer une Maison de démon particulière. Le problème était qu'aucune des deux feuilles entre les mains de Vittoria ne contenait de sort incluant des bougies roses et grises.

Je sentais à nouveau la colère monter en moi, elle avait besoin d'être libérée. Ou déversée sur une cible.

« C'est drôle. » L'air était chaud, mais la lame que j'appuyai dans le dos de Colère était comme de la glace entre mes mains. Il cessa de respirer. « Tu ne peux pas mentir, et je crois que c'est vrai, mais pourquoi ne puis-je trouver aucune preuve de l'innocence que tu clames ?

— Tu me demandes de commenter ta propre incompétence ?

— As-tu placé les bougies ici comme preuve cette nuit-là pour rejeter la faute sur Cupidité ? Tu devais avoir réalisé que ma jumelle possédait des sorts d'invocation pour ta Maison, et que ça t'incriminerait.

— Je ne savais pas que tu m'avais invoqué en utilisant un sort qui ne t'appartenait pas. Je n'ai jamais eu de contact avec ta sœur, en dehors du soir où j'ai découvert son corps. Tu n'oublies pas que je dois aussi découvrir qui tue les sorcières, si ? Je m'en soucie peut-être plus que toi.

— Pourquoi ? À cause de la malédiction ?

— Si on veut simplifier, oui.

— Raconte-moi tout à ce sujet. Je veux savoir qui a maudit le diable, pour quelle raison, et pourquoi ça a de l'importance pour moi ou pour ce monde. »

Il tourna la tête pour me lancer un regard qui signifiait que je n'obtiendrais jamais ces réponses, même si je le menaçais avec sa dague. J'envisageai de le poignarder, mais si je faisais ça, il refuserait sûrement de répondre à mes autres questions. « Est-ce que tu fais semblant pour me faire croire que mon amulette de protection fonctionne ?

— Si je faisais semblant, pourquoi ne t'aurais-je pas brisé le cou ou utilisé mon influence à l'heure qu'il est ? Ce n'est certainement pas parce que j'apprécie ton envoûtante compagnie.

— Donne-moi une raison pour laquelle je ne devrais pas enfoncer cette lame dans ton cœur. C'est bien comme ça que tu peux mourir, non ? Par ta propre arme. Et seulement à cet endroit.

— Peu probable.

— Tu en es sûr ? » J'inclinai la pointe de la lame contre sa colonne vertébrale. « Je pense que tu omets la vérité. Tu sais pourquoi ?

— Non, vas-y, éclaire-moi.

— Je sens ton regard sur moi quand tu crois que je ne fais pas attention. Tu suis tous les mouvements de la dague. Tu dois toujours savoir où elle se trouve. C'est pour ça qu'Envie était surpris que je l'aie. Tu es pratiquement immortel, en dehors de cette petite faiblesse. Alors, ô puissant Prince Colère, si tu ne veux pas mourir ce soir, explique-moi pourquoi Orgueil t'a réellement envoyé ici. »

VINGT-QUATRE

Colère se retourna, se pencha vers l'avant et enfonça la pointe de sa dague dans sa poitrine avant même que je ne puisse cligner des yeux. Une goutte de sang glissa sur le métal, l'illuminant brièvement. Je regardai bouche bée la blessure du démon guérir sous mes yeux.

Il baissa encore la tête. Si l'un de nous deux bougeait, nos lèvres se toucheraient. Je n'osais pas respirer trop profondément. « Une dague dans le cœur fait mal, sorcière, mais il en faudrait bien plus pour détruire un prince de l'enfer. Si tu penses toujours que je mens, vas-y, poignarde-moi. »

Mon côté sauvage avait envie de tester cette théorie, ne serait-ce que pour déterminer s'il était honnête. Mais l'autre versant de ma personnalité, plus posé, encore en deuil, aurait voulu lui tendre la lame et vérifier si mon amulette de protection fonctionnait vraiment. Je décidai que ce n'était pas le moment de prendre des risques inconsidérés et je rengainai l'arme.

Je m'éloignai en essayant de me convaincre que je ne battais pas en retraite. Il ne fit pas le moindre geste pour m'arrêter ou me suivre, il se contenta de me regarder m'éloigner d'un ou deux mètres.

« Tu veux bien au moins me parler de la malédiction ? Je pense que nous pourrions... »

Colère posa sa bougie sur l'autel de pierre et me rejoignit en un instant. Et il était bien trop près : son dos effleurait ma poitrine. Je levai les mains, prête à le repousser, quand j'entendis un faible bruit de pas qui se rapprochaient.

« Tu as prévenu quelqu'un que nous venions ici ? » demanda-t-il.

Je secouai la tête, terrifiée à l'idée que Cupidité ou Envie nous aient suivis. Le corps de Colère était tendu, prêt à attaquer. Je m'efforçai de maîtriser ma respiration.

« Il y a quelqu'un ? appela une voix familière depuis le couloir.

— Par le sang et les os. » Je rejetai la tête en arrière et poussai un gémissement. « Pas maintenant. »

Colère me jeta un coup d'œil par-dessus son épaule. « Quelqu'un que tu connais ? »

J'acquiesçai et il relâcha sa posture de combat. La lumière d'une lanterne précéda notre visiteur dans la pièce, et je le maudis intérieurement de nous interrompre. Colère s'écarta, l'air franchement amusé de mon agacement. Je l'ignorai alors qu'Antonio entrait et se figeait sur place.

« Emilia. » L'expression du religieux se détendit quand il me vit, puis il plissa les yeux quand il remarqua que je n'étais pas seule. Il nous regarda tour à tour, visiblement trop abasourdi pour parler. « J'ai entendu des voix... », finit-il par dire. Il observa Colère et ses yeux s'attardèrent sur le tatouage de serpent qui partait du haut de sa main, s'enroulait autour de son poignet et disparaissait dans sa manche. Puis, il s'aperçut que mon avant-bras était encré de la même manière. Son expression était indéchiffrable. Antonio se redressa. « Est-ce que tout va bien ? »

Colère inspecta le frère d'une manière qui me donna la chair de poule.

Je me plaçai rapidement entre eux et offris à mon vieil ami un sourire penaud. « Je suis désolée si nous faisions trop de bruit. J'ai demandé à... » J'hésitai. Je ne pouvais pas l'appeler « Colère ». Le prince démon se déplaça pour se trouver dans le champ de vision du frère et secoua discrètement la tête à mon attention. C'était difficile de dire s'il s'agissait d'un avertissement pour que je ne révèle pas son nom, ou s'il voulait simplement mieux observer mon malaise. « Mon ami Samaël est venu me rendre visite et nous voulions brûler un cierge en hommage à Vittoria. »

Antonio n'avait pas l'air convaincu et je ne pouvais pas lui en vouloir. Je n'étais pas très bonne comédienne. J'espérais vraiment qu'il ne continuerait pas à poser de questions. Mentir à un homme saint dans un lieu de culte en présence d'un démon en mission secrète au service du diable était probablement un synonyme de malchance. « C'est inhabituel comme nom, finit-il par commenter. D'où as-tu dit qu'il venait ?

— Elle ne l'a pas dit. Voulez-vous aller nous chercher du vin de messe et fouiller dans mon arbre généalogique ? » Colère le gratifia d'un regard de prédateur. « Ça ne me dérangerait pas non plus d'apprendre à mieux vous connaître. Surtout si vous êtes un si bon *ami* de mon Emilia. »

Colère prononça le mot « ami » comme s'il sous-entendait qu'Antonio était tout sauf ça. Mais ce ne fut pas ce détail qui me laissa sans voix. Je ne comprenais pas pourquoi le démon avait dit « mon Emilia ». Je ne savais même pas qu'il se souvenait de mon prénom, étant donné qu'il ne cessait de m'appeler « sorcière ».

Antonio semblait tout aussi stupéfait. « Votre...

— Excuse-moi, Antonio. » Je me ressaisis rapidement. Je lançai à Colère un regard d'avertissement et je glissai mon bras sous celui du *fratello*, le tirant vers la porte. J'étais prête à parier que le Prince de la Colère essayait seulement de mettre mon ami en rogne pour pouvoir siphonner ses émotions, comme Envie l'avait fait avec moi. « Pardonne-lui son impolitesse ; son voyage a été long et les circonstances ne sont pas des plus agréables. »

Le bras d'Antonio était étonnamment musclé sous sa robe, mais il n'essaya pas de m'arrêter alors que je le tirais dans le couloir.

« Pouvons-nous rester encore quelques minutes pour dire nos prières ? »

Antonio plongea ses yeux dans les miens, et son expression s'adoucit.

« Bien sûr. Je serai dans le couloir suivant, près du *colatoio,* si vous avez besoin de moi.

— Merci. »

Je soupirai alors qu'il se dirigeait lentement vers la salle de préparation. J'attendis que sa lanterne disparaisse avant de rentrer près de Colère. Il était appuyé contre l'autel. Il m'examina, un sourcil levé. C'était l'une des expressions les plus humaines que je l'avais vu afficher jusqu'ici. « Samaël, vraiment ? C'est ça le meilleur nom que tu as trouvé ?

— C'était un prince de Rome et un ange de la mort. Je trouve que ça te va plutôt bien. Tu peux me dire ton vrai prénom si tu veux. Comme ça, tu ne ronchonneras plus quand j'en inventerai un. »

Il s'approcha de moi et s'arrêta en laissant un espace presque correct entre nous. « Ne m'appelle plus jamais comme ça. Je ne suis pas un ange, sorcière. Ne commets jamais cette erreur.

— Sans blague ! Moi qui croyais que la plupart des humains considéraient Samaël comme le diable. » Je passai devant lui et retournai aux traces de cire laissées par le cercle d'invocation de Vittoria. « Est-ce que tu...

— Est-ce que cet humain et toi avez déjà partagé un lit ? »

Je me retournai, complètement prise au dépourvu par cette question. Je m'attendais à voir un sourire ou un ricanement et je n'étais pas préparée à la curiosité sincère que je lus sur son visage. Je ne savais pas ce qui était le plus troublant. « Premièrement, ce ne sont pas tes affaires. Et deuxièmement, pourquoi poses-tu une question aussi stupide ? Au cas où tu ne l'aurais pas remarqué, c'est un homme de Dieu.

— Il ne l'a pas toujours été. »

Je refermai la bouche. Antonio n'avait rejoint la confrérie que récemment, et ça ne m'empêchait pas de rêver de lui. Je m'étais souvent imaginé qu'il déposait des baisers sur ma poitrine, qu'il passait les doigts dans mes cheveux, et qu'il me choisissait moi, plutôt que sa sainte fraternité.

Juste avant qu'il ne prête serment, j'aurais juré qu'il semblait vouloir me courtiser. Il passait à *Mer & Vigne*, me proposait de me raccompagner à la maison et s'était attardé plus d'une fois devant ma porte. À plusieurs reprises, j'avais eu l'impression qu'il rassemblait son courage pour me voler un baiser. Il parlait avec nervosité de ses livres préférés. Vittoria agitait les sourcils d'un air entendu et se faufilait à l'intérieur, me laissant seule avec lui, mais il ne s'était jamais rapproché de moi.

De toute façon, rien de tout cela n'avait plus d'importance. Pour de multiples raisons.

« As-tu trouvé quelque chose d'utile ici pour nous aider à résoudre le meurtre de Vittoria ?

— Ton pouls bat la chamade. » Colère voulut atteindre la veine de mon cou, mais s'arrêta avant d'entrer en contact avec ma peau. « Comme celui de ton humain quand j'ai dit que tu m'appartenais. C'est étrange pour un homme aussi pieux d'être jaloux comme ça. »

Il scruta mon visage, et s'attarda sur mes yeux, mes lèvres, traçant les courbes et tourbillons du tatouage que mes manches flottantes ne pouvaient cacher. Des fleurs sauvages avaient continué à éclore sur nos bras à tous les deux, notamment des fleurs de frangipanier aux couleurs vives. Cela devait être une conséquence du sort qu'il avait utilisé pour me sauver. Il m'étudia encore, comme s'il tentait de percevoir ce qu'Antonio voyait en moi. Ses yeux descendirent lentement, centimètre par centimètre, jusqu'à ce qu'il ait tout observé, de mon visage à mes sandales. Puis, il remonta tout aussi lentement. Il avait sans doute catalogué des détails infimes et les stockait afin de les analyser plus tard. Il mémorisait peut-être ma taille pour confectionner un cercueil.

J'ordonnai à mon cœur de se calmer. « Y a-t-il un but à tout ça ou essaies-tu simplement de déclencher à nouveau ma colère ?

— Il y a un but à tout, sorcière. Nous devons juste comprendre comment tout ça est relié. Ne néglige pas ton *ami* simplement parce qu'il est mortel. Les émotions sont des forces puissantes. Les gens tuent pour des mobiles moins importants que l'avidité ou la jalousie. »

J'essayai d'imaginer Antonio se faufiler la nuit pour assassiner des jeunes femmes. Je pourrais dire que Colère se trompait, mais j'en savais assez sur les humains en général pour savoir que n'importe qui était capable de n'importe quoi n'importe quand. Même si je n'étais pas convaincue qu'Antonio ait une *motivation* pour tuer, je gardais toutes les options ouvertes au cas où. Si cela se trouvait, entre deux prières, il invoquait des démons et arrachait des cœurs.

« Si on ne peut pas trouver de preuve que Vittoria a invoqué Orgueil, qu'est-ce que nous devons faire ? »

Il me fixa un peu trop longtemps avant de se détourner. « Je vais envoyer un message à la prochaine candidate potentielle au mariage. J'espère qu'elle acceptera de nous rencontrer demain et que nous pourrons en finir avec ça. »

Le monde cessa tout à coup de tourner. Je l'observai, stupéfaite d'apprendre qu'une autre sorcière avait conclu un marché, et qu'il ne m'en avait rien dit. « Tu as promis d'arrêter d'aider Orgueil. Et tu savais qu'il y avait une autre sorcière ? » Il acquiesça. « Pourquoi est-ce que je l'apprends seulement maintenant ?

— D'abord, j'ai accepté de ne pas faire de mal à une sorcière, ni de la forcer à conclure un marché. Ensuite, j'allais t'en parler après l'attaque du *Viperidae*, mais tu m'as expédié de force dans le cercle d'invocation avant que j'en aie l'occasion. »

Comme cela tombait bien pour lui. « Es-tu retourné dans ton royaume pour obtenir cette information ?

— Non. Une fois invoqué, je ne peux pas quitter ce monde, tant que tu ne me renvoies pas. Ou si ma connexion est tranchée par une lame de démon.

— Et le transvemachintruc ?

— *Transvenio*. Les liens qui me rattachent à toi m'empêchent de voyager librement entre les royaumes. Mais ils me permettent aussi de rester ici plus longtemps que je ne le pourrais normalement. En d'autres termes : notre lien m'enracine ici.

— Alors comment as-tu eu l'information au sujet du nouveau marché ?

— Orgueil m'a envoyé un messager. »

Cela me paraissait trop simple. Je n'aimais pas l'idée que le diable puisse envoyer des messages entre les royaumes. Cela me rappelait le démon *Umbra* et la facilité avec laquelle il s'était emparé du couteau pour attaquer ma grand-mère. Peut-être que le diable en avait par-dessus la tête que les sorcières portent ses cornes.

« Si tu ne peux quitter ce royaume que lorsque je t'y renvoie, comment as-tu l'intention de livrer la sorcière en enfer ? »

Une étincelle d'admiration illumina son regard. « Je ne m'entretiens avec elle que demain. Je n'ai pas parlé de l'emmener en enfer. » Il m'observa et je me demandai s'il me considérait comme une adversaire redoutable.

« Je vais trouver un lieu sûr ce soir. Quand j'aurai identifié un bâtiment qui me convient, je te ferai savoir où je serai. Si tu n'as pas de nouvelles au crépuscule, retrouve-moi à la grotte. »

VINGT-CINQ

Je sortis le mortier et le pilon de l'étagère. Le visage crispé par la concentration, je rassemblai l'huile d'olive, l'ail, les amandes, le basilic, le pecorino et les tomates cerises pour le pesto *alla Trapanese*. Des jours comme celui-ci, quand le Soleil était déjà brûlant avant midi et que même la robe la plus fine collait comme une seconde peau, j'aimais beaucoup ajouter de la menthe fraîche au pesto de tomates. Malheureusement, nous n'en avions plus.

Je posai les ingrédients et relevai mes cheveux ondulés, laissant quelques mèches plus courtes encadrer mon visage. Je n'avais pas glissé de fleurs dans mes boucles aujourd'hui : elles auraient été ramollies et flétries en quelques instants. Ma nuque était déjà collante et la journée ne faisait que commencer. Je remis sérieusement en question mon choix de porter du blanc au moment où je nouais un tablier sur ma robe sans manches. J'aurais préféré cacher mon tatouage magique, mais je n'aurais jamais survécu à la chaleur, même avec des manches légères et transparentes. Avec un peu de chance, personne dans ma famille ne remarquerait l'encre pâle, surtout si je tournais le bras.

J'étais perdue dans mes pensées à imaginer Colère en train de goûter le pesto de tomates, lorsque ma mère me rejoignit dans notre petite cuisine et sortit des sardines de la glacière.

« Tu n'es pas rentrée à la maison. » Ce n'était pas une question, et son ton était presque aussi tranchant que le couteau qu'elle empoigna pour découper le poisson. « Tu veux bien m'expliquer où tu as passé la nuit ? »

J'aurais préféré vendre mon âme.

Je me concentrai sur le pesto, écrasant les amandes à la perfection. Il était hors de question d'admettre que j'avais collaboré avec un démon buveur de sang pour tenter de résoudre le meurtre de Vittoria. Et non seulement je m'étais temporairement alliée avec un *Malvagi*, mais j'avais aussi discuté avec deux autres.

Oh, et, tant que j'y étais, un démon mercenaire invisible me suivait, me chuchotant de mystérieuses mises en garde, et, après avoir attaqué Nonna, il pourrait m'assassiner si on le lui ordonnait. Sans compter que j'avais failli mourir attaquée par un *Viperidae*, et qu'un prince de l'enfer m'avait sauvée en utilisant une magie noire ancienne qui exigeait que nous soyons tous les deux nus dans une baignoire. Je n'osais pas imaginer l'expression de ma mère si je lui racontais tout ça. Au moins, par comparaison, le tatouage ne semblerait pas aussi grave.

« J'étais au monastère.

— Je sais. »

Je tournai la tête vers ellc, surprise. « Comment ?

— *Fratello* Antonio est passé ce matin, il était inquiet. » Elle s'attaqua avec vigueur à la sardine suivante. Elle introduisit le couteau sous la peau et le fit glisser le long de la colonne vertébrale. « Il m'a dit que tu étais avec un jeune homme. Un ami de notre famille. Qui porte un nom étrange.

— Je...

— Épargne-moi tes mensonges, ma fille. » Mamma serra plus fort le manche du couteau. « Ils mènent aux portes de l'enfer. »

Je m'empressai de refermer la bouche. Ma mère devait être au courant. Elle devait avoir percé à jour mes stratagèmes et avait deviné que j'avais utilisé les arts obscurs. Et *fratello* Antonio Bernardo avait confirmé ses craintes. Je déglutis avec difficulté en me demandant ce que je pouvais lui dévoiler.

« Eh bien, tu vois...

— Faire des galipettes dans des endroits sombres avec de beaux jeunes hommes peut distraire de la douleur pendant un moment, mais ça ne la fera jamais disparaître. Tu dois trouver ta propre force intérieure pour surmonter ton chagrin.

— Je... *Quoi ?* »

Mamma agita son couteau dans ma direction. « Ne fais pas semblant que tu ne comprends pas ce que je dis. Tu as de la chance que ta grand-mère dormait et n'ait rien entendu. Elle a déjà assez de soucis à se faire pendant sa convalescence. Elle n'a pas besoin de stresser au sujet d'hommes diaboliques. *Fratello* Antonio m'a tout dit sur ce jeune homme. D'après ce que j'ai entendu, tu l'as ensorcelé. Antonio a dit qu'il t'appelait “son Emilia”. Tu n'appartiens à personne d'autre qu'à toi, ma fille. Ne l'oublie jamais. »

Douce déesse. Cette conversation était *pire* que si Nonna avait découvert que j'avais invoqué un démon ! La chaleur se répandit sur mon visage et rampa le long de mon cou... et elle n'avait rien à voir avec la température élevée. Ma mère pensait que Colère et moi avions...

J'aurais pu mourir de honte.

Même *l'imaginer* nu, me tirant vers son corps musclé et tatoué, irradiant sa chaleur exaspérante alors qu'il posait sa stupide bouche contre la mienne et que je le serrais comme s'il était à la fois ma damnation éternelle et mon salut, alors que nous...

Je devais arrêter immédiatement ce cheminement de pensées. Je n'étais pas aussi dégoûtée par l'image que je l'aurais cru.

Je savais que les railleries enfantines de Colère me retomberaient sur la figure un jour. Mais je n'avais pas imaginé que cela se passerait comme ça.

Mamma posa son couteau, et son expression se radoucit. Elle avait mal interprété la raison de ma gêne apparente. « Aime ou apprécie la compagnie de qui tu veux. Mais tu dois faire plus attention. Si c'était ton père qui avait répondu à la porte... » Elle n'avait pas besoin de finir sa phrase pour que je comprenne le message.

Tabasser celui qui « faisait des galipettes » avec sa fille serait le meilleur moyen pour mon père d'évacuer son chagrin. Défendre l'honneur de sa fille était un passe-temps masculin séculaire. Si on passait sous silence ce comportement humain démodé, je n'en revenais pas qu'Antonio se soit déplacé chez nous.

Mon attention se porta sur la petite horloge pour la millième fois. L'après-midi s'écoulait avec une lenteur insupportable. Il restait des heures avant que je ne retrouve Colère. Pour occuper mes mains et cesser de m'imaginer les serrer autour du cou d'Antonio, je retirai le torchon humide de la boule de pâte et je me mis à la rouler pour former des *busiate*.

Dire que j'avais rêvé d'embrasser ce fouineur.

« Oh, et Emilia ? » J'interrompis mon assaut furieux de la pâte et tournai la tête vers ma mère. « Fais plus de *busiate*. J'ai promis à Antonio que tu lui en apporterais aujourd'hui avec tes excuses. »

Je souris. Je serais ravie de faire des pâtes en plus et de les renverser sur la tête de l'agaçant *fratello*.

« *Buon appetito.* » Je déposai bruyamment deux paniers sur la longue table en bois de la salle à manger, sans prendre la peine d'enlever les plateaux couverts de nourriture qu'ils contenaient. La petite assemblée d'hommes attendant leur repas devint silencieuse d'un coup. Antonio interrompit sa conversation avec un autre religieux de son âge, le front plissé par l'inquiétude.

Je lui lançai un regard qui, je l'espérais, lui promettait une mort lente et douloureuse. Cela dut avoir l'effet escompté, car il se leva d'un bond et s'empressa de m'escorter dans le couloir. Je tolérai sa main sur mon bras nu jusqu'à ce que plus personne ne puisse nous voir, puis je me dégageai.

Corsage sans manches ou pas, je n'appréciais pas la liberté qu'il avait prise en touchant ma peau.

« Il y a quelque chose qui ne va pas, Emilia ?

— Je n'en reviens pas que tu aies dit à ma mère que j'étais ici avec quelqu'un hier soir, sifflai-je. Ce que je fais, et avec qui je passe mon temps, ne te concerne pas. »

La mâchoire d'Antonio se contracta. « Ta sœur a été assassinée ici et, un mois plus tard, je te trouve au même endroit avec quelqu'un que je n'ai jamais vu et dont tu refuses de me donner le nom. Excuse-moi d'avoir voulu m'assurer que tout allait bien !

— Si tu étais si inquiet, tu aurais pu facilement attendre dans le monastère et me raccompagner. Tu n'avais pas besoin de débarquer chez moi aux aurores. »

Il ferma les paupières, et je me demandai ce qui se passait dans sa tête. Il devait avoir conscience des problèmes qu'il avait causés. Personne n'était *aussi* naïf. Finalement, quand il me regarda à nouveau, il semblait avoir perdu l'envie de lutter.

Sa voix était calme quand il déclara : « Une autre fille a été assassinée après notre conversation d'hier soir. Et… Et je n'ai pas pu m'empêcher de penser que c'était toi. Après ce qui est arrivé à ta sœur, je devais m'assurer que ce n'était pas toi. Je suis désolé pour la gêne que j'ai causée. Je n'avais pas les idées claires. »

Je pris une profonde inspiration. Nous étions arrivés trop tard. Quelqu'un avait dû découvrir l'identité de la sorcière que Colère avait prévu de rencontrer plus tard dans la soirée. Mais comment ?

Mon esprit fonctionnait à toute allure. Colère m'avait assuré qu'il était le seul prince au courant des épouses potentielles, mais cela ne voulait pas dire que les autres princes n'avaient pas de moyens de le découvrir. Les espions étaient utilisés par les humains dans les cours royales. Il en allait sans doute de même dans le monde des démons. Je repensai aux *Umbra* invisibles au service de Cupidité. S'il en avait envoyé un à mes trousses et qu'il avait attaqué Nonna, il était probable que l'un d'entre eux lui transmettait aussi les noms de fiancées potentielles.

Je n'avais toujours pas compris pourquoi il souhaitait la mort des sorcières, cependant. Peut-être que c'était juste pour s'assurer que le diable ne briserait pas la malédiction et ne quitterait jamais l'enfer ?

Antonio s'approcha et replaça une boucle derrière mon oreille. Ses doigts s'attardèrent un peu trop longtemps. Il y a quelques semaines, mon cœur aurait battu follement dans ma poitrine. Maintenant, je ne pouvais pas m'empêcher de penser comme il était facile d'arracher le cœur de quelqu'un.

« Tu sais qui c'était ? » demandai-je. Antonio fit un pas en arrière, l'air un peu étourdi, et laissa retomber sa main. Comme il ne répondait toujours pas, je précisai : « La fille d'hier soir ? »

Il secoua la tête. « Des rumeurs, mais rien de confirmé. Les seules informations fiables jusqu'à présent, c'est qu'elle avait des cheveux et des yeux foncés comme les autres. Ce qui ne veut pas dire grand-chose, étant donné que presque tout le monde sur cette île correspond à cette description.

— Où a-t-on trouvé son corps ?

— Ça, je ne sais pas. Si quelqu'un de la confrérie a été appelé pour le bénir, je n'en ai pas entendu parler. Mais je suis sûr que des tas d'informations circuleront au marché ce soir. C'est toujours comme ça. »

Antonio avait raison ; les vendeurs savaient tout et connaissaient tout le monde. Les clients de toute la ville passaient par leurs échoppes toute la journée, échangeant des informations et des ragots en faisant leurs courses.

Bien sûr, les histoires étaient souvent embellies, mais la vérité restait généralement lisible sous les exagérations. Heureusement, j'avais une autre source, plus fiable, qui connaissait le nom de notre victime. Le crépuscule était presque tombé, Colère serait donc sans doute dans la grotte le temps que j'y arrive. Je le coincerais et lui demanderais tout ce qu'il savait sur la sorcière, puis j'irais au marché pour savoir où avait eu lieu le meurtre.

Avec un peu de chance, Colère pourrait tester la scène comme il l'avait fait la veille au monastère, sauf que cette fois, nous réussirions à déterminer quel prince démon était responsable.

Une fois que ce serait fait, que la déesse soit avec lui ! Je ne doutais pas que le démon de la guerre prendrait presque autant de plaisir à éliminer l'assassin que moi.

VINGT-SIX

Une foule de gens jouaient des coudes pour se frayer un passage sur la place du marché, mais parvenaient tout de même à rester à bonne distance de Colère. Je me demandais s'ils percevaient sa différence et ne savaient pas quoi en penser. Il dégageait une assurance tranquille, une confiance en lui et en l'espace qu'il occupait. Les hommes et les femmes faisaient une pause dans leurs bavardages, et leurs regards le suivaient alors que nous passions devant eux. Certains étaient admiratifs, d'autres affichaient ouvertement leur méfiance et leur mépris. Mais cette attitude pouvait être due au fait que le meurtre était le sujet de la soirée, et que Colère avait une allure menaçante.

Déambuler dans les rues bondées et tortueuses avec une panthère en laisse aurait dégagé la même aura de danger primitif. Pour quelqu'un qui aurait temporairement perdu tout sens commun, je reconnais qu'il *pourrait* y avoir un certain niveau d'excitation à déambuler aux côtés d'une créature aussi redoutable.

Heureusement, j'avais *pratiquement* la tête sur les épaules. Je savais qu'on ne pouvait pas apprivoiser cette bête sauvage, qu'elle donnait juste l'illusion de la domesticité quand elle avait envie de jouer avec son prochain repas. Les vêtements élégants et les bonnes manières faisaient partie d'un piège bien rodé pour attirer sa proie, une stratégie qui avait dû être perfectionnée des années avant que l'homme ne mette le pied sur la Terre. Colère était un prédateur à part entière. J'avais l'impression que si je me laissais aller ne fût-ce qu'une seconde, il serait ravi de plonger les crocs dans mon cou et de le lacérer.

Il me surprit à l'examiner et haussa un sourcil. « Tu apprécies ce que tu vois, sorcière ?

— Seulement si j'avais envie de mourir.

— Et c'est le cas ?

— Pas du tout. »

L'amusement morbide fit pétiller ses yeux. Je n'étais pas étonnée que le sujet de la mort lui plaise. « À ton avis, quel vendeur est le mieux informé sur le lieu du meurtre ? »

J'indiquai d'un signe de tête le centre du marché où commençait la partie des vêtements. Des échoppes avec des tissus et des soies bruissaient dans la brise légère, nous invitant à nous approcher.

« Salvatore est une des pires commères de la ville. Si quelqu'un a des informations fiables sur Giulia, c'est lui. » Je jetai un coup d'œil à la chemise de Colère. « C'est lui qui m'a vendu ça.

— Je vois. Tu m'as amené ici pour que je commette un meurtre pendant que nous enquêtons sur un autre ! »

La bonne humeur quitta rapidement son visage. Je dissimulai mon sourire tandis que ses narines frémissaient. Pour un prince de l'enfer rancunier, il était chatouilleux sur la question des vêtements. Et je n'étais pas sûre qu'il ne faisait que plaisanter à propos de liquider le vendeur. Je l'espérais.

En fait, j'étais surprise qu'il plaisante tout court. Après avoir quitté le monastère, j'étais allée le voir directement et je lui avais annoncé la nouvelle. J'étais convaincue qu'il allait saccager toute la ville. Au lieu de cela, il m'avait calmement informée de tout ce qu'il savait sur la mariée potentielle. Elle s'appelait Giulia Santorini, et il n'avait pas pu lui livrer de message la veille au soir. J'avais pris une seconde pour digérer cette dernière révélation.

Je repensais à tout maintenant. Je connaissais sa famille. Ils vendaient des épices dans le quartier de Kalsa, et autrefois Vittoria se portait volontaire pour aller chercher les commandes à leur magasin pour *Mer & Vigne*, quand oncle Nino ou mon père étaient empêchés. Sofia, la grand-mère de Giulia, était la sorcière dont l'esprit était resté coincé entre les royaumes : elle passait d'une réalité à l'autre si vite qu'elle ne savait plus ce qui était réel et ce qui était une vision.

D'après ce que je savais, suite à ce qui était arrivé à Sofia, les Santorini n'avaient plus jamais pratiqué les arts obscurs. Peut-être que je me trompais. Peut-être que Giulia avait décidé de faire appel aux arts obscurs comme sa grand-mère. Et peut-être était-ce elle qui avait donné à ma sœur les mystérieuses pages du grimoire ?

Cette idée arrêta net le cours de mes pensées.

Si Giulia avait donné à ma jumelle un sort pour invoquer un démon, il était logique qu'elle l'ait pris dans le grimoire de sa grand-mère, puisque Sofia était connue pour utiliser les arts obscurs. Peut-être que ce grimoire était le chaînon manquant... Je repensai au premier livre de sorts. À la magie qui protégeait le journal de ma sœur. Était-ce ça le *lien* entre les meurtres ? Peut-être pas les arts obscurs, mais la matière première ?

« Qu'est-ce qui ne va pas ? me demanda Colère, interrompant mes réflexions. Tu as l'air bizarre.

— Tu es *sûr* que tu n'as pas dit à Giulia de te retrouver hier soir ? » Colère me décocha un regard qui indiquait clairement qu'il pourrait m'étrangler si nous revenions là-dessus. Pour être honnête, je lui avais sans doute déjà posé la question une demi-douzaine de fois pendant que nous marchions vers la ville. Et une demi-douzaine d'autres fois depuis que nous étions ici. « Peut-être que tu as décidé de doubler Orgueil et que tu l'as tuée ? »

Il laissa échapper un long soupir. « Je t'assure une fois de plus que ce n'est pas le cas. Je n'ai aucune raison de tuer qui que ce soit. Comme je te l'ai déjà dit, mon message n'est jamais arrivé jusqu'à elle. »

Je savais qu'il ne doublait personne, mais j'aimais bien l'ébranler.

« Tu penses que l'un de tes frères l'a tuée ?

— Non.

— Planquez-vous, les réponses monosyllabiques sont de retour !

— Attention, sorcière, ou je pourrais penser que tu cherches à avoir une conversation civilisée. » L'ombre d'un sourire traversa ses lèvres, alors que je levais les yeux au ciel. « Les réponses simples n'ont pas besoin d'être étoffées.

— Pourquoi ne crois-tu pas qu'un de tes frères est coupable ?

— Quelle raison auraient-ils de la tuer ?

— Laisse-moi dresser une liste, cher démon. » J'énumérai les motivations sur mes doigts. « Cupidité pourrait être intéressé par la prise du trône. Envie est peut-être jaloux et veut plus de pouvoir. Si Orgueil ne se marie pas, il reste maudit et ne peut pas quitter l'enfer. Ce qui est une motivation capitale si l'un de tes frères veut diriger ce royaume. Dois-je poursuivre ? »

Colère me lança un regard noir, mais ne répondit pas. Apparemment, mes accusations ne lui plaisaient pas, mais il ne trouvait pas de moyen de les discréditer en me montrant qu'elles étaient insensées. Nous bifurquâmes dans une autre allée, contournâmes des caisses en bois empilées en équilibre précaire, et évitâmes de justesse de nous faire transpercer par une tête d'espadon. Colère observait la vue et les couleurs en silence. Je me demandai s'il y avait quelque chose de similaire là d'où il venait, mais je ne lui posai pas la question.

Une marée humaine faisait la queue pour une glace, mais elle se sépara en deux pour nous laisser passer quand nous traversâmes la rue pour rejoindre la section des vêtements. Salvatore était en train de se disputer avec un client au sujet d'une tunique usée quand Colère s'arrêta à sa table, dégageant la sourde menace qui le caractérisait. Les conversations cessèrent. Le client aperçut l'expression du démon et se précipita dans la foule, abandonnant la tunique déjà oubliée.

« Vous et moi avons une affaire à régler, vendeur.

— Je ne crois pas que nous... » Sal reconnut la chemise que portait Colère et se tourna vers moi. J'agitai le doigt sous son nez. J'avais essayé de le prévenir qu'elle était en mauvais état et trop chère. Maintenant, il n'avait qu'à assumer face à un démon furieux. Je sentis la puissance de l'émotion homonyme de Colère alors qu'elle glissait vers Sal et s'enroulait autour de lui.

La main du vendeur tremblait lorsqu'il la passa dans ses cheveux noirs. « *Signore*, c... comme c'est joli. La chemise...

— ... va être échangée contre celle-ci. »

Colère désigna du menton la rangée de vêtements suspendus derrière l'étalage, les pièces les plus chères à en juger par leur drapé. Sal ouvrit la bouche et la referma en remarquant la position des épaules de Colère, puis afficha un large sourire hypocrite. C'était un homme intelligent.

« Une excellente affaire ! » Sal grimaça en retirant la chemise noire d'un cintre, avant de la lui tendre. Ou plutôt d'essayer de la lui tendre. Il la serra contre lui avant que Colère ne la lui arrache. « C'est un très beau vêtement, *signore*. Il est parfaitement assorti à votre pantalon. Puissiez-vous bien le porter. »

Je levai les yeux au ciel. Sal avait explosé sous la pression du démon plus vite qu'un œuf jeté au sol. La prochaine fois que je voudrais une bonne affaire, je devrais essayer de froncer les sourcils et d'afficher le même air menaçant, moi aussi.

Un instant plus tard, Colère se débarrassa de la monstrueuse chemise fauve et la jeta au vendeur. Si le prince démon n'avait pas déjà fait sensation auparavant, son torse nu et musclé s'en chargeait à présent. Il enfila la nouvelle chemise sans sembler se rendre compte de l'effet qu'il avait sur les passants les plus proches. Ses muscles, souples et sinueux, se déplaçaient avec aisance. Son tatouage de serpent fascinait également. Quelqu'un près de nous commenta la taille du dessin, son réalisme. Une autre personne chuchota à propos de sa signification possible.

Une file d'attente qui serpentait entre les étals de vêtements s'arrêta pour fixer Colère.

Je suppliai la déesse de la sérénité de m'en envoyer des seaux entiers, puis je me tournai vers Salvatore pour obtenir ce pour quoi nous étions réellement venus ici.

« As-tu des informations sur Giulia ?

— Bien sûr. Et de sources fiables. J'ai appris ce que je sais de Bibby, qui travaille sur les quais, il le tient d'Angelo qui fabrique de la ricotta près du palais : son cœur a été arraché de sa poitrine. » Malgré la nature morbide de ses ragots, Sal paraissait très content de lui. « Sa *nonna* est celle qui est devenue un peu... »

Il porta son index à la tempe et décrivit des cercles, un geste peu respectueux pour indiquer la folie. Je m'apprêtais à le réprimander quand un membre de la confrérie passa près de l'étal et fit le signe de croix en se touchant le front, le cœur, puis chaque épaule.

« De toute façon... la chose qui l'a tuée est bestiale. D'après Angelo, le sang a giclé partout dans le bâtiment. On aurait dit que des animaux l'avaient déchiquetée. Il a eu un mal fou à nettoyer tout ça. Des morceaux de...

— Je suis désolée, mais où a-t-on retrouvé son corps ? » dis-je en le coupant au milieu de la description. Je faisais déjà des cauchemars après avoir vu la scène du meurtre de ma sœur, je n'avais pas besoin de plus de détails. « Tu as parlé de quelqu'un qui travaille près du palais ?

— Exactement. Angelo, qui vend de la ricotta, a dit que c'était près de son échoppe. Un emplacement de choix. » Sal fit un geste du menton vers la droite. « La police est toujours là, vous ne pourrez pas rater l'attroupement. Si vous vous dépêchez, vous pourrez encore apercevoir le cadavre. »

Il était impossible de s'approcher suffisamment de la scène du crime pour voir quoi que ce soit. Les informations de Sal étaient effectivement fiables. Et il avait apparemment raconté la même chose à quelques centaines de ses plus proches confidents. Colère était sur le point de se frayer un chemin parmi les curieux, mais je l'arrêtai en le prenant par le bras.

« À quelle distance dois-tu être pour… » Je regardai autour de nous. Il y avait trop d'humains pour que je commence à parler de démons. « Pour que tu fasses ton enquête spéciale ? »

Colère s'y connaissait en matière de dissimulation. Il me répondit lui aussi à mots couverts : « J'aimerais mieux voir, mais je peux déjà dire d'ici qu'aucun de mes frères n'est venu dans le coin récemment. »

Je plissai le nez. Son odorat exacerbé était déstabilisant. Je me hissai sur la pointe des pieds pour essayer de regarder par-dessus les têtes. Colère me fit tressaillir en posant brièvement une main dans mon dos pour que je ne perde pas l'équilibre. La déesse soit louée, je n'aperçus pas le corps, mais je vis un prêtre jeter de l'eau bénite et je supposai qu'il accomplissait un rite pour que son âme repose en paix. La foule ne se disperserait pas de sitôt, il n'y avait donc aucune raison de s'attarder. Nous pouvions aussi bien revenir le lendemain soir quand tout serait calme.

« Suis-moi », dis-je en m'engouffrant dans une ruelle. Colère ne protesta pas et m'emboîta le pas pour quitter le gros de la foule. Une petite échoppe de nourriture qui avait déjà fermé pour la nuit attira mon attention. Une enseigne était peinte sur le côté, une empreinte de patte serrant un épi de blé, qui me fit penser à Cupidité. J'attendis que nous soyons assez loin pour parler franchement. « Tu es sûr de n'avoir trouvé aucune trace de Cupidité ?

— Oui, à moins qu'il ait trouvé un moyen de masquer sa magie, il n'est pas venu ici. Pourquoi es-tu tellement convaincue que c'est lui le coupable ? Tu as des preuves ?

— Je ne suis convaincue de rien. J'essaie juste de suivre les pistes qui semblent probables. » Je me cognai à quelques personnes qui se dirigeaient encore vers la scène de crime, je murmurai des excuses et bifurquai dans une autre rue. « Et les preuves ? Il y a la conversation que j'ai eue avec lui, où il m'a fait part de son désir de posséder la Corne d'Hadès, puis l'attaque de ma grand-mère immédiatement après cette rencontre. C'est lui qui me semble le coupable le plus logique en ce moment. »

Je sentais l'attention de Colère sur moi alors que nous nous engagions dans une rue plus étroite : une sorte de décharge électrique qui picotait de façon continue entre mes omoplates, mais il ne me demanda pas comment allait ma grand-mère et ne me présenta pas d'excuses.

Et pour être parfaitement honnête, c'était la dernière créature au monde dont je souhaitais du réconfort.

Je m'arrêtai à la bifurcation qui menait à mon quartier. « Qui est la prochaine sorcière sur ta liste ?

— Je ne sais pas encore.

— Ça devrait être notre priorité », décrétai-je en examinant la rue. Elle était déserte. « Une fois que tu auras découvert son identité, nous devrons la cacher en lieu sûr. »

Colère serra les lèvres, mais finit par acquiescer.

« Je vais envoyer un message à mon royaume ce soir. Je devrais avoir une réponse demain matin. »

Il ne faisait pas froid, mais je me frottai tout de même les bras. Ma robe était d'un blanc crémeux et sans manches. Parfaite pour les chaudes nuits d'été, mais nullissime pour enrayer les frissons engendrés par les angoisses. Colère observa mon geste, les yeux rivés sur mon avant-bras. Les fleurs sauvages s'entortillaient et s'emmêlaient jusqu'à mon coude à présent. Je n'avais pas besoin de vérifier son bras pour savoir que son tatouage était identique. Je jetai un coup d'œil en direction de la rue, soulagée de voir quelques enfants jouer dehors. Je refusais d'être effrayée à l'idée que Cupidité ou Envie étaient tapis dans l'ombre, mais je l'étais.

« Très bien. À demain alors. Où est-ce qu'on se retrouve ?

— Ne t'en fais pas. » Il m'adressa un sourire carnassier. « Je te trouverai.

— Tu sais que ce n'est pas du tout rassurant, hein ?

— *Iucundissima somnia.* » Fais de beaux rêves.

Puis il disparut.

VINGT-SEPT

« **Je pensais faire** une *cassata* pour le dessert de demain. »

Mamma se tourna vers moi, le visage fatigué, mais plein d'espoir. Je réussis à maintenir une expression impassible malgré le choc émotionnel. La génoise fourrée de couches de ricotta sucrée était l'un de nos gâteaux préférés, à Vittoria et moi. Nous la réclamions chaque année à l'occasion de notre anniversaire et Mamma ne nous décevait jamais. Elle étalait par-dessus une fine couche de pâte d'amande, avant de la décorer de fruits confits aux couleurs vives. J'aimais le contraste entre cette couche supérieure légèrement caoutchouteuse et le moelleux du gâteau tapi en dessous.

Je n'étais pas sûre de pouvoir en manger à nouveau sans être submergée par une vague de tristesse, mais je refusais de saper le moral de ma mère. Mon sourire était sincère.

« Miam, bonne idée. »

Elle se dirigea vers l'armoire contenant les ingrédients secs, apparemment épuisée à nouveau par l'effort que lui avait demandé cette brève conversation, prit un bol et le remplit de sucre et de tout ce dont elle avait besoin pour la recette. Ce n'était pas un bon jour pour elle. Je l'observai, puis je sortis les *sarde a beccafico* du four. Je humai la délicieuse odeur des sardines farcies.

La recette de Nonna prévoyait des raisins secs blonds, des pignons de pin et de la chapelure dans la farce ; elle l'arrosait ensuite de beurre de sauge fondu et de thym avant de terminer par disposer de grandes feuilles de laurier pour séparer le poisson pendant la cuisson. Le résultat était une symphonie de saveurs qui fondait dans la bouche et tapissait l'estomac.

Je venais à peine de poser le poisson sur un plateau lorsque mon père entra dans la cuisine en brandissant un papier plié. Il chipa avec adresse un morceau de farce qui était tombé, et je secouai la tête sans pouvoir m'empêcher de sourire. Mon père était toujours *très* utile en cuisine, il goûtait chaque nouvelle création pour s'assurer de sa qualité. C'est du moins ce qu'il prétendait.

« Salvatore a déposé ça pour toi, Emilia, m'informa-t-il la bouche pleine. Il a dit que votre ami lui avait demandé de te l'apporter sans délai. »

Mamma portait un chapelet comme tous les humains, et je supposai qu'elle l'aurait embrassé plus tard, en récitant des neuvaines si jamais elle découvrait qui était mon « ami ». Je m'empressai de prendre le billet avant qu'elle ne le fasse. « *Grazie, Papà.* »

Mon père approcha un tabouret et commença à charger une assiette de nourriture, attirant ainsi l'attention de ma mère. Je profitai de la diversion pour me précipiter dans le couloir et lire le court message.

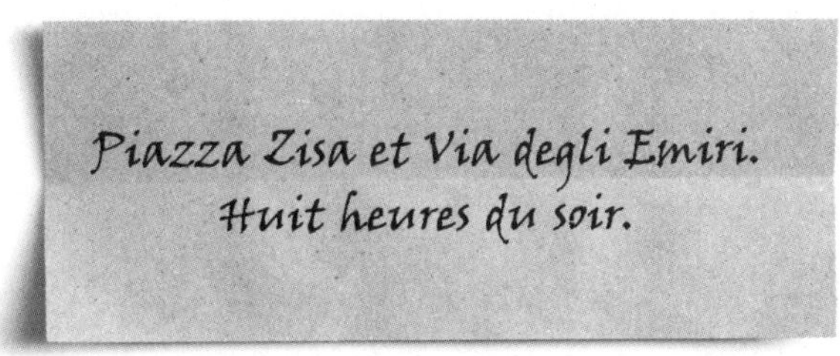
Piazza Zisa et Via degli Emiri.
Huit heures du soir.

Je ne connaissais pas cette écriture soignée, mais j'y décelais tant d'arrogance princière que j'en eus le ventre noué. L'adresse qu'il avait donnée était celle du *Castello della Zisa*. La Zisa était un immense château mauresque, désormais en ruine. Le roi qui l'avait fait construire était appelé *Il Malo* – le mauvais –, je n'étais pas surprise que le prince démon y ait élu domicile temporairement.

Je repliai le message, le glissai dans mon corsage, et retournai dans la cuisine. J'avais juste le temps de finir le service du dîner et de me dépêcher d'aller au *Castello* avant que la nuit ne tombe.

Je me glissai dans le château abandonné par les jardins, et je traversai plusieurs pièces dont les riches décorations étaient délabrées, avant de finalement rejoindre l'entrée principale pour y trouver un nouveau message collé sur la porte. C'était le dernier endroit où je me serais attendue à trouver une information sur un lieu de rendez-vous secret… J'examinai la pelouse et le bassin dans lequel se reflétaient les étoiles, et secouai la tête.

La subtilité n'était apparemment pas le fort du démon. Cependant, comme il était le plus grand et le plus redoutable prédateur à la ronde, il n'avait pas grand-chose à craindre.

Le toit

Je soupirai intérieurement. Ce château avait été conçu de manière qu'un courant d'air frais et humide y circule en permanence. Il y faisait froid comme dans une glacière, mais une créature de l'enfer était plus à l'aise dans la chaleur torride. Je dégoulinais de sueur et je bouillonnais de rage lorsque mon pied atteignit enfin la dernière marche.

Je traversai le toit d'un pas furieux, bien décidée à l'écorcher vif, et je m'arrêtai net.

Colère était allongé sur le dos, les mains croisées derrière la tête, profitant des derniers rayons du Soleil qui s'attardait au loin, juste au-dessus de l'horizon. La lumière dorée baignait son profil et il avait le visage tourné vers l'astre, souriant dans la chaleur. Il ne m'avait pas encore remarquée, et une partie de moi se trouva soudain soulagée.

Son expression affichait une sérénité dont je n'avais jamais été témoin chez lui. Même si son corps était détendu, il semblait en état d'alerte et donnait l'impression d'être prêt à bondir et attaquer en une fraction de seconde. Il me faisait penser à un serpent se prélassant dans un coin ensoleillé. Dangereux. Magnifique. Intouchable.

Il était d'une beauté si redoutable que j'avais envie de lui balancer un coup de pied. Sa tête tourna brusquement dans ma direction, et il me regarda droit dans les yeux. Pendant un long moment, j'oubliai comment respirer.

Il prit le temps de m'examiner. « Est-ce qu'il s'est passé quelque chose pendant ton trajet ?

— Non.

— Alors pourquoi as-tu l'air désorientée ?

— Je croyais que tu ne supportais pas la lumière du jour.

— Pourquoi ? »

Je levai les yeux au ciel. Comme s'il ne le savait pas. « Parce que les *Malvagi* se transforment en cendres au soleil. C'est pour ça qu'on a toujours rendez-vous au crépuscule. »

Il me fixa bizarrement. « Qu'as-tu entendu raconter d'autre, exactement, au sujet des Damnés ? »

Je haussai les épaules. Tout le monde connaissait les légendes. Étant donné qu'il était le premier concerné, je doutais fort qu'il soit aussi peu informé qu'il le prétendait. « Vous êtes des démons. Vous avez des taches rouges au fond des yeux, votre peau est froide comme la glace, vous êtes magnifiques, et vos baisers sont tellement addictifs que ceux ou celles qui y ont goûté sont prêts à vendre leur âme pour en avoir d'autres. »

Un sourire amusé effleura ses lèvres. « Ça me fait plaisir de savoir que tu me trouves attirant à ce point, mais je ne suis pas un des *démons* que tu décris. Mes yeux ne sont pas rouges. Et si tu veux savoir si ma peau est plus chaude que la glace, ça peut s'arranger facilement. »

Pour souligner son propos, il défit quelques boutons de sa chemise et exhiba un morceau de peau bronzée. Un léger film de sueur la faisait scintiller, comme pour me narguer. Mes joues se mirent à chauffer sans que cela ait le moindre rapport avec le Soleil. « Je travaille dans une cuisine et je suis capable de dépecer une carcasse de poulet en moins de trois minutes. J'imagine que ce ne serait pas très différent avec toi.

— Je t'assure que ces histoires n'ont rien à voir avec la réalité. » Ses yeux pétillaient de malice. « Si ce n'est que je ne peux pas promettre que mes baisers ne seraient pas délicieux.

— Je croyais que nous étions censés nous voir plus tard ce soir. Qu'est-ce qu'il s'est passé pour que ça change ? »

Colère m'examina encore un moment, et, sans trop savoir pourquoi, je retins mon souffle. On aurait dit qu'il voulait dire autre chose, mais qu'il était tiraillé par un combat intérieur. Finalement, il se rallongea, le visage tourné vers le Soleil, et ferma les paupières. J'expirai enfin.

« Non, rien d'important.

— Sais-tu qui est la prochaine sorcière ?

— Pas encore. »

J'attendis qu'il développe. Comme il n'en fit rien, je m'approchai et le fixai jusqu'à ce qu'il lève les yeux à contrecœur, protégeant son visage avec une de ses mains puissantes. « Si tu n'as pas d'informations sur l'identité de la prochaine sorcière, pourquoi m'as-tu demandé de venir ici ?

— Je... » Il plissa les yeux. « J'ai sécurisé le bâtiment avec ma magie donc, à moins que tu n'invites quelque chose à entrer, le palais restera à l'abri des humains, de mes frères, et de la plupart des créatures surnaturelles. Je ne savais pas ce que tu avais prévu pour la soirée, et je me suis dit que tu aimerais voir où nous allions nous installer. Je vais m'absenter pendant un petit moment, alors je t'en prie, fais le tour du château, mets-toi à l'aise, et va chercher tes affaires. »

Je l'observai, sans commenter son scénario d'emménagement improvisé.

« Où vas-tu ?

— Rencontrer un des messagers d'Orgueil.

— C'est lui qui t'a donné le nom de Giulia ? »

Colère hocha la tête. « Mon associé le surveille depuis hier soir, et il l'a vu donner des informations ce matin à quelqu'un qui portait une capuche. Je crois qu'il s'agit de l'assassin que nous cherchons.

— Pourquoi est-ce que ton associé n'a pas suivi ce type ?

— Il a essayé de le faire. Quand il s'est rapproché, la personne s'est enfoncée dans la foule et a disparu. »

Je soupirai. Évidemment. « Quel est le plan ?

— Je suis censé rencontrer bientôt le messager d'Orgueil pour récupérer le prochain nom. Mais je compte le bombarder de questions et j'espère découvrir l'identité de la personne qui porte la robe à capuche.

— Je pourrais tout simplement utiliser un sort de vérité.

— C'est trop dangereux. En plus, tu vas devoir aller chercher tes affaires. Je ne serai pas parti longtemps.

— Je vois. » Quelque chose dans mon ton le fit se redresser, et une expression méfiante apparut sur son visage. Il pouvait donc faire preuve d'intelligence. « Tu sais que je ne resterai pas ici, s'il y a une chance que nous découvrions qui a tué ma sœur. Soit tu m'emmènes, soit je te suis. »

Il m'étudia longuement, puis soupira.

« *Je* ne serai pas de compagnie agréable cette fois. Je pourrais aller à la réunion et te raconter tout après. Je te promets de ne pas traquer le meurtrier sans toi.

— Attends, tu sous-entends que tu as été agréable jusqu'ici ? » Je ricanai. « Je plains tes ennemis. »

Son sourire était tout sauf amical quand il répliqua : « C'est peut-être la plus sage observation que tu aies faite jusqu'à présent, sorcière. »

Une horloge sur la place sonna l'heure. Il se leva, puis posa ses yeux dorés sur mes vêtements pour les évaluer. « Nous partons dans quarante minutes. Essaie de porter quelque chose de moins… ordinaire. Attends, j'ai une meilleure idée, je vais faire envoyer une tenue plus appropriée chez toi. »

J'examinai ma robe en fronçant les sourcils. Elle était modeste, en coton que j'avais teint d'un ton lavande profond l'été précédent. Elle n'avait pas de corset, ce dont j'étais très contente, mais sa forme était tout de même très jolie. J'aimais bien la façon dont elle était ajustée au niveau du buste et de la taille, puis tombait de manière vaporeuse jusqu'à mes chevilles. Ce n'était pas vraiment une tenue de ville, et pourtant… « Et si je n'ai plus envie de porter tes vêtements élégants ? »

Il ne daigna pas répondre.

Je levai les yeux, prête à m'insurger contre son impolitesse, mais il était déjà parti.

Je le maudis pendant tout le chemin du retour, me demandant pourquoi j'étais coincée avec un démon aussi snob et obsédé par les vêtements.

Peut-être que Nonna avait raison à propos du coût terrible des *arti oscure* : être liée à Colère était peut-être ma punition pour avoir utilisé les arts obscurs.

J'étais tellement agacée qu'il me fallut pas mal de temps pour réaliser qu'il avait laissé échapper un détail crucial : il savait où j'habitais.

VINGT-HUIT

Je baissai les yeux sur ma nouvelle robe élégante et fronçai les sourcils en voyant les couches d'étoffe sombre. « Pourquoi les démons portent-ils toujours du noir ?

— C'est plus pratique pour cacher les taches de sang, sorcière. »

J'observai le démon qui se tenait dans la ruelle à côté de moi, en pensant que sa réponse en disait long sur son comportement. Puis je me demandai quelle quantité de sang il avait prévu de verser ce soir avant de nous habiller tous les deux comme des ombres vivantes.

J'étais un peu perturbée que cette idée ne me terrifie pas plus. « Qui rencontrons-nous ? Un humain ? Un démon ? Un loup-garou ?

— Les loups-garous ressemblent à des chiots. Mais ce sont des chiens de l'enfer dont tu dois te méfier. » Colère gloussa en voyant mon air horrifié. « Nous allons rencontrer un mortel qui a vendu son âme. À ce propos, je dois récupérer la dague de ma Maison avant qu'il n'arrive. »

Je lui lançai un regard imperturbable. Je ne voyais aucune bonne raison de donner une arme à un démon. Mais il avait besoin de moi pour être sa précieuse ancre dans ce monde. Il en avait déjà vaguement parlé, mais il m'avait donné plus de détails pendant le trajet. Je lui tendis la lame.

« Si je venais à mourir… combien de temps faudrait-il pour que tes pouvoirs commencent à diminuer ?

— Ça dépend de la quantité de magie que je dépense. Si je n'en utilise pas beaucoup, je pourrais encore y avoir recours pendant un petit laps de temps. »

« Un petit laps de temps » pour un immortel était probablement une décennie pour moi. « Quelqu'un d'autre peut-il te servir d'ancre ? »

Il lâcha un léger soupir. « Techniquement, oui. N'importe quel humain ou habitant de ce monde peut conclure un marché, et accepter d'enraciner un démon. C'est rare et il faudrait déployer des trésors d'énergie pour trouver quelqu'un, se mettre d'accord sur des termes qui conviennent aux deux parties. »

Le silence s'imposa. Je tapotai la pierre froide avec les doigts. Nous étions cachés dans une petite alcôve sur la place de la cathédrale, et j'avais l'impression que cela faisait des années que nous attendions que le mystérieux messager se montre. Cinq minutes plus tard, je réalisai que je détestais rester immobile. Quand je ne bougeais pas, je pensais à ma sœur.

« Pourquoi les démons volent-ils les âmes ? Elles vous servent à quelque chose de précis ? »

Je sentis le poids de l'attention de Colère sur moi. Je me déplaçai pour le regarder, surprise de constater l'incrédulité qu'il ne se donnait même pas la peine de cacher. En effet, qu'est-ce que j'avais imaginé ? Qu'il allait se lancer dans une longue discussion au sujet de la collecte d'âmes avec un ennemi ? Je levai les mains en signe de reddition, puis je me détournai. Inexplicablement, je me retournai vers lui une seconde plus tard.

« À ton avis, pourquoi est-ce qu'on vole les cœurs ?

— Si tu poses autant de questions, c'est parce que tu espères faire fuir le messager avant que je ne puisse lui soutirer des informations ?

— Je voudrais juste savoir ce que tu en penses. »

Il y eut une pause longue que je crus qu'il ne répondrait pas plus qu'au reste. « Nous n'avons pas assez d'informations pour échafauder des hypothèses. Et ce n'est pas une bonne idée d'émettre des suppositions sans connaître les faits.

— Tu crois que quelque chose voudrait…

— Les manger ? Oui. Beaucoup de créatures trouvent que des cœurs encore chauds, qui viennent de cesser de battre, sont un régal, sorcière. Ensuite, il y a la signification rituelle. Le sacrifice. La chasse. L'invocation. Et la bonne vieille dépravation. Ce niveau de sadisme n'est pas limité à une espèce spécifique, ce qui nous ramène à notre point de départ. »

Je me sentais au bord de la nausée. « Un simple oui aurait suffi, soulignai-je calmement.

— Tu voulais que je te dise quelque chose de réconfortant. » Sa voix se fit dure comme de l'acier quand il me fit face : « Mentir et prétendre que ta sœur n'a pas souffert ne serviraient à rien. J'imagine que, peu importe la raison, celui ou celle qui a pris son cœur l'a fait alors qu'elle était bien vivante et parfaitement consciente. Je t'assure qu'il n'y a *aucun* avantage stratégique à se perdre dans les détours émotionnels. Affûte ta colère et ta peine pour les transformer en armes puissantes, ou rentre chez toi et pleure jusqu'à ce que les monstres viennent te chercher. Parce qu'ils le feront.

— Je n'ai pas peur des monstres.

— C'est ce que tu crois, mais mes frères prennent plaisir à plier à leur volonté les créatures de ta trempe. Ils te feront ressentir leurs émotions et siphonneront les tiennes jusqu'à ce que tu ne saches plus où tu finis et où ils commencent. L'enfer peut prendre de nombreuses formes. Prie tes déesses pour ne jamais les expérimenter toi-même. Tu dois rester vive et concentrée, ou tu termineras aussi morte que les autres. »

Des larmes me piquèrent les yeux. Ce n'était pas de la tristesse, mais de la rage refoulée.

« Je suis concentrée, gros tas de fumier. Tout ce dont je rêve, c'est de venger ma sœur. Ne t'avise pas de m'accuser d'être trop émotive. Je détruirai *tout* ce qui m'empêchera d'arriver à mes fins. Même toi. Et si j'avais peur, je ne t'aurais jamais invoqué !

— Tu devrais être terrifiée. » Son regard me cloua pratiquement sur place. « La vengeance est une émotion puissante. Elle fait de toi une proie facile pour les humains et les démons. Ne laisse jamais personne connaître tes véritables motivations. Si quelqu'un sait ce que tu désires plus que tout, cette personne élaborera de doux mensonges et des demi-vérités pour te manipuler. Elle saura *exactement* jusqu'où elle peut aller, ce qu'il faut t'offrir, et ce que tu ne refuseras jamais, elle aura l'avantage sur toi. Ton premier objectif doit être de rester en vie. Tu découvriras tout le reste au fur et à mesure.

— Tu connais mes véritables objectifs.

— Effectivement. Et c'était une erreur stupide de ta part de m'en parler. Tu ne t'en caches pas. Il suffit de quelques encouragements pour te pousser à bout et te faire tomber dans le piège de la fureur. Et sous l'effet de ta rage brûlante, tu m'as dévoilé *tout* ce que j'avais besoin de savoir sur tes intentions. » Il secoua la tête. « Que vas-tu me promettre, Emilia, en échange de ton désir le plus profond ? Que ne *ferais-tu pas* pour que justice soit rendue à la sœur que tu aimes ? Désormais, je sais qu'aucun prix n'est trop élevé pour toi. Je peux te demander n'importe quoi, et tu me l'accorderas. »

Nous étions très proches d'un coup, et chacun de nous respirait fort.

Je détestais sentir qu'il avait raison. Il n'avait même pas eu besoin de manipuler mes émotions comme Envie. Il m'avait simplement poussée à lui révéler mes désirs les plus profonds sous le coup de la colère. Et il n'avait qu'à me provoquer un peu pour que je m'énerve. Furieuse contre moi-même de m'être fait manipuler par un démon, je fis ce que je faisais le mieux : mentir comme un arracheur de dents.

Je posai les doigts sur le torse de Colère et le repoussai violemment. « Si tu penses que c'est tout ce qui me motive, tu te trompes lourdement, démon. Et qu'est-ce que ça peut te faire de toute façon ? »

Il referma lentement les doigts autour des miens pour stopper mon assaut. Il ne les lâcha pas, et je me demandai s'il avait réalisé que j'avais arrêté de m'en prendre à lui dès que sa peau brûlante était entrée en contact avec la mienne. À présent, il tenait ma main contre sa poitrine, son cœur battant la chamade sous mes doigts.

Et je le laissais faire.

Je repris mes esprits et m'éloignai.

« C'est la quatrième fois que tu me mens, sorcière. »

Cela attisait vraiment sa colère, en plus. Je souris avec humilité. « Peut-être que tu devrais m'en dire plus sur la malédiction. Le sujet m'intéresse.

— Très bien. Tu veux connaître les détails sanglants ? La malédiction...

— *Signore*, est-ce que je... ferais mieux de revenir dans un petit moment ? » Un homme dans la trentaine se tenait à quelques mètres de là. Il serrait une lettre contre son torse. « Votre frère a dit... »

En une fraction de seconde, Colère plaqua le messager contre un mur et appuya son avant-bras sur la trachée de l'homme. Du sang s'écoula du nez du messager et ruissela sur sa tunique, et le démon ferma les paupières comme s'il était en extase.

« Bonjour, Francesco. Pardonne mon impolitesse, mais on m'a dit que tu vendais mes secrets. Si nous étions dans la Ville fortifiée, tu serais déjà mort. Considère ce traitement comme une faveur. »

Je restai là, tétanisée. À moitié sous le choc, à moitié horrifiée. La violence de Colère avait explosé plus vite qu'il ne m'avait fallu de temps pour réprimer mon cri de surprise.

« Je t'ai déjà dit que l'odeur du sang me rend presque frénétique, sorcière ? Ton espèce croit que nous voulons le goûter, mais les princes de l'enfer n'en boivent pas, ou alors très rarement. C'est le pouvoir qui nous enivre. Plus je laisse quelqu'un saigner, plus j'ai l'ascendant sur sa vie. »

Je battis des cils. J'étais à peine capable de former une pensée cohérente. À force de bavarder avec lui, j'avais oublié quelle était sa vraie nature. Je n'avais sans doute aperçu qu'une infime fraction de ce dont il était capable.

Il se pencha plus près de l'humain dont le visage était maintenant d'un pourpre foncé. Si Colère poussait encore plus fort sur sa trachée, l'homme allait mourir. Je fis un pas vers eux, puis je m'arrêtai.

« Le pouvoir m'intéresse bien plus que la fortune, le sang ou la luxure. Et il n'y a pas de plus grand pouvoir que d'avoir le choix. Je mentirais pour ça. Je volerais, je tricherais, je mutilerais, et je tuerais bien sûr. Si je le pouvais, je vendrais même mon âme, sorcière.

— Vendre ton... » Je secouai la tête. Les démons étaient des créatures sans âme.

Il ouvrit les yeux et se tourna vers moi. Dans l'obscurité, ses iris scintillaient d'une lueur dorée. Il n'y avait rien d'humain en eux, et je réalisai qu'il avait caché avec soin cet aspect de sa morphologie. Certains prétendaient que les Damnés étaient des anges jusqu'à ce qu'ils commettent des péchés impardonnables, et se retrouvent chassés du paradis. Je comprenais maintenant l'origine de ces histoires : le regard de Colère semblait flamboyer du feu céleste. Il était la justice furieuse : pure, immédiate, et surtout impitoyable.

Ignorant ma peur grandissante, je retournai ses aveux, et je compris ce qu'il disait vraiment : il m'offrait un choix. J'avais le pouvoir de m'éloigner de ce qu'il était sur le point de faire. Ou je pouvais choisir de rester et d'y prendre part.

Je pensai au corps ravagé de ma sœur, et aux autres sorcières qui étaient mortes sans avertissement parce que ce messager avait partagé les informations qu'il était chargé de transporter. Colère m'avait dit qu'il allait menacer le messager pour découvrir à qui il vendait des secrets. Sa soudaine explosion de violence n'aurait pas dû me surprendre. Je hochai la tête, presque imperceptiblement, mais le démon comprit ce que ce mouvement signifiait.

Il fit de nouveau face au messager. « Qui t'a payé pour ouvrir ma lettre, Francesco ? »

L'attention de l'homme se porta sur moi, m'implorant de lui venir en aide.

Colère se tourna lentement vers moi à nouveau, attendant. Francesco avait fait son choix. Il était temps que je fasse le mien.

« Le prince t'a posé une simple question, Francesco. Je vais la répéter une seule fois et, ensuite, je le laisserai t'interroger à *sa* façon. Et je suis sûre que tu sais déjà que ce ne sera pas une partie de plaisir. » J'injectai un charme impitoyable dans mon ton comme celui de Colère, et l'homme tressaillit. « *Qui* t'a payé pour ouvrir sa lettre ? »

Colère continuait à me fixer. Et même si son expression n'avait pas changé, j'aurais juré que je sentais presque... son approbation. Mon estomac se serra et je luttai contre l'envie de vomir. Si j'avais effectué le bon choix, je ne me serais certainement pas sentie aussi mal.

Francesco gargouilla et tenta de repousser le bras toujours appuyé contre sa trachée. Ses ongles striaient la manchette du démon. J'espérais que Colère ne l'étranglerait pas à mort avant que nous n'ayons obtenu nos réponses.

Le prince démon dut tout à coup relâcher la pression parce que Francesco aspira de l'air comme un poisson sorti de l'eau. « Serais-tu plus à l'aise pour parler avec ma lame sur ta gorge ? »

La peau dorée de Francesco pâlit, mais je remarquai qu'il serrait les poings. Colère utilisait ses pouvoirs, et le messager était furieux. Sa poitrine se soulevait et s'abaissait rapidement. « Fais ce que tu veux, mais je ne te dirai rien, cochon de démon.

— Vraiment ? » Colère sourit en montrant les dents. Francesco parut paniqué au point de se faire pipi dessus malgré la rage qui l'animait encore. « C'est ce qu'on va voir, mortel. Pour qui travailles-tu ?

— Dieu. » L'homme cracha au visage du démon, et la glaire dégoulina lentement sur le sol. La lame de Colère fut sous le menton du messager en un instant, la pointe appuyée assez fort pour que du sang coule le long du métal. On aurait dit que le prince devait faire appel à toute sa volonté pour ne pas transpercer le corps du traître, jusqu'à la pierre contre laquelle il était appuyé, sectionnant au passage sa moelle épinière. Des ombres semblaient émaner de Colère. Pendant une seconde, je crus que le démon de la guerre allait l'achever.

« Toutes mes excuses, Francesco, mais ma patience est à bout. Tes actions ont entraîné la mort de quatre jeunes femmes. N'espère pas que la tienne sera moins sauvage.

— Vas-y, tue-moi. Je ne te dirai rien. » La tête de Francesco se fracassa contre le mur quand Colère le projeta de toutes ses forces.

Du sang coula de la bouche de l'humain qui se mit à rire, se délectant de la violence. Il sourit, les dents rougies par le liquide chaud. « J'espère que vous pourrirez tous en enfer. »

Je sentis la rage de Colère passer d'un simple frémissement à une véritable ébullition. Bientôt, qu'il le veuille ou non, il allait tuer Francesco. Et nous aurions perdu notre plus grande chance de découvrir qui avait assassiné ma jumelle. J'entendis les avertissements de Nonna et de Colère résonner dans ma tête, mais ça n'avait aucune importance.

Nous n'avions plus d'autres solutions et la rage qui tourbillonnait autour de nous devenait incandescente. Colère était sur le point de craquer. J'attirai ses émotions vers moi, les utilisant comme carburant pour mon sort de vérité.

Je m'accrochai à l'amulette de ma sœur.

« As-tu ouvert la lettre ? » demandai-je, la voix chargée d'autorité magique. L'attention de Colère se porta sur moi et, si je n'avais pas eu la certitude que c'était impossible, j'aurais pu croire que c'était de la peur qui déformait ses traits.

Francesco hocha la tête avant de répondre : « Ou… oui.

— Quelqu'un t'a payé pour le faire ?

— Oui.

— Qui t'a payé, Francesco ? Cupidité ?

— Non.

— Dis-moi qui, alors.

— Je ne connais pas son nom.

— Est-ce un humain ? »

Il haussa les épaules. « Il portait une capuche. Je n'ai pas vu son visage.

— Lui as-tu dit où Giulia serait la nuit où elle a été assassinée ? »

Il déglutit. « Oui.

— L'as-tu rencontré aujourd'hui ?

— Oui. »

Ma colère monta en flèche. « Quelles informations lui as-tu données ?

— Une autre adresse. Et l'heure du rendez-vous. Je n'avais pas de nom cette fois, je le jure !

— Quelle heure et quelle adresse lui as-tu données, Francesco ?

— L… l… la Piazza Vigliena. M… m… minuit. »

Je consultai Colère du regard pour qu'il me donne de plus amples instructions, mais il secoua la tête. Le sort de vérité était presque terminé. Le nez de l'humain saignait, et ses yeux étaient devenus vitreux. Si j'allais plus loin, il risquerait de mourir. Je baissai les yeux et remarquai que tout mon corps tremblait.

Le démon s'approcha encore du messager.

« Si tu partages encore mes secrets, je te coupe la langue. Puis je t'arrache le cœur. C'est clair ? » L'humain hocha la tête en faisant attention à ne pas s'entailler la gorge. La sueur humidifiait la naissance de ses cheveux. Il n'avait vraiment pas l'air en forme.

« La prochaine fois que tu seras chargé de m'apporter un message, ne laisse pas la curiosité ou l'avidité prendre le dessus. Ces sentiments s'avèrent souvent mortels. »

Quand le démon baissa son arme, je remarquai un filet d'urine qui coulait le long de la jambe de l'homme. Le messager nous observa tour à tour, une ride profonde creusée entre ses sourcils. Il cligna lentement des yeux comme s'il se réveillait d'un rêve. Ou d'un cauchemar.

« Qui… Qui êtes-vous ? Qu'est-ce que je fais ici ? Je vous en prie… ne me faites pas de mal. Si c'est de l'argent que vous voulez, je n'en ai pas. » Il retourna ses poches. Il n'y avait que du tissu. « Vous voyez ? »

Ma nausée fut soudain de retour et je faillis me plier en deux. En envahissant son esprit, j'avais dû effacer ses souvenirs récents. La magie noire exigeait un prix. Et il ne prenait pas toujours la forme espérée. Je me sentais coupable. Ce n'était pas parce que j'avais du pouvoir que je devais en abuser. « Vous... »

Colère me lança un regard d'avertissement. « Vous êtes Francesco Parelli Senior, et vous rentrez chez vous. Vous avez trop bu. Vous feriez mieux de vous dépêcher avant qu'Angelica ne se fâche à nouveau. Vous vous souvenez du chemin ? »

Francesco essuya une larme et secoua la tête. Il semblait si fragile, si perdu. Et c'était *moi* qui l'avais mis dans cet état. Pas un démon ou une horrible créature de l'enfer : moi. J'avais enfreint la règle la plus importante de ce monde. Je l'avais privé de son libre arbitre, et j'avais soumis sa volonté à la mienne.

Colère le fit pivoter vers la cathédrale, lui tendit une bourse, et lui murmura quelque chose à l'oreille.

Je fixai le dos du démon, le cœur battant à tout rompre. Il aurait pu facilement laisser l'homme seul dans son nouvel enfer, mais il ne l'avait pas fait. Exactement comme il aurait pu exiger que j'échange mon âme contre la justice pour ma jumelle. Il savait ce que je voulais et ce que j'étais prête à céder pour l'obtenir, et pourtant il n'avait rien exigé. J'avais toujours cru que la pitié n'existait pas en enfer. Mais je me trompais peut-être.

Colère serra les dents. « Quoi ?

— Tu aurais pu le tuer.

— Ne commence pas. Je l'ai malmené et tu l'as privé de sa liberté de choisir. Ses souvenirs finiront par revenir, mais cette partie de ton âme ne reviendra pas. J'aurais obtenu ces informations sans ta magie. Il y a un vieux dicton qui dit : "Les imbéciles se précipitent là où les anges n'osent pas mettre le pied." À partir de maintenant, je te suggère de tenir compte de l'avertissement. Allons-y. »

Il s'enfonça plus profondément dans la pénombre. « Nous devons aller à Quattro Canti. »

S'il ne voulait pas discuter de la magie interdite que j'avais utilisée pour obtenir nos informations, ça m'arrangeait. J'avais déjà l'impression que des asticots sortis d'une tombe grouillaient sur ma peau. « Pour quoi faire ?

— Le vrai messager nous y attend. »

VINGT-NEUF

Avant que nous ne débarquions sur cette place baroque, Colère nous amena dans une ruelle encombrée. Il prétendit que c'était pour avoir une meilleure idée de la disposition des lieux et des pièges que d'autres démons, comme Cupidité ou Envie, auraient pu mettre en place. Il me demanda poliment d'attendre pendant qu'il se dirigeait vers un jeune homme à la joue droite balafrée. Comme il me le proposait gentiment, je décidai d'accepter… temporairement. Le laisser aller en avant me permettait de les observer, lui et le nouveau messager.

L'humain était intrigant : un mélange époustouflant de peau foncée et d'yeux bridés, qui laissait deviner des ancêtres nord-africains et asiatiques. Il n'avait pas remarqué que je l'épiais depuis ma cachette, mais je le voyais assez clairement.

Il était appuyé contre un bâtiment et, à l'aide d'un couteau qui semblait bien aiguisé, il nettoyait la saleté imaginaire de sous ses ongles coupés à ras. Il avait l'air de s'ennuyer profondément, mais son regard suivait les mouvements autour de lui avec la concentration d'un prédateur. Même ceux du prince démon.

Colère s'approcha sans hésitation, et j'étais malheureusement *un peu* trop loin pour comprendre les mots qu'ils échangeaient.

À en juger par le nombre de fois que l'humain leva les yeux au ciel, je supposai que Colère lui faisait la leçon. Je me rapprochai discrètement.

« ... soupçonne la vérité, Anir. Je suis sûr que les autres ne tarderont pas non plus à le faire.

— Il est trop tard pour avoir des regrets », répondit l'humain. Sa voix m'était familière, mais je ne parvenais pas à l'identifier. « Avec tout ce qui se passe... c'est peut-être une bonne chose. Vous avez choisi d'effectuer le rituel, non ? C'est *si* grave que ça ?

— C'est une maudite *sorcière* au sang de démon. À ton avis ? »

Est-ce qu'ils parlaient de moi ? Je serrai les poings si fort que mes ongles formèrent des croissants de lune miniatures dans mes paumes. *Lui* était un démon hautain, arrogant et bon à rien, un démon de l'enfer. Et pourtant je n'insistais pas sur ses défauts, si ? Non. *Moi*, j'étais assez mature pour les mettre de côté afin de collaborer avec lui et d'empêcher un assassin de massacrer d'autres sorcières.

« Ça a l'air d'être une fille charmante. Allez-vous nous présenter dans les formes ? Vous n'avez que... »

Colère tira Anir par le col, et ses pieds se balancèrent à quelques centimètres du sol.

J'étouffai un cri. Soulever un homme adulte n'avait pas l'air de causer la moindre tension au prince démon. « Si tu finis cette phrase, je te laisse une cicatrice sur l'autre joue aussi.

— Mes excuses. Ai-je touché un point sensible ? » Anir leva les mains en signe de capitulation, sans prendre la peine de réprimer son sourire. Il semblait amusé et pas du tout effrayé. Je décidai que si je n'étais pas tellement exaspérée, je pourrais l'apprécier.

Il était soit très courageux, soit complètement stupide de se moquer du démon de la guerre.

« Pas la peine de s'énerver. Pour l'instant, c'est temporaire. Et elle est...

— Derrière nous. » Colère le lâcha et il se rattrapa gracieusement pour ne pas trébucher. « Emilia, voici Anir, mon plus fidèle associé de confiance. Il sait qui est la prochaine qui a accepté d'épouser Orgueil. »

Je sortis de l'ombre pour de bon et inspectai le jeune homme. « Vous étiez là la nuit où j'ai été attaquée par le *Viperidae*.

— Oui. » Anir ne semblait pas certain de ce qu'il avait le droit ou pas de partager.

Je me tournai vers Colère. « Il est humain.

— Tu es très perspicace. »

Je pris une profonde inspiration et comptai jusqu'à ce que l'envie de le renvoyer dans son cercle d'ossements passe. « Ce que je voulais dire, c'est que si tu as un humain comme associé, pourquoi est-ce que tu ne l'utilises pas comme une personne qui t'ancre dans ce monde ? S'il devait m'arriver quoi que ce soit, tu ne risquerais rien. »

Colère ouvrit la bouche, puis la referma. Je haussai un sourcil, attendant une réponse.

« Anir ne considère plus le monde des humains comme le sien, par conséquent, il ne peut pas fournir les mêmes... avantages que toi. »

Anir lâcha un rire qu'il essaya rapidement d'étouffer lorsque Colère le foudroya du regard. « C'est une façon de voir les choses.

— De quoi parle-t-il ? demandai-je en fixant le démon. Qu'est-ce que tu ne me dis pas ? »

Colère me lança un regard qui disait *beaucoup de choses,* mais ne prit pas la peine de répondre à voix haute. Au lieu de cela, il déclara : « Anir s'apprêtait à partir. Il attendait de voir si la silhouette vêtue d'une robe à capuche arrivait, mais elle n'est jamais apparue. Il a des affaires à régler chez lui pour la Maison.

— Quel est le nom de la malheureuse ?

— Valentina Rossi. »

Mon corps s'engourdit d'un coup tandis que j'enregistrais cette information. Valentina était la cousine de Claudia. S'il y avait bien quelqu'un qui accepterait facilement de devenir la reine de l'enfer, c'était Valentina. Elle endosserait ce manteau sombre avec fierté. Elle n'était pas méchante, elle semblait juste avoir des aspirations aristocratiques et se destiner à un rôle plus important que celui de tisseuse sur notre petite île. Je n'étais pas étonnée qu'elle soit intéressée par un marché avec le diable en personne.

Je me mis en marche, prenant la direction de son quartier. Nous devions la prévenir avant qu'il ne soit trop tard.

Colère me barra la route, me forçant à m'arrêter. « Quoi ?

— Je la connais.

— Et alors ? insista-t-il.

— Je me demande pourquoi il choisit des sorcières liées à la magie noire.

— Eh bien, intervint Anir, c'est parce que le… »

Colère le coupa. « Il est temps de partir. »

Anir nous observa tour à tour avec le sourire d'un loup qui vient de s'emparer d'un en-cas qui se débat et qu'il a l'intention d'avaler. « En fait, je préfère m'attarder ici encore un peu. Les mariages de démons ne sont pas un spectacle pour les âmes sensibles. En plus, vous aurez besoin d'yeux et d'oreilles supplémentaires quand vous parlerez à la fille. Et peut-être que la silhouette à capuchon nous suivra. »

Il m'adressa un clin d'œil comme si nous étions de vieux amis qui partageaient un secret. Colère remarqua le signe de complicité et fixa son « associé » jusqu'à ce que ce dernier hausse les épaules et commence à traverser la place. J'attendis qu'il soit hors de portée de voix avant de me tourner vers le démon.

« Est-ce que tu vas essayer de convaincre Valentina de t'accompagner dans le monde souterrain ?

— J'ai juré que je ne ferais rien d'autre que de proposer le marché. Et je tiendrai parole. Cependant, une fois que nous l'aurons mise en sécurité, je voudrais voir si elle accepterait de nous aider à démasquer le meurtrier.

— Tu veux l'utiliser comme appât.

— Oui. Quelqu'un fait tout pour s'assurer qu'Orgueil ne brise pas la malédiction. J'ai l'intention de découvrir qui et pourquoi, avant qu'il n'y ait d'autres morts. Puis je lui réserverai un cadeau dont j'ai le secret… »

Je frissonnai. Ce n'était pas exactement la réponse à laquelle je m'attendais, mais j'appréciais son honnêteté. « Je connais très bien la famille de Valentina. Je vais lui conseiller de refuser le marché d'Orgueil, avouai-je. J'espère que tu comprends. »

Colère me défia du regard. « Fais ce que tu dois faire. La décision finale lui appartiendra. »

Tandis que nous marchions à grands pas vers la maison de Valentina, Anir me parla de sa vie avant de quitter ce monde pour ce qu'il appelait le *royaume des Damnés*. Il était l'enfant unique d'un père tunisien et d'une mère chinoise. Il jouait dans un olivier non loin de la maison familiale, lorsque ses parents avaient été brutalement assassinés. Son père avait été témoin d'un crime et s'apprêtait à révéler aux autorités ce qu'il avait vu. Avant qu'il ne puisse le faire, sa femme et lui avaient été éliminés.

Anir m'expliqua que la cicatrice était apparue plus tard, une fois qu'il était devenu un jeune homme redouté. Colère l'avait trouvé alors qu'il voyageait en Amérique du Sud et participait à des combats clandestins, son corps musclé couvert de bleus et de sang. Certains affrontements étaient des luttes à mort et payaient grassement. Anir était champion en titre depuis plus d'un an lorsqu'il s'était vu offrir un emploi par la Maison Colère.

J'arrêtai de les écouter se chamailler pour savoir combien d'années s'étaient écoulées depuis – apparemment le temps évoluait différemment dans le royaume des démons – alors que nous nous faufilions dans une ruelle encore plus sombre et plus étroite. Un étrange tiraillement que j'avais déjà ressenti auparavant prit soudain le contrôle de mes sens, m'attirant dans une deuxième rue perpendiculaire.

Je jetai un coup d'œil autour de moi, reconnaissant le quartier, et fus prise d'un horrible pressentiment. Je fis quelques pas de plus et je m'arrêtai. Je ne fus pas surprise de découvrir le corps qui gisait là. J'avais commencé à avoir des soupçons avant même d'arriver dans la rue, et la silhouette affaissée ne faisait que les confirmer.

J'examinai la zone.

Du linge était suspendu au-dessus de nos têtes entre deux bâtiments habités par de nombreuses familles. Les vêtements claquaient dans la brise comme des dents qui s'entrechoquent. Avant, la scène m'aurait sans doute terrorisée ; maintenant, je constatais tout simplement que c'était l'endroit idéal pour commettre un crime. Il n'y avait pas de témoins, pas de traces. Pas de temps à perdre à étudier quoi que ce soit. Le travail avait été bien préparé : le tueur était arrivé et reparti, laissant juste le cadavre derrière lui.

Colère s'arrêta brutalement.

Anir remarqua la victime un instant avant de trébucher sur le corps. Il lança un regard irrité au démon et évita une mare de sang qui continuait à s'étendre. « La prochaine fois, un avertissement serait le bienvenu.

— Un peu moins d'insubordination pourrait me rendre plus ouvert à la courtoisie à l'avenir. »

Anir plissa ses yeux sombres. Le mouvement fit ressortir sa balafre. Colère s'apprêtait à contourner le corps quand son associé le tira en arrière. Je suivais tout cela comme si les évènements se déroulaient sur une scène, loin de l'endroit où je me trouvais. Je n'arrivais pas à croire qu'un corps de plus gisait brutalisé à nos pieds. La bile monta lentement dans ma gorge. Colère ne semblait pas affecté, comme si tomber sur des cadavres mutilés faisait partie de son quotidien.

Le démon tourna les talons, les yeux rivés sur la main de son associé. « Qu'est-ce qu'il y a ? »

Anir pointait du doigt le corps en train de refroidir. « N'allons-nous pas appeler de l'aide ?

— Qu'est-ce que tu proposes ? Tu voudrais prévenir les autorités humaines ? » Il ne laissa pas à son partenaire l'occasion de répondre. « Si tu étais à leur place, tu nous croirais sur parole, tu nous prendrais pour de bons Samaritains et tu nous laisserais repartir ? Ou est-ce que tu t'intéresserais de près à la lame forgée par les démons que tu portes et à mon comportement diabolique, avant de nous fourrer dans une cellule pleine de merde et de jeter la clé ? » Anir pinça les lèvres et ne répondit pas. « As-tu d'autres nobles suggestions, ou est-ce que nous pouvons partir ?

— Parfois, vous êtes vraiment un salopard sans cœur. »

Colère se tourna vers moi, les sourcils froncés. « Ça va ? »

Non, ça n'allait pas. Le corps d'une victime gisait à nos pieds. Et je venais juste de voir son visage. C'était la cousine de ma meilleure amie. Je fixais son corps mutilé dans un silence tétanisé. Je n'arrivais toujours pas à réaliser la réalité de la scène. J'étais sous le choc. Claudia n'était pas proche de sa cousine, mais sa mort allait sans doute la toucher malgré tout. J'enfonçai mes paumes dans mes yeux.

« Emilia ? »

Je me dégageai lorsqu'il me toucha. « C'est... C'était Valentina Rossi.

— Je l'avais deviné. »

Je n'arrivais pas à croire qu'une sorcière de plus ait eu le cœur arraché. Le total s'élevait désormais à cinq victimes. Je luttai contre la bile qui se frayait un chemin dans ma gorge. Voir quelque chose d'aussi horrible... Je ne pourrais jamais m'y habituer.

Francesco, le messager traître, ne connaissait pas le nom de la prochaine candidate au mariage, seulement le lieu du rendez-vous avec Anir. Et je ne pensais pas que ce dernier aurait trahi Colère, ce qui signifiait que l'information avait filtré d'une autre manière. La nausée remonta pour une nouvelle raison : j'avais torturé un homme pour rien.

« Il doit y avoir un espion dans notre royaume », déclara Anir, formulant à haute voix les pensées qui me préoccupaient.

Je supposais qu'il avait déjà dû voir pas mal d'horreurs, et pourtant il semblait choqué. Il tira ses cheveux noirs en arrière et les noua à l'aide d'un lacet de cuir qu'il portait au poignet.

Colère arpentait la ruelle, en faisant attention à ne pas marcher dans la flaque de sang. Je me détournai. Nous devions prévenir les autorités. Valentina ne pouvait pas rester étendue là, seule et sans vie.

Le démon s'arrêta près de l'endroit où je me tenais, me cachant le cadavre. « Tout ceci signifie qu'un de mes frères est responsable. D'une manière ou d'une autre. »

Ma rencontre avec ces derniers me revint en mémoire.

« Cupidité et Envie sont tous les deux ici. »

Colère secoua la tête. « Envie ne se risquerait pas à m'affronter. Cupidité… Je ne le vois toujours pas mettre en danger sa Maison. Pas après avoir construit une si puissante forteresse.

— De toute façon, si vous pensez à ce qu'implique la trahison de l'un des Sept… Oubliez la malédiction, Votre Altesse, lui conseilla Anir. Mettez de côté vos sentiments personnels au sujet des sorcières, nouez définitivement les liens du mariage avec Emilia et sécurisez votre propre Maison avant que la guerre n'éclate. Vous aurez besoin de tous vos pouvoirs à leur puissance maximale. Celui qui a fomenté tout ceci doit avoir aussi tué la femme d'Orgueil. »

J'avais l'impression qu'on m'avait plongée dans un bain d'eau glacée. « Quels liens du mariage ? »

Anir ne remarqua pas la panique dans ma voix. « Ceux que vous avez formés en vous liant au prince. »

Colère se pétrifia. Il arrêta de respirer tandis que je restais bouche bée, horrifiée.

Le temps sembla se figer alors que je répétais en boucle ce qu'Anir venait de dire. J'avais envie de crier que ce n'était pas vrai, mais la réaction de Colère me faisait comprendre le contraire. Le prince démon soutint mon regard. « Comment est-ce que… ?

— Laisse-nous. » L'ordre du démon était à peine plus qu'un murmure, mais Anir s'empressa d'obéir. Une fois qu'il fut parti, Colère indiqua d'un signe de tête nos tatouages identiques. « Ton charme de protection n'était pas un lien comme celui qui unit un gardien à sa protégée. *Aevitas ligati* signifie “lié pour toujours” comme dans les liens sacrés du mariage. Cette formule n'était pas nécessaire pour que l'invocation réussisse.

— Est-ce que nous… Tu es en train de me dire que nous sommes fiancés ? » J'attendis, le cœur battant, mais il ne répondit pas. Ce n'était pas utile. La vérité était flagrante dans son regard. Il savait depuis le début ce que j'avais fait. Je comprenais mieux pourquoi il avait eu l'air si horrifié cette nuit-là. Je l'avais pratiquement arraché de l'enfer, et je l'avais forcé à se fiancer. Pour toujours. « Quand comptais-tu me le révéler ?

— Ça ne change rien…, m'assura-t-il d'une voix douce.

— Ça change tout ! » Un violent frisson me traversa alors que le démon continuait à soutenir mon regard sans ciller. C'en était trop. Le cadavre de la cousine de ma meilleure amie. Des fiançailles accidentelles avec un démon. « Que se passera-t-il si je refuse de t'épouser ? Tu me forceras à régner à tes côtés en enfer ?

— Emilia…

— Ne t'avise pas d'essayer de me faire taire ! » Je secouai la tête. « Je serai forcée d'y aller ?

— Non. »

C'était vrai. Les lois des démons étaient basées sur la civilité. Forcer quelqu'un à se marier aurait probablement contrevenu à leurs règles étrangement rigides. Mais j'étais prête à parier qu'il me concocterait un marché démoniaque qui semblerait si généreux, si tentant, que je serais dans l'impossibilité de le refuser. Surtout si les liens du mariage contribuaient à lui offrir plus de pouvoir, comme Anir l'avait affirmé. Je posai les mains sur mes hanches. « Qu'est-ce qu'Anir voulait dire par sécuriser ta Maison avant qu'il n'y ait une guerre ? »

Un muscle de sa mâchoire se contracta. « Je ne peux pas partager cette information avec toi.

— Alors, c'est terminé. » Je serrai l'amulette de ma sœur. « *Te libero*. Je te libère du lien qui nous unit, quel qu'il soit. Quand je me marierai, ce sera par amour. Pas pour l'amour du pouvoir ou je ne sais quel désir dépravé qui t'anime. Et les créatures sans âme et méprisables dans ton genre ne savent *rien* de l'amour ! »

S'il m'appela ou s'il tressaillit, je n'en eus pas conscience. Je tournai les talons et m'enfuis le plus vite que je pouvais aussi loin que possible du prince démon et de la dernière victime de l'assassin mystérieux. Je ne voulais plus rien avoir à faire avec les créatures maudites qui avaient apporté tant de souffrance dans ma famille et ma ville.

Dorénavant, je découvrirais qui avait tué ma jumelle par moi-même.

Colère pouvait ramper jusqu'en enfer et pourrir avec le reste de ses semblables.

TRENTE

J'étais assise à une table face à la mer, avec un verre d'eau agrémentée d'une rondelle de citron. J'avais laissé un message anonyme à la police pour leur signaler l'emplacement du corps de Valentina. Je ne m'étais toujours pas remise de cette nuit d'horreur. J'avais envie de me précipiter chez Claudia, mais je devais attendre que les autorités informent la famille de sa cousine. S'ils étaient déjà en deuil à l'arrivée de la police, cela paraîtrait louche. Cette attente forcée suscitait toutes sortes de pensées malvenues. Des considérations dont je ne voulais pas, ni en ce moment, ni jamais.

Je n'arrivais pas à croire que j'avais été assez stupide pour me fiancer accidentellement à Colère, et qu'il n'ait pas éventé le secret plus tôt. Il avait pourtant dû détester cette perspective. Surtout qu'il ne supportait pas les sorcières, comme l'avait laissé échapper Anir. Je luttai contre l'envie d'enfouir mon visage dans mes mains. Savoir qu'il avait pleinement conscience de mon erreur, alors que je pensais avoir le contrôle… c'était humiliant. Je n'osais pas imaginer le nombre d'autres faux pas que j'avais dû commettre et qu'il avait été trop poli pour souligner.

Dès que j'avais informé la police, je m'étais rendu compte que je n'avais nulle part où aller. Je ne pouvais pas rentrer chez moi et mettre ma famille en danger. Et même si je *pouvais* rester dans le palais avec Colère, j'avais besoin de temps seule pour mettre de l'ordre dans mes idées et trier mes sentiments. Trop de choses s'étaient bousculées en si peu de temps. Deux nouveaux meurtres. Et un fiancé secret sorti tout droit des entrailles de l'enfer.

L'attaque contre Nonna. Mon amulette volée. Le *Viperidae*. J'avais l'impression que les coups ne cessaient de pleuvoir, et que j'étais de plus en plus meurtrie.

Plus je m'accrochais à la normalité, plus mon monde virait au chaos. Comme je refusais de revoir Colère pour le moment, je décidai de chasser tout ce qui le concernait de ma tête et de continuer à chercher par moi-même les tenants et aboutissants de la mort de Vittoria. Si je parvenais à résoudre ce meurtre, je pourrais empêcher l'assassin de récidiver. À chaque fois que j'essayais de me mettre à la place de Vittoria, je revenais à son journal intime. Il n'avait pas révélé autant de secrets que je l'avais espéré. Et ceux que j'avais découverts étaient encore trop énigmatiques.

J'étais occupée à dresser une liste mentale de tâches à accomplir quand quelqu'un tira la chaise en face de moi. Colère s'y laissa tomber en m'examinant avec circonspection. Je le fixai à mon tour pendant quelques instants. Aucun de nous deux ne prononça le moindre mot. On aurait dit que mon presque mari me laissait le temps de me ressaisir. Ou peut-être attendait-il que je le bannisse à nouveau dans son cercle d'os.

Je pris quelques inspirations profondes successives pour me calmer.

« Comment as-tu su que j'étais ici ? » Il m'observa longuement, puis indiqua le tatouage sur mon bras. J'allais le tuer, c'était décidé. « Tu as dit que tu ne pourrais me trouver que si j'acceptais l'échange de sang. Tu n'as jamais mentionné le tatouage.

— Si je t'avais dit que l'encre était une partie intégrante des liens du mariage, tu te serais enfuie aussitôt. Je devais te laisser le temps de me faire confiance. »

Je voulus argumenter, mais je me ravisai. C'était vrai. Si j'avais su ce que signifiait le tatouage la nuit où je l'avais invoqué, je l'aurais renvoyé directement dans son royaume. « En général, la confiance se gagne parce que les deux parties se montrent honnêtes.

— Je ne t'ai pas menti. »

Je soupirai. « Techniquement, non. »

Une serveuse apparut et récita gaiement le menu. Colère semblait sceptique, mais me laissa commander sans protester. Trente minutes de silence tendu plus tard, elle apporta notre nourriture. Colère examina les plats comme si c'était une équation compliquée qu'il devait résoudre.

Elle avait posé sur notre table un plat fumant de scampis, des *arancini*, un plateau d'antipasti – des piles de *prosciutto*, de *peperoncini*, de *soppressata*, de *provolone*, d'olives marinées, et d'artichauts assaisonnés avec de l'huile, du vinaigre, de l'origan et du basilic – et un panier de pain grillé.

Je m'attendais à ce qu'il prenne la serveuse à part et réclame du sang chaud ou des entrailles crues, mais il semblait satisfait par mes choix et je n'allais pas lui souffler cette idée répugnante.

Colère me surprit en commandant un pichet de vin rouge avec des tranches d'orange, dont il nous servit une généreuse rasade. Je sirotai mon vin, appréciant sa douceur malgré moi. J'avais envie de m'évader de mes pensées sombres pour un moment, et le dîner avec le vin pouvaient m'y aider. Je n'avais pas fermé l'œil de la nuit et ça faisait du bien de me ressourcer. Colère remplit une assiette de nourriture et la glissa devant moi avant de se servir. Je dus faire un effort énorme pour ne pas tomber de ma chaise sous le choc.

Il croisa mon regard et se renfrogna. « C'est difficile de se défaire des bonnes manières, même si la personne avec qui je suis obligé de rester se montre désagréable. Et puis, tu m'as servi le dessert. Ce n'est que justice de te rendre la pareille. »

Je souris, ce qui sembla le mettre encore plus mal à l'aise, et je pris l'assiette qu'il me tendait.

Après quelques minutes à le regarder triturer les langoustines, j'en embrochai une sur ma fourchette et la tendis vers lui. Sa suspicion grandit. « Qu'est-ce que tu fais ?

— C'est du scampi. Un bébé homard en quelque sorte. Je pense que tu aimeras bien. Sauf si tu as peur... »

Il accepta le crustacé comme un défi. Il dut apprécier sa chair, car son attention se porta sur son assiette et il ne leva plus les yeux avant d'avoir goûté un peu de tout.

Pendant qu'il prenait le temps d'expérimenter les délices de la nourriture humaine, je mangeai mes scampis, savourant le citron frais qu'ils avaient utilisé pour couper la richesse du beurre. Ils étaient un peu plus chargés en agrumes que les nôtres, et je me promis de tenter l'expérience aux fourneaux bientôt.

Peut-être que si je coupais un citron en deux, et que je le grillais...

Je m'arrêtai, la fourchette encore en suspension devant ma bouche. J'étais si bien que j'avais presque oublié la raison pour laquelle j'étais en train de manger avec l'un des *Malvagi*. Un mois. Ma jumelle était décédée depuis un mois à peine, et je rêvassais à des recettes pour *Mer & Vigne* en compagnie de notre pire ennemi. La nourriture se transforma en pierre dans mon estomac.

Je repoussai mon assiette, l'appétit coupé.

Colère me regarda comme un humain aurait examiné une mouche bourdonnant au-dessus de son dîner. « Tu es confrontée à un dilemme moral, sorcière ? »

Je n'avais même pas la force de me montrer fâchée ou agacée. Une dure vérité m'était tombée dessus : je n'avais plus la moindre idée de ce que je fichais. J'étais convaincue que ma sœur avait invoqué un démon, mais je ne savais pas lequel. J'étais au courant de l'existence de la Corne d'Hadès, mais je ne savais pas comment nous en étions devenues les gardiennes.

Puis il y avait les indices énigmatiques consignés dans le journal de Vittoria, évoquant sa capacité à entendre les objets magiques, et la possibilité que le premier livre de sorts soit dans ce monde. Je savais qu'elle avait accepté de devenir l'épouse du diable, mais je n'avais toujours pas compris *pourquoi* elle avait fait ce choix terrible, ou pourquoi elle ne s'était pas confiée à moi ou à notre grand-mère.

J'avais plus de questions que de réponses et n'avais plus personne en qui je puisse avoir pleinement confiance. Nonna avait failli mourir à cause de ma quête de justice, et je refusais de mettre en danger un autre membre de ma famille en le questionnant au sujet du meurtre. Et même si Colère aurait pu me sauver, c'était un prince de l'enfer, et il avait beau avoir juré de ne jamais forcer une sorcière à conclure un marché, je ne savais toujours pas comment ni pourquoi il avait été choisi pour cette mission.

Je me penchai en avant et je baissai la voix. « Je veux tout savoir sur la malédiction. »

Je le fixai, et ses yeux dorés, mouchetés de noir, me regardèrent en retour. « As-tu envisagé d'emménager avec moi jusqu'à ce que nous trouvions le meurtrier ? »

Un détour inattendu. « J'y ai pensé.

— Où sont tes affaires ?

— À la maison. »

Il fit tournoyer son vin, et je me demandai à quoi il pensait précisément. « Tu veux que je t'accompagne quand tu iras les récupérer ?

— Je ne t'ai pas dit ce que j'avais décidé. » Je le fixai droit dans les yeux. « Et je veux que tu répondes à ma question. Si Orgueil est le seul à être maudit, comment est-ce que ça t'affecte ?

— Nous devrions retourner au château, et parler là-bas, plutôt.

— Pas avant que tu ne me donnes des réponses. »

Colère avait l'air d'envisager différentes façons de me pendre au bout de mes entrailles. « Je le ferai. Plus tard.

— *Maintenant.* » Je refusai de céder. Il contempla le ciel, et je me demandai s'il priait, et pourquoi il n'avait pas plutôt baissé les yeux vers le sol.

« Bien. Si je réponds à tes questions, accepteras-tu de t'installer au château ?

— Non. Mais ça m'aidera à décider. Ça te convient ? »

Il inspira longuement et relâcha lentement son souffle. J'attendis. Après une bataille intérieure, je vis le moment exact où il prit la décision de se confier à moi.

« Pour que la malédiction soit complètement brisée, une consort doit monter sur le trône et aider à diriger la Maison Orgueil.

— Anir a dit que la dernière consort avait été assassinée. Comment ?

— Son cœur a été arraché de sa poitrine. » Ses yeux me regardaient, mais j'avais l'impression qu'il ne me voyait plus vraiment. « Avec quelques-unes de ses dames royales.

— La Première Sorcière a vraiment maudit Orgueil ?

— Oui. »

Je rangeai cette information avec toutes les autres histoires dont je m'étais convaincue qu'elles n'étaient que des racontars. La *Prima Strega* était ancienne : elle était à l'origine de la première lignée de sorcières. C'est du moins ce qu'affirmaient les vieilles légendes. Elle était censée être la source de notre pouvoir et n'appartenir qu'à elle seule. Pas de magie claire, pas de magie obscure, à l'époque. Rien que le pouvoir brut, légèrement dilué, de la déesse qui l'avait mise au monde. Elle précédait la *Vecchia Religione* humaine… et la vieille religion était ancienne.

Parfois la *Prima* était idolâtrée, parfois elle était crainte. Fille de la déesse du Soleil et d'un démon, elle avait été créée comme idéal d'équilibre entre la lumière et l'obscurité. On nous disait qu'elle était immortelle, mais je ne l'avais jamais vue et je ne connaissais personne qui l'ait croisée non plus. J'avais toujours cru qu'elle n'était qu'un mythe de la création ou une légende.

« Pourquoi l'a-t-elle maudit ? »

Colère hésita. « Pour le punir de ce qu'elle pensait qu'il s'était passé entre son aînée et lui. »

Je me redressai. Claudia en avait parlé aussi. « Donc, parce qu'il a volé l'âme de sa fille, la *Prima* s'est vengée ?

— C'est ce que racontent les sorcières, hein ? riposta-t-il d'un ton méprisant. Orgueil n'a rien volé. Il n'a pas eu besoin de le faire. La fille de la *Prima* a volontairement choisi de l'épouser. Ils sont tombés amoureux, malgré leurs différences. »

Je repensai à ce que Nonna avait commencé à me raconter à propos des *Stelle Streghe*, qui étaient chargées d'être les gardiennes des Damnés. « C'était une Sorcière des Étoiles ? »

Colère hocha la tête. « Elle était censée être une gardienne entre les royaumes… tu peux les imaginer comme les gardiennes de la prison des Damnés. Sa fille aurait dû savoir que ce n'était pas une bonne idée, elle était censée être un soldat avant tout. La *Prima*, comme tu l'appelles, a ordonné à sa fille d'abandonner son trône, et de retourner au *coven*, mais elle a refusé. La Première Sorcière a utilisé la magie la plus obscure pour priver sa fille de tout pouvoir magique et l'a bannie de l'assemblée des sorcières. Cela a eu des effets imprévus pour les autres membres. C'est pour ça que certaines donnent naissance à des filles humaines. »

Je réfléchis à ces révélations. « Ce que tu dis est… »

Vrai. Je le fixai. Toute notre vie, on nous avait raconté des histoires à propos des Damnés et de leurs mensonges. Pourtant, Colère ne pouvait pas me mentir, à cause de la magie que j'avais utilisée pour l'invoquer. Je l'avais mis à l'épreuve et je savais que c'était impossible pour lui de le faire. Ce qu'il disait, si incroyable que ça puisse paraître, devait être vrai.

Ou du moins il devait en être convaincu.

« Pourquoi l'aides-tu à rompre cette malédiction ? S'il est piégé dans le monde souterrain, je ne vois pas en quoi cela te concerne, toi ou un autre prince.

— Il y a plusieurs années humaines de cela, quelque chose a fracturé les portes des enfers. On nous a dit que ça faisait partie d'une prophétie. Orgueil étant ce qu'il est, il en a ri. Puis sa femme bien-aimée a été assassinée. Ses pouvoirs se sont atténués. Il s'est retrouvé piégé en enfer, et des démons inférieurs ont commencé à nous mettre à l'épreuve en essayant de passer par les fissures des portes vers l'autre monde. »

Je n'arrivais pas à croire qu'après cette malédiction, le deuxième problème le plus important en enfer puisse être une vieille porte branlante. J'observai Colère avec méfiance. J'avais de plus en plus l'impression qu'il ne m'avait pas encore révélé le pire. « Et ?

— Les créatures qui n'ont pas envie d'affronter les épreuves des Portails des Mille Terreurs se sont enfuies par là. Les portes continuent de s'affaiblir, malgré tous nos efforts. Ce n'est qu'une question de temps avant qu'elles ne soient complètement endommagées. Nous avons essayé de maintenir les créatures à l'écart, mais certaines sont déjà arrivées dans ce monde.

— Par exemple ?

— Quelques démons inférieurs.

— Le *Viperidae* ?

— Peu probable. Lui, il doit être convoqué. »

Ce n'était pas rassurant. Les démons commençaient à envahir notre monde. Et j'avais le terrible pressentiment que ça allait empirer plutôt qu'autre chose. « Y a-t-il un sujet qui devrait inquiéter plus que les autres ?

— *Tu* devrais t'inquiéter du démon *Aper*, pour commencer.

— Le… quoi ?

— Le démon *Aper*. Une tête de sanglier, des défenses d'éléphant. Un énorme corps reptilien, des sabots fendus. Il est bête comme un âne, mais a un penchant particulier pour le sang de sorcière. Il est capable de vider très rapidement un corps grâce à ses mille petites dents en double rangée. »

Le sourire grandissant de Colère était retors, lorsqu'il jeta un coup d'œil par-dessus mon épaule. Un souffle humide à la base de ma nuque me donna aussitôt des sueurs froides. Un sabot claqua sur les pavés, suivi par un autre. Le sol vibra sous le poids de la créature qui venait de faire ces deux pas énormes. Une ombre s'abattit sur la table.

Déesse du ciel, je ne voulais pas me retourner.

« Quoi que tu fasses, sorcière, ne t'enfuis pas en courant. »

TRENTE ET UN

Il n'y a pas de plus grande menace pour une sorcière qu'un démon qui a soif de son sang. Une fois que son appétit a été déclenché, il poursuivra sans relâche la cause de son addiction et ne s'arrêtera qu'une fois la source tarie. Pour éloigner cette énergie obscure, épinglez un sachet d'achillée mille-feuille séchée à l'intérieur de vos vêtements à chaque nouvelle lune.

Notes du grimoire Di Carlo

L'avertissement de Colère arriva une seconde trop tard. Après coup, une fois que je n'avais plus eu besoin de courir pour sauver ma peau, je me demandai s'il avait fait exprès. Mais dans l'immédiat, je remontai mes jupes et fonçai dans les rues baignées par les feux du crépuscule. Les bruits de pattes me poursuivant résonnaient de tous côtés.

Je filai d'une venelle à une autre, sautant par-dessus des paniers de denrées sèches. Je ne me retournai pas, de peur de ralentir ma course. Je ne voulais pas finir exsangue parce que j'avais laissé la curiosité me distraire. Alors que je passais à toute allure devant des portes fermées et que je me glissais sous les cordes à linge, le cliquetis des sabots derrière moi ne faiblissait pas ni ne ralentissait.

Je n'étais pas seulement terrifiée pour moi, je m'inquiétais pour tout humain trop crédule et assez malchanceux pour croiser ma route alors que j'entraînais dans mon sillage un démon affamé à travers les venelles sinueuses. Je faillis trébucher quand je réalisai la gravité de la situation. Un démon me poursuivait dans les rues de ma ville. Il avait franchi les portes de l'enfer. Et, si ce n'était qu'un début... Je me refusais d'aller jusqu'au bout de ce raisonnement.

Je me cognai à un tonneau vide et le balançai sur le chemin que la bête allait emprunter. Mon attaquant d'outre-tombe s'arrêta une seconde avant que le bois ne se brise. Ce n'était pas bon. Mon sang de sorcière me donnait un peu plus de force que celle d'une simple humaine, mais la créature venait de déchirer le tonneau comme si c'était du papier.

Mon pied accrocha un pavé, je trébuchai et ne pus empêcher la curiosité de prendre le dessus, alors que je me rattrapais à une façade. Je jetai un coup d'œil par-dessus mon épaule. Je faillis être paralysée d'effroi, persuadée que la Mort allait m'attraper, la gueule béante, prête à me dévorer, avec les os et tout le reste, mais il n'y avait rien. J'observai avec méfiance les alentours. Aucun démon ne se cachait derrière le linge étendu sur les fils. Aucun souffle humide ne brisait le silence. Il régnait un calme aussi total qu'artificiel.

Par le sang et les os.

Des frissons surgirent de nulle part. Je n'avais pas oublié que la première nuit où j'avais entendu la voix désincarnée d'un démon *Umbra*, toute trace de vie s'était tue autour de moi. Je n'étais pas seule, mais je ne voyais pas le danger venir. En revanche, je sentais qu'il se rapprochait, comme une main crochue tendue dans l'obscurité. Les démons devaient être capables de se dissimuler en jetant une sorte de sort. *Génial.*

Je me remis à courir le plus vite possible et je me heurtai à un corps, glacé au toucher. Je tombai en arrière et rampai à reculons comme un crabe, levant lentement les yeux vers ma fin qui approchait. Je m'étais trompée en imaginant un sort. Le démon ne se cachait pas : il se déplaçait trop vite pour que je puisse le voir. Il ne bougeait plus, maintenant. L'*Aper* était tel que Colère l'avait décrit, en pire encore. Son énorme tête était presque identique à celle d'un sanglier, à l'exception de ses yeux rouge vif. Les fentes noires creusées au milieu de ses iris me faisaient penser à un chat tout droit sorti de l'enfer.

Je serrai les paupières. Je comptai jusqu'à dix, puis les rouvris. Le démon était vraiment là, et il était encore plus effrayant que la première fois où je l'avais regardé.

Sainte déesse.

D'épaisses gouttes de bave noire dégoulinaient de son museau et ses dents claquaient d'impatience. Son haleine fétide évoquait l'odeur pestilentielle d'un marécage pendant les journées d'été. Je me remis debout sur des jambes flageolantes et m'éloignai lentement de ces crocs tranchants et mortels.

Le démon me suivit.

Mon instinct me hurlait de fuir, mais je refusais de rompre le contact visuel. J'avais le sentiment que si je lui tournais le dos, le monstre allait se jeter sur moi. Peu importe ce que je devais faire, j'étais bien décidée à survivre et à revoir ma famille. Dès que je fis mine de tourner à gauche, le démon se déplaça rapidement dans cette direction et je partis pile dans le sens opposé.

Nous continuâmes cette danse répétitive jusqu'à ce que nous nous retrouvions piégés dans un cul-de-sac. Sur ma droite, une épaisse porte en acier portant une empreinte de patte tenant une tige peinte sur le métal. Le démon *Aper* se tenait juste devant, humant l'air. La soif de sang brillait dans ses étranges yeux rouges.

Je me souvins enfin que je portais une craie bénite dans ma poche et je m'abaissai lentement. Je me retrouvai sur le sol sentant les dents affreuses claquer sur ma nuque. La douleur me transperça, mais elle fut aussitôt éclipsée par une menace plus terrible. Des milliers de dents étaient prêtes à sucer mon sang. Un souffle chaud frôlait ma peau, accompagné du faible gémissement du démon. Je fus prise de panique. Je refusais de mourir comme ça. Je ne pouvais pas.

Je me débattis sauvagement, mais le démon était trop fort. Il prit du recul, prêt à enfoncer ses crocs plus profondément dans ma peau, quand... le monstre explosa en provoquant un flot soudain de boue grisâtre.

Une lame avait traversé de part en part le cœur du démon, et des ombres se tortillaient comme des serpents autour de la blessure. Je reculai, regardant la dague attirer les ombres et apparemment absorber la force vitale de la créature. La pointe s'arrêta juste avant de percer ma poitrine.

Je retins mon souffle, attendant que la Mort défie celui qui lui avait volé son trophée et s'empare de moi dans la foulée.

Je levai les yeux non pas sur le visage de la Mort, mais vers celui du démon de la guerre.

Colère arracha le mastodonte sans vie et balança sa carcasse sur le côté. Il rengaina sa dague, puis s'agenouilla.

Son expression était aussi dure que son ton lorsqu'il ouvrit la bouche. C'était très bien : j'avais besoin de me concentrer sur autre chose que la terreur qui me clouait au sol.

« Leçon numéro un : quand tu combats un démon, aie toujours une arme à portée de main. De la craie pour les sorts ou une amulette de protection. Si tu n'as pas de magie défensive, c'est le moment de te familiariser avec cette partie de ton héritage. Les démons sont des prédateurs. Ils sont plus rapides et plus forts que toi. Leur seul but est de tuer, et ils sont très doués pour ça. »

Je m'appuyai contre le bâtiment, haletante, attendant que les tremblements disparaissent. Si Colère n'était pas intervenu, ma famille aurait enterré sa seconde fille. Enfin, s'il était resté quelque chose à enterrer. Les larmes me piquaient les yeux. On m'avait forcée à prendre part à un jeu auquel je ne connaissais rien et j'étais en train de perdre. Durement.

« Tu peux te lever ? »

Je pouvais à peine respirer. Mais cela n'avait plus rien à voir avec la terreur : j'étais prête à me déchaîner. Et j'avais en ligne de mire le prince démon qui se tenait au-dessus de moi. Je m'assis sur mes fesses et je repoussai la main qu'il me tendait.

« Tu es mon prof maintenant ?

— L'opportunité de transformer cet incident en leçon s'est présentée. Notre marché ne prévoyait pas cet avantage, tu peux donc me remercier pour ce que je t'ai appris. »

Je le fixai, encore abasourdie par les signes manifestes d'inquiétude qu'il n'avait pas réussi à dissimuler assez vite. Il s'était sincèrement fait du souci pour moi. J'étais tellement stupéfaite que j'oubliai de riposter moi aussi par une pique.

J'attendis encore une minute avant de me lever. Il me parcourut à nouveau du regard.

J'observai la gélatine grise que je devinais être les entrailles du démon. Maintenant, c'était moi qui dégageais une odeur de marécage nauséabond. *Fantastico*. Je n'aurais jamais imaginé regretter un jour l'époque où empester l'ail et l'oignon était ma plus grande crainte.

« Reconnais-tu ce symbole ? » Il désigna d'un signe de tête la porte avec l'empreinte de patte.

« Je… » J'essayai d'essuyer la vase de démon sur ma robe. « Donne-moi une minute.

— Tu sais, je n'aurais pas laissé le démon te tuer. Je l'aurais peut-être juste laissé te faire une légère morsure.

— Toujours aussi réconfortant. »

Je m'approchai de lui et examinai la porte avec plus d'attention. J'étais encore terrorisée par l'attaque du démon *Aper*, furieuse contre Colère à cause de sa leçon improvisée, et maintenant la peur s'insinuait à nouveau dans mes pensées. Je ne savais pas lequel de ses frères était susceptible d'utiliser une empreinte de patte, et je n'avais pas envie de le découvrir.

« Est-ce que c'est le symbole de la Maison Envie ? » demandai-je. Colère fit non de la tête. « Est-ce que l'un de tes frères a besoin d'un épi de blé pour ses invocations ?

— Je crois qu'en fait il s'agit d'une tige de fenouil. »

Je secouai la tête. Je ne voulais pas savoir comment il était parvenu à cette conclusion à partir du symbole grossier esquissé sur la porte. Mais cela permit aux pièces du puzzle de s'assembler dans mon esprit. Je l'avais vu récemment, mais je ne me rappelais plus ni où ni quand. Probablement quelque part en ville pendant que nous errions dans les rues. Ou peut-être dans le journal intime de Vittoria ? Elle avait dessiné bon nombre de croquis et de symboles étranges dans les marges. J'avais à peine dormi et les derniers jours avaient eu un impact désastreux sur ma mémoire. Une fois que nous serions repartis d'ici, je rentrerais directement à la maison et je reprendrais le journal.

Il m'adressa un regard en coin. « Tu veux voir ce qu'il y a dedans ? »

Certainement pas. Un horrible pressentiment s'insinuait lentement en moi. Peut-être avions-nous abouti ici par une simple coïncidence, ou peut-être que cela faisait partie d'un dessein plus vaste et autrement plus sinistre encore.

Quoi qu'il en soit, j'avais l'impression que nous étions sur le point de mettre le pied dans la fosse aux lions, et j'étais aussi enthousiaste qu'une vache sachant qu'on la mène à l'abattoir. Je déglutis. « Oui. »

Colère secoua brièvement la tête avant d'ouvrir la porte.

« Menteuse. »

TRENTE-DEUX

Nous entrâmes dans une vaste pièce où étaient empilés des caisses et des instruments de pêche. Des fils pendaient à des clous rouillés fichés dans un mur. Le plancher en bois grinçait à chacun de nos pas. D'ordinaire, je n'étais pas du genre à me sentir mal à l'aise dans les bâtiments, mais ce lieu avait quelque chose de perturbant. Un bourdonnement étrange dans mes oreilles renforçait l'impression désagréable. Des grains de poussière tourbillonnaient dans le clair de lune.

J'espérais que c'était nous qui avions agité la saleté et que des démons n'étaient pas tapis à l'abri des regards. Je n'avais vraiment pas envie d'affronter d'autres créatures du même acabit que le monstre à présent mort dans la ruelle. Colère semblait parfaitement à l'aise, ce qui m'agaçait. Il traversa la pièce avec l'assurance de celui qui se sent le plus redoutable de tous les prédateurs. Il inspecta l'équipement de pêche et donna un coup de pied dans une ancre rouillée posée près d'une porte au fond.

« On dirait que cet endroit n'a plus été utilisé depuis un bout de temps, observa-t-il.

— Tu crois que c'est une simple coïncidence si le démon *Aper* m'ait conduite jusqu'ici ? »

Il haussa les épaules. « Quelque chose te semble familier ?

— Je... »

Je balayai l'espace du regard. Des filets de pêche, des fils, des hameçons de diverses formes étranges et des pièges en fil de fer. Tout semblait ordinaire. Sauf cette sensation que je ne parvenais pas à nommer. J'avais une impression de familiarité. Je fis lentement le tour des lieux, m'arrêtant devant chaque équipement de pêche. Nous devions avoir abouti ici pour une raison. Et j'étais si près de la trouver...

J'attrapai un hameçon rouillé et le laissai retomber contre le mur. Il était parfaitement ordinaire.

Je lâchai un léger soupir. Je ne voulais pas perdre de temps à toucher tous ces vieux crochets. Surtout qu'un bien meilleur indice m'attendait peut-être à la maison, dans le journal de Vittoria. Pourtant... je ne parvenais pas à faire taire le tiraillement insistant que je ressentais. Je parcourus à nouveau la pièce des yeux, mais rien ne paraissait sortir de l'ordinaire. Apparemment, l'attaque du démon *Aper* et ce bâtiment vide n'avaient aucun rapport.

« Alors ? demanda Colère. Tu reconnais quelque chose ? »

Rien, à part le symbole que j'étais *presque* certaine d'avoir vu dans le journal intime de Vittoria. Je fis non de la tête. J'avais envie de me précipiter chez moi pour le récupérer.

« Très bien. Rentrons à la maison. »

Je ne lui fis pas remarquer que le château en ruine qu'il occupait n'était pas ma maison et ne le serait jamais.

« Je dois aller chercher mes affaires. Je te rejoins là-bas bientôt. Tu devrais te débarrasser de la carcasse du démon qui est encore devant la porte. »

Avant qu'il ne puisse protester, je sortis et me mis en route.

Je m'affaissai contre le chambranle de la porte de ma chambre et contemplai le carnage. Les planches du parquet étaient arrachées et cassées. Des éclats de bois jonchaient le petit tapis que Nonna avait confectionné pour Vittoria et moi quand nous étions petites. Des plumes flottaient dans le vent qui soufflait par la vitre brisée. Quelqu'un s'était défoulé sur mon matelas.

Ou quelque chose. Colère prétendait que les princes de l'enfer devaient être invités dans la maison d'un mortel, mais, comme je l'avais appris récemment, cette règle ne s'appliquait pas à *tous* les démons. Les créatures de castes inférieures de l'enfer semblaient faire ce qu'elles voulaient. L'*Umbra* avait échappé à nos sorts de protection, et aucune invitation formelle ne lui avait été envoyée.

Colère avait aussi mentionné que la magie ne fonctionnait pas sur eux de la même façon que sur les êtres corporels. C'était probablement plutôt ça le problème que nos sorts de protection.

Ce qui n'était pas très réconfortant.

Sans même entrer dans la pièce, je savais que le journal intime de ma sœur avait disparu, emportant ses nombreux secrets. C'était sans doute un démon *Umbra* qui avait commis ce vol. Et cela faisait remonter Cupidité tout en haut de ma liste de suspects. C'était le seul prince de l'enfer jusqu'à présent, à ma connaissance, qui en avait à son service.

Je repensai à ces nuits où j'avais eu l'impression de sentir quelqu'un m'observer au moment où je m'endormais. C'était perturbant et intrusif d'imaginer que des instants d'intimité aient pu devenir un spectacle pour des yeux indiscrets. Toutes les fois où je m'étais habillée ou… effondrée de chagrin. Les émotions brutes que je n'avais pas tenté de contrôler parce que je pensais être seule. Je jetai un coup d'œil par la fenêtre, me demandant si quelqu'un était là maintenant, à m'épier pendant que je découvrais cette nouvelle horreur.

Je me frottai les bras, essayant de me débarrasser des frissons soudains qui me parcouraient. Si ma chambre ne s'était pas trouvée au premier étage, et si je n'avais pas dû traverser le reste de la maison pour arriver ici, j'aurais cru que tout le bâtiment avait été saccagé. Heureusement, aucune autre pièce n'avait été touchée. Et les membres de ma famille étaient indemnes.

Nonna n'avait rien dû entendre d'inhabituel, car elle faisait une sieste paisible dans sa chambre au rez-de-chaussée. Les autres étaient au *Mer & Vigne* jusqu'à la fin du service du dîner.

Louée soit la déesse.

Pour en avoir le cœur net, j'enjambai les débris et je fouillai l'ancienne cachette de Vittoria. Les pages du grimoire que j'y avais rangées après avoir invoqué Colère étaient déchirées en mille morceaux. Ses bouteilles de parfum étaient brisées. Les mots d'amour avaient disparu, ainsi que son journal intime.

Une larme s'écrasa sur le sol, aussitôt suivie d'une autre. J'avais l'impression de chuter, moi aussi. De glisser entre les fissures et de me noyer une fois de plus dans le chagrin. Voir les affaires de Vittoria détruites et cassées... c'était trop pour moi.

Je traversai les décombres de ce qui avait été notre refuge et je m'effondrai sur ce qui restait de mon lit. Il s'enfonça sous mon poids, tout de travers. Comme le reste de mon univers.

Un sanglot s'échappa de ma gorge. Plus j'essayais de les retenir, plus mes pleurs devenaient incontrôlables. Comme j'avais été bête de penser que je n'avais plus rien à perdre ! Les démons étaient venus et m'avaient prouvé à quel point je faisais erreur. Même si je remettais notre chambre en état, elle ne serait plus jamais la même.

Les affaires de ma jumelle et tout ce qu'elle aimait étaient détruits.

Vittoria avait été effacée de mon monde à tout jamais. Et je ne voyais pas comment trouver la force de continuer. Je m'allongeai sur le côté, je ramenai les genoux jusqu'au menton et je pleurai tout mon soûl. Je me fichais de savoir si un démon invisible m'espionnait. Je me fichais qu'un chasseur de sorcières, un prince de l'enfer ou un monstre humain sadique se délecte de ma souffrance. J'avais perdu un bien précieux que je ne retrouverai jamais, et j'étais en deuil.

Si le démon *Aper* n'était qu'un avant-goût de ce qui nous attendait, ma ville allait passer bien des nuits à pleurer la disparition d'êtres chers. Je me sentais totalement démunie. Perdue et seule. Comment pouvais-je arrêter des adversaires aussi puissants ? La situation me semblait désespérée. Je m'étais bercée d'illusions en pensant que j'avais une chance de résoudre les meurtres et de sauver des vies. Je voulais aider, mais il ne suffisait pas d'en avoir envie pour y arriver. Je sanglotai et hoquetai jusqu'à en être épuisée. Je détestais ce que ce monde était devenu.

Cela me prit pas mal de temps, mais je finis par sécher mes larmes. Les démons avaient ravi la vie de ma sœur, et continueraient à se servir à leur guise jusqu'à ce que quelqu'un les arrête. Qu'est-ce que cela pouvait faire que je n'aie pas toutes les réponses ? Je ferais tout ce qui était en mon pouvoir pour empêcher les portes de l'enfer de s'ouvrir. J'en avais assez.

Je me relevai, me cramponnai à ma colère, et j'allai chercher mon stylo et mon pot d'encre. J'écrivis un petit mot à ma famille, pour leur assurer que je les aimais, leur promettre que tout irait bien pour moi, mais que je ne pouvais plus rester ici. Je jurai de les protéger, quoi qu'il arrive.

Plus personne d'autre à qui je tenais ne me serait enlevé.

J'utiliserais la plus obscure des magies pour m'en assurer.

« Comment vas-tu ? » demandai-je à Claudia. Son visage était couvert de taches et ses yeux étaient gonflés.

« Je t'en prie, entre. » Elle ouvrit la porte de sa maison et j'entrai. Les tentures étaient tirées. Des bougies noir scintillant brûlaient sur presque toutes les surfaces, dégageant une odeur poivrée. Un autel était couvert de squelettes d'animaux entassés, des bouquets d'herbes séchées ornaient le dessus d'un petit coffre dans le salon. La scène macabre se reflétait dans un miroir posé contre le mur du fond. J'avais presque oublié que la pauvre Valentina avait été assassinée.

J'avais l'impression que cela faisait un an, et pas une journée.

« Ça va ?

— Je ne sais pas trop. Je ressens un mélange d'émotions bizarres. » La voix de Claudia était posée. Elle me fit signe de m'asseoir sur un canapé défraîchi devant l'autel de deuil et se posa à côté de moi. « Au début, c'était comme si quelqu'un m'avait aussi arraché le cœur. Puis, je me suis sentie engourdie. Et maintenant... » Elle renifla et secoua la tête. Elle évitait mon regard.

« Maintenant, tu veux te venger. »

Elle releva les yeux et s'essuya le nez. « C'est mal ?

— Non. Avant, je t'aurais dit le contraire, mais plus maintenant. » Je pivotai sur le coussin et lui pris les mains. « As-tu un sort pour rendre un quartier assez puissant pour tuer un démon s'il essaie de le traverser ? »

La poigne de Claudia se resserra et elle crispa la mâchoire. « Je crois que oui.

— Même un démon invisible ?

— Oui.

— Bien. Je veux que tu jettes immédiatement un sort autour de ta maison, et de la mienne aussi, si tu peux. As-tu besoin de sang pour ça ? » Elle baissa à nouveau le regard et hocha la tête. Je m'en doutais. La magie noire exigeait un paiement. Je lâchai ses mains et roulai une des manches transparentes de mon chemisier. « J'aurai juste besoin d'un couteau, de deux flacons, d'huile de lavande et d'un bandage.

— Emilia, tu ne peux pas...

— Si, je peux, répliquai-je fermement. Je veux aider de toutes les façons possibles.

— Très bien. » Mon amie se leva d'un bond. Sa tristesse avait fait place à une détermination furieuse. Un sentiment qui m'animait aussi. « Je vais chercher le couteau. »

TRENTE-TROIS

Colère ne prononça pas un mot lorsque je fis irruption dans le palais qu'il occupait désormais et que je montai les escaliers. Il devait percevoir mes émotions et être assez courtois pour me laisser en paix.

Il m'observa en silence, un sourcil agaçant levé, pendant que je remontais le bandage de mon bras et disparaissais. Au deuxième étage, au fond d'un élégant couloir, je trouvai une chambre cinq fois plus grande que celle que j'avais partagée avec Vittoria.

J'aurais probablement dû la détester tellement elle était belle, mais je n'y parvins pas.

Ses murs étaient bleu glacier et l'un d'entre eux était occupé par une tapisserie couleur soleil. Un lit à baldaquin trônait au centre de la pièce et il était suffisamment large pour que je puisse m'y faire rouler au moins trois fois d'affilée sans risquer de tomber. Il y avait également une salle de bains attenante. Elle était carrelée avec une baignoire creusée et un miroir à pied. Malgré quelques fissures et des éclats, je décidai de m'en contenter.

Toutefois, à en juger par l'état neuf du lit et de la tapisserie, je constatai que je n'étais sans doute pas la première personne à penser que cette chambre me plairait. J'aurais dû être irritée que

Colère ait vu si juste, mais j'étais à bout de forces et je n'avais plus la capacité de ressentir grand-chose. La journée avait été aussi longue qu'horrible.

Je déballai ma propre couverture, l'étendis sur le matelas et la lissai. Puis, je lançai mon oreiller, et, même si ce n'était pas grand-chose, je me sentis un peu plus chez moi. C'était d'autant plus facile que je n'avais plus ce sentiment dans ma propre maison depuis que ma chambre avait été saccagée. Avant de me remettre à pleurer, j'allai dans la salle de bains et je fis couler de l'eau.

Après m'être nettoyé le visage et brossé les cheveux, je décidai que le prochain point à l'ordre du jour était une sieste. Je retournai dans ma chambre et m'arrêtai net. Colère était étendu sur le lit que j'avais réquisitionné, un bras posé sur le torse, l'autre replié derrière sa tête sombre.

Sa position était décontractée, mais l'acuité de son regard trahissait sa tension. Il était de nouveau vêtu de noir, et on aurait dit qu'il était du genre à porter cette couleur de la tête aux pieds en permanence. Je me demandai qui il avait prévu de faire saigner ce soir, étant donné les motifs pour lesquels il appréciait tant cette couleur.

« Ça va ? »

Je croisai les bras et lui décochai un regard furieux. « Non. »

Il plissa les yeux, l'attention fixée sur mon bandage.

« Que s'est-il passé ? »

Je haussai une épaule. Je n'étais pas d'humeur à passer un interrogatoire. Mais je voulais qu'il réponde à certaines de mes questions. « Cupidité et Envie veulent tous les deux la Corne d'Hadès. Tu dois la vouloir aussi. Pourquoi ne me prends-tu pas cette moitié ? »

Il ne mordit pas à l'hameçon, mais son expression se durcit autant que son ton. « Pourquoi ne poses-tu pas la question qui t'intéresse vraiment ?

— Le journal intime de ma sœur a été volé. Quelqu'un a saccagé notre chambre et détruit ses affaires.

— Et tu crois que ça a un rapport avec moi, de près ou de loin ? » Ses yeux m'évaluèrent. « Ce n'est pas juste un journal intime, pas vrai ?

— Non. » Je poussai un soupir frustré. « Elle a placé un sort de verrouillage dessus, en faisant appel à la magie des démons. J'ai réussi à le rompre, mais il ne m'a pas fourni les réponses que j'espérais. »

Colère réfléchit tranquillement à l'information que je venais de partager. C'était un geste de paix, après l'engueulade, et il semblait en avoir conscience. « Je t'aurais aidée à briser le sort si tu me l'avais demandé. »

Je traversai la chambre et m'allongeai sur le lit à côté de lui, ignorant son air indigné tandis qu'il rebondissait sur place. J'étais exténuée et j'avais juste envie que la journée se termine.

Depuis que j'avais appris que les portes de l'enfer se désagrégeaient, ma nouvelle priorité était de retrouver mon amulette. Si j'avais les deux parties de la Corne d'Hadès, je pourrais peut-être verrouiller les portes avant que d'autres démons ne s'échappent. Mais j'avais besoin de dormir pour être à même de réfléchir correctement. « Est-ce qu'on a quelque chose de prévu ce soir ?

— Oui.

— Quelqu'un d'autre a signé un pacte avec Orgueil ? »

Il acquiesça. « Isabella Crisci.

— Quand est-ce qu'on part ?

— Au crépuscule. »

Je lui repris l'oreiller qu'il avait glissé sous sa tête et posai la mienne dessus, puis je fermai les paupières. Je profitai d'une bonne trentaine de secondes de silence béni avant qu'il ne me donne un coup dans les côtes. J'entrouvris un œil. « Si tu recommences, je te jette un sort d'enfermement.

— Qu'est-ce que tu fais ?

— Je me prépare pour la guerre. Maintenant, va-t'en. »

Il marmonna quelque chose que je ne compris pas. Et je ne m'en souciais guère. Ma réponse n'était pas complètement sarcastique. J'avais besoin d'être reposée et en pleine possession de mes moyens pour retrouver mon *cornicello*, et pour me préparer au cauchemar infernal que la soirée me réservait sans doute.

Lorsque je me réveillai plusieurs délicieuses heures plus tard, Colère était parti. Que les étoiles soient louées ! Parfois, surtout lorsque j'étais épuisée, je me retournais et je parlais dans mon sommeil. Vittoria me taquinait sans cesse à ce sujet, ce qui était déjà embarrassant, mais cela aurait été bien plus gênant si je m'étais donnée en spectacle devant le prince démon.

Je m'assis et la couverture qui avait été soigneusement placée sur moi tomba. Je l'examinai, intriguée. J'étais presque sûre de m'être endormie dessus.

« Il y a quelqu'un ? »

Je parcourus des yeux la pièce vide et silencieuse. Colère n'était pas dans les parages. Je ne m'attendais pas à ce qu'il le soit. Il me fallut un moment pour comprendre pourquoi. Il faisait presque nuit dehors, et il m'avait expliqué que nous devions partir au crépuscule. Je sautai du lit et courus dans les escaliers, en criant son nom.

Le bâtiment était aussi calme que les catacombes.

« Par le sang et les os. » Ce bon à rien de prince m'avait laissée pour aller parler à la sorcière tout seul. J'arpentai le palais vide, furieuse.

Il aurait dû me réveiller. J'avais autant le droit que lui de discuter avec Isabella. Colère ne voulait manifestement pas que je tente de la dissuader d'accepter le marché du diable. Dire que nous étions censés être partenaires ! J'étais tellement furieuse que j'avais envie de hurler.

Après la journée que j'avais passée, j'avais besoin d'évacuer ma frustration. Je ne pouvais pas rester les bras croisés à attendre que quelqu'un d'autre agisse. Surtout maintenant que j'avais l'impression que des aiguilles invisibles égrenaient leur tic-tac, pour décompter le temps qui restait avant que les portes de l'enfer ne cèdent pour de bon. Je ne pouvais pas gaspiller de l'énergie à être en rogne. Il fallait que je sorte pour voir si je pouvais retrouver mon *cornicello*. Je retournai dans ma chambre et je remarquai qu'une robe avait été posée avec soin sur un fauteuil dans le coin.

Je la pris. Elle était noire comme la nuit et des racines dorées étaient brodées sur le corsage, elles ressemblaient à la page du grimoire que j'avais utilisée pour invoquer Colère. De minuscules serpents étaient également tissés dans le motif. « Magnifique » était un mot trop faible pour décrire cette tenue.

« *Testa di cazzo.* » Seule une tête de nœud pouvait penser qu'une jolie robe compenserait une promesse non tenue.

Je l'enfilai tout de même. Elle convenait à mes besoins pour ce soir.

Je murmurai une prière à la déesse de la bonne fortune en espérant qu'elle m'octroie un peu de chance, pour une fois.

Je ne savais pas où j'allais, mais je serrais discrètement le *cornicello* de ma sœur et je suivais le murmure que j'avais l'impression d'entendre une fois de plus. Cela avait marché quand j'avais tenté de trouver le tripot de Cupidité. J'avais décidé de penser à mon amulette et de voir ce qui se passerait. Je n'étais pas sûre de ce que je ressentais exactement, mais je suivis mon sentiment qui était de plus en plus fort.

Je remontai des rues escarpées accrochées au dos des falaises et je m'arrêtai un instant pour admirer la mer. Des bateaux de pêche multicolores se balançaient au large.

La vue était paisible, mais je ne pouvais pas me permettre de m'arrêter pour admirer le monde banal dont je ne faisais plus partie. Même si je n'y avais jamais vraiment eu ma place. Au moins, avant ces terribles évènements, je pouvais faire semblant.

Je dépassai la falaise de quelques pas, et le chuchotement qui m'appelait cessa soudain. Je revins sur mes pas et il reprit. J'examinai la zone, observant un feu de joie qui brillait en contrebas. Quelque chose se trouvait ici que la magie voulait que je découvre. Un groupe de personnes commençaient à se rassembler dans une crique nichée entre deux falaises imposantes et pratiquement à l'abri des regards. C'était une belle nuit pour faire la fête au bord de la mer. J'enviais ces gens de ne pas être au courant de l'existence des créatures de la nuit.

Je serrai le *cornicello* de Vittoria dans mon poing et je fermai les paupières, lui ordonnant silencieusement de me conduire à ma propre amulette. Je n'avais pas de temps à perdre en fêtes ou en frivolités. Je levai le pied pour me remettre en route, mais quelque chose ne voulait pas me laisser partir.

Je rouvris les yeux et fixai avec mécontentement le joyeux rassemblement depuis mon point de vue en hauteur. Si ma sœur avait été en vie, elle aurait été en bas avec eux, en train de danser. Je pouvais presque l'y imaginer en cet instant, en train de balancer les hanches et de rire. Les bras levés pour louer la pleine lune. J'avais tellement envie qu'elle soit là que mes yeux piquaient. Je lâchai son amulette et pris une profonde inspiration. Vittoria m'aurait traînée sur cette crique pour que je danse, que je boive et que je profite de la vie.

Et maintenant qu'elle était morte, je me retrouvais ici, seule.

Une magie puissante et étincelante gonflait mes veines. Je n'avais pas été aussi en rage depuis longtemps. Et peut-être que c'était cette sourde colère qui me fit décider d'oublier mon *cornicello*. Douze autres familles de sorcières vivaient en secret à Palerme. N'importe laquelle aurait pu essayer d'empêcher les démons d'envahir notre monde. Et pourtant, aucune ne s'en souciait. Peut-être que finalement je pouvais être plus semblable à ma jumelle. Je pouvais danser et oublier pendant quelques heures que le monde était un lieu solitaire et effrayant.

Il y aurait encore des cauchemars à combattre le lendemain et d'autres batailles à mener. Ce soir, j'avais envie de faire comme si tout était normal.

Même si c'était un mensonge. Tous les autres semblaient heureux de vivre dans un monde imaginaire. Personne ne pouvait me blâmer de vouloir vivre cette expérience pendant une heure, moi aussi. Et, qui sait ? Peut-être que si je trouvais un moyen d'évacuer un peu de stress, je pourrais penser plus clairement par la suite.

Ma décision prise, je suivis le chemin raide et étroit qui serpentait vers l'eau et le joyeux raffut. Je fis courir mes doigts sur les hautes herbes, en descendant prudemment les marches taillées dans la falaise.

Au loin, des pêcheurs soufflaient dans des cornes en coquillage. La mer murmurait, douce, féroce. Les vagues venaient lécher le rivage. Les mouettes criaient. Des chuchotements me suivaient, me narguaient, hors de portée de voix.

La déesse cria en signe d'avertissement.

Plongée dans mes pensées, je n'avais pas écouté les signaux. Un sentiment de peur terrifiant s'abattit sur moi quand mes pieds touchèrent le sable, mais il était trop tard.

J'avais déjà atteint le feu de joie.

TRENTE-QUATRE

Les rituels de la Fille de la Lune doivent être effectués à chaque pleine lune. Pour libérer ce qui ne vous sert plus, il vous faut une bougie bleu pâle, un bol d'eau, un stylo, du papier et une poignée de sauge à brûler.

Notes du grimoire Di Carlo

Tout commença innocemment, comme si le plaisir avait pris forme humaine et caressait d'un doigt glacé ma colonne vertébrale, traçant de petits cercles sur ma peau rougie. Je levai les bras et m'arquai pour savourer cette sensation. Un bonheur, pur, radieux et dévorant, me remplit.

Si j'avais été en colère un moment auparavant, en haut de la falaise, le souvenir fut oublié à la seconde où je foulai le sable. Si je m'étais inquiétée de l'invasion des démons, je ne pouvais plus me rappeler pour quelle raison. À présent, je ne ressentais plus que de la joie.

J'étais tellement préoccupée par le bonheur que je ne voulais que danser : me déhancher et sentir d'autres corps bouger en même temps que le mien. En rythme, dans la joie, sans retenue. Et, comme si mon désir avait appelé un partenaire de danse, des mains invisibles parcoururent mon corsage, descendirent sur mes hanches et saisirent mes fesses.

J'étouffai un cri. Je ne giflai pas mon audacieux partenaire. On m'avait offert ce que je désirais le plus à l'instant où l'idée m'avait traversé l'esprit. Et cela me *plaisait*.

La musique et les rires résonnaient tout autour de moi. Le rythme était la vie. Il était séduisant. Il faisait appel à mes instincts de sorcière les plus primitifs. Je me déhanchais sans réfléchir, m'abandonnant complètement à la nature et à mes sens. Je m'éloignai de mon partenaire de danse invisible en tournoyant, et mes jupes et mes cheveux voltigèrent en tous sens. La robe ornée de serpents et de racines que j'avais enfilée plus tôt dans la soirée me rappelait la nature sauvage. Je rejetai la tête en arrière et m'imprégnai des dernières lueurs du jour. Peut-être que j'avais quitté mon corps et que j'étais un nuage. C'était si bon d'être libre, de bouger et d'oublier. Ici, près du feu qui crépitait et des gens invisibles qui dansaient. Je ne pensais plus aux meurtres, aux malédictions, aux créatures du monde souterrain et aux cornes du diable.

Je ne pensais plus aux amulettes et aux journaux intimes volés.

En dansant, ici sur la plage, je ne ressentais que la paix, la joie et le plaisir. Je n'avais pas besoin de m'inquiéter de quoi que ce soit. Je pouvais rester ici, à passer d'une agréable sensation à une autre, pour toujours. Il venait me chercher. Mon roi. Ma damnation. Je ne sais pas comment je le savais, mais j'en avais la certitude.

L'équilibre. La lumière et l'obscurité. Le Soleil et la Lune. Le bien et le mal. Un serpent qui rampait dans un parterre de fleurs sauvages. Me donnant un avant-goût du fruit le plus interdit. La balance de la justice s'inclina ; un choix s'offrait à moi. Réparer un tort, ou nous damner tous.

Une petite voix s'élevait, m'avertissant que c'était mal, mais elle fut réduite au silence par la musique et le mouvement qui m'entouraient, me traversaient. Les chuchotements se firent plus forts, plus frénétiques. Je les repoussai.

Je dus retirer mes sandales, la plante de mes pieds nus glissa sur le sable chaud, et la sensation me submergea. Tout était si *bon*. Si intense. Comme si tous mes récepteurs de plaisir fonctionnaient à un rythme cent fois plus rapide que la normale. Je ne savais pas que j'étais capable de *ressentir* autant de choses en même temps.

Je tortillai mes orteils, riant lorsque des grains de sable se glissèrent entre eux, les chatouillant et les taquinant. Quelqu'un me tendit un verre de vin, et je bus goulûment. Il avait un goût sucré, fort. Celui de pommes trempées dans du miel et bénies par les étoiles. C'était l'une des choses les plus délicieuses que j'avais jamais goûtées. Vittoria aurait trouvé ce breuvage exquis. Je pris une nouvelle gorgée… peut-être pour oublier, peut-être parce que j'en avais envie.

Puis, mon verre disparut et je fus entraînée dans une nouvelle danse.

J'avais envie de rester ici pour l'éternité, à me perdre dans ces sensations enivrantes.

Et j'avais l'impression de le faire. Ici, je n'avais pas à ressentir de chagrin. Je n'avais pas à faire mon deuil. Ici, je pouvais simplement vivre.

Les minutes passaient, peut-être des heures ou des jours ; le temps n'avait aucun sens. Je bougeais et me déhanchais, je fermais les yeux et écoutais les sons enchanteurs de l'eau, les murmures des voix de personnes que je ne voyais pas. Les mains invisibles qui m'avaient touchée à mon arrivée se firent audacieuses et exploratrices, cartographiant ce territoire inexploré qu'était mon corps. Et bientôt, elles glissèrent plus bas, toujours plus bas…

« Souviens-toi, me chuchota une voix étrange. *Inferus sicut superus.* »

En haut, comme en bas. Un souvenir était enterré à cet endroit, et il jouait à frôler mon esprit.

Une sensation perçante dans mon bras, un contact froid et tranchant, me sortit de la transe. Mes yeux s'ouvrirent. La peur tendit des vrilles glacées vers moi, qui disparurent aussi vite qu'elles étaient arrivées. Elles furent aussitôt remplacées par un plaisir intense. Du ravissement. J'étais libérée de toute forme de pensée. Je me noyais dans l'instant, au fond d'un cocon d'oubli.

Et soudain, je le vis.

Comme une lame, il fendait la plage bondée et sa colère embrasait la joie si paisible jusqu'alors. Mon partenaire de danse invisible disparut, mais je le notai à peine. Une créature bien plus intéressante se rapprochait. Beaucoup plus terrifiante et plus féroce. Je sentis vaguement que j'aurais dû courir dans l'autre direction. Que je faisais face à une bête carnivore et que je n'étais qu'un agneau, trébuchant encore à deux pas du danger. Contrastant avec un groupe de silhouettes sombres, il rayonnait, c'était la seule silhouette qui ne cherchait pas à passer inaperçue.

Je pensai à du feu, à des panaches de fumée et à des flammes qui léchaient l'air. J'eus envie de passer la langue sur son corps pour vérifier s'il était aussi chaud que l'énergie qui se dégageait de lui. Les tambours battaient de plus belle. Et mon cœur aussi. Je mourais d'envie d'éprouver du plaisir à tous les niveaux.

J'aurais aimé disposer d'un sort pour mettre cette sensation en bouteille et en profiter chaque fois que j'en aurais envie.

La magie, c'était la vie, et la vie, c'était faire l'amour et se sentir merveilleusement bien. Nos corps essayaient constamment de nous rappeler de *vivre intensément*. J'avais passé les dernières semaines consumée par la mort et la destruction : j'avais besoin d'équilibre. Je le méritais. En haut, comme en bas.

Il s'arrêta devant moi, l'air méfiant. « Il est temps de partir, sorcière. »

Pas vraiment. Je m'éloignai en tourbillonnant, mais il attrapa ma main et me fit tourner jusqu'à ce que je vienne m'écraser contre son torse. La chaleur qui se dégageait de son corps m'enveloppait. J'avais l'étrange sentiment que j'aurais dû détester ça. « Bonjour, démon. Dansons.

— Tu dois partir d'ici. Immédiatement.

— Mais pourquoi ?

— Parce que tu déchires tes vêtements et que tu me regardes comme si tu allais t'en prendre aux miens dans quelques instants. »

Je baissai les yeux et j'éclatai de rire, surprise par sa réaction. J'essayai de détacher mon corsage, mais il contrecarra mes efforts.

Sa main tatouée recouvrit la mienne. Je levai les yeux vers lui, les sourcils froncés. « Tu ne veux pas me voir nue ?

— C'est déjà fait.

— Et ?

— Si tu veux toujours arracher tes vêtements de retour à la maison, on pourra en discuter à ce moment-là. »

Un souffle glacé sur mon bras éteignit un temps les flammes du désir. Puis, elles revinrent de plus belle. J'abandonnai l'idée d'enlever ma robe et me concentrai sur lui. J'approchai la main du bouton de son pantalon, il recula avec souplesse. C'était une créature compliquée. Je plaçai les mains sur son torse et les fis glisser vers le bas. Je sentais de l'énergie vibrer sous mon contact. Il me répondait. C'était enivrant.

« Pour une incarnation vivante de péché, tu n'es pas très pécheur. »

Je le serrai contre moi. Les tambours résonnaient. La passion remuait en moi. Il ferma les paupières. Je me rapprochai encore, et il ne m'arrêta pas cette fois. La musique se fit sulfureuse. Je me mis à onduler machinalement contre son corps. Je voulais qu'il me prenne dans ses bras et qu'il nous fasse danser sous le ciel étoilé.

Mais le démon têtu ne bougea pas.

« Pourquoi est-ce que tu ne veux pas me toucher ? » Je passai mon pouce sur le bord de ses lèvres et il me mordit doucement, coinçant mon doigt. S'il voulait se montrer dissuasif, cette technique n'était pas très efficace. Il ouvrit les paupières et je fus frappée par la beauté de ses yeux. « C'est parce que je suis une sorcière ? »

Il passa ses grandes mains le long de mes bras. Je me penchai, attendant qu'il colle sa bouche contre la mienne. Dans les profondeurs de mon esprit, je me souvins qu'il avait prédit qu'un jour je le supplierais de m'embrasser. Que j'aimerais ça ou que je détesterais, mais que j'en aurais envie de toute façon. Il n'avait pas tort. Je détestais… qu'il se refuse à moi. Mon désir était si fort que c'en était presque douloureux. Quand il posa finalement ses mains sur mes poignets, au lieu de me tirer vers lui, il me repoussa avec délicatesse et me maintint à bout de bras.

« Il y a de nombreuses raisons. Et l'une d'elles, c'est que tu es sous l'influence de mon frère. » Il regarda par-dessus mon épaule avec une expression menaçante. « Luxure. »

Intriguée, je me retournai lentement. Le désir brûlait toutes les pensées cohérentes que je tentais de former. Le Prince de la Luxure avait la peau dorée, les cheveux noirs, et un corps qui avait dû inspirer Michel-Ange pour ses sculptures. Je ne me contentais pas de le désirer, j'avais *besoin* de lui. Je mourais d'envie de capter son attention et de le toucher.

« Bonjour, *signorina* Di Carlo. Vous êtes absolument délicieuse. »

Sa voix était surnaturelle. J'y lisais du plaisir mêlé à de la douleur. J'étais enchantée et terrifiée à la fois. Le contact glacé me piquait à nouveau le bras. C'était la même sensation insistante qui ne cessait de me hanter. Elle engourdit mes émotions assez longtemps pour que je saisisse pleinement l'horreur de ce qui se jouait. De ce qu'il faisait.

Luxure utilisait son influence sur moi. Le résultat était pire qu'avec Envie, et de loin. Il me faisait me sentir si bien, si heureuse que j'en oubliais qui j'étais. Ce que je voulais. Et ce que je détestais par-dessus tout. Ou peut-être que je n'avais pas complètement omis ma haine, mais que je m'en fichais. Des flammes passionnées dévorèrent toute pensée consciente, et je fus une fois de plus emportée par un besoin purement animal. J'avais soif de vie, de plaisir, de…

Le prince démon se mit à tourner autour de moi. Il portait une veste argentée déboutonnée, sans chemise, et un pantalon assorti porté si bas sur ses hanches que j'aurais pu mourir de désir. Un cercle de flammes ceignait sa tête. Ses yeux étaient charbonneux. Pénétrants. J'y entrevoyais un lac de désir sans fond. J'avais envie d'arracher mes vêtements et d'y plonger la tête la première.

Je commençai à me rapprocher de lui, mais quelqu'un m'attrapa par la taille. Je n'essayai pas de m'échapper cette fois, mais je me concentrai sur la chaleur dans mon dos. Ce corps robuste. Cette énergie crépitante. J'avais presque oublié à quel point je *le* désirais.

Luxure dut sentir que mes émotions changeaient de cible. Il nous observa tour à tour, son frère et moi, avec un visage de marbre.

Il se mit à parler, mais j'étais distraite par l'afflux de sensations. Sa voix, la brise tiède, l'odeur de Colère, et le contact de ses bras musclés qui me maintenaient en place. Luxure continuait à parler. Mon esprit tenta de se concentrer sur ses mots, plutôt que sur la forme de ses lèvres.

Il s'approcha de l'endroit où nous nous trouvions. Les bras de Colère étaient des barreaux d'acier autour de moi. « Sais-tu ce que ça signifie, sorcière ? » Je fronçai les sourcils. Son sourire était forgé de cauchemars magnifiques. « Vas-y, danse. Profite de la fête. C'est un entraînement avant le Festin du Loup. »

Un parfum familier flotta vers moi, m'invitant. Lavande et sauge blanche. Vittoria ! Elle était ici. Si je m'éloignais pour me remettre à danser, je trouverais...

« Stop », murmura la même voix à l'arrière de ma tête. C'était un artifice. Vittoria était morte.

« Non. » Mon refus me surprit autant que Luxure. Son expression passa du désir à la fureur.

Il claqua des doigts et son influence sur moi disparut. Mes genoux fléchirent. Si Colère n'avait pas été là pour me retenir, je serais tombée. Tout le bonheur et toute la joie que j'avais ressentis s'évaporèrent, me laissant vide et tremblante. La terreur m'envahit. Ce qu'il avait fait... les choses que j'avais ressenties. J'avais envie de m'arracher la peau. Ou d'enfoncer mes ongles dans cette créature qui avait violé mes émotions. Qui m'avait fait tout oublier et m'avait fait désirer des choses que j'aurais dû redouter. Le vin que j'avais bu remonta tout à coup, je me penchai, rendant tout. Colère ne me lâcha pas une seconde.

« Qu'est-ce que tu fais ici ? » La voix de Colère était calme, basse. Un frisson courut de haut en bas le long de ma colonne vertébrale.

« Pour te transmettre un message, cher frère. On a besoin de toi à la Maison. Immédiatement. » Son regard se posa sur moi. « Ne t'inquiète pas. Je vais veiller sur ta petite amie. J'ai beaucoup de choses à lui raconter. Des histoires de démons et de sorcières. De méchants et de héros. De malédictions et d'une vengeance royale.

— Non. » Mes doigts s'enfoncèrent dans l'avant-bras de Colère. « Je… Je t'en prie. »

Je ne sais pas si c'était la façon dont ma voix s'était fêlée, ou s'il attendait une opportunité depuis un bout de temps, mais en une seconde je me retrouvai derrière Colère et je vis que sa dague était profondément plantée dans la poitrine de Luxure. Des os se brisèrent. Il fit remonter la lame vers le haut, et du sang noir bouillonna de la blessure.

« Ne reviens plus ici. Je rentrerai chez moi quand je serai prêt. » Il retira la dague, l'essuya sur son pantalon. Et attendit. « On se reverra en enfer, mon frère. »

Je ne savais pas ce qui me dérangeait le plus : la froide indifférence sur le visage de Colère alors que son frère agonisait sous ses yeux, ou la brutale efficacité de l'attaque.

Je me doutais qu'il était dangereux, mais le voir…

Luxure toussa, jeta un coup d'œil à sa blessure mortelle. Et disparut soudainement. Il se volatilisa comme s'il n'avait jamais été là.

Je m'effondrai sur la plage et fixai l'espace qu'avait occupé le prince démoniaque. Des larmes coulaient sur mon visage. Je fus à nouveau prise d'un haut-le-cœur et Colère m'observait avec un air impassible. Quand je cessai de vomir, il s'agenouilla à côté de moi. Je ne pus me résoudre à le regarder dans les yeux.

« Il est mort ?

— Non. Être frappé par une lame de la Maison ne fait que rompre les liens avec ce royaume. Il est de retour chez lui et ne sera pas en mesure d'utiliser ses pouvoirs pendant un moment. »

Un peu de répit dans un océan de malédiction. « Bien. »

Il me tendit un tissu pour que je m'essuie le visage. Je ne savais pas d'où il le sortait et je m'en fichais. « Luxure prend tes émotions et les démultiplie. Il se pourrait que tu ressentes un vide, maintenant. Imagine-le comme un puits : son influence épuise rapidement les réserves. Là où tu ressentais un bonheur béat, le contraste va te paraître vertigineux. C'est une sorte d'enfer. Offrir le plaisir ultime pour l'arracher avant que la personne n'en profite pleinement. Si on le fait régulièrement, le processus rend les mortels fous. Mais tu devrais bientôt te sentir mieux.

— Il n'aurait pas... » Je serrai les poings le long de mon corps. « Il ne m'aurait pas forcée... »

Colère secoua la tête. « Non.

— Mais j'ai senti... Il y avait des mains invisibles. » Je n'avais pas oublié non plus que je voulais à tout prix enlever mes vêtements devant lui. Ni que j'avais très envie qu'il me touche.

« C'étaient des manifestations de ton désir. Les mains émanaient de toi, pas de quelqu'un d'autre ou d'autre chose. »

Ce n'était guère réconfortant. Luxure ne m'avait peut-être pas violée physiquement, mais la manipulation émotionnelle était aussi agressive. Il avait déformé la bonté jusqu'à ce qu'elle devienne retorse. Colère avait raison. J'avais l'impression de m'être écrasée au sol, comme si j'avais été en train de planer, que le vent s'était brusquement arrêté et que j'avais été précipitée dans les profondeurs d'une mer glaciale. Un vaste abîme de néant m'avait submergée.

J'avais envie de me rouler en boule sur le sol et de dormir pour l'éternité. Je me fichais de la malédiction. Ou de l'impression tenace d'avoir appris quelque chose de crucial. Je ne me souciais plus du meurtre de ma sœur. Ou de la vengeance. Plus rien n'avait d'importance.

J'avais dû dire cette dernière partie à voix haute.

Colère s'approcha et caressa le côté de mon cou. L'endroit exact où je pensais qu'il m'avait embrassée la nuit où il m'avait sauvée du *Viperidae*. Je frissonnai, et il laissa retomber sa main.

« *Valeas.* » *Sois forte.* « Bientôt, tout te paraîtra à nouveau crucial. »

TRENTE-CINQ

« Bientôt » se transforma en une semaine. Je voyais à peine le temps passer. Je restais au lit, bloquant la lumière du Soleil, et je refusais de prendre un bain. J'avais peu d'énergie et encore moins de raisons de me soucier de quoi que ce soit. Je ne rendis pas visite à ma famille, je ne passai pas une seule fois au restaurant. Je ne cherchai plus mon amulette, je ne pensai pas aux portes de l'enfer. Je dormis à peine. Quand je fermais les yeux, j'entendais une voix étrange. Quand je me réveillais, j'avais oublié le message urgent.

Je m'en fichais. Cela n'avait pas d'importance.

J'avais l'impression que le monde s'écroulait autour de moi, et parfois je haletais pendant ce qui me semblait être des heures, incapable d'inspirer suffisamment d'air. La vie était douloureuse. Tout plaisir avait disparu. Tout ce qui faisait sens pour moi avant était oublié, enterré profondément dans un abîme insondable que je ne parvenais pas à franchir. Ma sœur était un lointain souvenir. Comme ma vengeance était aussi animée par la passion, il ne m'en restait rien non plus.

Si Colère était fâché ou agacé par mon incapacité à me débarrasser des conséquences de l'emprise de son frère, il ne le laissait pas paraître. Du moins, pas de la manière à laquelle je m'attendais.

Il ne se montrait pas toujours l'infirmier le plus aimable ou le plus patient qui soit. Il n'était jamais loin, cependant, rôdant sans arrêt près de la chambre que je m'étais choisie dans le château en ruine. Parfois, quand j'étais dans un état brumeux entre le sommeil et l'éveil, je le voyais camper sur un fauteuil à côté de mon lit. Les cheveux ébouriffés et les vêtements froissés. Une fois, je crus même qu'il me tenait la main. Mais quand je me réveillai de ce brouillard presque impénétrable, il était parti. Il m'apportait de la nourriture trois fois par jour et quand je refusais de manger, il restait assis et me fusillait du regard jusqu'à ce que j'avale quelque chose. Se battre contre lui drainait trop d'énergie : je préférais manger.

Parfois, je fixais les méandres de ses tatouages. De près, le serpent métallique, qui partait de sa main droite, remontait et s'enroulait autour de son épaule, était un chef-d'œuvre : chaque écaille chatoyait. Ce n'était pas juste de l'or, il y avait des parties argentées et d'autres noires comme le charbon. Des ombres et de la lumière. Je le fixais avec des yeux éteints pendant qu'il m'amenait les repas. Je me demandais si nos tatouages assortis évolueraient avec de nouveaux détails complexes au fil du temps. Je cessai de m'en soucier.

Il m'apporta toujours plus de nourriture.

Des grappes de raisins noirs dodus. Des morceaux de fromage à pâte dure. Du lait chaud sucré au miel et aux épices. De la charcuterie et d'autres mets auxquels j'arrêtai de prêter attention. C'était un chasseur puissant qui ramenait un butin princier. Je me demandais quand il baisserait les bras et me laisserait tranquille.

« Quand tu commenceras à te nourrir toi-même. »

Je ne pensais pas avoir posé la question à haute voix... Mais je me fichais qu'il lise dans mes pensées. Je repoussai sa grappe de raisins et me fis rouler sur le côté. Je laissai le monde autour de moi disparaître.

Quelque part, au loin, je crus entendre Colère parler. Il me racontait l'histoire d'une sorcière dont le cœur, un jour, avait été arraché, non pas physiquement, mais émotionnellement. Elle ne parvenait à combler ce vide que lorsqu'elle partait chasser pour se venger, et, même dans ces moments-là, son chagrin n'était jamais loin. Puis, alors qu'elle était sur le point de découvrir un secret oublié de tous, elle rencontra un prince redoutable. Il prit plaisir à lui dérober le peu de plaisir auquel elle s'accrochait, la laissant vide et vulnérable.

Je fis abstraction du son de sa voix. Je n'aimais pas cette histoire. Je connaissais la fin.

Vittoria était partie. J'avais lutté de toutes mes forces contre le chagrin du deuil, m'accrochant à ma quête de justice comme si c'était la seule chose qui me rattachait au monde.

Maintenant que j'avais perdu l'envie de me cramponner à cette quête, je n'avais plus rien.

La patience de Colère dura deux semaines, apparemment. Un matin, ou un soir (j'avais arrêté de faire attention à ce genre de détails), il me sortit du lit et me jeta sans cérémonie dans une baignoire qui m'attendait, sans même m'enlever mes vêtements. Je me levai, écartai les cheveux emmêlés de mon visage, et je le fusillai du regard. Il me toisa avec désapprobation et une petite étincelle de colère finit par s'allumer.

« Tu as perdu la tête, maudit… ? »

J'interrompis mes récriminations en voyant le décor étrange qui nous entourait.

Des bougies disposées en cercle sur le sol laissaient couler des larmes de cire, tandis que leurs flammes offraient une douce lueur sur fond de crépuscule. Ou d'aube, je ne pouvais pas en être sûre. Les fenêtres étaient ouvertes pour permettre à l'air frais de circuler dans la salle de bains. Pendant ma convalescence, Colère avait suspendu des voilages. De magnifiques rectangles de gaze voltigeaient au gré du vent devant les ouvertures.

Son projet de décoration ne s'était pas arrêté là.

Une ligne de sable fin entourait la baignoire, ainsi que des dizaines de fleurs d'oranger et de frangipanier délicieusement parfumées. Mes fleurs préférées. Je posai sur lui un regard accusateur. « Qu'est-ce que c'est ?

— Des représentations de chaque élément. » Il désigna d'un signe de tête les objets en question. « La terre, l'air, le feu et l'eau. Je suppose que je n'ai pas besoin de t'en dire plus. »

Non, ce n'était pas nécessaire. Je savais exactement ce que ça signifiait. C'étaient des offrandes pour que les déesses guident une Fille de la Lune et l'aident à sortir de l'obscurité. J'examinai à nouveau la pièce, et mon pouls s'apaisa. Ajouter des fleurs d'oranger et de frangipanier était un peu excessif : le sable aurait suffi pour la partie terrestre du rituel. Je ne le lui fis pas remarquer. J'étais… surprise que le démon en sache autant sur nos usages. Je m'étendis et posai la nuque contre le bord de la baignoire, puis je fermai les paupières, laissant la magie des éléments s'infiltrer dans mon âme. Une tranquille somnolence s'empara de moi.

Je perçus des pas s'éloigner et j'attendis qu'il soit presque parti. « Merci. »

Il dut m'entendre. Je n'avais pas chuchoté et – même avec les fenêtres ouvertes – aucun bruit ne provenait de la rue. Mais la seule réponse qu'il m'offrit fut le léger déclic de la porte qui se fermait derrière lui. Je humai l'agréable parfum des fleurs d'oranger et je m'assoupis. Plus tard, j'en ramasserais quelques-unes et je les glisserais dans mes cheveux. Alors que je m'enfonçais plus profondément dans l'eau, je compris pourquoi il avait apporté des fleurs. Elles n'étaient pas destinées au rituel, mais à moi.

Leur parfum était le premier véritable plaisir que je ressentais depuis qu'on m'avait dérobé tous les miens.

TRENTE-SIX

« Il y a toujours des vainqueurs et des victimes. Tu dois choisir ton camp. Sinon, d'autres s'en chargeront à ta place, sorcière. Et je doute que ça te plaise. »

Je rejetai la tête en arrière et gémis. « C'est une partie de *scopa,* pas un combat à mort. Tu es toujours aussi dramatique ? »

Colère se renfrogna derrière ses cartes peintes à la main. « On peut tirer de précieuses leçons des jeux de stratégie. Seuls les imbéciles les discréditent.

— Et seule une créature orgueilleuse de l'enfer prend un simple jeu de cartes aussi au sérieux que toi. »

Je saisis un *cannoli* dans l'assiette qu'il avait posée sur mon lit. Quand j'étais sortie du bain, enveloppée dans une nouvelle robe de chambre soyeuse, il m'attendait avec le dessert et le jeu de cartes. Il m'observa discrètement pendant que j'en dévorais un de plus, semblant ravi de s'être souvenu avec exactitude du genre de nourriture humaine que j'appréciais. J'avais cru à tort que sa stratégie pour me remettre sur pied et restaurer mon bien-être inclurait d'autres activités relaxantes. Je ne m'attendais pas à ce que nous jouions à des jeux de guerre. J'eus soudain une envie pressante de retourner dans le bain.

La bénédiction des éléments avait produit un merveilleux effet sur mes émotions. J'étais prête à m'aventurer hors du château de la Zisa et à résoudre le mystère qui entourait le meurtre de ma sœur. Et à retrouver mon amulette. Du moins, en théorie. En réalité, j'étais pétrifiée à l'idée de rencontrer un nouveau prince de l'enfer. Chacun de ceux dont j'avais croisé la route jusqu'à présent s'était révélé pire que les précédents.

« Combien de temps faut-il à un prince démon pour se rétablir après avoir été...

— ... éviscéré ?

— Je croyais que tu visais son cœur ?

— Je lui ai perforé un poumon. Je lui ai peut-être cassé quelques côtes. » Son ton paraissait déçu. « J'imagine qu'il est déjà presque guéri. » Il me regarda. « Il ne t'embêtera plus.

— J'en suis convaincue. Un prince de l'enfer qui prend plaisir à tourmenter les gens en leur ôtant toute joie et tout plaisir va tout à coup faire preuve d'humanité, et ne plus jamais tenter ce vilain tour...

— Oh, il va certainement encore essayer. Mais tu vas l'en empêcher. »

J'engloutis la dernière bouchée de mon troisième *cannoli,* me sentant soudain mal à l'aise. « Il y a un sort ou une amulette qui atténue l'influence démoniaque ? Les Irlandais sculptent des croix dans du bois de sorbier et les portent pour éloigner les créatures magiques. Il doit y avoir des objets qui offrent une protection contre les démons dans votre genre. »

Il resta silencieux pendant un temps inconfortablement long. Je levai les yeux et contins mon envie de tressaillir. C'était devenu trop facile d'oublier sa vraie nature. Et dans des instants de lucidité comme celui-ci, je m'inquiétais du moment où *il* déciderait d'exercer son influence sur moi.

« Les monstres se méfient de moi et des miens, sorcière. Je n'ai pas peur, je *suis* la peur. Les bâtons, les baies et le métal n'emprisonnent que les faibles. Tu me trouves faible ? » Je secouai la tête et Colère montra les dents dans un sourire pétrifiant. « Tu as peur ? »

Je déglutis. « Non. »

Il me fixa pendant une bonne minute, mais ne releva pas mon mensonge.

« Mon monde s'articule autour d'un principe simple : *si je suis convaincu d'être puissant, je le suis.* Si je crois en mes capacités, les autres s'apercevront de mon assurance. Cela les fera hésiter, ne fût-ce qu'une seconde, le temps de réévaluer la menace que je représente. Tout avantage que tu peux gagner se révélera capital au moment de traiter avec mes frères. Leur devise sera toujours "Connais ton ennemi". Complique-leur la tâche. En d'autres mots, pour répondre à ta question, non, tu n'as pas besoin d'un sort, d'une amulette ou d'un colifichet qui t'apporterait une fausse protection. Tu dois avoir confiance en toi et en ton pouvoir. Sinon ils te tortureront et te nargueront pour l'éternité. »

Une fois que mon cœur se calma enfin, je lui lançai un coup d'œil sceptique. « Tu crois que je peux accomplir tout ça en jouant aux cartes ?

— Oui.

— Bon, admettons que tu aies raison. Comment une partie de *scopa* peut-elle me préparer à vaincre un prince de l'enfer ?

— La vie nous distribue souvent des cartes que l'on n'a pas choisies. » Colère s'adossa à son fauteuil, et la tension de la pièce se relâcha en même temps que la sienne. Il étudia sa main avec soin, puis posa une carte sur la table. Un *balai*. Il ramassa toutes les cartes sur la table. Je le maudis. C'était la troisième fois de suite qu'il faisait ça. « Ce qui compte, c'est que tu les joues à ton avantage. »

Je lâchai un ricanement moqueur. « C'est de la chance, pas de la stratégie.

— Les deux sont indispensables. Mais on peut dire que la chance augmente si on peaufine sa stratégie. » Il me regarda droit dans les yeux. « Vous vivez selon les notions archaïques de magie *de la lumière* et *de l'obscurité*, alors que le pouvoir magique n'est ni bon ni mauvais. C'est l'intention qui compte, en réalité. En n'étudiant pas *tous* les pouvoirs, vous vous êtes coupées de nombreuses possibilités. C'est une erreur stratégique de ne pas affiner toutes les armes de son arsenal.

— Nonna adorerait ce conseil. »

Son regard se durcit. « Si ta grand-mère ne souhaite pas que tu apprennes à te défendre, je vais finir par me poser des questions. » Il prit une profonde inspiration pour se calmer, et son ton se fit plus amène. « Si tu veux devenir une vraie joueuse dans cette partie de meurtres et de dupes, commence par étudier tes adversaires. Découvre qui ils sont, ce qu'ils souhaitent, et observe-les de près. Une fois que tu connaîtras bien leurs habitudes, tu repéreras facilement les mensonges. » Un coin de sa bouche se souleva alors que je perdais un nouveau pli et que je maudissais le diable entre mes dents. « Travaille sur tes émotions. Tu es gouvernée par le feu… Tu t'emportes et tu te mets en colère facilement. Ce sont des qualités qui ne sont pas mauvaises dans certains cas, mais qui se révèlent néfastes face à ton ennemi. Il ne faut pas lui permettre de lire en toi comme dans un livre ouvert. Il fera tout ce qui est en son pouvoir pour t'empêcher de découvrir sa vérité.

— Tu as déjà envisagé de donner des cours, dans le monde souterrain ? Tu aimes donner des leçons, en tout cas.

— Moque-toi de moi tant que tu veux. Ça n'enlève rien au fait que j'ai raison.

— Et humble avec ça.

— Le monde et ses habitants sont en évolution constante, c'est pour ça que nous, princes de l'enfer, continuons à affûter nos esprits et nos compétences. C'est l'absence d'arrogance qui nous permet de rester craints de tous. Nous ne croyons pas tout savoir, nous avons une foi inébranlable en l'adaptation. Tu ferais mieux d'adopter les mêmes principes, sinon tu finiras par disparaître.

— Je crois que tu aimes écouter le son de ta propre voix. Tu devrais me laisser t'apprendre à ressentir une plus grande palette d'émotions.

— Un jour, peut-être. »

Il mit ses cartes de côté et m'étudia. Je ne savais pas si la lueur sombre dans ses yeux était celle d'un prédateur qui rôde autour de sa proie, ou le signe d'un léger intérêt pour d'autres objectifs. Ou peut-être... peut-être qu'il m'admirait, comme s'il me voyait pour la première fois sous un jour différent. Le plus étrange, c'est que j'ignorais laquelle de ces deux réponses me convenait le mieux.

Un souvenir de mes désirs sur la plage remonta à ma mémoire.

Mon pouls s'accélérait, alors qu'il se penchait lentement vers moi, plantant son regard droit dans le mien. Une seconde durant, je crus qu'il allait m'embrasser. Puis, il se retira brusquement et je relâchai mon souffle.

« Quand tu es arrivée sur la plage, j'imagine que tu as ressenti une influence démoniaque. En être consciente est la clé, si tu veux lutter contre elle. Notre pouvoir consiste à déceler les émotions, à exacerber celles qui nous nourrissent. Une fois que tu as compris ça, tu peux déplacer ta concentration et tes sentiments. Tu aurais pu t'échapper de la fête de Luxure à tout moment. Tu devais juste être convaincue que c'était possible.

— Tu sous-entends que ce qu'il a fait était de *ma* faute ? »

Il se leva. Je n'avais pas encore remarqué à quel point il était habillé et coiffé avec soin. Il portait une veste d'un noir d'encre dont les revers arboraient des serpents dorés en fil d'or, un pantalon noir et des bottes qui brillaient d'avoir été cirées récemment. Quelques bagues scintillaient aussi à ses doigts. Onyx et or : ses couleurs préférées. Il était... pas mal du tout. Il s'aperçut que je l'examinais et esquissa un demi-sourire narquois.

« Je sous-entends que tu sous-exploites tes pouvoirs, Emilia. Tu peux déformer mes propos autant que tu veux. C'est la façon de réagir des mortels.

— Je ne déforme rien du tout et je ne suis pas humaine. Tes frères sont sadiques.

— Les princes de l'enfer ne sont ni bons ni mauvais. Nous *sommes*, c'est tout.

— Mouais. Ce sont juste des monstres malveillants.

— Et pourtant, tu continues à dire "ils" et tu ne m'inclus pas dans ce jugement. » Colère secoua la tête. « Pourquoi ?

— Je... » J'inspirai profondément. « Parce que, jusqu'à présent, Cupidité, Envie et Luxure ont fait des choses horribles. Pas toi. Mais c'est sans doute grâce au sort que j'ai utilisé sur toi. »

Il n'avait plus l'air amusé du tout. « Entraîne-toi à lire les gens, surtout quand leurs expressions semblent froides ou distantes. Cherche à déchiffrer leur bouche qui se ferme, leurs yeux qui se détournent. Repère les mimiques et les moindres indications de leurs véritables sentiments lorsque tu leur poses des questions embarrassantes.

— D'autres conseils, monsieur le roi de l'adaptation ?

— Tu vis dans un royaume de libre arbitre : accepte-le et tu auras déjà pris le dessus sur tes adversaires. Tu as toujours le pouvoir de choisir, même quand les choix semblent limités. Ne l'oublie jamais.

— Ah bon ? Toujours ? » Ma colère s'enflamma. « Est-ce que ma sœur avait le choix de vivre ou de mourir ? Parce qu'il me semble que quelqu'un d'autre a décidé pour elle.

— Il y a des destins pires que d'autres, sorcière.

— Comme ?

— Vivre dans mon monde. » Il se retourna et se dirigea vers la porte. « Je serai bientôt de retour. Si tu t'ennuies, regarde dans la commode près de ton lit. » Il s'arrêta dans le couloir et jeta un coup d'œil par-dessus son épaule.

« Je ne te conseille pas de t'aventurer à l'extérieur du château ce soir.

— Pourquoi ? » criai-je.

Il ne se donna pas la peine de répondre, il était déjà parti. Je m'interrogeais sur ses vêtements, sur ses cheveux bien coiffés. On aurait dit qu'il voulait faire bonne impression.

Je me levai et me mis à arpenter la chambre. Je regardai par la fenêtre quelques instants, puis je me laissai retomber sur le lit. J'entortillais distraitement une mèche de mes cheveux, en pensant à tout ce qu'il savait au sujet des vainqueurs et de leurs victimes. Puis, je me mis à réfléchir au libre arbitre et aux choix. C'est alors que je me sentis agacée qu'il se montre si hypocrite, en empiétant sur mes libertés en permanence.

Je restai assise pendant vingt bonnes minutes, à me demander pourquoi je l'écoutais, puisque j'avais un libre arbitre. J'avais des choses importantes à faire et j'avais déjà perdu assez de temps. J'enfilai une simple robe gris foncé sans manches qu'il avait dû acquérir récemment, et je sortis dans la nuit tombante.

TRENTE-SEPT

Les bougies des ténèbres ne doivent être utilisées que dans les circonstances les plus graves.

Allumez une bougie de teinte marine ou violet foncé, disposez une pincée de poudre de nitre autour de sa base, et invoquez le mal depuis les régions les plus éloignées au nord et au sud.

Notes du grimoire Di Carlo

Le clair de lune se répandait comme du sang argenté sur les toits et semblait dégouliner dans les rues. Il était encore assez tôt pour que quelques personnes soient dehors. Certains portaient des colis achetés au marché, d'autres se dépêchaient, semblant fatigués et abattus par une dure journée de travail.

Le bain des quatre éléments m'avait rechargée, et je n'étais plus ni épuisée ni vidée de mon énergie, mais les dernières semaines avaient néanmoins laissé des traces. Quand j'avais placé des fleurs d'oranger dans mes cheveux avant de sortir, j'avais remarqué que mes yeux étaient creusés et qu'une lueur méfiante qui n'était pas présente avant y était apparue. J'étais toujours la même Emilia, mais plus prudente et à cran. Je repensai aux dernières semaines de ma sœur et je me demandai, dans le cas très probable où elle avait rencontré un des princes de l'enfer, comment elle était parvenue à nous le cacher.

Peut-être qu'elle *avait été* en permanence à bout de nerfs, tremblant pour un rien. Et c'était sans doute pour cette raison que Nonna nous avait signalé les multiples signes envoyés par les déesses. Ma grand-mère sentait la tempête arriver. J'étais trop occupée à réfuter ce que je prenais pour de la bête superstition pour remarquer quoi que ce soit.

Je me précipitai dans les rues, ravie de ne pas m'y trouver seule. Je ne voulais surtout pas croiser de démons, qu'ils soient royaux ou non. Rester dans le palais protégé par la magie aurait été sans aucun doute un choix avisé, mais je ne pouvais pas me cacher éternellement de mes nombreux ennemis. Et me réfugier derrière les murs épais ne m'aiderait pas non plus à affiner mes compétences, à m'entraîner à repérer si les gens me mentaient en les observant. Chaque jour qui passait pouvait être le théâtre d'un nouveau meurtre de sorcière. Quand j'avais enfin réussi à me débarrasser du désespoir avec lequel le démon m'avait terrassée, j'avais pensé à un détail qui m'avait échappé. Il pouvait n'avoir aucune signification ou, au contraire, se révéler crucial : le monastère.

Je ne pouvais pas m'empêcher de me demander pourquoi ma jumelle s'y était rendue deux soirs d'affilée. Lorsque Vittoria n'avait pas été sélectionnée pour s'occuper de la préparation des morts, elle avait pratiquement cessé d'y mettre les pieds. Je pensai au cercle d'invocation situé dans la pièce où ma sœur était morte. Si ce n'était pas elle qui l'avait mis en place, j'en déduisais que quelqu'un d'autre l'avait fait. Quelqu'un qui pouvait être responsable de l'invocation de Cupidité et d'Envie. Peut-être que je pourrais attraper cette mystérieuse personne en flagrant délit, occupée à former un nouveau cercle. Ce n'était pas grand-chose, mais c'était une piste.

À cause de l'influence démoniaque de Luxure, j'avais gâché les deux dernières semaines et…

Claudia faisait les cent pas dans la petite cour qui séparait le dortoir du bâtiment principal du monastère. Son visage était baigné de larmes. Elle tirait sur ses cheveux en marmonnant. Ses jupes étaient sales et déchirées, des taches couleur rouille sombre éclaboussaient son corsage. Je courus à ses côtés ; elle ne sembla pas remarquer ma présence. Elle était dans un état lamentable... ce qui n'était pas surprenant, puisque sa cousine avait été assassinée quelques semaines plus tôt.

« Claudia ? » Je tendis prudemment la main vers elle. Elle refusa de lever les yeux. « Ça va ?

— Ils ont dit de ne pas les utiliser. De ne jamais les utiliser.

— Utiliser quoi ?

— Les os et les miroirs noirs. Des miroirs noirs et des os. Les corps et les cendres de ceux qui sont tombés. Les ossements des défunts. Les morts sont de la poussière parce que j'ai vu les ailes des corbeaux battre à contre-jour sur le croissant de lune. La Lune est un croc, elle attend de nous mordre tous. De nous dévorer. Avaler le sang et les os jusqu'à ce que nous soyons de la poussière à notre tour. »

Elle tomba à genoux et tenta en vain de soulever les pavés de la cour. Elle avait du sang séché sous les ongles. Ils étaient fendus et cassés.

« Je l'entends. Il chuchote et parfois c'est si fort que je peux à peine penser. »

Je baissai les yeux et constatai, horrifiée, que le sol était creusé de plusieurs stries longues et fines, comme si elle le grattait depuis longtemps déjà.

« Claudia, s'il te plaît. » Je me penchai pour placer mes mains sur les siennes, mais elle se retourna et siffla comme une créature sauvage, ses yeux étaient vides et elle ne semblait pas me reconnaître. Je reculai brusquement. « Qu'est-ce qu'il s'est passé ?

— Poussière. Poussière. Nous sommes des miroirs dans la poussière. Nous sommes des crânes sans chair, des os sans moelle. Morts. La mort serait la bienvenue. Aucune n'est la bienvenue. Et toi – son regard noir se dirigea vers le mien – tu vas brûler et brûler, et la Lune aura sa vengeance, et le Soleil nous dévorera et il ne restera rien. Les étoiles. Les étoiles sont sorties et elles chutent comme des plumes arrachées au puissant corbeau, parce qu'il a soif de leur chair et qu'elles veulent le nourrir jusqu'à ce qu'il soit repu, mais il ne sera jamais satisfait. Il est le péché et est ravi de l'être. »

Les miroirs noirs étaient utilisés pour la divination, et certaines personnes avaient également recours à des os d'animaux, même si Nonna nous mettait sans cesse en garde contre l'utilisation d'objets frappés par la mort. Elle affirmait que l'avenir ne devait être vu que par les vivants, que les choses qui pourrissent profondément dans le sol s'étaient décomposées et avaient quitté ce royaume ; elles n'avaient plus à se soucier du devenir de ce monde.

Pour autant que je sache, Claudia ne faisait appel qu'à des pierres précieuses ou à des bougies magiques.

Elle se balançait d'avant en arrière, en chuchotant. Ses mots étaient précipités et empreints d'une panique frénétique. Tous les mots n'étaient pas en italien, je ne comprenais pas la moitié de ce qu'elle racontait. Je craignais qu'elle soit en train de répéter des messages envoyés par des créatures que je ne voulais pas croiser. J'essayai à nouveau de l'atteindre, refusant de la laisser seule affronter son cauchemar.

Elle tenta de s'éloigner de moi, mais j'enroulai les bras autour de sa taille et lissai les cheveux humides de son front. « Chhh. Chhh. Les étoiles ne tombent pas. Nous sommes en sécurité.

— En sécurité. En sécurité entre des chaînes et derrière des serrures, et des miroirs noirs sans clés. » Claudia se balançait entre mes bras. « Je l'entends, ou je les entends. C'est difficile à dire. Ils parlent tous en même temps : les os des morts, la poussière des étoiles et la Lune dévorante avec son sourire cruel. La déesse qui est et n'est pas, c'est la vengeance. »

Un horrible pressentiment me noua l'estomac. « Tu as utilisé des os humains ?

— Il m'a dit que je découvrirais la vérité. Que les os me la révéleraient. Les morts ne devraient pas penser. Les morts n'ont pas d'esprit, pas de volonté, pas de mémoire. Nos esprits sont faits pour oublier. Les serrures ne correspondent pas aux clés. J'ai utilisé les ossements parce qu'il le fallait. Les jolies étoiles étaient censées éclairer le chemin, me conduire jusqu'à elles. J'étais censée aider. Ils n'arrêtent pas de crier... Empêche-les de crier !

— Qui crie ?

— Les Damnés ! Ils croient qu'ils brûlent, mais il y a pire que le feu et la cendre. »

Ces paroles étaient étrangement semblables à ce que Colère m'avait expliqué plus tôt.

Claudia rejeta la tête en arrière et poussa un cri, couvrant mon corps de chair de poule. Les lumières s'allumèrent dans le monastère. Je la serrai contre moi, essayant de l'empêcher de se débattre. Il fallait qu'elle se tienne tranquille avant que la confrérie n'arrive.

« Tout va bien. Tout va bien. Respire.

— Des miroirs noirs... Des yeux brûlants. La mort approche en feignant l'amitié. *Inferus sicut superus*. Le livre a besoin de sang. Il le réclame. Le sang le brise. » Elle me repoussa et se retourna. « Cache ton cœur. Cache-le avant... » Elle tapota ma poitrine en secouant la tête. Des larmes dévalèrent ses joues. « Trop tard. Ils ont pris le cœur et l'ont caché sous des pierres et de la terre. Morts. Les os, la poussière et les cris. Disparus. Le changement est arrivé.

— Quel changement as-tu vu ?

— *Angelus mortis*. Il va et vient, et c'est un voleur rusé qui a dérobé les étoiles et les a bues jusqu'à ce qu'elles soient à sec. Il va te prendre. Tu es déjà partie. À la fin, tu choisiras. Mais il a aussi choisi. Je ferai mon deuil. Je fais mon deuil. Comme les feuilles dans le vent. » Claudia ramassa ce que je supposais être des feuilles imaginaires sur le sol et les souffla de sa paume. « L'ange de la mort t'a réclamée. T'a changée. Tu es ici, mais pas là ; or, là, c'est l'endroit où tu seras, ta vie est terminée. Semblable, mais différente. Pour l'éternité. »

J'en savais assez sur la divination pour comprendre que ses avertissements n'étaient pas de simples divagations, ou des symptômes de folie. Je pensais que ce qu'elle traversait était similaire à ce qu'avait enduré la vieille Sofia Santorini quand sa divination avait mal tourné, il y a dix-huit ans de cela. On aurait dit que mon amie était piégée entre les royaumes et les réalités, qu'elle percevait des centaines de messages différents à la fois. Je n'arrivais pas à me figurer à quel point elle devait être terrorisée, perdue dans la prison de son esprit sans espoir d'en sortir. J'espérai que ce n'était pas le résultat du sort que je lui avais demandé de lancer. Si c'était le cas…

Je pris doucement la main de Claudia dans la mienne. « Allons voir Nonna.

— Ils parlent tous en même temps. C'est difficile de comprendre. D'écouter. La même voix s'exprime au-dessus de toutes les autres, cruelle, douce comme la soie et sirupeuse comme le miel. "Choisis", dit-elle. Je voulais goûter. C'était du poison. Je n'étais pas censée savoir. Il arrive. Non, non, non. Il est *ici*, il n'est plus là, mais ici. Il marche parmi nous, caché dans l'ombre. Comme la mort.

— Nonna saura quoi faire pour nous aider. Nous devons aller la voir tout de suite. »

Elle enfonça les ongles dans mes bras assez fort pour me faire grimacer, et murmura : « Cours. »

TRENTE-HUIT

« **Tu ne dois pas t'attarder**, il te cherche. » Pendant un moment, Claudia me parut totalement lucide. Puis, ses yeux s'écarquillèrent tellement que je pus en voir tout le blanc, ensuite ses cris reprirent de plus belle. C'était un son horrible, à glacer le sang et sans le moindre répit. On aurait dit un animal pris dans un piège, alors qu'un prédateur approche.

Je luttai contre l'envie de me boucher les oreilles. Ou de fondre en larmes.

Je pris quelques respirations rapides, et je me ressaisis : elle avait besoin d'un sort purificateur, ne fût-ce que temporairement. Mais il fallait du quartz rose, du sel, de l'eau et de la racine d'alcanet. Tout cela était chez moi, bien loin d'ici.

Une porte du dortoir s'ouvrit, et quelques membres de la confrérie se précipitèrent dehors. Je levai la main pour les faire patienter, et ils s'arrêtèrent à contrecœur à quelques mètres de nous. Je frémis intérieurement quand je vis le frère Carmine émerger de l'arrière du groupe. Je ne l'avais pas vu depuis des années.

Des souvenirs d'enfance longtemps enfouis refirent surface. Quand nous étions plus jeunes, quelques années après que Sofia Santorini avait utilisé la magie noire, il avait pour habitude de monter sur une caisse au marché et de tenir des propos incohérents au sujet du diable. Nous devions partir au plus vite. Immédiatement. S'il voyait Claudia dans cet état, il croirait qu'elle était possédée.

La peur transformait les hommes en monstres.

Antonio se détacha du groupe. À mesure qu'il s'approchait de nos deux silhouettes serrées l'une contre l'autre, l'horreur qu'il tentait de contenir était de plus en plus lisible sur son visage. Il examina les cheveux en désordre de Claudia, sa robe déchirée, et les taches de sang. « Elle s'est fait attaquer ? Qu'est-ce qu'il s'est passé ? »

Je ne pouvais pas lui avouer la vérité : qu'elle avait joué avec des forces mystiques dans les couloirs sacrés du monastère, qu'elle avait peut-être utilisé les os des morts pour un rituel de divination pour des raisons que j'ignorais encore, et qu'elle en avait payé le prix fort. « Je... Je ne suis pas sûre. »

C'était assez proche de la vérité, à tout le moins.

Claudia émit un son aigu. Antonio s'agenouilla à côté d'elle.

Elle bondit sur lui et agrippa le devant de sa chemise de nuit. « Je n'aurais pas dû regarder. Mais elle m'a dit de le faire. Nous devions savoir. Pour Valentina. Les rats entrent et sortent en courant, et ils sont nombreux parmi nous. Ils ont aidé. Sale petite vermine, qui laisse traîner des secrets dans son sillage comme des excréments. Maintenant, il ne veut plus partir. C'est lui qui a commencé, sa haine et sa férocité l'ont invité à entrer. Elle m'a dit que nous ne pouvions pas avoir le moindre doute. Il est l'élu. Il est la Mort. Il ne devrait pas pouvoir partir, ce sont les règles. Mais les règles sont faites pour être brisées. Comme les ossements. Il aime casser les os. Je pense que c'est la moelle qu'il recherche.

— *Qui ?* Qui t'a dit de regarder ? » demandai-je. Antonio haussa les sourcils sans me quitter des yeux. Il était clair qu'il se disait que je devais souffrir de la même maladie que Claudia si je prenais au sérieux ses propos incohérents. Je me fichais de ce qu'il pensait. Depuis qu'elle avait mentionné Valentina, je croyais savoir de qui elle parlait, mais je voulais plus de preuves. « C'était ta tante Carolina ?

— Elle étirait ses histoires comme du sucre filé, et elles étaient légères et douces jusqu'à ce qu'elles brûlent. Maintenant, nous allons tous brûler, parce qu'il est ici et qu'il est furieux et les portes… les portes… elle a dit de protéger les portes. Mais il n'y est plus enchaîné, si ? Le poison était doux, je le sens encore. Il persiste. Un bâton, un bâton, collé dans ma gorge, j'étouffe. Il a des secrets. Il veut dévorer. Des verres vides remplis de lui. Non, non. Un *verre* vide. Comment a-t-il fait ? Un calice ou un vase. Des récipients vides jusqu'à ce qu'ils soient pleins. Il a le livre. Le cœur. Il a besoin du corps pour voler l'âme. »

Un mouvement attira mon attention. Je levai les yeux. Plusieurs autres membres de la confrérie nous avaient rejoints depuis quelques minutes. Ils se tenaient silencieusement en demi-cercle, nous empêchant d'entrer dans le monastère. Certains serraient de longs chapelets en bois dans leurs poings. D'autres semblaient prêts à s'en prendre à nous, les yeux rivés sur mon amie. Je devais mettre Claudia en sécurité avant qu'ils n'essaient de l'exorciser, alors qu'elle n'était pas possédée.

« Quelle est cette folie ? » demanda frère Carmine, le visage sévère. Mon cœur battait la chamade. « Est-elle possédée par le mal ?

— Non, non. Elle va bien. » Antonio lui fit signe de ne pas s'en tracasser. « Elle a juste un peu trop bu. »

Je croyais que les membres du saint ordre ne mentaient jamais, mais j'étais soulagée qu'il l'ait fait. Antonio était toujours de notre côté, quelle que soit l'opinion de ses frères. « Tu peux l'emmener chez moi ? Je pense qu'elle a dû être exposée à… quelque chose. Elle a besoin de repos et de thé. Dis à Nonna de lui donner un peu de racines d'alcanet. »

Antonio se mordilla la lèvre. Il semblait douter que ce remède populaire fonctionne, mais il ne discuta pas. Il tendit la main à Claudia. « Tu viens avec moi, Claudia ? Nous allons faire une promenade. Ça t'éclaircira les idées. L'air frais fait toujours du bien. »

Elle tourna un regard perturbé vers moi, et je lui souris. « Il a raison. Tu te sentiras mieux après une petite balade. Et une tisane et du repos. Tu es prête à partir ?

— Oui. Mais Domenico ne l'est pas. » Elle glissa la main dans celle d'Antonio, puis grimaça. « Il dit qu'il n'est pas prêt, et il refuse de bouger. Le temps s'écoule comme de l'eau entre ses mains. Mais il attend tout de même. Il attend et attend encore. Il veut qu'elle choisisse. Il sait qu'elle le fera. Bientôt. Alors il prendra son cœur, aussi. Et son âme. Il veut tuer à nouveau. Le trophée ultime.

— Domenico ? » Je me tournai vers Antonio quand mon amie se retira dans son monde fracturé. « Est-ce qu'il était ici tout à l'heure ?

— Je… Je crois que oui, mais je ne peux pas en être certain. Il vient presque tous les jours. Tu ne penses pas… » Il reporta son attention sur Claudia, qui s'était remise à marmonner dans cette langue étrange. L'inquiétude envahit son expression. « Tu ne penses tout de même pas qu'il l'a blessée ?

— C'est sombre. Sombre et moisi, et la mort rôde. La bête y a pris goût et en redemande. » Claudia cligna des yeux rapidement et eut tout à coup l'air plus elle-même. « Il est toujours là ?

— Non, répondit Antonio, Domenico est parti.

— Mais ne t'inquiète pas. » Je l'aidai à se lever. « Je vais le trouver. » Je me tournai vers Antonio. « Tu sais où il habite ? » Il secoua la tête.

Évidemment, ça ne pouvait pas êtrc aussi simple ; ça ne le serait jamais. « Je vais passer à l'échoppe d'*arancini* au cas où ils travailleraient tard.

— Toute seule ? » La bouche d'Antonio forma une moue inquiète. Ses cheveux bruns retombaient sur son front. Il avait l'air si jeune et inexpérimenté comparé à Colère. « S'il a fait quelque chose… on devrait peut-être y aller ensemble. »

J'affichai un sourire qui se voulait rassurant. J'aurais aimé qu'il soit avec moi quand j'affronterais Domenico, mais j'avais des questions à poser et je ne voulais pas qu'Antonio assiste à notre entretien. Et pas seulement parce qu'il était humain. Je ne pourrais pas mentionner les arts obscurs, ou l'accuser de fomenter avec des princes démoniaques devant un membre de la sainte confrérie.

« Ça ira. Je ne crois pas que Domenico ait fait quelque chose de mal, mentis-je. Il pourra me dire si elle a ingéré de la nourriture ou des boissons étranges. Qui sait ? Peut-être qu'il y avait de la moisissure, ou une autre toxine qui peut apparaître lors d'une dessiccation. Ou peut-être qu'elle a bu un mauvais vin. Si elle a trop bu, c'est sans doute à cause de la mort de Valentina. Son meurtre n'est pas facile à accepter. »

Mes propos semblèrent rassurer Antonio. Mes justifications étaient parfaitement logiques. Et les humains aimaient la logique, surtout quand elle justifiait l'inexplicable. « Elle s'est effectivement plainte que les feuilles de laurier étaient pourries tout à l'heure. Je crois qu'elle les a brûlées dans la salle de préparation.

— Tu vois ? » Je souris. « Je suis sûre que ce n'est rien d'autre que ça. Elle a inhalé de la moisissure, ou quelque chose d'aussi toxique. Avec un peu d'air frais et de sommeil, tout rentrera dans l'ordre, tu verras. »

Avec un hochement de tête poli, Antonio escorta Claudia hors de la cour. J'attendis qu'ils soient en sécurité dans la rue et loin de la fraternité qui s'attardait encore à l'extérieur, avant de partir à mon tour. J'essayais de ne pas penser au regard accusateur de frère Carmine, alors que je m'éloignais à grandes enjambées.

Comme je ne savais pas où vivait la famille de Domenico et que j'étais certaine que leur échoppe d'*arancini* était fermée depuis longtemps pour la nuit, j'allais devoir attendre le matin pour l'interroger.

En revanche, je savais où trouver Carolina, la tante de Claudia. J'avais quelques mots à lui dire également. Je comprenais que le chagrin pouvait amener à faire des choses qu'on n'aurait jamais accepté d'accomplir en temps normal, j'avais pour ma part prié la déesse de la mort et de la fureur et j'avais invoqué un démon, mais demander à quelqu'un d'autre de le faire alors qu'elle aurait pu s'en charger elle-même... J'espérais parvenir à maîtriser la colère qui me gagnait avant de retrouver Carolina.

Je partis en direction de son quartier. Je n'en revenais pas de ce qu'elle avait convaincu sa nièce de faire, et du danger que cela représentait. J'avais demandé à Claudia d'utiliser un sort puissant pour protéger nos maisons, parce que je ne savais pas comment m'y prendre, et parce que ce n'était pas très risqué. Ce que Carolina avait exigé était beaucoup plus dangereux.

En débouchant au coin de sa rue, je sentis un pic d'énergie entre mes omoplates. J'accélérai le pas. La sensation persista, ce qui signifiait que j'étais suivie. Et par quelqu'un de furieux. Il y avait au moins un démon que j'avais déjà mis dans un état semblable.

Colère avait dû rentrer plus tôt que prévu de son rendez-vous avec la personne qu'il essayait d'impressionner, et n'était pas ravi que je me sois échappée de la cage dorée qu'il m'avait préparée. Très bien. Peut-être que sa soirée ne s'était pas déroulée non plus comme il l'avait imaginée. Je me retournai et scrutai l'ombre. Je détestais vraiment cette stupide encre magique qui nous reliait et qui lui permettait de me trouver quand je ne souhaitais pas qu'il me rejoigne. J'avais espéré que ce tatouage s'efface lorsque j'avais brisé le sort qui nous liait.

Apparemment, certains cadeaux ne pouvaient pas être rendus.

« Arrête de te cacher, c'est indigne de toi. Si tu as quelque chose à dire, vas-y.

— Audacieuse pour une sorcière. » La voix ne m'était pas familière, et je n'arrivais pas à identifier son accent. Il me paraissait britannique, mais pas tout à fait. J'examinai la rue, alors que mon pouls s'emballait. À quelques pas de moi, une silhouette sombre se détacha de la façade d'un immeuble. Je reculai instinctivement d'un pas. Elle se rapprocha. Ses mouvements étaient souples et rapides. « Ton sang dégage un fumet de vin épicé. Tu me fais goûter ?

— Qui êtes-vous ? » Je cherchai ma craie bénie par la Lune à tâtons, oubliant que la robe que je portais était un cadeau de Colère et ne contenait pas de poches secrètes. « Qu'est-ce que vous voulez ? »

L'homme s'avança dans un rayon de Lune. Il portait un long manteau qui semblait avoir été découpé dans une épaisse tranche de nuit. Des anneaux scintillaient à tous ses doigts. On aurait dit des armes redoutables.

Je levai lentement les yeux. Ses cheveux étaient blonds comme la glace, son regard semblait avoir été taillé à même un glacier, sa bouche cruelle affichait un sourire narquois. Il semblait d'apparence humaine, jusqu'à ce que son sourire s'élargisse et exhibe une série de crocs acérés. *Vampiro*. Je m'immobilisai et cessai de respirer. En tant que sorcière, il fallait vraiment que j'arrête de croire que certaines créatures n'étaient que des mythes et des légendes.

« V… Vous êtes… » Je fermai la bouche, furieuse que ce bégaiement trahisse mes émotions. Dire que j'étais censée les cacher à mes ennemis ! C'était raté. Colère se serait frappé la tête avec la poignée de sa dague s'il m'avait vue en cet instant.

« Ça fait si longtemps que je ne me suis pas abreuvé profondément d'une de tes semblables. » Son regard descendit jusqu'à mon cou. Il se retrouva devant moi en une seconde. « Le venin est agréable. Du moins si je décide de t'accorder un aussi beau cadeau. Veux-tu un cadeau, petite sorcière ? Une extase sans fin, tandis que je me nourris de toi ? »

Je déglutis avec difficulté. « N… Non, merci. »

Il me tourna autour, et une rafale souleva sa longue veste. Mon corps tout entier se raidit.

« Très bien, fit-il. Peut-être la prochaine fois. »

J'espérais sincèrement qu'il n'y aurait pas d'autres occasions de croiser un vampire dans une ruelle sombre alors que j'étais seule. Une seule fois suffirait pour me filer des cauchemars pour le restant de ma vie de mortelle. Son manteau effleura l'arrière de mon mollet, et j'étouffai un cri. Les commissures de ses lèvres se relevèrent. Il se rapprocha. Ma peur semblait le ravir.

« Excuse-moi. Je vois que ma proposition de plaisir t'a fichu la frousse. »

Il esquissa un simulacre de révérence sans jamais détourner son attention de ma gorge. Je repensai aux histoires de mon enfance. D'après les légendes que Nonna nous avait racontées, les vampires ne contrôlaient pas leurs impulsions. Je sentis ma veine palpiter. J'aurais voulu qu'elle s'arrête, mais mon cœur ne fit que battre plus fort. Je ne voulais pas qu'une légère tentation se transforme en besoin bestial.

« Je m'appelle Alexei. Le Prince Envie souhaite te recevoir en audience. Son Altesse a de nombreux sujets à aborder. Mais d'abord, faisons une petite balade, toi et moi. Cela devrait leur laisser assez de temps. » Il m'offrit son bras comme un parfait gentleman. Je ne bougeai pas.

« Donner assez de temps à qui et pour quoi ? À Envie ? » Je perdais patience. « Arrête de t'exprimer par des énigmes. »

Les crocs du vampire brillèrent au clair de lune. « *Mare e Vitigno.* Un si joli nom. Ça sonne bien. »

Mer & Vigne. Je me figeai. Le sang rugit dans mes oreilles. Envie connaissait l'existence de notre restaurant. Il allait torturer mes parents et... Je me forçai à me calmer. Il n'y avait pas de raison de paniquer. Claudia avait protégé notre maison contre les démons. Il était tard, et le restaurant était fermé. Je remerciai la déesse : ma famille devait être à la maison à cette heure et serait protégée. Un sourire sombre étira les coins de mes lèvres. J'aurais vraiment aimé que le démon teste la magie mortelle.

« Dis au Prince Envie que je décline son offre. Et que je le mets au défi d'entrer dans ma maison.

— Mon prince m'a demandé de te signaler que les sorts, comme les os des sorcières, sont faciles à briser. À condition de savoir où appliquer la bonne pression. Ou dans ce cas précis, *qui* cibler. »

Je fus parcourue par un frisson glacé. « De quoi parles-tu ?

— Tu pensais pouvoir tromper un prince de l'enfer, petite sorcière ? Tu crois vraiment qu'Envie n'a pas d'espions pour surveiller ta maison ? » Il afficha un sourire mauvais. « Ce n'est pas simple de réduire à néant les boucliers et les protections contre les démons, mais c'est faisable. Surtout si c'est la sorcière qui les a mis en place qui s'en charge.

— Tu mens. » Je fis un pas en arrière en secouant la tête. Claudia était en sécurité. Antonio l'avait emmenée chez moi... Mon estomac se noua. Ils avaient pu être interceptés ou attaqués en chemin. La peur s'insinua au plus profond de mon cœur. « Ça ne peut pas être vrai. Les protections...

— ... ne fonctionnent plus. » Il m'offrit à nouveau son bras. « Ta famille doit être avec le prince à cette heure ; plus tu résistes, plus ce sera plus pénible pour eux. Son Altesse n'aime pas qu'on la fasse attendre. L'ennui est une terrible affliction au royaume des Damnés.

— Envie est... Il se trouve à *Mer & Vigne* avec ma famille en ce moment ? »

Alexei hocha la tête.

Je ne pouvais me fier à la parole d'un vampire. Je lui offris un sourire haineux et murmurai un sort de vérité. Comme Alexei n'était pas mortel, j'ignorai la culpabilité que je ressentais en formulant un sortilège interdit.

« Est-ce qu'Envie a demandé à Claudia de briser la protection de ma maison familiale ? »

Il serra les dents alors que la vérité lui était arrachée. « Oui.

— Est-ce qu'ils sont au restaurant en ce moment ?

— Oui. »

Je lâchai l'amulette de ma sœur, comme si elle venait de me brûler. Je me souvins comment Envie m'avait forcée à pointer la dague de Colère sur mon cœur et que j'étais passée à deux doigts de me poignarder. Puis je l'imaginai faire la même chose à ma famille et mes amis. En fait, il avait peut-être déjà commencé ses manigances. Des hachoirs et des couteaux, et des tas d'autres ustensiles étaient suspendus aux murs de notre cuisine. Ils pouvaient être utilisés comme armes, ou comme instruments de torture. Je supposais que c'était pour cette raison qu'il avait choisi le restaurant comme lieu de rencontre.

Sans perdre un instant, je me mis à courir.

Je trébuchai sur mes jupes, et le rire moqueur du vampire me suivit dans les rues sombres. Je l'ignorai. Il n'avait plus aucune importance. Mon seul objectif était de me rendre à *Mer & Vigne*.

Je fonçai dans les ruelles étroites et sinueuses, je sautai par-dessus des seaux de déchets et bousculai des amoureux qui se promenaient au clair de lune en se donnant la main.

J'eus l'impression d'avoir parcouru le kilomètre jusqu'à destination en quelques instants à peine. Je franchis la porte d'entrée en haletant. Je balayai rapidement la pièce des yeux, à la recherche de sang et de signes de lutte.

Mon attention fut aussitôt attirée par le prince démon.

« J'aime la ponctualité. » Envie referma une montre à gousset avec un claquement. « Tu es pile à l'heure, mon chou. Le spectacle est sur le point de commencer. »

TRENTE-NEUF

« **C'est vraiment dommage** pour ta grand-mère. » Le Prince Envie était assis à un coin de table, dos au mur et observait l'abondance de mets placés devant lui. Nous étions seuls dans la pièce. Je ne parvenais pas à décider si c'était une source de réconfort ou de terreur pour moi. « Tout ce pouvoir, disparu. »

Est-ce que j'étais arrivée trop tard, et que mes parents, Nonna, Claudia et Antonio étaient étendus morts dans la cuisine ? Je chassai immédiatement cette pensée. Il avait dit que le spectacle était sur le point de commencer. Je m'accrochai à l'espoir d'arrêter le sinistre projet qu'il avait planifié.

« Où sont ma famille et mes amis ? »

Envie fit comme si je n'avais pas ouvert la bouche. Il prit son verre et fit tournoyer le vin en humant son parfum avant de prendre une gorgée prudente. Son costume était vert épinard. Des fougères bordaient les revers et les poignets. La poignée de sa dague ornée d'émeraude brillait, suspendue à une sangle qu'il portait par-dessus sa veste. « J'ai entendu dire que ta grand-mère pourrait ne plus jamais être capable de parler. Terrible destin pour une sorcière. J'imagine que c'est difficile de jeter des sorts sans voix. Les herbes et les pierres précieuses, c'est bien, mais ces incantations ne sont rien sans les mots pour déployer leur puissance. Pas vrai ? »

C'était donc lui qui avait fomenté l'attaque contre Nonna, et pas Cupidité. Je pensai au messager humain et à la mystérieuse silhouette à capuche à qui il avait vendu des secrets. Envie était le traître que nous recherchions. J'étais prête à parier toute ma magie. Colère était tellement convaincu que ce frère ne se dresserait jamais contre les autres, qu'il n'avait même pas envisagé qu'il puisse représenter une menace. Ce qui avait laissé le champ libre au démon jaloux. Envie n'avait pas pu s'empêcher de s'engouffrer dans la brèche.

J'avais envie de crier, hurler et crier encore. Mais je considérais que c'était un cadeau de la déesse que je sois capable de maintenir un semblant de dignité. Je redressai le menton. « Je vous ai *demandé* où étaient mes parents.

— Enfermés dans la cuisine.

— Et ma grand-mère ?

— Je l'ai laissée chez toi. Elle ne m'est d'aucune utilité dans son état actuel.

— Et mes amis ?

— En sécurité, pour l'instant.

— Qu'est-ce que vous voulez ?

— Assieds-toi. » Il désigna un siège en face de lui. « Dîne avec moi. » Comme je ne me précipitais pas pour obéir à ses ordres, il se pencha en avant et ajouta d'un ton menaçant : « Je jure de torturer personnellement ta famille, tes amis, et tous ceux qui s'aventurent dans ce bel établissement si tu rejettes mon offre civilisée, mon chou. Ensuite, je demanderai à Alexei de traquer ceux que tu aimes et de les vider de leur sang. Maintenant, sois une gentille fille et assieds-toi.

— Ou ne le fais pas. » Alexei apparut derrière moi avec un large sourire, alors que je reculais d'un pas. Je ne l'avais pas entendu approcher. « J'adorerais me régaler avant le lever du soleil. »

Je les observai tour à tour, incapable de décider lequel représentait la menace la plus terrible. Le prince se servit un deuxième verre de vin. Il avait plaqué ses cheveux en arrière, ce qui mettait en valeur la teinte inhabituelle de ses yeux et sa mâchoire bien dessinée. « Ne me dis pas que tu préfères un bain de sang à un verre de vin et une conversation agréable. »

Je le foudroyai du regard. J'étais peut-être impuissante, mais je n'avais pas à le montrer. « Je m'assiérai, à condition que vous me promettiez d'épargner mes amis et ma famille, puis de partir d'ici dès que nous aurons terminé. Et par *ici*, je veux dire cette ville.

— Tu n'es pas en position d'avoir des exigences. Mais je respecte tes efforts. Maintenant, *assieds-toi*. Et bois. »

N'ayant guère le choix, je le rejoignis à la table. Il désigna d'un signe de tête le verre à pied. Je le pris et fis semblant de prendre une gorgée de vin. Je ne lui faisais pas confiance : il pouvait l'avoir trafiqué avant mon arrivée. S'il comptait me ramener en enfer, il allait devoir m'y emmener de force.

« C'est donc vous qui manigancez contre Orgueil. »

Il ne nia pas. Mais il m'observa de si près que j'en étais mal à l'aise : comme s'il me sondait sous les couches de peau et d'os pour trouver le cœur de ce que j'étais et de ce que j'aspirais à devenir.

« Je comprends pourquoi Colère est intrigué par toi. »

Ce n'était certainement pas ce qu'il ressentait à mon égard.

« Vous avez demandé à votre vampire de me conduire ici parce que vous vouliez discuter de votre frère ?

— Il aime les défis intéressants. La guerre est en lui ; il veut conquérir et gagner à tout prix. » Il avala une nouvelle gorgée de vin et posa les yeux sur mon cou. « Ce sera difficile pour lui de renoncer à toi, quand le moment sera venu. Mais il le fera. Ne te fais pas d'illusions : tu ne comptes pas pour lui. Nous, princes de l'enfer, nous sommes des créatures égoïstes. Nous n'avons pas le même éventail de sentiments que les mortels, et tous ceux qui sont nés dans ce royaume étrange. Tu es un obstacle qui se dresse entre lui et une chose qu'il cherche depuis très longtemps. En fin de compte, il choisira son propre intérêt. Comme nous tous. »

Je posai mon verre, dont le contenu éclaboussa la table en bois usé. « Si vous avez fait tout ce chemin depuis le royaume des

Damnés pour me dire ça, je suis désolée pour vous. Vous ne m'apprenez rien. Et vous ne me racontez rien non plus qui puisse un tant soit peu m'intéresser. »

Je vis le moment exact où je tombais dans le piège qu'il m'avait tendu avec soin. Avec des manières impeccables, il coupa une sardine farcie et la porta à ses lèvres. Après avoir fait passer la bouchée de nourriture avec une nouvelle gorgée de vin, il m'adressa un sourire paresseux, alors que son regard était si affûté qu'il aurait pu me poignarder.

« Si tu as si bien compris mon frère, pourquoi ne me dis-tu pas ce qu'il cherche vraiment ? Je suis sûr qu'une fille intelligente comme toi le sait déjà, et n'a pas besoin de mon humble assistance pour l'apprendre. »

Envie voulait que j'aie besoin de lui. Que je le supplie de me donner des informations, dévorée par une curiosité maladive. Puis il l'échangerait contre ce qu'il voulait obtenir de moi. Et il devait le désirer très fort, pour s'être donné autant de mal. Je ne pus retenir un sentiment de satisfaction malsaine à l'idée d'être une déception pour le démon. « Qu'est-ce que vous voulez, Envie ? Qu'est-ce que je fais vraiment ici ?

— Le soir où nous nous sommes vus pour la première fois, je soupçonnais que tu étais en possession d'une chose dont j'ai besoin. Tu sais ce dont il s'agit ? »

Je repensai à notre première rencontre. J'avais glissé mon amulette dans mon corsage juste avant qu'il ne sorte de l'ombre. À ce moment-là, je craignais qu'il n'en ait après le journal de ma sœur. Sachant ce que j'avais appris depuis lors, j'étais convaincue qu'il avait dû sentir le pouvoir de l'amulette.

« Vous voulez mon *cornicello*.

— Presque. Je veux à la fois ton amulette et celle de ta sœur. Et tu vas me les donner.

— Pourquoi est-ce que je ferais ça ?

— Parce que j'ai en ma possession quelque chose que tu veux. »

Je frissonnai. Je savais ce qu'il voulait dire : il détenait mes parents. Mes amis. Nonna était peut-être à la maison, mais cela ne voulait pas dire qu'elle était en sécurité. Je restai immobile, attendant qu'il porte le coup. Il termina sa dernière bouchée de nourriture et poussa un soupir repu. Il repoussa son assiette et fit claquer les doigts. Un démon avec un corps humain et une tête de bélier – plus précisément : dotée de cornes recourbées au-dessus des oreilles – traîna mes parents par le col et les jeta à terre. Leurs yeux étaient troubles, leurs mouvements léthargiques. Ils ne semblaient pas être conscients de ce qui se passait.

Je bondis de ma chaise, mais Envie secoua la tête.

« Assieds-toi, ma petite. Nous n'avons pas fini. Ce n'est pas tout. »

N'ayant pas le choix, je me laissai retomber sur mon siège.

« C'est bien. Tu prends enfin les choses au sérieux. J'ai attendu assez longtemps. Donne-moi la Corne dans les prochaines vingt-quatre heures, et il ne sera fait aucun mal à tes proches. Si tu en parles à qui que ce soit ou que tu ne satisfais pas à mes exigences, ils viendront séjourner avec moi dans la Maison Envie, dans mon cabinet de curiosités. Et ta fin sera plus terrible encore. Je peux t'assurer qu'il ne s'agit pas d'une menace en l'air. Suis-je parfaitement clair ? »

Je lançai un nouveau coup d'œil à ma mère et à mon père. Ils n'avaient pas bougé de l'emplacement où le démon à cornes les avait jetés sans cérémonie, et fixaient encore le vide. Dans un sens, c'était une bénédiction de la déesse de la miséricorde qu'ils ne soient pas vraiment conscients.

Les larmes contenues me brûlaient les yeux. « Qu'est-ce que vous leur avez fait ?

— Tu devrais te préoccuper de ce qu'ils vont devenir si tu ne me fournis pas ce que je demande.

— Je n'ai pas l'autre amulette. » Je continuai à fixer mes parents, en essayant de trouver un moyen de me sortir de là. « Ma moitié a été volée le soir où ma grand-mère a été attaquée.

— Alors je te suggère de la retrouver au plus vite. Une moitié ne suffira pas.

— Si vous êtes responsable de l'attaque de ma grand-mère, vous avez déjà mon amulette…

— Laisse-moi te donner un conseil d'ami : les accusations sans preuve n'ont aucune valeur. » Envie remplit généreusement son verre de vin. « À cette heure-ci, demain, j'espère être en possession des deux amulettes. Je vais déplacer ta famille et tes amis dans votre maison ce soir. Retrouve-moi là-bas, dès que tu auras l'autre amulette, et nous procéderons à l'échange. Ta famille et tes amis contre la Corne d'Hadès. »

Je voulus retirer le *cornicello* de ma sœur de mon cou, mais il leva une main pour m'arrêter. « Pourquoi ne pas prendre cette moitié dès ce soir ?

— Si je la touche maintenant, ça va… alerter ceux que je veux garder dans l'ignorance. Je ne veux pas attirer l'attention, avant de posséder la Corne d'Hadès complète.

— Colère ne se soucie pas de la Corne. Pourquoi ne puis-je pas demander son aide ? »

Envie me lança un regard étrange. « Mon frère ne sera jamais un héros dans ton histoire. Son ambition est tout autre. En réalité, il pourrait être le plus grand menteur de nous tous. » Je lâchai un petit rire dubitatif, qui ne fit que le ravir. « Si tu ne me crois pas, alors demande-lui quelle est la dernière âme qu'il doit collecter. Celle qui lui permettra de se libérer du monde souterrain, malgré la malédiction. »

Je fixai ce prince démon suffisant. Je m'apprêtais à affirmer qu'il mentait, mais en mon for intérieur, une petite voix me disait que ce n'était pas le cas. Je savais que Colère avait une idée derrière la tête, et c'était la dernière pièce du puzzle qui me manquait. Mais une âme ? Je secouai la tête. Il m'avait sauvée lorsque le *Viperidae* m'avait attaquée. Si ce que disait Envie était vrai, Colère aurait pu négocier avec moi à ce moment-là. À moins… À moins qu'il ne me l'ait caché parce qu'il voulait utiliser cette information à son avantage le moment venu. Je soupirai. Je devenais paranoïaque.

« Vous mentez.

— Je mens ? Je te croyais plus maligne que ça. Pourquoi crois-tu que le puissant démon de la guerre se soucie d'escorter une sorcière dans le monde souterrain ?

— Parce qu'il veut briser la malédiction du diable. » En le disant, j'entendis le doute s'insinuer en moi.

« J'ai un secret, mon chou. » Envie se pencha par-dessus la table, son regard malfaisant était triomphant. « Une fois qu'il aura recueilli sa dernière âme, la malédiction n'aura plus d'importance pour lui. Il aura les pleins pouvoirs, et pourra se déplacer librement dans ce royaume, sans avoir besoin d'un ancrage. Il pourra choisir soit de rester dans les Sept Cercles et diriger sa Maison royale, soit d'errer sur la Terre jusqu'à la fin des temps. Choisir, c'est détenir le pouvoir. Et nous, les princes, nous aimons le pouvoir plus que tout. » Il me gratifia d'un sourire lent et sardonique. « Tu ne croyais pas qu'il puisse un jour réellement racheter les torts qu'il a causés, tout de même ? »

QUARANTE

Le plus grand plaisir d'un prince de l'enfer est de semer la discorde. Avant une attaque, ses iris deviennent plus sombres qu'une nuit sans étoiles, des taches rouges y font leur apparition, signalant sa redoutable soif de sang. N'engagez pas le combat avec eux, vous ne gagnerez jamais.

Notes du grimoire Di Carlo

La grande porte d'entrée se referma derrière moi. Elle grinça à peine sur ses gonds, mais Colère émergea aussitôt de l'obscurité du château abandonné, le visage à moitié dans l'ombre. Il s'était débarrassé de sa veste décorée de serpents, et sa chemise sombre était déboutonnée et froissée. Ses cheveux étaient en bataille.

Je m'imaginai y passer les doigts, et mon rythme cardiaque s'accéléra. Je ne voulais pas croire ce qu'Envie m'avait appris. Colère avait été là pour moi, même quand il avait prétendu le contraire. Et pourtant…

« Tu es blessée ? Tu as l'air… » Il s'interrompit alors que je m'approchais lentement de lui. Il ne bougea pas, il semblait à peine respirer, lorsque je le plaquai contre le mur et attrapai sa chemise. Ses yeux dorés s'accrochèrent aux miens, brûlants. Je me demandai s'il ressentait mes émotions. Si elles affectaient les siennes. Je le maintins prisonnier là un moment, bloquant son corps avec le mien.

Il pouvait se libérer de mon emprise à tout moment. Mais il n'en fit rien.

Je lâchai sa chemise, et passai lentement mes mains sur son torse. Il scruta mon visage avec un air méfiant, mais intense. Sentir qu'il m'accordait toute son attention était grisant.

« Je voudrais pouvoir te faire confiance », déclarai-je tranquillement en soutenant son regard. Son cœur battait la chamade sous mes doigts. « Pourquoi ne me dis-tu pas ce que tu cherches vraiment ? Ouvre-toi à moi. »

Ses yeux descendirent sur mes lèvres et s'y attardèrent un instant. Le désir que je crus lire me semblait sincère. Et l'émotion que ce constat faisait naître en moi l'était tout autant.

Je m'étais toujours dit qu'il était capable de mettre une ennemie dans son lit sans hésiter, s'il pouvait en tirer un bénéfice. Mais je n'étais pas sûre que c'était ce qu'il ressentait en cet instant. Une charge émotionnelle grandissait entre nous. Et Colère semblait prêt à la laisser exploser. Parce qu'il en avait envie. Peut-être que j'en avais envie aussi.

Je glissai une main sous sa chemise, et lui caressai la peau. Ses battements de cœur affolés trahissaient la réaction qu'il tentait désespérément de cacher. Ma main descendit plus bas. La chaleur de sa peau, sa fermeté… Tout à coup, j'eus envie que cela se concrétise.

Je me jetai sur lui, collant ma bouche contre la sienne, et l'embrassai avec force, presque violemment. C'était la damnation et le salut en même temps. J'avais envie de l'embrasser jusqu'à cesser d'être en colère et terrifiée à la fois. Jusqu'à arrêter de penser à ma famille retenue en otage. Jusqu'à ce que le monde démoniaque disparaisse, et qu'il ne reste que cet instant d'abandon pur.

Colère demeura immobile un moment, avant d'embrasser mes lèvres avec la même avidité. Ses mains glissèrent jusqu'à mes hanches, m'empêchant de m'éloigner. Il n'était pas assez proche à mon goût. Je me collai contre lui. Nos baisers étaient doux d'abord, puis je glissai ma langue dans sa bouche et il se laissa aller pour de bon.

Il m'embrassa en retour, puis je sentis ses dents contre la peau de mon cou… à l'endroit précis où il avait passé sa langue la nuit où il avait utilisé un sort pour me ramener des rives de la mort. Jusqu'alors, je n'étais pas sûre que cette scène s'était vraiment passée, en cet instant je savais que si. Pendant un moment effrayant, j'imaginai qu'il allait m'arracher la gorge. La peur se dissipa vite et fut remplacée par un désir sauvage.

Une sensation inattendue me fit haleter. J'avais l'impression que l'étrange chaleur de cette première rencontre mijotait à nouveau sous ma peau. Je voulais qu'il me dévore.

Ou peut-être que je voulais le dévorer.

Je détestais à quel point notre contact était délicieux. À quel point il me paraissait juste. J'avais déjà embrassé des garçons… quand j'avais trop bu ou par défi. Des baisers chastes et des baisers passionnés, mais ceux-là n'avaient rien à voir avec celui-ci. Il était puissant. Féroce. Doux.

Je me rendis soudain compte que plus je donnais, plus il me le rendait. Nous échangions des baisers comme des coups. Et si c'était un combat, je ne savais pas qui était en train de prendre le dessus. Je comprenais pourquoi on disait qu'embrasser un des Damnés était addictif. Chaque fois que sa langue entrait en contact avec la mienne, j'avais l'impression de sentir le sol trembler sous mes pieds. Comme si nous étions un cataclysme qui n'aurait pas dû se produire.

Ces sensations ne faisaient que me pousser à l'embrasser plus fort, plus vite. Je tirai violemment sur sa chemise pour la lui enlever. Je voulais que rien ne s'interpose entre nos corps. Les boutons rebondirent au sol alors que je m'acharnais sur l'étoffe. Je fis courir mes doigts le long des angles de son ventre dur. Ses mains sur mon corps étaient comme de la magie frémissante. C'était plus intense, plus séduisant que n'importe quel sort. Sans que je sache comment, nous étions maintenant contre un pilier du hall. Je ne me souvenais pas d'avoir bougé. Peut-être parce que j'étais incapable de me concentrer sur autre chose que la façon dont il était en train d'onduler contre moi. Il me souleva. J'avais envie de lui arracher le reste de ses vêtements et de voir ce qu'il pouvait faire d'autre. Découvrir quelles sensations inédites il pouvait éveiller en moi. Sa main glissa jusqu'à mon mollet, puis remonta lentement en entraînant mes jupes. Il ne s'arrêta pas, et je ne voulais pas qu'il le fasse.

Je renversai la tête en arrière, lui offrant à nouveau ma gorge, quand il marqua une pause, la main posée sur ma cuisse. Je me penchai pour le toucher, le désirant si fort que j'en devenais presque folle. Je gardai une main sur son torse et parvins à m'éloigner de son baiser assez longtemps pour demander : « Est-ce qu'Envie mentait quand il disait que tu devais livrer une âme de plus pour obtenir ta liberté ? »

Il s'écarta brusquement, mais j'avais déjà eu la réponse sous la forme d'un battement étrange de son cœur. Je compris ce que cela voulait dire avant que son visage ne se referme, et qu'il ne se retranche hors de ma portée. La colère remplit l'espace autour de nous, brûlant plus fort et plus furieusement que notre passion.

« Qu'est-ce qu'il y a, sorcière ? Tu t'es abaissée à embrasser quelqu'un que finalement tu détestes ? »

Je le fixai sans ciller. Ce n'était pas faux. Je parvins seulement à secouer légèrement la tête. Je me forçais à contenir les larmes que je sentais monter. Envie n'avait pas menti : Colère cherchait une âme. Cette prise de conscience me frappa durement. Je m'étais sentie stupide, au moment où j'avais découvert que je nous avais fiancés accidentellement, mais ceci ?

J'avais envie de vomir.

Sa fureur avait l'air de se dissiper, quand il remarqua l'expression sur mon visage. Il fit un pas en avant, la main tendue, s'arrêtant seulement lorsque je secouai à nouveau la tête. Il laissa retomber le bras. « Emilia, je...

— Non. »

Il semblait prêt à argumenter, mais se tut comme je le lui demandais. De longues secondes s'écoulèrent. Je m'efforçai de calmer ma respiration, de démêler mes sentiments. J'étais furieuse contre lui, mais surtout contre moi-même. Je lui avais accordé ma confiance. Plus que je n'osais me l'avouer.

Même si je savais que je me berçais d'illusions, j'avais envie qu'il soit le prince charmant au milieu de ce cauchemar. J'étais tombée sous son charme et, même si parfois je le détestais, j'avais aussi commencé à apprécier sa compagnie. Il me distrayait de mon deuil et de mon chagrin, il me permettait de me concentrer sur autre chose. C'était quelqu'un avec qui je pouvais me montrer sincère et qui l'était avec moi. Et maintenant… j'avais l'impression que Luxure était réapparu et m'avait arraché mon bonheur jusqu'à la dernière goutte. Mais cette fois, je ne pouvais m'en prendre qu'à moi-même. C'était moi qui avais ouvert mon cœur à Colère. J'aurais dû savoir que c'était une mauvaise idée.

« Emilia.

— Je ne peux pas… »

Il serra les poings.

« Envie murmure à ton oreille et tout ce que j'ai entrepris pour toi se retrouve biffé, comme si ça n'avait pas la moindre importance. Dis-moi, Emilia, qu'est-ce qu'Envie a fait pour toi ? À part essayer de t'arracher le cœur. Quel acte honorable a-t-il accompli pour mériter ta confiance ? Verser le sang de ceux que tu aimes ? Peut-être que les menaces te plaisent. Peut-être que je devrais en proférer moi aussi. »

Sa fureur était si violente qu'elle semblait faire gronder le sol.

Il m'avait conseillé d'étudier mes ennemis de près, et c'était exactement ce que j'avais fait.

« Dis-moi que ce n'est pas vrai, alors. » Mon ton était implacable, et j'en fus la première surprise. « Qu'Envie m'a menti, que tu n'as pas besoin de t'emparer d'une âme de plus pour obtenir ta liberté. Dis-moi que la raison pour laquelle tu as accepté cette mission n'était pas pour manipuler une sorcière en vue de servir tes intérêts. Encore mieux, jure-moi que tu n'as pas envisagé d'utiliser mon âme ! Peux-tu le faire, ou est-ce que notre lien d'invocation t'en empêche, parce qu'il t'interdit tout mensonge ? »

Pour une fois, Colère ne semblait pas avoir de réponse. Il paraissait à deux doigts de saccager le reste du palais en ruine. J'étais étonnée qu'il ne le fasse pas.

« Envie a beaucoup de défauts, poursuivis-je, la voix basse. Il est méprisable. Égoïste. Sournois. Mais il ne s'en cache pas. Il m'a révélé ce que tu cherches vraiment. Il m'a avoué ce qu'il voulait obtenir, et ce qu'il ferait si je n'obéissais pas. Il a proféré des menaces horribles, il les a mises à exécution, mais il ne m'a jamais menti et n'a pas essayé de se faire passer pour ce qu'il n'est pas. »

Et voilà.

Un désespoir accablant me submergea. Colère *avait* menti. Peut-être pas directement, mais par omission. Ce qui était tout de même un mensonge. J'avais envie de le frapper, pour qu'il souffre autant que moi. Au lieu de cela, je tournai les talons et m'éloignai d'un pas décidé.

Nonna avait essayé de nous mettre en garde contre les mensonges des *Malvagi*. J'aurais dû suivre ses conseils.

Il se mit en travers de mon chemin, se déplaçant presque trop vite pour que mes sens puissent détecter ses mouvements. « Mes actions ne t'ont-elles pas révélé la vérité ? Tu oublies ces dernières semaines. Je t'ai sauvé la vie après la morsure du *Viperidae*. Je t'ai mise à l'abri dans un château impénétrable. Je t'ai préparé le bain des éléments. Tu crois que, moi, j'ai besoin de dormir dans un endroit protégé par la magie ? Alors que personne ne peut me tuer ?

— Je n'ai pas le temps pour discuter de ça. » Je passai devant lui d'un pas furieux pour rejoindre les escaliers. « Je rentre à la maison, je veux être avec ma famille. Envie retient captifs ceux que j'aime. Encore une chose qu'il m'a dite et qui était sincère. »

Il me rattrapa. « Non.

— Je ne me rappelle pas avoir demandé la permission, démon.

— Envie te plantera une dague dans le dos dès qu'il obtiendra ce qu'il veut.

— Suis-je ta prisonnière, maintenant ?

— Non, mais je serais ravi de te jeter au fond d'un donjon, si c'est ce que tu souhaites. »

Je l'ignorai et farfouillai parmi des robes neuves qui étaient apparues comme par magie dans une commode déglinguée au cours des dernières heures. Me fournir en vêtements était une véritable obsession chez Colère.

Je trouvai une robe anthracite simple dans laquelle il me serait facile de courir et je l'étendis sur le lit. Je n'en revenais pas que la facilité avec laquelle je pourrais fuir un démon, un vampire ou un autre assaillant maléfique soit devenue un critère pour choisir une tenue.

Colère croisa les bras et planta fermement les pieds au sol. S'il s'imaginait que j'hésiterais à me changer devant lui, il avait encore beaucoup à apprendre à mon sujet. Je me déshabillai et l'étoffe soyeuse s'affaissa à mes pieds. Il m'observa d'un air impassible tandis que je me glissais dans la nouvelle robe.

Maintenant que je savais qu'Envie voulait la Corne d'Hadès, je *devais* retrouver mon amulette. Sans délai. Avant de la lui remettre, je conclurais un marché avec lui. Je lui ferais promettre de fermer les portes de l'enfer avant que d'autres démons ne se faufilent au travers des lézardes. Il serait ensuite libre de partir en guerre contre le monde souterrain tout entier à sa guise. Tant que notre monde était protégé, je me fichais de ce qui se passait dans leur royaume souterrain.

Je nouai mes longs cheveux avec un ruban, j'attachai une petite ceinture avec une poche autour de ma taille et j'y glissai de la craie bénite et de l'achillée séchée. C'était tout ce que je pouvais faire pour me protéger. Je quittai la chambre et avançai vers l'escalier.

Colère me suivit dans le couloir et s'arrêta près de la porte ouvrant sur les jardins. Je tendis le bras pour l'empêcher de franchir le seuil.

« Ne me suis pas, je suis sérieuse.

— Emilia, s'il te plaît. Ne...

— Je le jure sur mon sang, si tu me suis, je romprai notre lien d'invocation et je te renverrai directement en enfer. »

Il pinça les lèvres, seule preuve de son mécontentement, mais ne discuta pas et ne fit pas un geste pour m'accompagner. Soulagée, je passai par la sortie des jardins, je traversai un enchevêtrement de plantes grimpantes et d'arbustes envahissants, et je filai dans la nuit.

QUARANTE ET UN

À deux maisons de chez moi, je pris conscience de bruits de pas presque silencieux derrière moi. Après la nuit que je venais de passer, au cours de laquelle ma meilleure amie avait enduré des visions de l'enfer, un vampire assoiffé de sang m'était tombé dessus et j'avais dû faire face à des démons kidnappeurs retors, je ne savais plus à quoi m'attendre.

Trop de créatures redoutables cherchaient du sang de sorcière ces derniers temps. Peut-être que le démon *Umbra* était de retour ? À moins qu'un autre démon *Aper* ne se soit lancé à ma poursuite ? J'imaginai aussi Envie et Cupidité faisant équipe pour récupérer la Corne d'Hadès avant de me dépecer, et je frissonnai.

Je ne m'attendais pas du tout à voir *fratello* Carmine. Sa robe de bure sombre glissait sur les pavés, son murmure m'avertissant de courir me cacher.

Je me faufilai rapidement entre deux bâtiments non loin de chez moi, le cœur battant à tout rompre alors que les pas se rapprochaient. Il maintint un rythme régulier et tourna la tête d'un côté à l'autre lorsqu'il passa devant moi. Je ne savais pas qui il cherchait. Il essayait peut-être de trouver où Antonio avait emmené Claudia ? J'aurais dû savoir qu'il ne laisserait pas mon amie partir sans s'assurer que le diable n'avait pas pris possession d'elle.

J'attendis quelques instants avant de passer la tête et de jeter un coup d'œil dans la rue. Il s'était arrêté presque au bout de la rue et s'entretenait à voix basse avec un autre membre de la confrérie.

Des bribes de conversation parvinrent jusqu'à ma cachette.

« Antonio... nuit...

— ... impie.

— ... disparu.

— ... trouvé... des signes ? »

Je m'appuyai contre le bâtiment et respirai longuement pour me remettre d'aplomb. Antonio avait disparu parce qu'un prince de l'enfer le retenait en otage. Et c'était ma faute : c'était moi qui lui avais demandé d'accompagner Claudia jusque chez moi. Je devais régler la situation avant que quelqu'un d'autre ne soit blessé. Frère Carmine n'avait pas besoin qu'on le pousse pour lancer une chasse aux sorcières. Le simple fait qu'il ait été rappelé ici, alors que l'Église l'avait envoyé ailleurs, était un signe que le clergé était convaincu que le diable était à l'affût.

Je me glissai hors de l'ombre et me précipitai chez moi.

Trois démons étaient entassés dans la cuisine avec ma famille. L'un d'eux était le démon à tête de bélier qu'Envie avait laissé derrière lui pour surveiller mes parents. Un autre n'était qu'une ombre dense planant au-dessus de Nonna et d'une Claudia affalée et sous sédatif : c'était le démon *Umbra*. Antonio n'était pas dans le groupe, et l'inquiétude me noua l'estomac. Je ne savais pas ce que les démons pensaient des humains qui consacraient leur vie à Dieu, mais cela ne présageait rien de bon pour mon ami d'enfance.

Je ne vis pas non plus le vampire. J'espérais que ça ne signifiait pas qu'il se régalait avec Antonio.

Le dernier démon présent dans la pièce n'était autre que le prince traître en personne, Envie.

« Où est Alexei ? demandai-je, pour éviter d'autres mauvaises surprises.

— Il est retourné dans notre royaume, il veille sur la Maison Envie jusqu'à mon retour. » Le frère de Colère se prélassait sur le rocking-chair de Nonna, ses bottes posées sur l'îlot central de la cuisine. De la boue séchée éclaboussait le revêtement en pierre, le plan de travail sur lequel ma sœur préparait ses potions et ses boissons. Quelque chose de sombre et de ravageur s'enflamma en moi, provoqué par tant de mépris. Envie ne semblait pas s'en soucier. « À moins que tu n'aies retrouvé l'autre amulette, mon chou, cette visite est très malvenue. »

Peut-être était-ce la rage que j'avais essayé d'étouffer après ma rencontre avec Colère, ou la vision de mes proches recroquevillés sur le sol de notre maison, ou de la témérité, mais j'en avais assez. Je m'approchai d'un pas furieux et frappai les bottes d'Envie pour les faire tomber de notre îlot. « Un peu de respect, Votre Altesse. C'est peut-être la façon dont vous traitez les meubles dans votre trou à rats mais, ici, vous êtes chez nous. »

Sa lame fut sur ma gorge avant que je n'aie le temps de battre des cils. « Tu as interrogé mon frère à propos de l'âme, pas vrai ? J'imagine que sa réponse ne t'a pas plu. » Il appuya un peu plus fort sur la dague. Je sentis une légère piqûre quand elle me transperça la peau. Je restai figée, n'osant plus respirer.

« Ne passe pas ta colère sur moi, sinon je retourne cette lame sur ta grand-mère. Il n'y a rien de plus satisfaisant que de regarder une sorcière saigner. Surtout une qui…

— *Silentium.* »

Le sort résonna dans la pièce comme si les mots d'Envie avaient été tranchés d'un coup de couteau. Nonna s'éleva du sol, entourée d'une faible lueur violette. Je n'en croyais pas mes yeux. Elle avait réduit le prince démon au silence. En serrant son *cornicello*, elle se mit à scander un sort que je n'avais jamais entendu. Je la fixais sans ciller, alors que sa voix se faisait plus forte. Je ne savais pas qu'elle était guérie. Les démons ne semblaient pas s'en être rendu compte non plus. Une erreur qu'ils étaient sur le point de payer très cher. Nonna dessina une image dans l'espace devant elle, et une *cimaruta* brillante et surnaturelle apparut... une amulette de protection.

J'étais tellement stupéfaite par sa démonstration de puissance que je ne remarquai pas le portail noir scintillant qui se formait derrière Envie. Je restai bouche bée. Sainte déesse du ciel...

La lumière violette entourant Nonna dessinait des pointes d'argent vers l'extérieur. Pour la première fois, Envie semblait inquiet. Il fit un petit pas en arrière en tournant la tête vers ses démons, mais Nonna sortit une poignée de fenouil séché de la poche de sa jupe et murmura un sort qui lui immobilisa les pieds.

D'un mouvement rapide du poignet, elle fit apparaître des fils noirs qui se déroulèrent dans l'air devant le prince de l'enfer, puis glissèrent vers ses pieds comme autant de serpents. Les deux autres démons foncèrent pour défendre leur maître, mais ils furent empêchés d'avancer par les ombres noires que le sort avait tissées. Mon cœur battait si fort, quand je réalisai ce que ma grand-mère venait de faire, que je n'entendais plus rien d'autre. Elle avait cousu les pieds d'Envie au sol par magie. Il ne pouvait plus ni parler ni bouger. Ses yeux étaient tellement écarquillés qu'on n'y voyait plus que du blanc.

Nonna poursuivit son incantation : « Une clé pour fermer, une lune pour guider. »

Mon attention se reporta rapidement sur la représentation magique d'une branche de rue, dont les cinq tiges commençaient à se déplacer et à s'étirer en prenant des formes différentes. Une clé et une pleine lune apparurent à l'extrémité de deux branches.

Je réalisai alors exactement ce que Nonna était en train de faire. Elle attira mon regard.

« Maintenant, Emilia ! »

Je m'accrochai au *cornicello* de Vittoria et me concentrai sur la *cimaruta* scintillante, alimentant le sort de ma grand-mère avec mon propre pouvoir magique. « Une dague pour tuer, un serpent pour mourir. »

Deux autres images prirent forme sur le talisman lumineux.

Nonna hocha la tête en signe d'approbation, et nous prononçâmes la dernière partie du sort ensemble. Nos voix résonnaient à l'unisson, alors qu'un tourbillon de vent se mit à hurler à l'intérieur du portail.

« Hibou béni, va et vole. »

La dernière image explosa sur la dernière tige de la *cimaruta*. Les cinq amulettes magiques pulsaient d'une lumière violette. Nonna s'approcha de l'emplacement où Envie était cloué au sol, se pencha et murmura quelque chose qui lui fit écarquiller encore plus les yeux.

Puis, elle posa les mains sur son torse et l'expédia directement en enfer. Les deux démons restants plongèrent à travers le portail dans son sillage. Nonna lâcha enfin son amulette et s'effondra sur l'îlot central.

La *cimaruta* s'évanouit. Un instant plus tard, le portail se referma. Le silence retomba sur la pièce. J'avais envie de m'écrouler sur les genoux, ou de vomir.

Mon attention se porta sur mes parents qui étaient toujours dans le même état brumeux, presque inconscients. Claudia était affalée près d'eux, les yeux fermés comme si elle dormait. Je ne savais pas quelle magie le démon avait utilisée sur eux, mais elle mettrait du temps à se dissiper. Nonna traversa la petite cuisine et s'installa dans son fauteuil à bascule. « Prends le vin dans la glacière et assieds-toi, *bambina*. Nous devons discuter de beaucoup de choses et nous n'avons que peu de temps. Ce sort ne durera pas longtemps. J'ai le sentiment qu'il reviendra bientôt. »

Je fixai ma grand-mère avec stupeur. Elle venait de dessiner une *cimaruta* scintillante et de bannir un prince de l'enfer dans son monde souterrain. Et au lieu d'avoir l'air épuisée, elle avait les yeux brillants. En fait, en y regardant de près, j'aurais juré apercevoir de petites étoiles dans ses iris. « Quel genre de magie était-ce ?

— Le genre qui exige un paiement en échange. Maintenant, donne-moi le vin. »

Je servis deux verres et en tendis un à Nonna. Elle en but une longue gorgée et soupira. Pendant qu'elle portait à nouveau le verre à ses lèvres, je posai le mien et tirai mes cheveux en arrière. Le sort que nous avions utilisé m'avait fait transpirer. L'attention de Nonna se focalisa sur mon cou, et elle blêmit. « Tu as été marquée.

— Par la dague d'Envie ? » Je frottai l'endroit de mon cou où il avait appuyé sa lame. « Je ne pensais pas qu'il m'avait entaillée profondément.

— Non, *bambina*. Tu as été marquée d'une façon différente, par un prince du monde souterrain. C'est censé être un grand honneur parmi leurs Maisons souveraines. Rares sont ceux qui y ont droit. »

Elle devait se tromper. Au lieu d'argumenter, je me dirigeai vers notre petite salle de bains. Je repoussai mes cheveux sur le côté et me penchai. Je ne remarquai rien d'inhabituel, certainement pas une marque spéciale.

« Tu vois ? » Nonna surgit derrière moi et traça les contours de la zone. Elle avait dû utiliser un sort, car soudain un petit S brillant apparut sur ma peau. Je plissai les yeux pour mieux voir. Ou était-ce un serpent ?

Je restai là, sans bouger. C'est à cet endroit que la langue de Colère m'avait léchée la nuit où j'avais failli mourir après l'attaque du *Viperidae*. Il l'avait aussi effleurée plus tôt dans la soirée. Je levai timidement la main et passai les doigts sur l'emplacement. De la fraîcheur mordit ma peau. Je fronçai les sourcils. « À quoi sert cette marque ? »

Nonna n'avait pas l'air contente. « Elle te permet d'invoquer le démon qui l'a placée sans utiliser d'objet qui lui appartient. Tant que le prince de l'enfer respire, rien ne l'empêche de répondre à l'invocation.

— Tu veux dire… que je peux simplement l'invoquer sans sa dague ? »

Elle hocha lentement la tête. Comme elle semblait sur le point de me faire la morale, je laissai rapidement mes cheveux retomber. « C'est dangereux, Emilia. Qui t'a placé ça ? »

Je n'avais aucun intérêt à mentir. « Le Prince de la Colère.

— Tu en es sûre ? » J'acquiesçai. Colère était le seul à m'avoir touchée. J'essayai de ne pas repenser à ses lèvres sur mon cou plus tôt dans la soirée. Ni à ce que j'avais ressenti. Nonna me fixa pendant une minute. « Je suppose que ça ne sert plus à rien de le nier maintenant.

— Nier quoi ?

— La prophétie. Quand j'étais une jeune femme, on m'a confié la mission d'être l'une des gardiennes de la Corne d'Hadès. »

Je restai sans voix. Puis en réfléchissant à son aveu, je parvins tout de même à formuler quelques questions sensées : « Une des gardiennes ? Combien y en a-t-il ? Et de quelle prophétie parles-tu ?

— Patience. Je vais y venir, *bambina*. »

Ma main se posa sur l'amulette de ma sœur. « Est-ce que tu les as déjà portées ?

— Non, jamais. À chaque génération, depuis le moment où la *Prima* les a passées, une sorcière est choisie pour veiller sur elles. On nous a transmis une ancienne prophétie évoquant des sorcières jumelles. Lorsqu'elles naîtraient, au cours d'une nuit de terrible tempête, les amulettes pourraient être enfin portées. »

Je pris une profonde inspiration. C'était beaucoup à absorber d'un coup. « Comment sais-tu que la prophétie parle de Vittoria et moi ? Il pourrait y avoir d'autres jumelles...

— Vous êtes les seules jumelles sorcières, dotées toutes deux de pouvoirs magiques, nées dans cette lignée.

— Il n'y en a jamais eu d'autres ? » Nonna secoua la tête. « Que disait exactement la prophétie ? »

Elle but une longue gorgée de son vin, l'air triste.

« Les jumelles signaleraient la fin de la malédiction du diable, et seraient obligées de consentir à de grands sacrifices pour garder les portes de l'enfer intactes. Si elles décidaient de ne rien faire, l'enfer régnerait sur la Terre. Elles étaient censées apporter l'équilibre aux deux royaumes. Car *ce qui se passe en haut se passe en bas.* »

Mon cœur battait la chamade. Cette phrase m'évoquait quelque chose de profondément enfoui… Je l'avais déjà entendue deux fois. La première alors que j'étais sous l'influence de Luxure. Puis quand je me remettais par la suite avec Colère. « Que signifie cette dernière phrase, exactement ?

— Personne ne le sait avec certitude, répondit Nonna en jetant un coup d'œil vers mes parents, qui étaient en train de s'agiter. Ça a fait l'objet de discussions permanentes entre les treize familles de sorcières de Palerme. Certains croient que la phrase fait référence à l'utilisation de la magie obscure et de la magie claire. Quelques-uns pensent que ça signifie qu'un prince de l'enfer va tomber amoureux d'une sorcière. D'autres croient qu'une jumelle va régner en enfer pour empêcher que le monde ne soit détruit. Et puis, certains pensent aussi que les deux jumelles sont destinées à se sacrifier pour sauver les deux royaumes. L'une au paradis, et l'autre en enfer.

— Quel est le rapport entre le fait d'être marquée et…

— Si la prophétie est vraie, il ne reste plus beaucoup de temps. Les portes sont en train de s'effriter. » Nonna me poussa tout à coup hors de la petite pièce, jusque dans le couloir. « Tu dois t'enfuir, Emilia. Laisse-nous et pars. Nous attendrons un jour ou deux, puis nous nous cacherons aussi. Nous trouverons un moyen de nous retrouver un jour. Pour l'instant, tu dois fuir cet endroit et ne plus attirer l'attention d'aucun des princes de l'enfer. Tu as compris ? Ne leur fais pas confiance, à aucun d'entre eux. Nous tenterons de jeter un sort temporaire aux portes. Toi, concentre-toi sur le fait de rester cachée.

— Je ne peux pas…

— Tu le feras. Tu le feras parce que tu le *dois*. Pars d'ici avant que ce démon ne revienne. Nous finirons par enrayer la prophétie, nous avons juste besoin de temps. » Nonna prit tendrement mon visage dans ses mains, ses yeux bruns embués de larmes. « L'amour est la magie la plus puissante. Par-dessus tout, souviens-toi de ça. Il te guidera toujours là où tu dois aller. »

Elle laissa retomber ses mains et fit un pas en arrière. « Maintenant, file, *bambina*. Va et sois courageuse. Ton cœur triomphera de l'obscurité. Aie confiance. »

QUARANTE-DEUX

Je sortis de la maison en titubant et me retrouvai dans la rue. L'aube avait peint des traînées de rouge et d'or dans le ciel. Je le contemplai, essayant de me repérer dans cette nouvelle réalité. Le monde était pareil à ce qu'il avait toujours été, mais il me semblait irrévocablement changé. Cette prophétie annonçait un désastre… Je respirai à fond. Je n'arrivais pas à croire que personne ne nous en ait parlé avant. Savoir que mon existence même pouvait signaler la fin des jours sur Terre était un secret terrible à garder, surtout s'il ne restait plus beaucoup de temps avant que les portes de l'enfer ne s'ouvrent.

Je n'arrivais pas non plus à croire que Nonna venait d'affronter un prince de l'enfer, et avait eu le dessus. Quant au fait d'être marquée par Colère… Tout se passait beaucoup trop vite. Je peinais à tout assimiler. Je tournai la tête vers ma maison et entendis de légers bruits de voix. Mes parents étaient réveillés à présent. Louée soit la déesse. Je me précipitai vers les marches de pierre et m'arrêtai, la main posée sur la poignée. Je voulais plus que tout entrer et embrasser mes parents, leur dire que je les aimais, mais je ne pouvais pas. Je sentis les larmes monter, alors que je me dépêchais de partir. Je ne voulais pas les quitter, mais si ce que Nonna m'avait raconté au sujet de la prophétie était vrai, tout le monde serait plus en sécurité si je n'étais pas là.

Je marchai dans les rues d'un pas rapide, essayant de mettre au point un plan. Je me demandais si ma sœur avait découvert l'existence de la prophétie. Si c'était le cas, cela expliquait pourquoi elle jugeait nécessaire d'accepter le marché du diable. Peut-être qu'elle fait tout ça pour tenter de me sauver. Entre les portes de l'enfer qui menaçaient de céder et la prophétie, il n'y avait pas mille méthodes pour empêcher un chaos terrible d'arriver.

Je passai devant le marché, évitant les étals des vendeurs que je connaissais. Je contournai la foule et j'aboutis sur un chemin escarpé qui donnait sur la mer.

Je réfléchis aux paroles de Nonna. Au fait que l'amour était la magie la plus puissante. Je n'étais pas sûre que cette affirmation était à prendre au sens littéral, mais l'amour pour ma jumelle m'avait rendue plus forte. Dans les mois qui avaient suivi le meurtre de Vittoria, j'avais renoncé au confort pour l'aider à trouver la paix.

J'avais invoqué un démon et rencontré quatre princes de l'enfer. J'avais combattu un monstre géant qui ressemblait à un serpent, j'avais été poursuivie et presque mordue par un autre, et j'avais survécu à toutes ces épreuves. J'avais soutiré des informations à Cupidité, et Colère m'avait appris la ruse. Avant tout cela, je ne savais pas que j'étais une combattante. Désormais, j'étais prête à tout pour sauver les gens que j'aimais et je savais que je n'hésiterais pas à le faire.

J'attrapai l'amulette de Vittoria pour me sentir liée à elle. J'aurais tant aimé qu'elle puisse voir Nonna combattre un prince démoniaque. Alors que mes doigts étaient crispés autour du *cornicello*, un détail refit surface. Je ne savais pas comment la connexion s'était établie, mais tout à coup une certitude m'apparut.

Du fenouil. Nonna avait utilisé du fenouil séché sur Envie. Et ce n'était pas la première fois que je voyais du fenouil lié à la lutte contre les Damnés. Colère avait signalé que l'image peinte sur la porte du vieux bâtiment qui contenait du matériel de pêche représentait une patte serrant une tige de fenouil, et non du blé comme je l'avais d'abord pensé.

Ce qui voulait dire... Mon pouls s'accéléra. Je repensai à d'autres histoires de notre enfance. Je connaissais ce symbole : il ne figurait pas dans le journal de Vittoria et n'appartenait pas non plus à un prince démoniaque. C'était tout le contraire. Je n'avais plus pensé aux légendes depuis cette nuit au monastère où Antonio en avait parlé, mais ce symbole représentait un ancien ordre de métamorphes qui étaient censés combattre le mal.

Presque tous les enfants dans le royaume d'Italie écoutaient des histoires racontant les exploits de ces puissants métamorphes. La rumeur avait fini par les faire passer pour des créatures mythiques, mais cela ne signifiait pas qu'ils n'étaient pas réels et qu'ils n'étaient pas encore dans les parages. Les villageois auxquels Antonio avait parlé semblaient penser qu'ils étaient bien vivants et qu'ils se rassemblaient à nouveau. Je vibrai d'excitation. Si une ancienne secte de guerriers était établie à Palerme, il serait peut-être temps de voir s'ils pouvaient aider à débarrasser la ville des démons qui l'envahissaient.

En outre, j'avais ressenti une présence surnaturelle dans la pièce qui abritait l'équipement de pêche. Je comptais bien y aller de nouveau pour découvrir exactement de quoi il retournait.

À l'intérieur du bâtiment abandonné, dont la porte arborait le symbole des métamorphes, tout était étrangement calme et silencieux, comme si la pièce elle-même attendait en retenant son souffle que ses secrets soient découverts. Je devais trouver quelque chose ici. Je le savais. Je le sentais.

J'observai mon environnement avec soin, examinai chaque latte du plancher, les moindres recoins et tous les objets sans rien laisser passer. Des filets et du matériel de pêche gisaient encore en tas.

Cette fois, cependant, je décidai de faire appel à mon *luccicare* pour voir s'il pouvait localiser l'objet magique, de la même façon que ma sœur avait été capable de l'entendre chuchoter.

Je m'accrochai au *cornicello* de Vittoria et me concentrai sur mon pouvoir, essayant de forcer l'aura couleur lavande à se manifester. Cela ne fonctionna pas, mais quelque chose d'étrange se produisit. Plus j'essayais de me focaliser sur le *luccicare,* plus j'étais sensible aux sons. Je fermai les paupières et entendis un bourdonnement inhabituel qui semblait m'appeler. J'y reconnaissais quelque chose de familier que je n'arrivais pas à identifier.

Je renonçai à toute pensée rationnelle et m'abandonnai complètement à mes sens.

Je fis un pas sur ma droite et le son s'estompa. J'inspirai profondément, recentrai mon attention et glissai vers la gauche. Le bourdonnement s'éleva à nouveau. J'avançai doucement, m'arrêtant et me concentrant à chaque fois qu'il commençait à faiblir. Plus je me rapprochais, plus il devenait fort et régulier.

Je fis un dernier pas en avant, puis je m'immobilisai.

J'ouvris les yeux. Le son m'avait guidée vers le mur du fond sur lequel les hameçons étaient suspendus et bien ordonnés. Je me rappelais y avoir jeté un œil, le jour où Colère et moi nous étions aventurés ici la première fois. J'avais eu l'attention attirée par le mur cette fois-là aussi, mais je ne m'étais pas fiée à mon instinct. Je passai les doigts sur les hameçons. Certains brillaient, d'autres étaient ternis par les ans et la rouille. Arrivée au bout du mur, je m'arrêtai. Un crochet d'apparence très ordinaire semblait ronronner de plus en plus fort, à mesure que je m'en approchais. Je reculai et le son disparut.

Je me concentrai à nouveau et il revint. Je soupirai et oubliai les questions auxquelles j'étais incapable de donner des réponses. Je ne savais pas ce que je devais faire, mais je tendis le bras pour détacher le vieux crochet du mur. Lorsque je tirai dessus, une porte secrète s'ouvrit derrière lui. Sainte déesse du ciel ! Je ne m'attendais pas à ça.

Je jetai un coup d'œil rapide par-dessus mon épaule, craignant d'avoir été suivie par un espion invisible, prêt à faire un rapport à son chef. J'examinai lentement la pièce, mais à moins que plusieurs démons *Umbra* ne soient présents dans la ville, celui qui avait été engagé par Envie n'était pas ici.

Je me secouai pour faire disparaître les frissons que je ressentais et me retournai vers la porte dérobée. J'aurais juré avoir entendu les chuchotements lointains de plusieurs voix sortir du passage caché. Je repensai au journal de Vittoria, aux lignes qu'elle avait essayé de déchiffrer et qui étaient brouillées comme les divinations de Claudia, à mi-chemin entre deux mondes.

J'ai suivi le bourdonnement des voix jusqu'à une grotte, au-dessus de la mer. Je ne sais pas pourquoi, mais je me suis mise à genoux et j'ai commencé à creuser. Je l'y ai trouvé, enterré profondément. Je suis juste parvenue à déchiffrer une ligne, puis le chaos s'est déchaîné.

Je réfléchis à la chose qu'elle avait trouvée. Puisque nous portions depuis toujours autour du cou une partie de la Corne d'Hadès, cet artefact ne pouvait pas être le mystérieux objet dont elle parlait. Alors, qu'avait-elle entendu chuchoter au-dessus de la mer ? Qu'est-ce que Vittoria avait déterré et décidé de cacher à nouveau, loin des *Malvagi* ?

Je jetai un coup d'œil à la porte secrète, me demandant si je serais assez courageuse pour découvrir où le passage menait. Les chuchotements m'appelaient, un peu plus forts, un peu plus insistants. Mes paumes devinrent moites.

Peut-être que porter le *cornicello* de Vittoria me donnait accès à sa magie. Ce qui signifiait que ce qui avait attiré ma sœur dans cette grotte au-dessus de la mer m'appelait maintenant.

Si je voulais vraiment découvrir ce qui était arrivé à Vittoria, je devais absolument explorer ce qu'il y avait derrière ce battant. Je prononçai une rapide prière à la déesse et j'entrai dans le passage secret, les doigts serrés autour de l'amulette.

QUARANTE-TROIS

Un vieil escalier délabré m'accueillit. J'hésitai en haut des marches, scrutant l'obscurité en contrebas. Il n'y avait pas de torches ou de lumières pour me guider une fois que je descendrais. Je ne voyais que des toiles d'araignées et j'étais prise par une irrépressible envie de courir dans la direction opposée. Les chuchotements étaient beaucoup plus forts et excités ici, ils couvraient les autres bruits. Si quelqu'un ou quelque chose me suivait, je ne m'en apercevrais que lorsqu'il serait trop tard.

Je passai le pouce sur la surface lisse du *cornicello*. J'étais une sorcière bénie par les déesses qui portait une des cornes du diable. Je pouvais sûrement trouver un moyen de projeter un peu de lumière. Je me concentrai sur l'amulette de ma sœur en visualisant les moments où cette étrange lumière violette était apparue, et une faible lueur m'éclaira. Pas assez pour éblouir qui que ce soit, mais de quoi voir où je mettais les pieds. Je soupirai et entamai la longue descente.

Je gardai une main autour du *cornicello*, et posai l'autre contre le mur de peur de perdre l'équilibre et de faire une chute mortelle. Il me fallut une minute ou deux au moins pour arriver en bas des marches. Je scrutai attentivement les alentours pour vérifier que je n'allais pas me faire attaquer. Je me trouvais à présent dans un tunnel qui me rappelait celui où j'avais trouvé le nid du *Viperidae*. Je réprimai un frisson. J'espérais sincèrement ne plus tomber sur ce genre de créature. Pour ne pas laisser le temps à la peur de me submerger, je me remis à avancer.

Quelques mètres plus loin, le tunnel bifurquait dans deux directions. Le chemin sur ma gauche paraissait descendre en pente régulière, me bloquant la vue. Celui de droite semblait continuer un moment de façon rectiligne avant de bifurquer vers la droite. Honnêtement, aucun des deux ne m'attirait, mais je n'étais pas descendue ici pour passer un bon moment. Je fermai les paupières et tentai d'écouter si la magie me guidait encore. Les chuchotements me parurent plus forts sur la droite. Et le léger tiraillement que je ressentais aussi m'attirait dans cette direction. Je n'hésitai pas une seconde de plus.

Je perdis la notion du temps qui s'était écoulé lorsque je m'arrêtai brusquement. Le *cornicello* de ma sœur était passé d'une légère lueur violette à une forte lumière pulsée. Je n'avais jamais vu nos amulettes se comporter de la sorte, et je me tins aussitôt sur mes gardes. Je regardai tout autour de moi, cherchant la source de ce changement, et j'aperçus une croix grossière peinte sur le mur. Je devais être sous une église. Lorsque je détournai les yeux, quelque chose d'autre attira mon attention.

Là, à moitié enterré dans le sol, un objet lançait des reflets argentés. Des chuchotements excités semblaient en émaner.

Mon pouls s'accéléra, je m'approchai et me penchai pour dégager l'objet enfoui. L'amulette que j'avais perdue brillait de mille feux, comme pour me saluer. Je l'attrapai et allai la passer autour de mon cou, quand je me ravisai. Nonna avait dit qu'elles ne devaient jamais se toucher. Je ne savais pas si cela avait encore de l'importance, mais je ne voulais pas provoquer une nouvelle catastrophe.

J'enlevai le *cornicello* de ma sœur et le fourrai dans la poche secrète de ma jupe. Au moment où le mien entra en contact avec la peau de mon torse, mes épaules se détendirent. Je n'avais pas réalisé à quel point j'étais stressée. C'était peut-être une des cornes du diable, mais elle m'appartenait depuis toujours.

Je me relevai et regardai autour de moi. Je m'attendais à trouver ici le lieu de rendez-vous secret des métamorphes, mais il n'y avait ni porte ni embranchement, juste un simple passage étroit. J'étais en train de réfléchir aux choix qui s'offraient à moi quand j'entendis un son qui ne ressemblait pas aux chuchotis des objets magiques. Je n'étais pas seule dans le souterrain. Peut-être était-ce la personne qui avait peint le symbole sur la porte, peut-être quelque chose de bien pire…

J'envisageai de m'enfuir au plus vite, mais ça ne me parut pas une bonne idée. Quelle que soit la dangereuse créature qui se trouvait ici, elle se lancerait probablement à ma poursuite. Je regardai droit devant, heureuse d'apercevoir une bifurcation à quelques mètres. Si je courais, je parviendrais peut-être à semer la chose qui me suivait. Je ne perdis pas une seconde de plus à y réfléchir et je fonçai vers le tunnel perpendiculaire.

Une fois le carrefour franchi, je me précipitai dans l'ombre, je dessinai rapidement un cercle de protection, puis je me tapis dans un recoin humide, à l'abri des regards.

Un léger déplacement de cailloux m'indiqua que la créature qui me suivait n'avait pas abandonné. Je retins ma respiration, craignant que le moindre souffle puisse me trahir. Mon poursuivant s'arrêta assez près pour que je distingue ses traits, et j'étouffai une série de jurons.

« Tu es complètement… »

Colère plaqua une main sur ma bouche avant que je ne puisse finir ma phrase. Il avait franchi mon cercle de protection sans paraître en rien affecté par ma magie. Cette traversée aurait dû être impossible, car le cercle était activé par mon pouvoir. J'étais trop abasourdie pour faire quelque chose de plus intelligent que le mordre.

« Maintenant que tu possèdes la Corne d'Hadès, trois douzaines de démons *Umbra* sont en train de se rapprocher. Plus de la moitié d'entre eux te suivent depuis que tu as quitté ta maison. » Il retira sa main. « S'ils attaquent, je veux que tu t'enfuies. Ne te retourne pas et ne t'attarde surtout pas. Compris ?

— *Quoi ?* » Près de quarante assassins invisibles étaient à mes trousses, mais ce n'était même pas le plus terrifiant. Les démons étaient en train d'envahir ce monde, et les dégâts qu'ils pourraient y causer… C'était trop pour moi. « Comment sont-ils arrivés ici ?

— J'ai deux hypothèses. Soit les portes s'affaiblissent de façon exponentielle. Soit quelqu'un les a invoqués. » Colère nous colla plus fermement contre la pierre, engloutissant de son corps musclé toute lumière de mon amulette qui aurait pu nous trahir. « Si tu es d'accord, je peux nous *transvenio* jusqu'au château. Viendras-tu avec moi ? »

Une légère méfiance m'empêcha de réagir tout de suite, ce qui était étrange, étant donné que je voulais vraiment qu'il nous sorte d'ici au plus vite. Mais j'étais troublée par le fait que je devais le croire sur parole au sujet de ces dizaines de mercenaires invisibles. Le Prince de l'Envie avait réussi à instiller le doute en moi.

« Comment est-ce que ça marche, exactement ?

— Pour faire simple, tu voyages à travers les dimensions avec moi, et je te dépose à l'endroit de mon choix.

— Tu as dit que je devais donner mon accord… Est-ce que c'est le cas pour chaque déplacement ?

— C'est un accord de principe, une fois que tu l'as donné, c'est pour l'éternité. »

Malgré le danger qui se rapprochait, je ne pouvais me défaire de cette méfiance tenace. Une partie de moi préférait tenter sa chance face à une bande de mercenaires plutôt que de conclure un pacte éternel. « Et quoi d'autre ? »

Il hésita. Ce qui m'inquiétait. « En gros, c'est comme si tu étais incinérée au moment où nous changeons de temps et d'espace. Ça ne dure pas plus d'une seconde ou deux. »

Je le fixai. Le feu et les sorcières allaient aussi bien ensemble que les démons et les anges. Ma décision était prise. Je préférais affronter des hordes d'assassins. « Il doit y avoir...

— Cours, Emilia ! »

Il se retourna et frappa violemment ce qui ne pouvait être qu'un démon *Umbra*. Je ne le vis pas être projeté, mais j'entendis un son affreux. Si cet adversaire était incorporel, je ne savais pas comment Colère avait pu le battre. Il s'en prit à un autre, puis à un autre. C'est seulement quand ils s'effondrèrent que je compris ce qui venait de se jouer. La dague maléfique de Colère leur avait tranché la tête. Peut-être que manier l'arme lui permettait de les frapper aussi.

Au moment où ils agonisaient, ils perdaient leur invisibilité. Je voulais m'enfuir, mais j'avais l'horrible impression d'être clouée sur place. Je ne pouvais m'empêcher de fixer les visages pâles aux yeux caves et cernés, leurs dents pointues fichées dans des gencives noires pourries. Ils ressemblaient à des cadavres et dégageaient à peu près la même odeur.

« Prends les cornes et va-t'en ! » Colère esquivait les attaques et ripostait avec sa dague. Les têtes roulaient. Il était la violence incarnée. Quand il se battait si sauvagement, mutilant démon après démon, il me semblait invincible. Il frappait, parait, distribuait des coups de pied, et puis les têtes se dispersaient sur le sol. Des bouts de corps d'*Umbra* volaient. Du sang noir giclait. Rien ne semblait pouvoir l'arrêter.

Envie émergea de l'obscurité, les yeux scintillant comme des émeraudes. « Attrapez-le. »

Il claqua des doigts, et j'entrevis les ombres d'une grappe de démons qui arrivaient en masse comme un essaim de guêpes redoutables. Colère se battit, se débattit, et réussit à en éliminer quelques-uns de plus, mais cela ne servit à rien. Même le démon de la guerre déchaînant toute sa puissance ne pouvait contenir la marée de corps invisibles qui continuaient à l'assaillir. Pas sans déployer toute sa magie.

Étrangement, pas un seul des démons spectraux ne s'intéressa à moi.

Ils parvinrent finalement à immobiliser Colère. Son pouvoir magique grondait et secouait les tunnels, mais Envie se contenta de rire tandis que les pierres pleuvaient autour de lui. Je parvins à m'écarter à la dernière seconde quand un gros pan de roche s'écrasa là où je me tenais juste avant.

« Vas-y. Déchaîne toute ta force, mon frère. Tu vas enterrer ta sorcière. » Le grognement dans les profondeurs de la Terre cessa d'un coup. Envie jeta un coup d'œil vers moi en souriant. « Ne t'inquiète pas. Ça n'a toujours rien à voir avec ses sentiments, mon chou. Tu n'es qu'un moyen pour lui de parvenir à ses fins. N'est-ce pas, mon frère ?

— Si tu fais ça, tu te condamneras toi aussi. » Même maintenu à terre, encerclé par des ennemis, Colère n'avait pas l'air abattu. « C'est vraiment ce que tu souhaites ?

— Peut-être que ça me plaît d'être damné. » Envie épousseta quelques saletés imaginaires de ses revers. « Peut-être que tu devrais te rappeler ce que c'est, cher frère, de se faire dérober ce que l'on convoite. Dommage que tu aies oublié que, moi aussi, je suis redoutable. Permets-moi de te rafraîchir la mémoire. »

S'il n'y avait pas eu ce bruit humide et écœurant et le gémissement étouffé de Colère, je n'aurais peut-être pas compris que quelque chose ne tournait pas rond, en plus du fait que nous étions entourés par des démons immatériels. Je perçus avec horreur la dague d'Envie s'enfoncer profondément dans l'aine de son frère. Il déplaça la lame, lui entaillant le ventre sur toute la largeur.

Les tripes de Colère se répandirent sur le sol alors que le démon se recroquevillait, les yeux écarquillés.

« Va-t'en », toussa Colère. Je vis du sang gicler sur ses lèvres. Je le fixais, immobile. J'avais l'impression de hurler.

Les sons autour de moi furent remplacés par un sifflement aigu dans ma tête. Mon visage devint brûlant, puis froid. Tout l'abdomen de Colère était ouvert. Une seconde plus tôt, il était debout, en train de se battre, et puis… puis… il y avait tellement de sang. Je tombai à genoux et me mis à vomir.

Envie éclata d'un rire qui ricochait contre les murs. « Ça faisait un moment que ça me démangeait de faire ça, mon frère. Je ne peux pas te dire à quel point ça fait du bien de te regarder te vider de ton sang. » Il posa les yeux sur moi, et sa lèvre se retroussa. « Admire le spectacle, mon chou. C'est comme ça que je traite la famille. Imagine ce que c'est que d'être mon ennemie. N'imagine pas que j'ai pardonné ce que ta grand-mère et toi m'avez fait. »

Il fit tourner la dague dans les entrailles de son frère, et Colère cracha du sang d'une couleur sombre.

Je me forçai à le regarder encore, à me redresser. Je ne pouvais pas m'effondrer à nouveau. Les démons *Umbra* qui retenaient le démon de la guerre durent lâcher prise, car il glissa sur le sol en constatant la gravité de sa blessure.

Envie leva à nouveau sa lame, mais je ne pouvais pas le supporter. « Stop ! » Je dus étouffer un autre cri, en constatant qu'il ignorait mes supplications et poignardait encore une fois son frère pour faire bonne mesure. Il recula pour évaluer les dégâts. Colère essaya de tourner la tête dans ma direction, mais n'y parvint pas. Il ne s'était pas débattu. Ce n'était sans doute pas dans sa nature.

« S'il te plaît… Emilia. Je… » Il haleta ; le son était rauque et laborieux. Il était en train de mourir. De vraiment mourir.

Quelque chose remua en moi.

Je me précipitai à ses côtés et essayai en tâtonnant d'arrêter l'hémorragie. « Tout va bien. Tout va bien se passer. Tu dois juste te guérir. »

Cette fois encore, je n'avais pas de sort, pas de magie à invoquer pour refermer sa blessure. J'étais trop choquée pour penser clairement. Je n'avais que mes deux mains, et l'espoir qu'il puisse se guérir assez rapidement pour éviter le pire. Il se tourna lentement vers moi, et la lumière quitta ses yeux avant de croiser mon regard suppliant. C'était impossible. J'avais besoin de lui.

« Non ! » Maintenant plus que jamais, il devait se relever et se remettre de ses blessures. Je le secouai un peu. Il était anormalement immobile, ses pupilles restaient fixes. Je savais ce que cela signifiait et je ne pouvais pas… C'était impossible qu'*il* soit mort. Ce démon stupide et arrogant était censé être immortel. « Relève-toi. »

Il devait guérir. Il avait juste besoin d'un peu de temps. Je pouvais serrer sa blessure quelques minutes de plus. C'est tout ce qu'il lui fallait. Quelques minutes. Je pouvais y arriver. Je pouvais rester là jusqu'à ce qu'il se recouse.

J'étais encore agenouillée là, les mains couvertes de sang, quand son corps disparut de ce monde.

Je fixai l'hémoglobine humide sur mes paumes. Il y en avait tellement. *Trop*. Aucun mortel n'aurait pu survivre à de telles blessures. Colère avait toujours guéri instantanément auparavant.

Il était blessé, mais pas mort.

Comme quand Luxure avait été frappé par la lame de Colère. Il ne *pouvait pas* être mort. C'était le principe de l'immortalité. Mais… j'avais vu la vie quitter ses yeux. Ça ne s'était pas passé de la même manière pour Luxure. Il respirait encore quand il avait disparu en enfer. Soudain, j'eus le souffle coupé. Sans Colère, je…

Je tendis les mains… elles tremblaient. Je baissai les yeux et observai avec un étrange détachement qu'en fait, c'était tout mon corps qui tremblait violemment. Voir le corps mutilé de ma sœur avait été horrible, mais voir quelqu'un se faire éviscérer… Je me frottai les paumes sur ma jupe, mais le sang ne partait pas. Je frottai encore et encore…

« Ça suffit. » Envie referma ses longs doigts autour de mon poignet, me broyant les os. Avec un peu plus de pression, il les aurait fracturés. « Tout ce désagrément aurait pu être évité, si tu avais obéi. Tu ne peux t'en prendre qu'à toi-même.

— Est-ce que… Est-ce qu'il va vivre ? »

Il s'agenouilla à côté de moi et appuya le plat de sa dague sous mon menton. La lame était encore couverte du sang de son frère. « Tu devrais prier ta déesse qu'il ne survive pas. Maintenant, donne-moi la Corne d'Hadès et j'envisagerai peut-être de t'achever rapidement. »

Je me forçai à détourner les yeux de la tache de sang qui marquait l'emplacement où Colère s'était écroulé. Il s'était battu pour moi. Il s'était interposé entre son frère et moi, et il avait payé le prix fort pour cela. Je sentis tout à coup la rage m'envahir, écrasant mon chagrin. Je fusillai Envie du regard et glissai la main dans la poche de ma jupe. Je passai rapidement l'amulette de Vittoria autour de mon cou pour finalement réunir la Corne d'Hadès.

Un claquement qui ressemblait à un coup de fouet fendit le silence, alors que les cornes du diable ne faisaient plus qu'une. Le pouvoir me remplit subitement. « Allez-vous-en. Sortez d'ici avant que je ne vous y *oblige*.

— Tu commets une terrible erreur. » Envie ne recula pas en titubant et ne s'enfuit pas en courant, mais il obtempéra. « Je n'oublierai pas de sitôt ta désobéissance, mon chou. Et tu ne devrais pas non plus. Ce n'est pas rien d'avoir un prince de l'enfer comme ennemi. Venez. »

Il rassembla ses assassins invisibles et quitta le tunnel humide.

J'attendis qu'il soit parti avant de m'affaler sur le sol. Après cette démonstration de puissance, je ne parvenais pas à me résoudre à bouger. Je ramenai les genoux contre ma poitrine. Les choses avaient incroyablement mal tourné et, cette fois, je n'avais aucune idée de comment aller de l'avant. Colère n'était plus là. Ma famille était cachée, et gagner seule contre les princes de l'enfer me paraissait plus impossible que jamais. Voir Colère se faire éviscérer avait remué quelque chose en moi. Je le croyais invincible... Quelle chance *avais-je* alors de m'en sortir, moi qui n'étais pas immortelle ?

J'aurais voulu être courageuse, audacieuse et intelligente ; terrasser mes ennemis avec la ruse. Admettre que j'avais beaucoup à apprendre ressemblait à un aveu de défaite. Je possédais la magie et la Corne d'Hadès, mais pas le temps qu'il faudrait pour m'initier à des sorts plus sombres de façon à affronter mes adversaires à armes égales. Nonna m'avait dit qu'elle essaierait de ralentir l'ouverture des portes de l'enfer, mais je ne savais pas si elle réussirait cet exploit avant que notre temps soit écoulé.

Être réaliste ne signifiait pas que j'étais défaitiste. Peut-être que la situation *s'améliorerait* si je cessais de me battre et attendais de voir si le diable venait me chercher.

Ou peut-être que maintenant que j'avais ses cornes, je devrais l'invoquer, conclure un marché avec lui de mon côté, et mettre fin à ce processus de destruction. Mon attention se reporta sur l'endroit où Colère s'était effondré. J'avais l'impression de savoir ce qu'il aurait fait à ma place. Et je savais ce que Vittoria aurait choisi. Mais je n'étais toujours pas sûre de ce que, moi, je voulais.

Alors je restai assise là, à côté du sang séché de mon pire ennemi, et je fondis en larmes.

QUARANTE-QUATRE

Les sorts de résurrection font partie des arts obscurs et des interdits, car ils vont à l'encontre de l'ordre naturel. Si vous essayez de voler la vie, la Mort se vengera ailleurs, en équilibrant la balance. Comme en haut, comme en bas.

Notes du grimoire Di Carlo

Une heure plus tard, je me retrouvai devant le palais en ruine. Je n'avais aucun lieu sûr où me réfugier et j'espérais que la magie de Colère protégeait encore le bâtiment. J'entrais au rez-de-chaussée et je venais de refermer la porte quand je sentis une pointe de fraîcheur m'effleurer le cou. J'allais l'ignorer quand je me rappelai ce que Nonna m'avait dit à propos de la marque d'un prince de l'enfer.

Colère m'avait laissé un moyen de l'invoquer.

Je me précipitai à l'étage et je sortis des fournitures d'un sac que j'avais préparé quelques jours plus tôt. Des bougies noires, quelques os d'animaux provenant du restaurant, mon grimoire personnel que j'avais commencé, et...

Par le sang et les os ! Sans la dague de Colère, je n'avais pas d'or, un des principaux ingrédients dont j'avais besoin pour invoquer un démon de la Maison Colère. Je me mis à arpenter la pièce en pestant.

J'aurais tellement aimé que quelque chose se passe sans encombre pour une fois.

J'écartai les bougies du chemin et je me couchai sur mon lit en clignant des yeux à toute vitesse pour empêcher les larmes de monter. J'étais tellement furieuse contre Colère après notre baiser, tellement effondrée qu'il ne m'ait pas dit ce qu'il voulait vraiment, que j'avais voulu le blesser, mais jamais de cette façon.

Ce n'était pas facile de voir mourir quelqu'un qu'on connaît, même si c'était quelqu'un qu'on ne *devrait* pas aimer. Puis les menaces d'Envie, ma famille impossible à contacter... Je ne savais pas comment procéder. Je m'allongeai sur le dos et contemplai les lézardes qui zébraient le plafond en pensant qu'elles étaient comme les petites fissures qui avaient fracassé ma vie en un million de miettes. Chaque ligne représentait un chemin, un choix, une tentative de réparer les torts commis. Je retraçai mentalement mes pas au cours des dernières semaines, en essayant de trouver où j'avais pu emprunter un mauvais virage.

Comme aucune réponse sensée ne m'apparaissait, je renonçai et roulai sur le côté. La petite commode à côté du lit contenait une bouteille de prosecco et deux verres, ainsi qu'un petit bol de tranches d'orange recouvertes de chocolat. Je ne me rappelais pas avoir vu cela auparavant, mais Colère avait pu apporter les friandises et le vin blanc mousseux pendant que nous jouions à la *scopa*.

Je ne savais pas quoi penser de tout cela. Je me dis que ça n'avait pas d'importance et je fis sauter le bouchon. Je regardai les bulles pétiller et crépiter doucement alors que je remplissais ma flûte. Si le monde tel que je le connaissais arrivait à sa fin, je méritais un verre avant de passer un pacte avec le diable. Je m'arrêtai alors que j'étais en train de porter la coupe à mes lèvres. Colère m'avait suggéré de regarder dans la commode si je m'ennuyais. Je ne m'ennuyais pas, mais *j'étais* intriguée.

Je posai mon verre de prosecco et ouvris le tiroir du haut.

Une petite bague en or martelée pour former des branches d'olivier reposait sur un lit de velours délicat.

Elle était simple, mais jolie. Je la pris et la glissai à mon index. Elle m'allait parfaitement. Mon cœur se serra. Je savais très bien pourquoi il l'avait laissée à mon intention. Durant l'Antiquité romaine, une branche d'olivier était offerte par un ennemi en gage de paix. Une larme roula sur ma joue alors que je repensais au fait qu'il l'appelait une « brindille de confiance ». Colère, supposant à juste titre que je ne possédais probablement pas beaucoup d'or, m'avait fourni le dernier élément dont j'avais besoin pour l'invoquer. Il avait tout prévu. Tacticien jusqu'au bout des ongles.

Me sentant pour la première fois depuis des lustres regagnée par l'espoir, je disposai les bougies en cercle et les allumai, puis je plaçai les fougères fraîchement coupées et les os, avant de commencer l'invocation. J'utilisai un peu de mon propre sang en offrande, et j'en versai quelques gouttes dans le cercle.

« Par la Terre, le sang et les os. Je t'invite. Viens, entre dans le royaume des hommes. Rejoins-moi. Lie-toi à ce cercle, jusqu'à ce que je te renvoie chez toi. »

J'étais agenouillée là, attendant la fumée annonciatrice de l'arrivée de Colère. Les secondes passèrent. Mon espoir faiblit. La fois précédente, quelques secondes à peine après avoir prononcé l'incantation, les premiers signes étaient apparus. Peut-être que, comme il était grièvement blessé, il avait besoin d'une offrande plus importante. Je versai quelques gouttes de sang supplémentaires dans le cercle.

Rien ne se produisit.

« Allez, démon. »

Je repassai en revue le rituel. J'ajustai les fougères, les os et les bougies jusqu'à ce qu'ils forment un cercle parfait. Je plaçai ma bague à l'intérieur de la zone d'enfermement, puis je fis couler plus de sang.

« Par la Terre, le sang et les os. Je t'invite. Viens, entre dans le royaume des hommes. Rejoins-moi. Lie-toi à ce cercle, jusqu'à ce que je te renvoie chez toi. »

Je laissai à nouveau le latin de côté, vu que la dernière fois ça s'était terminé par des fiançailles imprévues et que Colère m'avait dit que ce n'était pas nécessaire. Comme seul le silence semblait me répondre, j'essayai une dernière fois et utilisai la même incantation qui nous lierait dans un mariage impie si Colère l'acceptait.

« Par la Terre, le sang et les os. Je t'invite. Viens, entre dans le royaume des hommes. Rejoins-moi. Lie-toi à ce cercle, jusqu'à ce que je te renvoie chez toi. *Aevitas ligati in aeternus protego.* »

Une violente rafale souffla une des bougies. J'attendis en retenant ma respiration que le puissant démon de la guerre apparaisse. Immortel. Furieux. Beau à couper le souffle. Je me préparai à ce qu'il me fasse la morale.

Les instants passèrent, mais il n'y eut ni fumée ni signe que j'avais invoqué quoi que ce soit. J'attendis et attendis. Les oiseaux commençaient à s'éveiller dehors ; l'aube n'était pas loin. Et le sort pour invoquer Colère ne pouvait être lancé que la nuit.

Je réessayai malgré tout, espérant que, cette fois-ci, ça marcherait.

Finalement, le dernier de mes espoirs s'éteignit. Nonna avait affirmé que tant qu'il vivrait, Colère répondrait à mon appel. Son absence me remplissait d'effroi. Je repensai au tout début, quand j'avais prié la déesse de la mort et de la fureur, et je ne pus m'empêcher de me demander si elle avait finalement exercé contre lui la vengeance dont je ne voulais plus.

Je regardai les chandelles vaciller, souhaitant qu'elles mettent le feu à la literie et que tout le château s'embrase. Ce ne serait que justice que le reste de mon monde parte en flammes. Colère n'était vraiment, vraiment plus là. Et il avait emporté le dernier de mes espoirs.

La Corne d'Hadès était en ma possession, mais je ne savais pas comment l'utiliser pour refermer les portes de l'enfer. Ma famille avait fui, Antonio avait été kidnappé par Envie, et l'esprit de ma meilleure amie était toujours piégé entre les royaumes. Les démons *Umbra* avaient infiltré cette ville, et je n'avais aucune idée de comment me débarrasser d'eux.

Je soufflai les bougies d'invocation une par une jusqu'à me retrouver complètement dans le noir.

QUARANTE-CINQ

Au moment où le Soleil répandait ses premiers rayons sur la mer, j'étais déjà habillée pour me lancer dans la bataille. Je me tenais devant le miroir et finissais de tresser la moitié de mes cheveux en couronne, laissant l'autre moitié retomber autour de mon visage. Je fixai la partie supérieure à l'aide de deux grandes pinces incrustées de diamants qui représentaient des branches d'olivier. Elles étaient assorties à ma nouvelle bague, si l'on faisait abstraction des pierres précieuses. Je tamponnai mes lèvres avec du vin et j'appliquai du khôl sur mes paupières.

Je reculai pour admirer mon travail ; ma silhouette était menaçante. Ma robe était d'un bordeaux foncé et ses manches, qui couvraient juste mes épaules, étaient entièrement formées par des écailles d'or. L'étoffe était assez sombre pour cacher le sang, mais elle n'était pas d'un noir profond comme les tenues du prince. Cette teinte ne me dérangeait pas, mais elle évoquait trop le deuil à mon goût.

Et j'en avais vraiment assez d'être triste.

Colère avait dit que j'avais le choix : je pouvais être soit une victime, soit un vainqueur. Et, même si je répugnais à l'admettre, il avait raison. Les autres essaieraient encore et encore de me faire trébucher, de me dire qui j'étais ou quel rôle ils pensaient que je devais jouer. Les gens utilisent les mots comme des armes, mais ils ne peuvent faire des dégâts que si je les écoute au lieu d'avoir confiance en moi.

Puisque mes ennemis voulaient instiller le doute en moi, le temps était venu de croire en mes capacités plus que jamais. Même si je devais faire illusion jusqu'à ce que cela devienne une vérité. Je quittai le château de la Zisa et m'enfonçai dans le cœur de la ville.

Je fis le tour du vieux centre et me dirigeai vers le marché Ballarò où des échoppes de nourriture s'étendaient autour du palais royal. Je ne fus pas surprise de constater qu'un petit attroupement s'était déjà formé devant l'échoppe des Nucci pour acheter leurs *arancini* et leurs *panelle*. Les boulettes de riz frites et les galettes de pois chiches salées étaient parmi les plats à emporter les plus populaires.

Domenico père s'épongeait le front avec un tissu et tendait un sac de nourriture à un client. J'étais contente de le voir loin du tripot de Cupidité. Cela rendait une partie de mon plan plus facile.

La file d'attente se réduisait peu à peu, et les gens s'éloignaient avec leurs achats. Mon estomac grogna en contemplant l'étal et en sentant les douces odeurs, et je me dis qu'acheter à manger était une excellente excuse pour discuter. Et il fallait que je mange de toute façon.

« *Buongiorno, signorina* Di Carlo. Que désirez-vous aujourd'hui ?

— Des *panelle* avec des rondelles de citron supplémentaires, s'il vous plaît. »

Le père Nucci fit frire les galettes plates à la perfection, les saupoudra d'un peu de sel, puis les glissa dans un sac en papier avec une tranche de citron. Je donnai mes pièces, et m'écartai sur le côté, dans l'ombre de son auvent. « Comment va Domenico Junior ?

— Il a des problèmes ? »

Comme je ne savais pas comment répondre, je recourus à un des trucs préférés de Colère et ignorai la question. « Ma sœur m'a souvent parlé de lui, et j'ai entendu dire qu'il passait beaucoup de temps au monastère. Ça doit être dur pour lui d'avoir perdu quelqu'un à qui il tenait. »

Le regard de Domenico père se porta vers la personne derrière moi avant de distribuer une commande d'*arancini*, et d'en déposer quelques autres dans le panier de la friteuse. « Il va bien. Il est parti en Calabre ce matin pour aider son cousin. »

J'arrêtai de mâcher mes *panelle*. C'était étrange que Domenico Junior ait décidé de quitter la maison maintenant. Je changeai de tactique. « Avez-vous passé du temps dans la salle de jeu dernièrement ? » J'espérais que ma demande n'était pas trop impolie. « Je dois la localiser le plus vite possible. »

Il secoua la tête. « J'ai bien peur de ne pas pouvoir vous aider. Je crois que le gars qui s'en occupe est parti. »

Intérieurement, je hurlai et maudis la déesse des occasions manquées. J'étais sur le point de partir quand je remarquai un étrange tatouage sur l'avant-bras de mon interlocuteur. Une empreinte de patte qui serrait une forme qui ressemblait à une tige de fenouil. Mon regard s'égara sur le flanc de son chariot de nourriture : le même symbole y était peint. Je m'étais trompée. Ce n'était pas dans le journal intime de ma sœur que j'avais vu ce dessin ; c'était le jour où Colère et moi avions essayé de nous rapprocher pour enquêter sur le meurtre de Giulia Santorini. Quand je réalisai enfin ce qui se passait, j'en eus le souffle coupé. Le *signore* Nucci était un métamorphe.

Je déglutis avec difficulté et relevai lentement les yeux. Domenico Senior se rendit compte que je fixais son tatouage, et s'empressa de rabaisser sa manche malgré la chaleur de la journée.

Sa réaction déclencha en moi des signaux d'alarme.

Je repensai au journal de ma jumelle. Elle mentionnait Domenico Nucci, mais elle ne précisait pas si c'était Junior ou Senior…

« C'est vous, décrétai-je en laissant tomber mon sac de *panelle*. Vittoria a écrit votre nom dans son journal. Il n'a jamais été question de Domenico Junior. Est-ce que vous lui avez fait du mal ? Est-ce qu'elle avait découvert votre vraie nature ?

— Ce n'est pas... Vous ne pouvez pas lancer ce genre d'accusations. Donnez-moi une seconde. »

Il retourna la pancarte en position FERMÉ et me fit signe de le suivre jusqu'à une rue perpendiculaire, où il y avait moins de monde. Je n'avais pas envie de trop m'éloigner de la foule, et il semblait en être conscient. Il s'arrêta dans un endroit où nous étions encore entourés de gens, mais où nous ne pouvions pas être entendus.

« Votre sœur a travaillé derrière le bar, au tripot de Cupidité. »

Mon cœur se mit à battre à tout rompre. Enfin, après tout ce temps, un nouvel indice sur ce que Vittoria faisait juste avant d'être assassinée m'était révélé. « Et ? Savait-elle ce que vous êtes ? » Il hocha la tête. « Et l'avez-vous vue avec Cupidité ?

— Oui. Elle est venue le voir un soir avec une idée en tête. Ils avaient un plan qui leur convenait à tous les deux.

— Comment vous êtes-vous retrouvé impliqué dans tout ça ? »

Comme il ne semblait pas disposé à répondre, je sortis le couteau que j'avais caché dans mon corsage et laissai les rayons du Soleil scintiller sur la lame. Le démon de la guerre m'avait appris de nouvelles façons d'approcher les gens. « D'une manière ou d'une autre, j'obtiendrai mes informations, *signore*. À vous de choisir la méthode.

— C'est bon, c'est bon. » Il déglutit avec difficulté et jeta un coup d'œil inquiet autour de lui. « Vous savez pour les *benandanti*. »

J'acquiesçai. Tout le monde était au courant de leur existence. « Des métamorphes, en quelque sorte. Leurs esprits prennent une forme animale pour effectuer un voyage astral, quatre fois par an. Ils combattent aussi dans les Batailles de la nuit.

— Exactement. Mais tout ça, ce sont les *benandanti*. Nous n'en sommes pas, mais ils nous ont repris notre symbole et on nous confond souvent avec eux à cause de ça. Nous pouvons changer de forme quand nous le souhaitons. On nous appelle les "Loups de Braise". Les *benandanti* sont humains, tandis que nous ne le sommes pas. Du moins pas entièrement. La croyance populaire dirait que nous sommes des loups-garous.

— Des loups-garous. Vous vous transformez en loup ? »

Domenico Senior hocha la tête.

Je pris un moment pour encaisser cette révélation. Je n'avais jamais entendu parler d'un Loup de Braise, mais les contes dans lesquels figuraient des loups-garous ne manquaient pas. D'après les vieilles histoires qu'on m'avait racontées, les loups vivaient en meute et étaient loyaux seulement les uns envers les autres. Je ne comprenais pas comment ni pourquoi ils s'étaient associés à des démons.

« Pourquoi étiez-vous avec Cupidité ? »

Il fixa le sol. « Nous avons conclu un marché. »

Je me souvenais de l'avoir vu avec des piles de jetons de jeu. J'avais eu le sentiment que je savais où ce vice le mènerait. « Il a promis d'effacer vos dettes si vous l'aidiez ? »

Il acquiesça. « Je pensais que c'était un marché de dupes pour lui. Puis j'ai découvert que ce n'était pas son idée en réalité. Il m'a expliqué que tout ce qu'il voulait, c'était que les loups se battent du côté du diable le moment venu. Comme nous n'avions plus changé de forme depuis presque vingt ans, je croyais que le marché n'avait aucune valeur.

— Pourquoi est-ce que vous ne vous métamorphosez plus ? »

Il haussa les épaules. « Personne ne le sait avec certitude. Du jour au lendemain, on n'y est plus arrivés.

— Mais récemment, ça a changé, pas vrai ? Est-ce que quelqu'un a changé de forme ?

— Quand un garçon fête son vingtième anniversaire, c'est en général le moment où il se transforme pour la première fois. »

Et j'étais prête à parier que Domenico avait fêté son anniversaire récemment, et avait été décontenancé de se métamorphoser subitement en loup. « Vous n'aviez pas expliqué à votre fils ce qui l'attendait ? »

Il secoua lentement la tête. « Ça faisait si longtemps… Je pensais que ça ne lui arriverait pas. Quand Dom s'est transformé, j'ai compris que nous avions des problèmes. Je lui ai révélé la promesse que j'avais formulée. » Le père écrasa une larme sur sa joue. « La déception dans les yeux de mon fils aurait suffi à m'achever. La honte que j'ai apportée à notre lignée, à notre famille. Normalement, les loups ne se battent pour personne en dehors de leur meute. Maintenant Dom prie au monastère pour moi et pour son propre salut, espérant que tout le monde pardonnera mes péchés.

— Comment ma sœur a-t-elle découvert ce que vous êtes ? »

Il considéra la question un moment. « Je ne sais pas exactement. Mais c'est elle qui a suggéré à Cupidité de négocier avec moi. Une fois le serment conclu, elle m'a fait promettre de tenir ma parole envers lui.

— C'est Vittoria qui a mis en place le marché ? » Mon cœur battait la chamade. « Vous êtes sûr que c'était son idée et pas celle de Cupidité ?

— Certain, affirma *signore* Nucci. C'était un des multiples éléments d'un plan beaucoup plus vaste. Mais elle ne m'a jamais expliqué ce dont il s'agissait. J'ai peur de ne pas pouvoir beaucoup vous aider. On m'a seulement dit de me tenir prêt quand on ferait appel à nous. »

Je laissai échapper une lente expiration. Vittoria avait trouvé un moyen de forcer deux ennemis à collaborer. De former un front uni pour combattre un ennemi commun. Qui était encore inconnu… Je réfléchis à cette nouvelle information. Ma jumelle avait fait confiance à Cupidité, et moi à Colère. Et Envie était toujours le coupable le plus évident, sauf que… il ne s'était vanté d'avoir arraché le cœur de personne, et n'avait pas mon amulette. Ce qui signifiait que l'assassin courait peut-être encore. « Domenico n'est pas vraiment sur le continent, pas vrai ?

— Non, admit *signore* Nucci en reniflant. Il est au monastère. »

Tous les chemins menaient au monastère. Et je ne croyais plus aux coïncidences.

C'était là que le corps de ma sœur avait été retrouvé.

Là aussi que la session de divination de Claudia avait horriblement mal tourné.

Domenico y priait presque tous les jours, mais, d'après mon amie, il s'entretenait aussi avec les membres de la confrérie. J'étais prête à parier qu'il avait confié ses problèmes à la mauvaise personne, surtout quand je repensais à la façon dont les frères avaient réagi, le soir où j'avais trouvé Claudia.

Je dis au revoir à *signore* Nucci, je devais chercher mon prochain indice au plus vite.

Avant que Vittoria ne soit assassinée et que mon univers ne se transforme en enfer, Nonna m'avait dit que des chasseurs de sorcières étaient en activité sur l'île. Je les avais exclus après avoir invoqué Colère et découvert que trois autres princes de l'enfer erraient dans ce monde, comme lui. Mais j'avais peut-être tiré des conclusions hâtives.

Si quelqu'un voulait éliminer des sorcières, l'ordre religieux était le suspect idéal. Qui pouvait être mieux placé pour éradiquer le mal de ce monde que les personnes ayant reçu la divine ordination ?

Je repensai au soir où j'avais trouvé Claudia, à la lueur assassine dans le regard de frère Carmine. Il s'était approché comme s'il était assoiffé de sang. Je savais qu'il méprisait les sorcières, et je ne l'avais plus vu haranguer la foule sur la place du marché depuis des années. Il devait rêver de remonter sur son estrade improvisée pour vomir sa haine.

Son mépris ouvert pour celles et ceux qui utilisaient la magie faisait de lui un chasseur de sorcières idéal.

Quoi qu'il arrive, aujourd'hui, j'allais percer les secrets de la confrérie religieuse.

QUARANTE-SIX

Un groupe en robe de moine était réuni dans la cour. La tension qui régnait parmi la confrérie était aussi palpable que la chaleur de l'été. Un des membres de la confrérie religieuse avait disparu, et plusieurs jeunes femmes étaient mortes. Je n'étais pas surprise d'entendre qu'ils accusaient le diable. Je me cachai près du bâtiment principal et examinai la masse, à la recherche d'un membre que je ne trouverais probablement pas.

Frère Carmine se tenait au centre et secouait la main vers le ciel à chaque fois qu'un mot passionné sortait de sa bouche. Apparemment, j'étais arrivée à la conclusion de son discours.

« Notre Dieu est un Dieu puissant : il ne tolérera pas que le mal infeste ce royaume. Nous devons suivre son exemple en ces temps obscurs et troublés. L'heure du jugement est à nos portes. Nous devons arrêter le diable avant qu'il ne sème les graines du mal ! Venez, allons répandre la bonne parole. Guidons notre prochain vers le salut.

— Amen ! » crièrent les religieux à l'unisson.

Le groupe compact se dispersa en direction de la ville, partant sauver des âmes humaines. Je m'approchai de l'entrée du monastère et laissai échapper un souffle tendu. Frère Carmine ne disait pas que le diable avait brisé la malédiction, mais son discours était d'une précision inquiétante. Les âmes humaines étaient vraiment en danger. Ma méfiance à son égard s'accrut. Si ces histoires de chasseurs de sorcières n'étaient pas une simple rumeur, je venais très, très probablement de les localiser. Je me demandais si je devais suivre ces gens ou pas, quand je sentis l'appel de la magie, en provenance du monastère. Exactement comme le soir où j'avais découvert le corps de Vittoria.

Sauf que l'appel était plus puissant encore.

Peut-être que j'étais simplement devenue plus douée pour le sentir ? Ou peut-être que les deux cornes en ma possession amplifiaient mes sens ? Je retirai le *cornicello* de ma sœur de l'emplacement où je l'avais fourré dans ma robe et le brandis dans les airs. Même en tant que sorcière non humaine, porter les cornes du diable dans un lieu sacré me semblait un sacrilège. Mais il n'était pas question d'entrer dans l'édifice religieux sans protection. Je glissai le talisman autour de mon cou, à côté de celui que je portais déjà, et je sentis la magie picoter dans mes veines.

Avant de me faufiler à l'intérieur, je jetai un dernier coup d'œil autour de moi. Tout était calme à présent. La confrérie était partie. Je traversai la petite cour et poussai la porte. Alors que je me dépêchais de passer devant les momies dans le couloir désert, je sentis... quelque chose m'observer.

Je me retournai et examinai le sinistre couloir qui faisait d'habitude battre mon cœur plus vite et trembler mes mains. Cette fois, mon pouls ne s'emballa pas parce que j'avais peur de ce que j'allais trouver. Au contraire, je *voulais* que quelqu'un essaie de m'attaquer.

« Montre-toi. »

Contrairement à ce qui se passait dans les romans que Vittoria aimait lire, aucun méchant n'émergea en ricanant pour épiloguer sur les plans diaboliques de son maître. Personne n'apparut. J'étais seule. Je fermai les yeux, saisis la Corne d'Hadès, respirai profondément et me recentrai. Quand j'examinai à nouveau le couloir où les morts étaient alignés, toujours désert, j'entendis de faibles chuchotements.

Mais ils n'étaient pas de ce monde.

Je fis abstraction de tout le reste et me concentrai sur les voix étouffées, m'enfonçant toujours plus dans le dédale des catacombes. Je notais mentalement chaque tournant et chaque couloir que j'empruntais, espérant être capable de rebrousser chemin sans m'égarer si je devais m'enfuir. Je ne m'étais jamais aventurée aussi loin dans les profondeurs du monastère : je n'avais jamais imaginé qu'il y avait un tel labyrinthe de couloirs qui descendaient peu à peu vers le centre de la Terre.

Alors que je continuais à avancer en silence, le bourdonnement des voix s'intensifia. Mes nerfs se mirent à picoter. Quelque chose de magique était proche. Quelque chose de puissant. Une partie de moi mourait d'envie de l'ignorer et de fuir. Mais trop de choses étaient en jeu. Je continuai, me forçant à surmonter les peurs qui me rongeaient.

Quelques minutes plus tard, je m'arrêtai dans un couloir humide taillé dans la roche calcaire. Une seule torche placée dans une applique projetait une lumière qui vacillait de façon menaçante, comme la queue d'un chat agacé. Je n'avais pas besoin que la déesse m'adresse ce signe pour comprendre qu'un danger était proche. J'étais incapable de dire si mon estomac se nouait d'angoisse ou d'excitation. Quelque chose était sur le point de se produire.

Le couloir débouchait sur une porte, qui était légèrement entrouverte, comme si elle m'invitait. Je parcourus les derniers mètres et marquai une pause à deux pas du battant. C'était peut-être un piège, mais les chuchotements étaient devenus frénétiques.

Il fallait que je voie ce qu'il y avait derrière ce passage. Je m'approchai, le cœur cognant à toute allure, et poussai un peu plus le battant. De l'extérieur, la pièce semblait vide. Mais les apparences étaient souvent trompeuses. Avant d'entrer, je jetai un coup d'œil autour de moi pour m'assurer que ce n'était pas un guet-apens. Des grains de poussière tourbillonnaient en cercle. Tout me paraissait calme. Les illusions étaient une magie facile et trompeuse : elles projetaient souvent ce qu'on s'attendait à trouver.

J'aurais dû le savoir.

QUARANTE-SEPT

Dès que je franchis le seuil, je réalisai que je venais de commettre une erreur. J'avais l'impression que l'air s'était soudain rigidifié et me maintenait en place. J'essayai de reculer vers la porte, mais en vain. J'étais obligée de rester dans cette pièce jusqu'à ce que celui qui avait lancé le sort d'enfermement décide de me libérer.

Les chuchotements que j'avais entendus se transformèrent en bavardages assourdissants. Il y avait tellement de voix, tellement de conversations, que je percevais à peine mes propres pensées.

« C'est ici.

— Elle est arrivée.

— Ouvrez les liens.

— Libérez-la. »

Je me bouchai les oreilles et je cherchai une issue ou un moyen de briser le sort. Je voulais que le vacarme s'arrête. Immédiatement. L'illusion disparut brusquement, comme si elle obéissait à mes désirs. Je balayai des yeux la vraie version de la pièce. Les murs étaient couverts de phrases en latin. Des lignes et des lignes – certaines écrites en grands caractères, d'autres beaucoup plus petites – noircissant chaque centimètre carré des murs du sol au plafond. Un travail de fourmi. Je n'avais jamais vu la magie utilisée comme ça avant.

Les lettres brillaient et palpitaient doucement comme si elles étaient partie intégrante d'une entité qui respirait. J'avais envie de m'agenouiller ; un sort aussi puissant ne serait pas facile à rompre. Mais je refusais de m'avouer vaincue. Je cherchai des signes d'embuscade. J'étais seule dans la pièce, si l'on exceptait la présence d'un livre.

Les battements de mon cœur ralentirent. Il devait s'agir de la chose dont Vittoria avait parlé dans son journal.

Quand je fixai mon attention sur le livre, les voix reprirent, plus douces, plus séduisantes. Je retirai timidement les mains de mes oreilles. Je pouvais à peine respirer. C'était le secret pour lequel ma jumelle avait perdu la vie. J'en avais la certitude, au plus profond de mes os.

Un simple rayon de lumière illuminait le vieux volume à reliure en cuir. Il était posé sur un piédestal taillé dans une solide pièce d'obsidienne. Je n'avais jamais vu une pierre précieuse de cette taille auparavant et je m'approchai prudemment jusqu'à me pencher au-dessus du mystérieux grimoire. Les voix se turent d'un coup.

La couverture était ornée d'un symbole en forme de triple lune en étain moulé, mais il n'y avait pas de titre. Cet ouvrage était sans aucun doute magique : un pouvoir considérable en émanait et il était entouré d'un halo de lumière lavande. Il me rappelait le *luccicare* que je voyais autour des humains, et était de la même nuance de violet que mon tatouage. Je ne savais pas ce que je devais en déduire, mais j'avais une idée assez précise de ce qu'était ce précieux recueil : c'était le premier livre de sorts. Aussi impossible que cela paraisse, Vittoria *avait* trouvé le grimoire de la *Prima*.

Il semblait tellement ordinaire, tellement simple. Et pourtant, ma jumelle avait payé le prix cher pour l'avoir consulté.

J'eus tout à coup envie de le brûler.

Il n'était pas plus grand que la plupart des vieux livres, mais l'énergie qu'il dégageait était différente de tout ce que j'avais déjà ressenti. La couverture était tellement usée à certains endroits qu'on aurait dit qu'elle avait été ouverte et fermée un million de fois.

Exactement comme le soir où j'avais découvert le corps de ma sœur, je ressentis un puissant tiraillement silencieux. Cette fois, il me suppliait d'ouvrir le livre, pour avoir un aperçu des sorts que je sentais s'en échapper. Je tendis lentement la main et allai à la page qui était marquée d'un signet.

Le papier noir familier dont les marges étaient ornées de racines dorées m'accueillit. Je parcourus la page des yeux : c'était une invocation de l'étoile du matin. Je refermai le livre et m'éloignai.

Quelqu'un avait invoqué le diable. Ou voulait le faire.

Je pris quelques bouffées d'air tandis que mon cerveau s'emballait. C'était le mystérieux grimoire dont ma sœur avait arraché des pages. La magie de Vittoria avait dû la conduire au premier livre de sorts, et elle avait emporté les formules qui permettaient d'invoquer les démons. Si elle avait caché toutes les pages dans notre minuscule chambre, j'aurais senti leur présence maléfique dès l'instant où elles seraient entrées dans notre maison, et Nonna aussi. Vittoria avait choisi de les dissimuler ici. Mais pourquoi avait-elle pensé que ce terrible document serait en sécurité entre les murs de la confrérie… ? Il devait y avoir un lien, il fallait juste que je *réfléchisse*.

« Enfin. »

Je fis un bond en arrière quand une silhouette encapuchonnée entra dans la pièce. Je saisis par réflexe ma craie bénite. Ça devait être la personne à laquelle le messager avait vendu ses secrets. J'étais prête à parier qu'il s'agissait de frère Carmine. Comme c'était ironique qu'un chasseur de sorcières tende un piège à ses proies en utilisant la magie ! La silhouette porta la main à son capuchon, et je me raidis, prête à ce que le frère qui détestait les sorcières m'attaque. Mais ce fut Antonio que je vis. Il se déplaça à une vitesse que je n'aurais pas crue possible et fit tomber la craie de mes mains comme si des griffes risquaient d'apparaître à son extrémité et qu'elle pouvait me blesser. Je la regardai se briser sur le sol, puis revins à l'instant présent. Je fus envahie par un immense soulagement.

« Antonio ! Tu es vivant. Je croyais... » Je levai les yeux et remarquai son expression. Ce n'était pas de l'inquiétude que j'y lisais, mais de la haine. Mon cœur bondit dans ma poitrine, et je fis un pas en arrière. « Que... Qu'est-ce qu'il s'est passé ? Est-ce qu'Envie t'a fait du mal ?

— Un ange divin ne me ferait jamais de mal. » Ses lèvres s'étirèrent pour adopter une grimace qui était loin des sourires doux et timides que je gardais en mémoire. « Contrairement à toi. »

Ma respiration était de plus en plus courte à mesure que les éléments se mettaient en place dans ma tête. Envie ne l'avait pas blessé ou retenu prisonnier. Bien au contraire. Antonio avait volontairement livré Claudia à mes ennemis. Il savait que c'était une sorcière et...

« C'est toi. *Tu* as tué ma sœur. » Ma voix tremblait. « Pourquoi ?

— Est-ce vraiment si difficile à concevoir ? Que moi, un homme de Dieu, je souhaite débarrasser le monde du mal ?

— On croirait entendre Carmine. » Je serrai les poings. J'avais besoin de sentir mes ongles s'enfoncer dans ma peau pour ne pas m'emporter. « Assassiner des innocentes n'est pas un acte maléfique en soi ?

— Les meilleurs anges de Dieu sont de féroces guerriers, Emilia. Parfois, afin d'accomplir le bien et d'assurer l'intérêt général, nous devons d'abord servir de glaive à la justice et éliminer nos ennemis. Tu ne peux pas comprendre. Tu ne serais pas capable d'accomplir ce genre de prouesse, *sorcière*. »

Le peu de contrôle que j'avais réussi à garder s'envola.

« Tu n'as aucune idée de ce que je suis capable de faire.

— Peut-être pas. Mais si tu utilises la magie sur moi maintenant, tu prouveras que j'ai raison. » Il pointa le menton vers mes deux amulettes combinées. Elles brillaient férocement. « *Toutes* les sorcières naissent malfaisantes. »

Ma colère et ma peine s'additionnaient. Je fis un pas en avant et libérai la rage refoulée que je ressentais depuis le meurtre de ma jumelle.

« Tu te trompes. Nous ne naissons pas malfaisantes. Certaines d'entre nous le deviennent. Par haine. »

Mes cheveux se soulevèrent soudain comme si une brise surgissait tout à coup sous terre. Une tempête se préparait et elle n'était pas de ce monde. Les mots lumineux qui nous entouraient pulsaient plus rapidement sur les murs. La magie rendait l'air incandescent, et des incantations que je ne connaissais pas tourbillonnaient dans mon esprit. Peut-être que les cornes du diable m'alimentaient, ou que le premier livre de sorts partageait ses formules avec moi.

Ou peut-être était-ce simplement ma propre obscurité qui s'échappait. Je me fichais de savoir quelle était l'origine de tout ça.

Je serrai la Corne d'Hadès et murmurai un sort si ignoble que les mots brûlèrent mes lèvres en sortant de ma gorge. Je levai le bras, puis l'abaissai en décrivant un arc de cercle. Des griffes invisibles taillèrent en lambeaux les robes d'Antonio.

Cette fois, j'épargnai sa chair.

La peur voila son regard. Il recula lentement, les mains en l'air. Comme si cela allait suffire à m'arrêter.

« Effrayé ? » Je fis un pas vers lui. « Tu devrais l'être. C'est juste un tour de chauffe. »

Je levai à nouveau le bras et il recula encore un peu. « P… Pitié, Emilia, m'implora-t-il d'une voix tremblante. Je… Je t'en prie.

— Maintenant tu réclames ma pitié ? » Une colère brute et violente tourmentait mon âme. « Dis-moi, est-ce que ma sœur t'a supplié ? »

Je repensai à sa poitrine, au trou qui occupait la place de son cœur. C'était lui qui avait fait ça. Notre ami. Je rejetai le bras en arrière et lacérai la poitrine d'Antonio. Œil pour œil. Ce n'était que justice. Il appuya les doigts sur la blessure, vit du sang et tituba. Une plaie superficielle, rien de sérieux.

La fureur me poussa en avant. « As-tu offert à Vittoria ta pitié quand elle a supplié pour que tu ne la tues pas ? Ou Valentina ? Combien de femmes t'ont imploré de les épargner ? Où était ta pitié, à ce moment-là ? »

Il se laissa tomber à genoux et se mit à prier. J'attendis un instant, mais Dieu ne se manifesta pas. La déesse de la mort et de la fureur, si. Je m'agenouillai, les yeux flamboyants, et le forçai à me regarder. Je voulais qu'il repense aussi au visage de ma jumelle. Des larmes glissèrent sur ses joues. Je luttai contre l'envie de frapper son crâne contre le sol et de voir la vie quitter ces yeux emplis de haine.

La mort serait un acte de bienveillance. Et je ne me sentais pas d'humeur à faire preuve de bonté.

« Quand je te tuerai enfin, tu supplieras la mort de venir te libérer de tes souffrances, Antonio. » Je fixai mon doigt, concentrée sur une lame invisible qui le piquait. Une minuscule goutte rubis perla. « Je jure sur mon sang que tu ne connaîtras plus jamais le vrai bonheur. Ton cœur sera maudit : il se brisera chaque fois que tu oublieras les péchés que tu as commis. Et chaque fois que tu riras, je serai là, à attendre, pour te les rappeler. »

J'étais sur le point de sceller ce pacte avec la goutte de sang quand une odeur d'urine emplit l'espace autour de nous, réveillant un souvenir en moi. J'avais fait peur à Antonio. Comme Colère quand il avait obtenu des informations de... Je sursautai et laissai retomber ma main.

Colère, un des princes de l'enfer, avait été capable de faire preuve de pitié.

Connaissant le genre de pouvoir dont il jouissait, je ne comprenais pas comment il était parvenu à se contenir. J'aurais aimé lui ressembler un peu plus en cet instant. Mais ce n'était pas le cas.

« Nouvelles règles. Tu vas répondre la vérité à toutes mes questions, et seulement alors j'envisagerai peut-être d'épargner ta vie. C'est compris ?

— O... Oui. » Il hocha la tête plusieurs fois et inspira profondément. « Que... Qu'est-ce que tu veux savoir ?

— Avant que tu ne rencontres cet “ange de la mort”, quelque chose a dû provoquer ce changement en toi. Explique-moi comment tu es devenu si tordu. Si répugnant.

— Je… Je ne suis pas… » Il secoua la tête. « D’accord. Une semaine avant la mort de ma mère, je l’ai emmenée chez une femme qui, croyais-je, n’utilisait que la magie populaire et la prière pour guérir les gens. Il s’est avéré que c’était une sorcière. » Il lâcha un rire amer. Je le foudroyai du regard et il cessa en un instant. « Elle a causé la mort de ma mère. J’ai juré, ce jour-là, de me racheter auprès de Dieu. J’ai promis que si je rencontrais une autre sorcière, je l’enverrais directement dans les donjons de l’enfer, là où elle devrait être. Et c’est alors que mes prières ont été exaucées.

— Comment ?

— Un ange est venu me voir, peu de temps après, pour me parler de la malédiction du diable. Il m’a révélé que pour la rompre, le diable devait se marier avec une sorcière. L’ange m’a expliqué que ça ne pouvait pas se produire, sinon le diable serait définitivement libéré. Il m’a promis de me fournir le nom des fiancées potentielles. Tout ce que j’avais à faire, pour nous sauver du vrai mal, c’était éliminer les sorcières l’une après l’autre. »

Mon regard se dirigea vers le premier livre de sorts. Je pensai à nouveau à Vittoria. « Cet ange t’a-t-il donné le nom de ma sœur ? »

Il baissa les yeux au sol. « La mort de ta jumelle était… Je ne voulais pas… J’ai supplié l’ange de pouvoir l’épargner, mais il a répondu que laisser une graine de mal en ferait pousser d’autres. Je lui ai tenu tête pendant un moment. J’ai même prétendu qu’elle n’était pas une sorcière, qu’il se trompait. Puis, elle… » Il refusait de croiser mon regard. « Elle a commencé à parler de l’invocation du diable au monastère, et je n’ai plus pu nier la vérité. Il fallait l’arrêter. »

Je contins ma fureur. Vittoria plaisantait à tout bout de champ à propos d’invoquer le diable, ou de jeter un sort aux gens, ou d’un tas d’autres choses stupides qu’elle disait pour s’amuser devant les humains. Ils riaient, normalement, pensant qu’elle blaguait. J’avais toujours craint qu’un jour quelqu’un commence à se poser des questions sur elle. Je n'avais jamais imaginé que ce serait quelqu'un d'aussi proche de nous. « Tu l'as trahie. Tu *m'as* trahie.

— Et tu n'as pas fait la même chose avec moi ? » s'insurgea-t-il. Son ton était tranchant, mais il se reprit rapidement. « Tu as jeté un sort pour que je tombe amoureux de toi. Tu m'as menti tous les jours, en cachant la vérité sur ta vraie nature. » Malgré ma récente démonstration de pouvoir, son visage était déformé par la rage. « Ta place est en enfer avec les autres âmes maudites et damnées. Tu n'es même pas humaine. Tu me dégoûtes.

— Je n'ai jamais utilisé aucun sort sur toi pour que tu m'aimes.

— Peux-tu affirmer en toute sincérité qu'avant ce soir, tu n'as jamais utilisé la magie sur moi sans mon consentement ? Tu es une exception à la règle ?

— Bien sûr, je... » Je refermai la bouche avant de poursuivre. À vrai dire, j'avais utilisé un sort interdit sur lui quand nous étions plus jeunes. Je n'avais pas respecté son libre arbitre. Ce que j'avais fait était mal, mais ça ne lui donnait pas pour autant le droit de tuer des femmes en représailles. « Comment comptais-tu empêcher le diable de trouver une sorcière dans une autre ville ?

— En l'invoquant.

— Toi, un homme de Dieu, qui accomplis la volonté des anges, tu veux invoquer le diable ?

— Oh, je ne veux pas le faire, Emilia. Mais je ferai ce qui est nécessaire. Je veux qu'il me voie détruire ses cornes. »

Ma main se dirigea vers mon amulette. « Comment...

— Comment j'ai su que tu portais les vraies cornes du diable ? railla-t-il. C'est mon ange de la mort qui me l'a appris. Tu vois, nous devions d'abord détruire toutes les sorcières en vie. Ensuite, nous devions invoquer le diable et lui planter une lame dans le corps.

— Comment s'appelle cet ange ? »

Antonio haussa une épaule. « Il n'a pas voulu me le dire. Mais il y a quelque chose de... puissant en lui. Je sais qu'il ne mentait pas. Seule une créature envoyée par le ciel peut inspirer autant de gloire. »

Qu'il le sache ou non, j'aurais parié mon âme qu'Antonio avait été influencé par un prince de l'enfer. Et je pensais savoir qui avait orchestré tout ça : c'était probablement Envie. Le démon traître. J'avais juste besoin d'une preuve ; ensuite je le détruirais.

« Qu'est-ce que les cœurs viennent faire dans cette histoire ? »

Il me regarda d'un air abasourdi. « Les cœurs ? »

Comme s'il ne savait pas. Clairement, sa coopération s'arrêtait là. Ou peut-être qu'il y avait des parties de ses actes bestiaux dont il ne pouvait pas parler à haute voix. Je cessai de prêter attention à Antonio, et me mis à réfléchir à ce que je devais faire. Je pensai à ma sœur, à son plan pour invoquer le diable. Elle voulait négocier avec lui.

Peut-être qu'elle savait qu'Envie, ou un autre prince de l'enfer, avait provoqué le destin, et que le seul moyen d'enrayer la catastrophe était d'aider Orgueil à briser la malédiction. Ce qui expliquerait pourquoi elle voulait que les loups-garous et Cupidité fassent équipe. Quelles que soient ses motivations, elle pensait que la meilleure ligne de conduite était de descendre dans le monde souterrain. Antonio était peut-être l'instrument de la mort, il avait peut-être choisi de commettre ces actes atroces, mais il n'avait pas agi seul.

À présent, je voulais découvrir qui l'avait aidé à tuer ma sœur.

Une idée, sauvage et folle, prit forme dans mon esprit. Si Antonio réussissait à invoquer le diable, je pourrais l'utiliser à mon avantage. Ma sœur était convaincue que régner en enfer était le meilleur choix qui s'offrait à elle.

C'était peut-être le meilleur pour moi aussi.

« Si tu comptes invoquer le diable, pourquoi attendre ?

— C'est *toi* qui vas l'invoquer. » Antonio sourit. « Et je le tuerai quand il apparaîtra. »

J'aurais beaucoup aimé le voir essayer. Je pointai du doigt le cercle d'invocation à moitié fini et je serrai les amulettes dans ma main. « Allume les bougies. »

Il fit ce que je lui demandai et termina rapidement de fermer le cercle. Au lieu d'utiliser des os d'animaux, il plaça de l'aconit tue-loup en fleur entre chaque bougie. Je fixai les pétales violets et bleus en forme de clochettes. Ce n'était pas du tout ce que j'aurais imaginé utiliser pour invoquer Orgueil.

Lorsque la dernière fleur fut en place, il recula et me murmura une invitation en latin que je devais répéter. Son « ange » lui avait expliqué comment procéder.

Comme le jour où j'avais invoqué Colère, le cercle se remplit de fumée. Des éclairs se mirent à zébrer la pièce et l'atmosphère crépita comme si nous étions coincés au milieu d'une terrible tempête. Je m'attendais à ce qu'un bel homme apparaisse devant nous. Il n'en fut rien. Antonio se tourna vers moi. Ses yeux étaient des bassins remplis d'une eau bleu argenté, seule preuve qu'il n'était pas le jeune homme aux côtés duquel j'avais grandi.

Il scruta les alentours avec des mouvements qui n'étaient pas tout à fait naturels. Je ne cillai pas lorsqu'il m'examina. Orgueil venait de prendre possession du corps d'Antonio. Avant que je ne puisse afficher un air indifférent, il se rapprocha. Mon souffle se coupa. Son attention s'attarda sur les barrettes incrustées de diamants dans mes cheveux.

« J'ai un cadeau pour toi, *Stella Strega*. »

Sa voix était magnifique. Après tout ce que j'avais appris récemment au sujet du bien et du mal, je m'attendais à ce qu'elle soit monocorde et criarde.

« Et qu'est-ce que ce cadeau va me coûter ? » demandai-je.

Son sourire était tout sauf tendre. « Ton âme, bien sûr. »

Je souris en retour à mon nouveau fiancé. Il ne s'attendait pas à ce qu'une tempête déferle bientôt sur l'enfer. « Je suis toute à toi, Orgueil. Impressionne-moi. »

Il me dévisagea, sûr de lui, et claqua des doigts. Une charge magique emplit l'air. Un crépitement s'éleva et une robe apparut.

Elle était en suspension dans l'air et les replis dans le bas voltigeaient. Le haut était un corset en métal entièrement recouvert de plantes épineuses. Des couches de tissu noir s'amoncelaient sur les hanches, et retombaient vers le sol en vagues écumeuses. L'étoffe était incrustée de minuscules pierres sombres qui me rappelaient des cristaux d'hématite. En guise de ceinture, des serpents noir scintillant s'enroulaient pour former des nœuds complexes à hauteur de la taille.

C'était le minimum qu'on pouvait attendre pour la tenue de la future reine de l'enfer.

J'étais ravie que mon plan fonctionne, et terrifiée en même temps. Aucun retour en arrière n'était envisageable.

La robe se balançait et tournoyait toute seule, comme si elle était portée par un mannequin invisible, se rapprochant de plus en plus de l'endroit où je me tenais immobile. Elle m'effleura, puis tournoya rapidement autour de mon corps, jusqu'à ce que je ferme les yeux. Ce mouvement me rappela la fête invisible de Luxure, et je n'aimais pas du tout cette sensation. Je la détestais même.

Tout s'arrêta d'un coup. Je baissai les yeux, surprise de découvrir que ma robe bordeaux avait disparu, et qu'à sa place une magnifique tenue aux couleurs de la nuit épousait mes courbes.

Je haletai lorsque le vêtement me serra plus fort encore.

Le diable inclina la tête. « Bien le bonjour, nouvelle consort. »

Mon cœur battait la chamade. « Je n'ai pas encore reçu de couronne.

— Oh, mais tu vas l'avoir. » Il fit apparaître une dague ornée d'une tête de lion rugissant et la pointa sur le cœur d'Antonio. « J'ai entendu parler de la vengeance que tu souhaites. Accepte ce sacrifice humain comme cadeau de la part de la Maison Orgueil, Altesse.

— Non ! »

Le cri sortit d'une étrange voix multitonale qui était à la fois la mienne et m'était complètement étrangère. La lame frôla la peau d'Antonio, mais ne la transperça pas.

J'inspirai bruyamment, les lèvres frémissantes. « Je te retrouverai, toi ou ton représentant, dans une heure dans la grotte où j'ai invoqué Colère pour la première fois. J'ai quelque chose à faire avant de te donner ma réponse finale. »

Le diable me fixa droit dans les yeux. « Accordé.

— *Somnus* », chuchotai-je, plongeant le corps d'Antonio dans un sommeil enchanté. Si quelqu'un devait se venger de lui, ce serait ma main et nulle autre qui lui infligerait la punition.

Le cœur battant à tout rompre, je tournai la tête vers le premier livre de sorts. J'avais besoin de quelques minutes pour le feuilleter, et y glaner tout ce que je pouvais comme magie de dernière minute, avant de le cacher aux Damnés. Il avait disparu.

Peu importait. Je me contenterais d'autres moyens. Sans jeter un regard en arrière, je quittai la pièce portant toujours les cornes du diable et ma sinistre nouvelle robe, sentant mon pouls s'accélérer à chaque pas. Avant que la nuit ne s'achève, j'aurais conclu un accord avec Orgueil qui, je l'espérais, signifierait la destruction de son royaume.

Je promis en silence à ma sœur que je ne m'arrêterais que lorsque *tous* les responsables de son assassinat auraient trouvé la mort.

QUARANTE-HUIT

Le diable ne chevauchait pas un étalon cracheur de feu et il n'apparut pas au cœur d'une violente tempête. En réalité, ce n'était pas le roi des démons en personne qui vint vers moi.

C'est Colère qui s'avança dans la lumière vacillante, l'air plus froid et menaçant que jamais. Je me dirigeai machinalement vers lui, avant de me figer. Un faible grognement se faisait entendre dans la grotte. Il ne provenait pas de sa silhouette, mais d'un animal caché dans l'ombre. Probablement un avertissement envoyé par une déesse…

Quelque chose n'allait pas du tout…

J'inspectai Colère en maintenant une distance de sécurité. Ce démon n'avait rien de familier. Son allure ne laissait pas le moindre doute quant à l'endroit depuis lequel il régnait. C'était le plus démoniaque des *Malvagi*.

Une partie de moi dont j'avais honte était soulagée de le voir en vie. Même si je le savais immortel, je n'étais pas certaine qu'il ait survécu à l'attaque brutale d'Envie. Mais une autre partie de moi, plus sage, refusait de croire que c'était *lui* qui était venu chercher mon âme. Une horrible impression de trahison me dévorait de l'intérieur.

J'ignorais comment j'avais pu espérer autre chose de la part d'un méprisable prince de l'enfer.

Des larmes de fureur me brûlaient les yeux. Nonna avait raison depuis le début. Les Damnés étaient d'habiles menteurs. Colère m'avait en tout cas bien embobinée avec sa mise en scène. Il m'avait fait croire à sa mort. Et qu'il avait des sentiments pour moi. Cela avait dû beaucoup l'amuser de me voir tomber sous son charme. Une sorcière naïve et solitaire, assez désespérée pour appeler à l'aide son ennemi juré…

Et notre baiser ! J'avais cru y lire de la passion, de la chaleur. Une illusion de plus créée par mon adversaire.

Je réprimai un frisson quand son regard glissa sur moi. Bien qu'il m'ait brûlée avec intensité plus d'une fois auparavant, il paraissait désormais glacial. Impossible de deviner la moindre de ses pensées. Alors que je devais être sa reine, il ne semblait pas le moins du monde impressionné. Je m'accrochais désespérément à l'idée que c'était un rôle qu'il jouait, qu'il n'était pas réellement aussi froid et si cruel. Il ne dit pas un mot et ne manifesta pas la moindre réaction. Envie, Cupidité et Luxure auraient paru étonnamment humains en comparaison avec l'extraterrestre qui se tenait devant moi.

Il portait un costume digne de son statut royal et ses mains étaient négligemment fourrées dans ses poches. Une couronne noire avec des épines à pointe de rubis lui ceignait la tête. Retournée, la couronne aurait eu l'air de ruisseler de sang. Ses vêtements étaient couleur charbon et obsidienne, mais ils étaient cousus de fils d'or. Tout en soie et en velours. Si on n'y regardait pas trop attentivement, il ressemblait plus à un ange qu'à un prince des ténèbres.

Je relevai le menton, lui offrant une vue dégagée sur les amulettes autour de mon cou. « Démon.

— Sorcière.

— Je te croyais mort.

— Désolé de te décevoir. »

Son attention se porta sur le cercle d'enfermement où Antonio flottait, figé en suspension. Des griffes apparurent au bout des ombres projetées sur la voûte rocheuse. Je pouvais presque les entendre racler la pierre. Le visage de Colère resta impassible, mais il devait être surpris de trouver un humain emprisonné par la magie. Je ne me donnai pas la peine de dissimuler mon sourire moqueur. Je voulais qu'il voie de quoi j'étais capable.

Il tourna son regard indifférent dans ma direction. « Es-tu prête à vendre ton âme ? »

Je le fixai un moment, observant cette nouvelle version de lui. Je n'avais pas réalisé à quel point il m'avait regardée avec une passion dévorante, jusqu'à ce que son attitude laisse place à cette façade d'indifférence glaciale. Celui qui se tenait devant moi n'était pas le même démon que celui que je croyais avoir connu. J'avais envie de m'éloigner de lui au plus vite, de m'enfuir.

« Alors ? » insista-t-il d'un ton sec. Son regard était triomphal. Pas de frustration ni de désir, encore moins de respect gagné de haute lutte. J'étais un simple moyen d'arriver à ses fins. Une reine des sorcières potentielle parmi tant d'autres qui avaient été éliminées avant de convoler en justes noces. J'essayai de ne pas penser à ce destin incertain. Même si ça se résumait à vivre par dépit, je me jurai de survivre, même si on tentait de m'arracher le cœur. Je ne doutais pas que ma vie était en danger. Colère m'avait dit que les monstres s'en prendraient à moi, et je le croyais sur parole. L'un d'eux se tenait devant moi en ce moment précis. « As-tu décidé ?

— Presque. »

Il m'évalua avec un léger froncement de sourcils. Il était peut-être déçu que je ne sois pas intimidée par sa présence princière et son autorité naturelle. Je refusai de faire croire que je comprenais ce qu'il ressentait, ou ce qu'il désirait. Je n'étais pas assez stupide pour imaginer qu'il soit tombé amoureux de moi, mais j'aurais pu jurer que nous étions tous les deux passés peu à peu d'une froide animosité à des sentiments un peu plus chaleureux. Je m'accrochai à la Corne d'Hadès alors que j'envisageais les options qui s'offraient à moi, toujours moins nombreuses. Le léger bourdonnement de la magie était réconfortant, on aurait dit un câlin de ma *nonna*. Si je restais, les portes de l'enfer s'affaibliraient encore et finiraient par s'ouvrir, détruisant tout ce qui m'était cher. J'avais déjà rencontré les démons *Umbra* et *Aper*, le *Viperidae* semblable à un serpent, et quatre parmi les sept redoutables princes de l'enfer.

J'avais eu de la chance de m'en sortir vivante, et j'étais pourtant plus difficile à éliminer que la plupart des simples mortels. Le monde humain n'était pas de taille pour faire face au carnage que les hordes de démons allaient provoquer, si les portes s'ouvraient.

J'imaginai Nonna portant un collier de sang rouge rubis, les yeux laiteux et sans vie. J'eus des visions de ma mère et de mon père massacrés dans la salle de notre restaurant. Tous les humains innocents de notre ville gisant sur des tas en décomposition, dégageant une odeur pestilentielle sous un soleil de plomb.

J'avais déjà perdu ma sœur, je ne voulais plus perdre qui que ce soit.

« Je suis d'accord. À deux conditions. »

Une nouvelle étincelle illumina son regard. En plus de la colère, l'intelligence et la ruse m'observaient. « Très bien. Écoutons ta contre-proposition. »

J'étais fière que ma voix ne vacille pas lorsque je déclarai : « À partir de maintenant, plus aucune sorcière ne sera chassée, et aucun humain attaqué. Je veux que tous les princes de l'enfer restent à l'écart de ce monde. Et Antonio sera mon prisonnier et j'en ferai ce que je veux. Sinon, je ne me joindrai pas à la Maison Orgueil.

— Tu parles comme une vraie princesse de l'enfer. » Son sourire était aussi affûté qu'un rasoir. Il semblait suffisant, comme s'il connaissait un secret que j'ignorais. « Es-tu certaine que c'est ce que tu souhaites ? C'est ce que tu choisis ? » Je hochai la tête. Colère me fixa un instant de trop, comme s'il voulait m'incinérer sur place. « D'accord. »

Un parchemin se matérialisa, ainsi qu'une plume de corbeau, dont la pointe était tellement affûtée qu'elle ressemblait plus à une lame qu'à un instrument d'écriture. Quand aucun pot d'encre n'apparut, je compris la raison. Mon cœur se mit à battre plus fort. Si je ne m'enfuyais pas maintenant, plus aucun retour en arrière ne serait envisageable. Certains liens ne pouvaient jamais être brisés.

Je lus attentivement le parchemin.

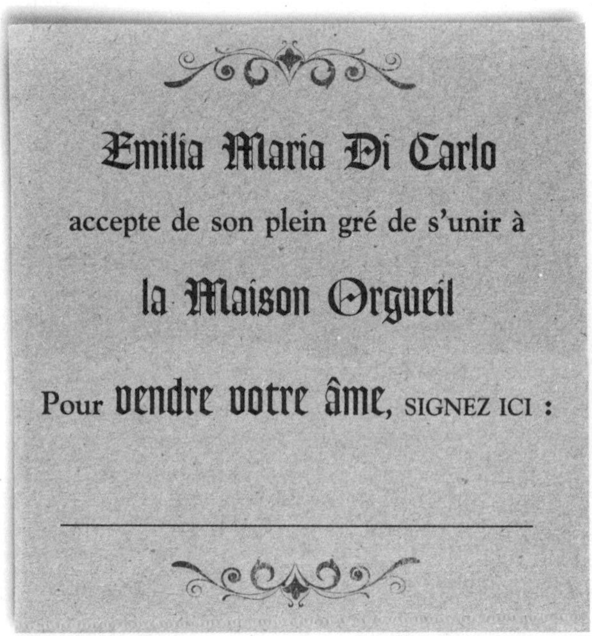
Emilia Maria Di Carlo

accepte de son plein gré de s'unir à

la Maison Orgueil

Pour vendre votre âme, SIGNEZ ICI :

C'était assez simple. Le texte ne laissait pas beaucoup de place pour la ruse. Ce qui me paraissait inquiétant. Vendre son âme n'aurait pas dû être aussi simple. J'avais souvent eu plus de difficultés à marchander avec les vendeurs pour des vêtements sur le marché de la ville. J'avais presque envie d'éclater de rire. Mais il n'y avait rien de vraiment drôle dans cette grotte.

Sans m'accorder le loisir de m'enfuir en hurlant, je me piquai le doigt et je signai avec mon propre sang pour offrir mon âme, la magie me liant au diable pour l'éternité.

Dès que j'eus terminé, le parchemin disparut dans un nuage de fumée. Je le contemplai sans bouger jusqu'à ce que l'odeur de soufre se dissipe, luttant contre la panique que je sentais me gagner.

« Autre chose ? » demandai-je alors qu'une étrange sensation de picotement m'enveloppait comme un manteau. Colère désigna mes deux amulettes d'un signe de tête. Bien sûr. Le diable voulait récupérer ses cornes. Je les arrachai de mon cou et les laissai tomber sur le sol de la grotte. Leur absence était déjà une étrange forme de torture.

Elles disparurent aussitôt.

Je pris une profonde inspiration. Je n'avais plus besoin de me cacher des *Malvagi* : les Damnés m'avaient trouvée. Mais ce n'était pas grave, je les avais repérés aussi. Et j'espérais qu'ils regretteraient le jour où ils étaient venus s'en prendre à moi et aux miens. Bientôt, je serais dans leur royaume, et je serais en position parfaite pour découvrir les vrais coupables des meurtres, et leurs véritables intentions.

Puis, j'entreprendrais de les détruire. S'ils ne me tuaient pas d'abord.

Je passai devant Colère en le frôlant, et marchai jusqu'à l'entrée de la caverne. Je jetai un coup d'œil en contrebas. C'était peut-être la dernière fois que je contemplais ce monde, et je voulais le garder en mémoire. Une houle furieuse se fracassait contre les rochers, projetant de l'écume en tous sens. Je contemplai les vagues couleur d'encre en essayant d'apaiser mon pouls agité. Elles ressemblaient à des lames d'argent qui scintillaient sous le clair de lune. Nonna disait souvent que c'était un présage annonçant la venue de choses traîtresses. Cette fois, je ne pouvais pas la contredire.

Le sol se mit à trembler tout à coup, des cailloux roulèrent, des chauves-souris s'envolèrent hors de la grotte. Je me préparai à faire face à une poussée soudaine de magie, redoutant que la grotte ne s'effondre.

Je pivotai sur moi-même, me concentrant sur Antonio, ou sur l'endroit où il avait été. Le meurtrier de Vittoria était parti. À sa place, le pouvoir de Colère fouettait l'air autour de lui comme la queue d'un serpent puissant. Le prince sourit, et ses dents lancèrent un éclair rapide. Nous n'étions plus liés, et son pouvoir était terrassant, infini. Mais je refusais de laisser transparaître ma peur.

Le sourire du démon s'effaça et il me tendit la main. « Veux-tu venir avec moi ? »

Je savais qu'il le demandait poliment, uniquement pour respecter les règles de l'étiquette démoniaque. Je n'avais aucune envie d'accepter, encore moins d'entrer en contact avec sa peau, mais je savais que je n'arriverais jamais dans le monde souterrain sans sa magie obscure.

« Oui. »

J'entremêlai mes doigts aux siens avant que mes émotions ne me trahissent. Notre lien se mit à crépiter avec force. De minuscules courants provoquaient des étincelles sur toute notre peau. Avant que je ne puisse y penser, la fumée nous enveloppa. Une douleur accablante suivit aussitôt. J'avais l'impression que tout mon corps brûlait. J'étouffai un cri. Les doigts de Colère se resserrèrent sur les miens. Il n'y avait plus de terre, plus de connexion avec le monde naturel, plus rien de tangible en dehors de mon emprise sur le prince que je détestais plus que tous les autres démons réunis.

La douleur ne dura qu'un instant, avant qu'une nouvelle sensation ne vienne alimenter une angoisse encore plus terrible. Nos pieds étaient à nouveau posés sur la terre ferme. Ce qui voulait dire…

Déesse du ciel, j'avais du mal à respirer. J'avais envie de garder les yeux fermés pour toujours.

Au lieu de cela, je regardai droit devant, je redressai les épaules, et j'attendis que la fumée se dissipe.

J'espérais que le royaume des Damnés était prêt à accueillir une reine venue chercher la vengeance.

REMERCIEMENTS

Il faut tout un *coven* de gens talentueux pour mettre un livre au monde, et, comme Emilia, la déesse m'a bénie, car j'ai pu compter sur les personnes suivantes, qui ont jeté de puissants sorts à cette série.

Stephanie Garber : j'ai une chance incroyable d'avoir une amie comme toi. Ce livre ne serait pas le même sans ton soutien constant, les séances de remue-méninges, et ta volonté de sauter sur le téléphone pour discuter des moindres détails. Nos appels hebdomadaires à propos de nos livres (et de nos séries télévisées préférées) ont rendu la rédaction de ce roman vraiment amusante, et je suis très heureuse que nous ayons l'occasion de le refaire !

Barbara Poelle, déesse des agents, tu ne cesses jamais de m'impressionner avec les très nombreuses casquettes que tu enfiles : agent, amie, partenaire commerciale acharnée, reine du *bitmoji* et championne du brainstorming. Merci d'avoir planté l'idée des princes de l'enfer dans ma tête quand les premières esquisses de cette histoire ont apparu. Je ne peux pas imaginer cette série sans ces démons sournois !

Maggie Kane et toute l'équipe de l'agence littéraire Irene Goodman, Heather Baror-Shapiro (Baror International) et Sean

Berard (Grandview), vous travaillez sans relâche dans les coulisses pour faire connaître mon travail dans des pays incroyables, ainsi qu'à Hollywood. Et je ne pourrais pas être plus reconnaissante envers chacun d'entre vous.

À ma brillante éditrice, Laura Schreiber, vous avez hérité de ce livre (et de moi !) et vous vous êtes immédiatement mise au travail avec un enthousiasme inébranlable, pour m'aider à comprendre l'histoire que j'avais en tête. Je suis très heureuse de notre dur labeur et je suis impatiente de voir ce qui va surgir dans le prochain épisode !

Liam Donnelly, l'illustration de la couverture et les détails à l'intérieur du livre emplissent mon cœur sombre de joie. Un million de mercis pour les serpents, les fleurs et les crânes : toute l'esthétique *baiser du chef* est fabuleuse.

Dan Denning, Joshua Johns, Jordan Mondell, Caitlyn Averett, T. S. Ferguson, Erinn McGrath, Charlotte Lamontagne, Maggie Cannon, Ned Rust, Tracy Shaw, Flo Yue, Blue Guess, Alexis Lassiter, l'équipe de ventes Hachette, Barbara Blasucci et l'équipe spéciale de ventes, Linda Arends, Virginia Lawther mais aussi l'équipe de production, ainsi que tout le monde chez JIMMY Patterson Books et Little, Brown : votre travail acharné, votre dévouement, votre créativité et votre talent sont vraiment infinis. Vous avez exercé une magie puissante, digne de Colère, pour lancer ce livre en pleine pandémie. Merci pour tout ce que vous faites en coulisses.

James Patterson : rien de tout cela ne serait possible sans votre soutien constant. Merci un million de fois.

À ma fabuleuse équipe britannique de Hodder & Stoughton, Molly Powell, Kate Keehan, Maddy Marshall, Oliver Johnson et toute l'équipe : je me pince encore quand je pense à la première lettre d'acquisition que j'ai reçue et à l'enthousiasme que vous avez manifesté pour ce livre. Je suis toujours en admiration devant l'incroyable édition du *Royaume* que vous avez créée.

Jenny Bak, tu as donné à ce livre un foyer avant de partir pour de nouvelles aventures éditoriales, et je te suis à jamais reconnaissante, à toi et à notre amitié. Plein d'amour pour toi, toujours.

Julie Guacci, *alias* « Maman Julie » : merci pour toutes les idées de marketing amusantes que tu m'as transmises avant de te lancer dans ta nouvelle aventure.

Anissa de Gomery : je chéris notre amitié et je ne te remercierai jamais assez d'avoir toujours été là pour éclairer les moments sombres. Collaborer avec toi sur l'édition spéciale pour le FairyLoot, le service de souscription à des romans de fantasy, et voir tous ces fabuleux dessins et détails prendre vie m'ont donné l'impression que la magie existait vraiment.

À ma mère et mon père, Kelli et Ben, et à toute ma famille : je vous aime plus que les mots ne peuvent le dire. Merci de toujours m'écouter parler des personnages, des points de l'intrigue, et me donner tant de bons conseils, puis d'être aussi enthousiastes que moi.

Il n'y a rien de plus spécial que le lien entre sœurs, donc une dédicace spéciale à ma sœur qui est non seulement ma meilleure amie, mais qui m'a aussi laissée créer des produits dérivés du *Royaume des Damnés* et de *Stalking Jack the Ripper* pour son magasin, *Dogwood Lane Boutique*. Je t'aime, Kel !

Blogueuses et blogueurs de livres, bookstagrammeuses et bookstagrammeurs, bibliothécaires, profs, libraires, les services de souscription The Bookish Box, Beacon Book Box et FairyLoot : votre enthousiasme pour ce livre est dément. Merci pour votre soutien.

Et à toi, chère lectrice ou cher lecteur. Sans toi, rien de tout cela ne serait possible. J'espère que cette histoire t'a transporté(e) dans un nouveau monde luxuriant pendant quelques heures, et que tu es impatient(e) de découvrir la prochaine aventure d'Emilia et Colère. 😊

À PROPOS DE L'AUTRICE

Kerri Maniscalco a grandi dans une maison semi-hantée près de New York, où sa fascination pour les décors gothiques est née. Pendant son temps libre, elle lit tout ce qui lui tombe sous la main, cuisine toutes sortes de plats avec sa famille et ses amis, et boit beaucoup trop de thé en discutant de la vie avec ses chats.

Son premier roman, *Stalking Jack the Ripper*, a occupé la première place de la liste des best-sellers du *New York Times*, et *Hunting Prince Dracula*, *Escaping from Houdini* et *Capturing the Devil* ont tous ensuite été des best-sellers du *New York Times* et du *USA Today*.

Sa nouvelle saga, *Le Royaume des Damnés*, s'est retrouvée dès sa sortie sur la prestigieuse liste des best-sellers du *New York Times* et y est restée pendant dix semaines consécutives.

Elle est toujours ravie de parler de ses coups de cœur fictifs sur Instagram : @kerrimaniscalco.

Pour des nouvelles et des mises à jour, rendez-vous sur kerrimaniscalco.com.